천사의 눈물

천사의 눈물

지은이 | 스티브 김

발행일 | 2018년 4월 30일
발행처 | 부코
ISBN | 978-89-90509-49-9   03810

출판 등록번호 | 제22-2190호
출판 등록일자 | 2002.08.07

홈페이지 | www.booko.kr
트위터 | @www_booko_kr

전화 | 010-5575-0308
팩스 | 0504-392-5810

메일 | bxp@daum.net
주소 | 서울 서대문구 북아현동 3-68 부코빌딩 501호

천사의 눈물

부코

Contents

김상엽 병장

I

1978년 12월.

제대를 한 달 남짓 남겨놓은 김 병장은 다가오는 크리스마스 날이 빨리 오기를 손꼽아 기다리고 있다.

이번 크리스마스는 월요일이라 연휴가 되어 말년 병장에 우호적인 중대장님의 후한인심으로 2박 3일의 달콤한 외박이 기대되기도 하였다.

얼마 전 면회 온 순영이와 이번 크리스마스를 함께 보내기로 약속하였으며 동심에 젖어 있는 어린 아이처럼 들떠있는 마음을 추스르는데 너무 표시가 났는지 동료들의 시샘이 대단하였지만 김 병장은 개의치 않았다.

강원도 전방 첩첩 산중에서 하루하루 보내기란 지겨움의 연속이지만 틈틈이 보내주는 순영이의 편지 읽는 재미로 마음에 위안을 삼으며 보낸 세월이 벌써 3년이 되어 제대할 날이 가까워지고 있다.

지난 10월 말 순영이가 강원도 산골에 있는 부대로 면회를 왔는데 여자 혼자 연인을 만나기 위해 어려운 발걸음을 한 사정을 알고 당직사령이 말년 병장을 배려해주어 1박2일의 외박을 나올 수 있었다.

부대가 강원도 산골자기에 있다 보니 서울에서 양구까지 여자 혼자 면회 오기란 쉽지가 않았다.

하지만 순영은 5시간 넘게 걸리는 교통편이 변변치 않은 곳이지만 틈틈이 면회를 와 주었는데 돌아오는 크리스마스는 군 생활과의 이별을 축하해주기 위해 마지막 함께 보낼 수 있도록 할 것을 지난 면회에서 약속했었다.

대학을 졸업하고 따뜻한 봄날 논산훈련소에 입소하여 6주 동안 신병훈련을 받고 강원도 101보충대에서 전방부대인 양구로 배치되었는데 늦은 봄날인데도 불구하고 이곳의 날씨는 한 겨울같이 추웠고 봄바람이 무척이나 매서웠다.

이렇게 험악한 날씨를 이겨내며 고참병들의 수발까지 마다하지 않던 신참병의 병영 생활은 상엽에게 그의 인내를 시험하는 젊은 날의 고통의 흔적이 되었는데 그래도 국방부 시계는 멈추지 않고 계속 돌아가고 있었고 이제 제대 한 달을 남겨놓은 고참병이 되어 있다.

이런 고달프고 힘든 군 생활 속에서도 일주일에 한 번꼴로 나에 연인 순영이가 보내주는 사랑이 듬뿍 담긴 편지가 마음에 위안을 주며 터질 것 같았던 나에 젊은 청춘을 억누르며 지겹도록 혼란스러웠던 3년을 아무 사고 없이 보낼 수 있게 해준 나에 천사 서순영 이었다.

3년 가까이 모아둔 순영이의 편지가 백통이 훌쩍 넘었는데 고달프고 자유를 잃어버린 서러움을 달래기에는 나의 연인이 전해주는 포근하고 사랑이 듬뿍 담긴 솜사탕 같은 그녀의 편지가 나를 억압에서 해방시켜주는 유일한 탈출구가 되었다.

덤으로 순영이가 면회라도 와주는 날에는 그녀가 상엽을 대한민국의 일등 병사로 만들어 주곤 하였다.

매일저녁 전령의 행랑가방 속에 순영의 또 다른 소식을 가져왔는지 기다리며 실망도 해보고 기뻐도 해본 세월이었는데 벌써 말년 병장이 되었다.

Ⅱ

군 입대 통지서를 받고 순영에게 작별을 이야기할 때 얼마나 마음 아파하며 슬퍼하던지 젊음을 토로하며 자유를 만끽하고 열정으로 사랑하였던 세상과 이별해 병영에 갇혀 힘든 군 생활을 본인이 다 하는 것처럼 눈물을 글썽이던 나에 천사 나의 순영이 이었었다.

다방에 앉자 시켜놓은 커피가 다 식도록 입에도 대지 않고 심각해있는 그녀는 둘만 사는 하늘아래 한쪽이 영원히 사라져버려 너무 황망해하는 표정이 로테와 헤어져야만 하는 슬픈 베르테르와도 같아보였다.

'헤어지는 것이 너무 슬퍼'

'나도 잠시 이지만 순영이와 헤어지는 것이 슬퍼'

'어쩔 수 없는 이별이라고는 하지만 3년의 세월은 나에게 너무 길게만 느껴져. 오빠와 헤어져 있는 것이 너무 아쉽고 무서워'

'어찌 할 수도 없는 일이야. 우리가 세월을 이기며 살아야지'

'고생이 많을 텐데 어떻게 해. 오빠'

'남들 다 하는 군대 생활인데 어쩌겠어.'

'훈련도 힘들고 기압도 받는다고 하던데……'

'사나이로 태어나 그런 힘든 생활을 거쳐 비로소 남자가 되는 거야. 이참에 나에 순영이를 든든히 지킬 수 있는 씩씩한 남자로 다시 태어나야지'

'오빠는 지금도 씩씩하잖아'

'더 남자다워 가지고 나에 어여쁜 순영이를 다시 만나게 될 거야. 그러니 기대 해 보라고'

'더 멋진 남자로? 그럼 3년 동안 만날 수 없는 거야?'

'아니 휴가도 있고 가끔씩 외박도 나올 수 있어'

'그래도 지금처럼 자주 만날 수는 없잖아……'

나에 천사 서순영은 말을 이어가지 못하고 원수지간인 두 가문 몬태규가와 캐플릿가의 끊임없는 정쟁으로 로미오와 줄리엣이 어쩔 수 없이 생이별을 해야 하는 것처럼 슬픔에 빠져 버렸다.

위로를 받으려던 상엽은 오히려 순영의 두 손을 꼭 잡아주며 그녀를 안심시키기 위해 평소 말수가 그리 많지 않았음에도 그날은 연극속의 남자 주인공이 되어 신파조를 읊듯 연신 말을 많이 하였다.

'너무 슬퍼하지 마'

'울지 않으려 해도 눈물이 자꾸 나오는걸.'

'순영이가 슬픈 천사님이 되어있는 것은 내가 군대에서 힘들게 있는 것보다도 나를 더 힘

8

들게 하는 거야'

'울지 않을게......'

'그래. 그래야 내가 마음이 편하지'

'흑흑흑......'

'내가 부대에서 잘 지내고 있다는 편지를 매일 써서 보낼 태니 걱정 하지 마라'

'오빠가 훈련받느라 힘들 텐데 내가 편지를 자주 써서 보내야지'

'정말 편지 자주 써서 보내 줄 거야?'

'그럼. 매일 오빠 생각하며 편지 일기를 써야지'

'감사. 고맙고'

'사랑하는 사람에게는 감사하고 고맙다는 말 하는 것 아닐 텐데......'

'아. 깜박 했네. 너무 황송해서 내가 잊어버렸어. 하하하'

'면회도 자주 갈 거야'

'그럼. 당연히 자주 면회 와서 씩씩하게 변해가는 군인 아저씨 모습을 지켜봐야지. 매일 면회 오면 안 될까?'

'부대 옆으로 이사갈까보다'

'나에 천사님이 그래주면 나는 좋지'

그렇게 군 입대가 세상을 다 바꾸기나 하는 것처럼 슬픔에 빠졌던 순간도 잊어버리고 둘은 서로를 위로하고 잠시의 헤어짐이 다른 창조에 시간이 될 것임을 다짐하였었다.

상엽은 논산훈련소까지 배웅하겠다는 부모님에 호의를 극구 혼자 가겠다며 뿌리쳤는데 순영이가 함께 가는 것을 눈치 채고 연무대까지 동행하려던 계획을 포기하고 아들의 입영 환송을 그녀에게 양보해 주셨다.

아침 일찍 부모님과 작별인사를 하고 용산역까지 그리 멀지 않았기에 버스를 탔다.

용산역에 도착하자 순영이가 미리 나와 기다리고 있었으며 상엽의 짧게 깍은 머리를 보고 고등학생 같다며 놀리면서 누나같이 행동했다.

연무대행 입영열차에는 짧은 머리를 한 다른 군대 입영 자들이 부모 연인들과 엉겨 북적거렸지만 자식들과 아니면 연인과 이별하며 떨어져 있는 것을 아쉬워하였는지 대부분의 표정들이 젊은이의 군 입영을 축하해 줄 수 없는 듯 적막감이 흐르고 있었다.

정시에 출발한 입영열차는 순식간에 우리를 훈련소에 떨구어 내렸으며 송영 나온 동행들과 작별하기 위한 마지막 정리를 위해 사람들이 부산하게 움직이며 이별 준비를 하고 있다.

순영은 입대하는 상엽이 안쓰러워 보였는지 일부러 평소보다 더욱 명랑한 표정을 지으며 안도에 제스처를 만들어내고 있다.

입영통지서를 받고 처음 순영에게 그 사실을 전하였을 때 보여주었던 안타깝고 슬퍼하던 그녀의 행동과는 전혀 다르게 오늘은 의젓한 큰 누님의 행세를 톡톡히 하고 있었다.

'오빠. 힘들어도 내 생각만 해. 그러면 마음도 한결 편해지고 괜찮을 거야'

'별 수 없잖아. 그렇게라도 해야지. 나에 어여쁜 천사만 생각하고 그리워하면서 3년을 독수공방 보내야지'

'3년 뒤에는 해탈한 오빠의 모습을 볼 수 있겠는걸! 어떤 모습일까? 배불뚝이 달마스님? 히히히!'

'아니. 전사가 되어 나타날 거야'

상엽은 그의 팔을 안으로 굽혀 근육질을 보이는 것처럼 해 보인다.

'그럼 뽀빠이 아저씨처럼 근육질? 히히히! 난 그런 모습 싫어. 지금 오빠모습 그대로가 좋아'

'그러면 지금 모습을 고이 간직해야 되겠군. 나에 천사님이 원하니······'

'그렇게 해 주세요'

'알았습니다. 명령대로 무리해서 몸 만들지 않겠습니다. 나에 천사님! 하하하!'

'오빠가 서울 가까운 곳으로 배치되면 좋을 텐데······'

'이왕에 국가에 애국하는 일인데 전방에 배치되어 나라를 위해 몸 바치고 싶은 걸? 그래야 군대 생활했다는 생색도 낼 수 있고.'

'애국청년이 여기에 계셨네. 대한민국 남자들이 다 이럴까? 애국청년이 아니어도 좋으니 가까이 있었으면 좋겠어.'

'가까이 있으면 매일 면회 와야 할 텐데'

'그것도 좋지요'

'귀찮지 않을까?'

'지금도 오빠와 거의 매일 만나는데 귀찮기는'

'하긴 우리가 매일 만나고는 있지······'

그렇게 두 사람이 헤어짐의 아쉬움을 달래고 있는데 카랑카랑한 마이크 소리로 입소자들은 빨리 훈련소로 입장하라는 독촉의 방송이 울려 퍼지고 있다.

동시에 검은 헬멧을 쓴 헌병들의 요란한 호루라기 소리는 가족들과 그리고 연인들을 강제 격리라도 시킬 듯 서슬이 퍼렇게 이별을 서둘러 재촉하며 우리를 강제 연행을 하듯이 훈련소로 몰아 생이별의 고통을 안기는 것 같았다.

그 순간 의젓한 모습으로 동생의 입대를 돌봐주던 것처럼 행동하였던 순영의 눈에서 눈물이 쏟아져 내리기 시작했다.

그리고 울먹이는 소리로 말을 더듬거렸다.

'힘든 것 꾹 참고. 아프지 말고······'

'!!'

'매일같이 편지 쓸게. 면회도 자주 가고'

'너무 걱정하지 마!'

상엽은 이별을 슬퍼하는 그리고 연인의 고생을 안쓰러워하는 순영을 긴 포옹으로 안아주며 두 손을 꼭 잡아본 뒤 거수경례로 잘 다녀오겠음을 신고하고 뒷모습을 보이며 씩씩하게 훈련소 연병장으로 발걸음을 돌렸다.

상엽은 안타까워하는 순영을 안심시키기 위해 씩씩한 모습으로 행동하며 3년의 이별을 신고했다.

연무대에서 6주간의 훈련을 마치고 강원도 첩첩산골 전방부대인 양구로 배치되었다.

5월의 화창한 봄 냄새가 그윽한 그런 시즌임에도 낯설어 보이는 주변 환경 탓인지 어색하고 적응이 잘되지 않았다.

신병의 체질적 이질성으로 이곳의 5월은 아직 겨울인 것 같이 느껴지는 곳이었는데 전방부대의 혹독했던 겨울나기도 추억속의 에피소드가 될 정도로 고립무원의 지역이다.

이렇게 오지 중에 오지라 할 수 있는 사람 사는 곳과 거의 격리되다시피 한 부대에 순영이 혼자 면회 오는 것이 불안하여 오지 못하게 하였으나 나의 요망에 개의치 않고 서울에서 새벽 일찍 출발하여 두세 시간 상엽을 만나고 돌아가는 나에 천사님이었다.

일편단심 때가되면 어김없이 그리운 연인을 찾아주었던 그런 세월이 벌써 3년을 눈앞에 두고 제대를 기다리게 되었다.

10월 말 면회 때는 말년 병장의 혜택을 톡톡히 누리며 당직사령이 외박까지 허락해주어 순영이와 춘천에서 소양호수 주변의 가을절경을 만끽하며 행복한 고참병의 회포도 풀 수 있었다.

소양호수에서 배를 타고 청평사의 아름다운 사찰을 돌아보았는데 붉게 물든 가을단풍이 계곡과 어우러져 무척이나 아름다웠으며 그들은 우리의 젊은 청춘을 유혹하며 돌아가려는 두 사람의 발길을 막고 있었지만 산속의 해가 일찍 떨어질 것을 계산하고 서둘러 춘천시내로 이동하였다.

춘천의 유명한 막국수 집에서 저녁을 먹고 주변의 분위기 있는 찻집에서 나란히 앉아 커피를 마시며 가는 시간을 아쉬워하였다.

올해 대학을 졸업하고 초보 선생님이 된 순영은 아직도 학생 티가 가시지 않은 청순하고 명랑한 그 자체였는데 상엽에 대한 일편단심의 마음과 그녀의 사랑을 그대로 간직하고 있어 그렇게 보이는 것 같았다.

'제대가 이제 3개월밖에 남지 않았네.'

'그렇지. 내년 1월 말 제대이니까'

'힘들었지'

'아니. 할만 했어'

'오빠는 군대 체질인 모양이야'

'나에 천사님! 순영이 편지 기다리는 재미, 면회 와 주는 재미로 군대생활 한 거지. 그렇지 못했다면 몇 번이고 탈영했을 거야. 다 순영이 덕분이야'

'그랬어요? 더 자주 편지 쓸걸……'

'편지 다 모아두었어'

'에이! 그거 다시 보면 오글거릴 텐데 없애버리지 않고'

'아니야. 나중에 수필집 낼 거야'

'창피하게 무슨 수필집까지 낸다고 그러셔'

'정말이야. 순영이의 일편단심 감정이 곱게 담긴 한마디 한마디를 그냥 상자 속에 묻혀 두는 게 아깝잖아. 책으로라도 세상에 알려야지. 수필집 제목을 무엇으로 할까?'

'정말 책 낼 거야?

'그럼'

'부끄럽게...... 히히히'

'나에 천사 서순영. 김상엽에게 사랑에 푹 빠지다. 이거 괜찮겠는데.'

'오빠 그렇게 내면 나한테 죽는다.'

순영은 상엽의 어깨를 조그만 주먹으로 도닥거리며 편지 속에 주인공이 너무 감정을 실어 자기 마음을 전했던 것을 창피해 하듯이 후회하는 제스처를 보냈다.

그리고 자주 만나지 못한 아쉬움을 달래기라도 하듯 어리광 하였다.

'참. 인사가 늦었네. 미국에 계신 부모님과 가족들은 모두 안녕하시지? 미국생활은 불편하지 않으시데?'

'응. 안녕들 하셔. 이제는 어느 정도 미국생활에도 잘 적응하시는 것 같고. 엄마는 김상엽씨 광팬이라 늘 오빠 이야기만 해'

'나에 대해서 무슨 이야기를 그렇게 하신데?'

'오빠 칭찬이 입에 붙었잖아. 빨리 나 데려가래'

'그러셨어?'

'오빠 제대하면 시집 바로 보낸다고 난리이셔'

'그렇게 빨리? 부모님이 그렇게 말씀 하셨어?'

'대학도 졸업했고 이제는 사회인이 되었다나. 그 핑계로 오빠한테 덤탱이 씌우는 거지 뭐. 히히히'

'내가 덤탱이 좀 쓰지 뭐. 하하하'

'정말 그렇게 빨리 결혼하고 싶어? 그 소리 들으니까 좋아?'

'좋지. 나에게 시집오면 매일 내 곁에만 있으니 좋지'

'그런 건가? 히히히'

'순영이도 이제 여고 선생님인데 어엿한 숙녀이고 하니 나한테 오빠라고 부르지 말고 앞으로 이름 불러줘'

'에잉~ 쑥스럽잖아'

'쑥스럽기는. 한번 불러봐'

'그럼 상엽...... 상엽씨. 히히히 부끄러워......'

시간 가는 줄도 모르고 군대 이야기며 학교 이야기며 가족들 이야기를 하다 보니 10시가 훨씬 지나고 있었다.

상엽은 순영의 손을 잡고 일어나 서둘러 그들의 임시 보금자리를 찾아 나섰다.

찻집에서 멀지않은 곳에 모텔의 네온 간판이 보여 망설이지 않고 두 사람은 그곳으로 발걸음을 재촉한다.

순영은 군대 가기 전에 상엽과 추억 쌓기 여행을 하며 이런 곳을 이용한 적이 있었기에 전혀 망설임 없이 그의 곁을 지켰다.

샤워를 하고 둘은 침대에 나란히 누워 못 다한 이야기를 다시 시작한다.

'이렇게 우리 둘이 보낸 밤이 정말 오래간만 인 것 같은데? 3년도 더 된 것 같아'

'그러네. 군대 가기 전 이었으니까......'

'우리의 학창시절에 함께 여행도 많이 다녔지'

'그랬지. 학창시절 추억 쌓기 하며 오빠하고 아니 상엽씨 하고 화엄사 민박집에서도 함께 보냈고 강촌에도 가구 남이섬에도 갔었지'

'나에 천사 순영이가 여고 2학년이던 여름 방학 때 무슨 용기로 부모님께 여행을 허락받았는지 지금 생각하면 나도 참 어이가 없었어.'

'엄마가 오빠 전교 일등 하는 모범생이라는 말에 뿅 가셨잖아. 그리고 최고 명문대학생이니 두말할 것도 없는 거였지 뭐'

'그래서 그때부터 나를 사윗감으로 딱 점찍으셨군. 흐흐흐'

'그랬지 아마. 히히히'

'그런데 이런 모텔에 둘이 있으려니 가슴이 막 떨리는 것 같아'

'왜 그럴까. 예전에는 둘이 함께 밤을 새워도 그런 모습을 보이지 않았는데'

'그러게 말이야. 이상한 것 같아'

'뭐가 이상한 것 같아?'

'신혼 부부 마음이 이런 것인지 가슴이 쿵쿵거리고......'

'남자 표시를 내는가 봐'

'그런 것 같아. 남자 표시......'

'상엽 씨가 지난번에 우리가 결혼할 때까지 순결을 지키겠노라고 다짐하였는데 지금까지 잘 참았으니 이번에도 잘 이겨내야지'

'그럼 아름답고 귀한 나에 보석이니 결혼 때까지 나에 어여쁜 천사를 내가 지켜야지. 대신 우리 빨리 결혼하자고'

'그럴까요 우리 낭군님! 장하고 믿음직한 나에 상엽씨! 감사해요'

'감사까지...... 학교에서 남자 선생님들이 대시 안 해?'

'당연히 대시 하지'

'그래? 누구야'

'내가 좀 인기가 많지요'

'치근덕거리는 선생이 있다고'

'있지. 있고말고. 그런데 모두들 나보고 병아리 선생님이래. 어리다고 놀려'

'애인 있다고 발표 해!'

'선생님들은 다 알고 있어. 장래를 약속한 사람이 있는 줄을'

'어떻게?'

'환영회 때 선배 선생님들이 짓궂게 질문을 해서 상엽 씨 존재를 밝혔지. 그리고 상엽 씨가 연애편지를 너무 감동 있게 잘 쓴데'

'내 편지 보여준 거야?'

'몇몇 친한 선생님들과 우리 반 학생들이 보게 되었는데 어쩔 수 없이 그렇게 됐어.

'그러면 사랑하는 남자가 있는 줄 다 알겠네?'

'다 알아. 우리 반 학생들은 선생님 애인 언제 보여줄 거냐며 난리야'

'그래? 안심되네.'

'걱정했어?'

'나에 천사 순영이가 예쁘고 착해서 남자들이 반할 수 있지. 그리고 남에 호의를 거절 못하는 성격이니 더욱 그렇고'

'내가 그 정도 인가요?'

'착각하지 마세요. 내 눈에만 그렇다는 거지'

'히히히. 상엽 씨가 그렇게 생각하면 됐지 뭐'

'하하하! 순영 이는 나에 보물이야'

'상엽 씨는 나에 일편단심 낭군입니다'

'우리 결혼하면 아이 다섯은 낳아야지?'

'그렇게 많이……'

'순영이 닮은 딸 셋 나 닮은 아들 둘'

'욕심도 많으셔라'

'……'

둘은 손을 꼭 잡고 밤을 거의 꼬박 새워가며 이야기 하였다.

그렇게 하지 않고 밤을 견디어 내기란 상엽이 고문을 당하는 것이나 다름없는 것이기 때문 이었다.

독일 시인 마리아 릴케는 누군가 사랑하는 것이 제일 어렵고 힘들다고 하였는데 그는 사랑다운 사랑을 하지 못하고 그렇게 쓴 것이다.

사랑을 받는 것보다 사랑을 하는 것이 더 행복하다고 유치환 시인이 말 하였는데 두 사람은 서로 사랑을 하고 있어 행복했다.

두 사람이 그렇게 밤을 꼬박 새우고 보낸 다음 더 할 말도 많고 챙길 것도 많았지만 순영이의 학교 출근도 염두에 두고 부대로 복귀하는 시간도 맞춰야 하였기에 오후 일찍 춘천 고속버스 터미널로 발걸음을 재촉하였다.

그리고 돌아오는 크리스마스에 부대로 다시 면회와 고생했던 군 생활의 마지막 추억을 쌓도록 함께 보낼 것을 약속하고 고속버스 차창너머로 순영이를 배웅하며 아쉬움을 달랬다.

차창 안에 보이는 순영의 모습이 연인을 잃어버리고 홀로 떠나는 외로운 방랑자 같아 보였다.

순영이도 홀로 남겨진 나를 보며 그렇게 생각하고 있겠지?

III

고참 말년병장 같지 않게 잠 자리에서 몸을 지척이며 개운하게 잠을 자지 못하고 아침 일찍 눈을 뜬 상엽은 내무반 밖으로 보이는 눈 내리는 모습을 보며 걱정하였다.

오늘 나에 천사가 면회 오기로 한 크리스마스이브인데 평소 같으면 화이트 크리스마스를 즐기며 좋아할 법도 하겠지만 눈 오는 산골은 버스도 제대로 다닐 수 없고 통행에도 위험이 따르기에 걱정이 먼저 앞섰다.

아침을 먹는 '둥 마는 둥 하고 무심한 하늘만 쳐다보며 원망하고 있으니 김 병장의 마음이 통하였는지 내리던 눈이 서서히 잦아든다.

옳다구나 싶어 재빠르게 행동하여 어제 다림질한 군복으로 갈아입고 질 닦아 얼굴이 비칠 것 같은 군화로 바꾸어 신고 연신 시계를 쳐다보았다.

12시가 넘어야 부대에 도착할 수 있는 시간인데 지금 겨우 9시를 가리키고 있으니 마음이 부산하며 진정되지 않았다.

부대장에게 외박신고를 하고 순영이가 오기를 내무반에서 기다리고 있는 시간이 왜 이리도 길던지 말년 병장의 초조하고 조바심해하는 모습을 보며 선임하사가 놀린다.

다행히 조금씩 오던 눈도 멈추고 하늘이 환하게 트이면서 김 병장을 기쁘게 해주고 있다.

12시가 가까워지자 상엽은 내무반에서 기다리는 것보다 나에 천사 순영을 더 빨리 만날 수 있다는 생각으로 위병소로 내려가 시계만 연신 주시하고 있다.

벽에 걸려있는 위병소 시계가 12시를 넘기면서 김 병장의 목이 점점 길어지며 창밖 먼 곳 외길을 따라 그의 시선이 모아지고 있다.

이따금씩 외박 나가는 병사들만 보일뿐 들어오는 사람의 인기척은 없다.

평소 같으면 이때쯤 부대에 도착할 시간인데 늦어지고 있는 것이 아침에 내린 눈이 우리에 만남을 가로막고 있다고 생각하며 순영이 오는 것을 애태우듯 기다리고 있다.

도착할 시간이 한 시간쯤 훌쩍 넘어 먼 곳 외길에서 들어오는 사람의 기척이 없자 상엽이 불안해지기 시작했다.

눈 때문에 춘천에서 양구로 들어오는 버스가 오지를 못하고 순영이가 발을 동동 구르고 있는 것이 아닌지 상상해보며 조바심이 나기 시작했다.

시계가 어느덧 오후 3시를 가리키자 김 병장은 읍내로 직접 나가볼 작정을 하고 혹시나 길이 어긋날 것을 염려하여 위병소 근무자에게 잘 이야기 해두고 부대를 나섰다.

부대에서 읍내까지 걸어서 30분이 넘는 거리이니 가는 도중에 만났으면 좋겠다는 심정으로 전방을 유심히 살피며 바쁜 걸음을 재촉한다.

읍내 시외버스 정류소에 도착하여 춘천에서 출발하는 버스 운행여부를 알아보니 정상적으로 다니고 있음을 확인해 주었다.

버스정류소에서 몇 시간을 기다려 보았지만 순영이가 버스에서 내리는 모습을 찾아 볼 수 없었고 위병소에도 확인하여 보았으나 거기에도 감감 무소식이다.

김 병장은 시간이 흐를수록 당황해하며 걱정이 들기 시작 했다.

무슨 사고라도 난 것이 아닌지.

오는 도중에 버스가 고장이라도 난 것은 아닌지.

면회 온다던 날짜를 착각 하였나?

학교에 급한 일이 생겼나?

이런 저런 걱정과 조바심을 하며 시계를 보니 저녁 7시가 넘어서고 있다.

급한 마음에 상엽은 버스정류소 가까이 있는 우체국에서 순영이가 세 들어 살고 있는 주인집에 전화 하였는데 통화가 되질 않았으며 늦은 시간이었지만 학교에 전화하여 당직선생에게 서순영 선생의 주변사항을 물어 보았지만 아무것도 확인할 수 없었다.

그렇게 두 시간여를 더 정류소에서 서성거리며 갑자기 어디에선가 불쑥 나타날지도 모를 순영을 발견하기 위해 주변을 기웃거려 보기도 한다.

혹시나 모를 걱정으로 정류소에 있는 텔레비전 뉴스를 유심히 보았으나 교통사고가 났다는 그런 내용도 없다.

9시가 넘어 기다리는 것을 포기하고 상엽은 부대로 복귀하였다.

김 병장은 마음을 추스르며 이 생각.저 생각을 해 본다.

지금까지 한 번도 약속을 지키지 않은 적이 없는 순영이었기에 도저히 오늘 같은 일이 벌어질 거라고는 상상조차 하지 못했다.

면회 온다는 날짜를 착각할리도 없었다.

왜냐하면 지난번 보내준 편지에서 크리스마스 날이 한없이 기다려진다며 빨리 만나보고 싶다고 하였었다.

그러던 순영이가 온다 간다는 연락도 없이 갑자기 소식이 끊겼으니 황당하고 그리고 자꾸 나쁜 생각이 먼저 든다.

뜬 눈으로 밤을 새우고 아침 일찍 읍내에 나가 우체국에서 이모님과 통화하니 별일이 없다고 하신다.

순영이 주인집에 다시 전화하였으나 어제와 마찬가지로 통화할 수가 없다.

학교에 전화하였지만 방학이라 제대로 된 소식을 알 수가 없었다.

일단 순영이 와의 연락을 포기하고 부대로 돌아와 최근에 받았던 지난번 편지를 다시 읽어본다.

"상엽씨!!

오빠라고 부르다 상엽씨 이름을 부르려고 하니 갑자기 내가 성숙한 숙녀가 된 기분이지만 그래도 연인으로 더욱 가까워 진 것 같아서 좋은 것 같아.

나는 오빠 생각하며 편지를 쓰고 있는데 상엽씨는 지금쯤 깊은 잠에 빠져 내꿈꾸고 있겠지?

지금 라디오에서 우리가 즐겨듣던 Elton John에 sorry seems to be the hardest word 가 흘러나오고 있는데 혹시 오빠도 이 음악을 듣고 있는지...... (중략)

지난번 춘천에서 우리 아이 다섯을 갖자는 상엽씨 말에 욕심도 대단하다고 생각하였는데 지금은 나도 동감이야.

결혼 전까지 나의 순결을 지켜준다는 대단한 의지를 생각해서라도 결혼 후에는 내가 양보해야지 뭐!!

다음 달 크리스마스가 빨리 왔으면 좋겠어.

오빠 만날 날만 손꼽아 기다리고 있거든......

그때 무엇을 할까 생각중이야!!

깜짝 이벤트~ 기대해 보세요.^^

내일 2박 3일 일정으로 교육이 있어 안면도에 갈 거야.

안면도에 해송과 바다가 어우러져 아름다움이 더해지는 낙조에 모습을 상엽 씨와 함께 볼 수 있으면 더 좋을 텐데 그러질 못해 아쉽기만 해.

돌아와서 다시 편지 쓸게...... 안녕!!

IV

편지를 다시 읽어보며 별 일이 없을 거라는 생각으로 마음에 안정을 추스른 김 병장은 다음 주말 서울에 다녀올 계획을 세우고 잠을 청하였다.

쉽게 잠을 잘 수 없을 거라 생각 하였듯이 편하지 않은 밤을 지척이며 보냈으며 다음날 하루 일정을 간신히 소화하고 밤늦은 시간에 전령이 순영이의 편지를 전해 준다.

순영의 편지를 받아든 순간 김 병장의 고뇌의 시간이 사르르 녹아내리며 내용을 확인해 보기도 전에 안도의 호흡을 먼저 길게 토해내었다.

예전의 사랑이 듬뿍 담긴 로맨틱이 묻어있던 그런 편지 봉투가 아닌 조금은 수수하고 청순해 보이는 편지봉투를 받아들었지만 밤새도록 이상한 감정과 걱정으로 스스로를 고문하던 차에 받은 반가운 소식이기에 김 병장은 전혀 눈치를 채지 못하고 정성스럽게 봉투를 개봉한다.

"상엽씨!!

무척 기다리고 가고 싶었던 크리스마스 마지막 면회이었는데 약속을 지키지 못해 미안!!

부모님께 급히 다녀올 일이 생겨 샌 프란시스코에 가는 중이야.

겨울 방학동안 미국에 머물러 있을 것 같아.

돌아올 때면 이미 제대하고 의젓한 청년으로 바뀌어 있겠지?

먼저 무사히 군에서 제대하게해준 것 감사하고 축하해.

얼마 남지 않은 군 생활 잘 마무리하고 그리고 언제나 단정한 상엽씨! 건강하고 행복해야 돼.

안녕......"

김 병장은 짧은 내용의 편지였지만 순영이가 급히 미국에 사시는 부모님을 만나 뵈러 간다는 것에 안도하며 마음에 평정을 찾을 수 있었다.

군 생활 마지막 크리스마스를 나에 천사님과 멋지게 그리고 아름다운 추억을 만들어 보려던 계획이 수포로 돌아갔지만 잠시 동안의 번뇌를 말끔히 벗어나게 해준 그녀에 편지가 김 병장에게는 큰 힘이 되었다.

'부모님께 급한 일이?'

'미국에 사는 가족들에게 무슨 일이 없어야 할 텐데......'

'까짓것 아름다운 크리스마스 추억은 다음 기회에 얼마든지 만들 수 있는데 뭐......'

'아쉽지만 아무 일 없으니 다행이지......'

그렇게 김 병장은 혼자 중얼거리며 이상한 감정에 휩쓸렸던 3일간의 번뇌의 시간을 종지부 찍었다.

말년 병장의 남은 시간이 왜 이리 더디게 가는지 고물 버스가 고개를 쉽게 넘어가지 못하고 낑낑 거리며 숨 가쁜 숨을 몰아쉬듯 힘들게 가고 있다.

한해를 넘기는 종무식과 새해를 맞이하는 시무식을 군대 특유의 얼렁뚱땅 식으로나마 하였기에 한해가 가고 새해가 오는 구나를 알 수 있는 마지막 힘든 고비를 김 병장은 겪고 있다.

이런 고통스러운 말년이 나에 천사 순영이의 편지가 없었다면 더욱 힘들었을 것 이다.

하루에도 몇 번씩 백통이 넘는 편지를 읽고 또 읽고 그렇게 해서 마지막 힘든 고비를 넘기고 있는 말년 병장의 마음속에 넉넉한 마음을 채워 넣을 수가 있었다.

강원도 산골 전방 부대에 휘몰아치는 겨울 삭풍이 광풍처럼 몰고 가더니 주먹만 한 함박눈이 펑펑 내리기 시작했다.

신참병 때는 이런 눈이 그렇게 싫었는데 말년 병장이 되니 너무나 아름다워 보인다.

비로소 인간의 본 모습으로 돌아오는가 보다.

어느덧 제대일이 카운트다운에 들어갔다.

군대 생활하며 선임자들이 신참병들에게 시간이 더디게 가는 것을 위로하듯 들려주던 그 말이 새삼 사실이 되었다.

국방부 시계는 하루도 쉬지 않고 돌아가고 있다고.

김 병장은 제대 10일을 남겨두고 3년 가까운 군 생활을 정리하고 있다.

입영 통지서를 받아들고 순영에게 이야기 하던 날 3년 동안 헤어져야하는 아쉬움과 나의 힘든 군 생활을 안타까워하며 얼마나 슬퍼하였던 나에 천사 이었던가.

논산 훈련소에서 이별을 고할 때 눈물을 펑펑 흘리며 오히려 내가 순영이를 위로해야 했던 그때가 나에게는 가장 행복한 순간이었다.

강원도 산골 전방까지 여자 혼자 면회 오며 다른 동료 병사들의 부러움의 상징이 되게 해주었던 나에 순영이었다.

틈틈이 사랑이 듬뿍 담긴 솜사탕 같은 달콤한 편지도 보내주며 군 생활을 지루하지 않고 여유롭게 보낼 수 있도록 배려도 해주었다.

이렇게 3년의 군 생활을 아무 탈 없이 건강하고 행복하게 그리고 수많은 추억거리를 만들어준 나에 천사 순영이는 나의 영원한 동반자이다.

서순영 선생님

I

1978년 봄.

순영은 대학을 졸업하자마자 여자고등학교 영어선생님으로 발령을 받고 근무하였다.

아직 여대생 티를 다 벗지 못한 신참 선생님 이지만 학교에 발령받아 교생실습능력을 인정받고 바로 1학년 담임까지 맡게 되었다.

청순한 이미지에 앳되어 보였지만 미인소리를 자주 들을 정도로 매력이 있어 보였는데 지적미인이라는 표현이 더 옳은 답이었다.

학창시절 상업 오빠와 거의 매일 붙어 다닐 정도로 자주 만났었는데 군대에 입대하면서 그렇게 하질 못하니 무기력하기도 하고 때로는 고독한 세월을 보내기도 하였지만 군에서 고생하는 오빠를 생각하며 열심히 대학의 마지막을 보냈었다.

짬짬이 오빠에게 편지 쓰는 재미와 면회 가는 날을 기다리며 그것이 행복이라고 스스로 믿고 대학생활을 잘 마무리 할 수 있었다.

지난번 졸업식에는 상업오빠가 휴가를 맞춰 나와 주었고 미국에 계신 부모님도 딸의 졸업식에 참석하려고 잠시 귀국 하여 쓸쓸함을 면할 수가 있었다.

부모님은 아버지 직장일 때문에 오래 머물지 못하고 미국으로 바로 들어 가셨고 상업 오빠가 일주일동안 나의 동반자가 되어주며 발령받은 학교 근처로 거처를 옮기는데 주도하며 이모님으로 부터의 독립을 선언하게 해주었다.

새로 이사한 집은 직장을 은퇴하신 60대 부부와 은행에 다니는 노처녀 딸이 1층에 살고 있으며 2층에 순영이가 기거하게 되었는데 여자고등학교 여 선생님이 위층에 이사 온다고 주인집 부부는 집을 깨끗하게 정리하여 청소를 다시하지 않아도 되도록 신경 써 주었다.

살림살이라고는 책상과 책장 화장대 간이 옷장 그리고 약간의 부엌살림이 전부이니 이사 하는데 그리 어렵지는 않았다.

'집이 아담하니 괜찮지? 방배동 오빠방하고 거의 구조가 비슷한 것이 낯설어보이지가 않아'

'남쪽으로 창문이 있어서 환하고 좋다'

'주인집 아주머니 아저씨가 인상이 좋으셔서 마음이 놓여'

'아주머님이 후덕하게 생기셨어. 그리고 주인집 식구가 단출하여 신경 쓸 일도 없을 것 같고'

'오빠가 이삿짐도 다 정리하고 꼭 내 신랑 다 된 것 같아'

'미리 예습 하는 거야'

'주인집 아주머니가 오빠냐고 묻기에 그렇다고 대답 했어. 달리 따로 말하기도 그렇고 해서'

'그랬어?'

'친 오빠인줄 아나봐'

'사실대로 이야기하지 그랬어. 나중에 괜히 오해하여 선생님에 대한 이미지가 안 좋아지면 어떻게 하려고'

'나중에 천천히 기회 되면 따로 이야기 하지 뭐'

'오빠는 휴간인데 나 때문에 즐거운 시간 보내지도 못하고 어떻게 하지?'

'일부러 졸업식 날 맞춰 휴가를 나왔으니 내가 그 값을 해야지. 나에 어여쁜 천사님하고 이렇게 함께 있으니 그걸로 만족인걸 뭐'

'히히 정말?'

'그럼. 함께 있으면 그것으로 좋은 거야. 학교는 언제부터 나가?'

'3월 2일부터'

'얼마 남지 않았네. 선생님 연습 많이 해야 할 텐데……'

'나 실력 인정받았거든. 걱정하지 마셔'

'그럼 실력 테스트 좀 해볼까?'

'해보세용'

'에헴. 선생님 애인 있어요?'

'아~. 애인은 없고 낭군 될 사람은 있는 디. 히히히'

'짝짝짝(박수 소리) 50점'

'왜 50점밖에 안 돼……'

'100점은 이렇게 대답해야지'

'어떻게?'

'죽도록 사랑하는 애인이 있는 디 조만간에 여보 될 거야. 하하하'

'그렇게도 좋을까'

'아무튼 순영이는 직장도 있고 돈도 벌고 좋겠다.'

'오빠도 제대하면 좋은 직장이 기다리고 있는데 괜히 그러셔'

이렇게 짐도 정리하고 재미있는 이야기도 하면서 밤을 함께 보냈다.

내가 이사한 첫날밤이 무서울 수도 있다고 생각하여 상엽 오빠가 함께 밤을 지새운 것이다.

부모님은 미국에 사시면서 딸의 주변 관리를 상엽 오빠에게 전적으로 의지하며 마음을 다 잡으시는 것 같았으며 순영도 보호자 같은 그가 옆에 있어 항상 위로가 되었다.

상엽 오빠 휴가가 2월 말까지 이기에 둘은 많은 시간을 함께 보낸 뒤 학교생활이 적응되면 면회 갈 것을 약속하고 부대로 복귀하였다.

II

학교에 부임 하자마자 1학년 3반 담임선생을 맡게 되었다.

학교 분위기 파악이 제대로 되지 않았지만 교생실습에서 보여준 경험으로 사춘기의 여학생들을 잘 이끌 수 있다고 자신하였다.

학생들은 예쁘게 생긴 대학을 갓 졸업한 나이어린 여 선생님이 담임으로 오자 와 하고 환호 하며 친구 같다는 농을 걸기도 한다.

학생들도 중학생에서 고등학생으로 오늘 처음 학급에 배정이 되어 모르는 친구들과 서먹서먹하여 교실 분위기가 쌀쌀 맞았었는데 친구 같은 선생님이 담임으로 배정되어오자 분위기가 금세 바뀌었다.

학생들과 학교생활에 대한 오리엔테이션이 끝나고 각자의 간단한 소개시간을 가졌다.

서로의 소개가 끝난 다음 질의 응답시간을 갖도록 하였는데 모두가 담임선생에 대한 질문이었다.

'선생님! 담당 과목은 요?'

'너희들에게 영어를 가르칠 거야'

'선생님 연세, 이 잉~ 선생님 나이는 요?

'내 연세는 너희들보다 훨씬 많아. 그러니 막내 언니가 아니고 큰 언니처럼 생각하고 말 잘 들어야 한다. 알았지?'

'어느 학교 나오셨어요.'

'서울대학교'

'와! 서울대학교!! 학생 때 공부 잘 하셨어요? 결혼은 물론 안하셨겠지요?'

'내가 그렇게 늙어 보여? 결혼 했느냐고 질문하게'

'그러면 애인 있으세요?'

'나같이 예쁜 선생님이 애인이 없을 리가 없지'

'와~ 애인은 무엇 하시는 분이세요?'

'선생님 애인 신상까지 털릴 수는 없고...... 비밀'

'말해 주세요. 선생님~'

'글쎄 지금은 씩씩한 군인이야'

'연애는 오래 하셨어요?'

'내가 중학교 3학년 때 오빠로 만났으니 꽤 오래된 것 같은데'

'7년도 넘게...... 열렬이 사랑하는 사이세요?'

'암. 열열이 사랑하지'

'와~ 우리 선생님 멋지다'

'너희들도 나처럼 추억으로 가득 채워줄 여고 3년의 건전한 사랑을 만들어 보렴. 낭만적인 학창시절을 만들어 보는 거야. 알았지 들?'

순영은 반 아이들과 친해보려고 개인적이고 사적인 이야기까지 나누면서 학생들과 첫 하루 일과를 시작 하였다.

그리고 상업오빠가 가르쳐준 열열이 사랑하는 애인이 있음도 밝혔다.

여고 1학년 학생들을 보며 순영은 7년 전 비 오던 날 상업오빠와 정식으로 대면하며 인연을 만들었는데 중학생 때의 수줍음을 멀리하고 생기발랄하게 행동할 수 있었던 그때를 생각해본다.

이성으로서의 남자를 그 시절에 처음 알았고 그리고 지금까지 일편단심으로 한 남자만을 사랑하며 우리의 미래를 키워 나가고 있는 선생님같이 너희들도 건전한 청춘을 당당하게 그려보라고 학생들에게 말해주었다.

며칠 뒤 다른 학교에서 새로 전입해 오신 세분 선생님과 나의 환영 회식이 있었다.

선배이신 과학 선생님이 초임 선생에 대한 짓궂은 신고식이 있을 것이니 대비하라며 귀띔해 주었다.

여자 고등학교라 그런지 여자 선생님이 많았는데 모두 연배이시고 사회에 나와 숱한 연륜을 쌓은 선배님들이기에 행동을 조심하며 모든 분들의 한마디 한마디를 귀담아 들었다.

선생님들의 회식자리라 조촐하게 마련된 자리였다.

일부 선생님이 축하주를 권하였지만 태생이 술을 전혀 할 수가 없어 내일 수업에 지장을 줄 수도 있다며 재치 있게 거절 하였다.

그리고 체육 선생님이 도가 지나치도록 나를 방어해 주어 그 순간을 잘 지나갈 수 있었다.

상엽오빠 아버님 연배이신 인자해 보이는 교장 선생님이 회식자리에 참석한 모두들 앞에서 나를 칭찬해 준다.

'신임 서순영 선생님은 우수한 성적으로 우리 학교에 발령받은 재원입니다. 선배 교사님들이 많이 지도해 주세요.'

교장 선생님의 칭찬이 부끄러웠지만 모두에게 목례로 답 하였다.

'서 선생님은 앳돼 보이는데 나이가 어떻게 되나요?'

'만으로 스물 셋입니다'

'내 딸이 스물다섯 살이라 딸 같아서 물어봤어요.'

'주임 선생님이 딸 하나로 부족하셨을 텐데 다시 얻었다 생각하시고 잘 지도해주면 되겠네요. 하하하'

교장 선생님이 웃으며 거들어 주었다.

'고향이 어디지요?'

'서울인데 부모님이 미국에 사셔서 지금은 혼자 살고 있습니다. 학교 근처에서 자취하고 있습니다.'

'외롭겠어요. 서 선생 애인 있어요?'

'7년 동안 사귀어온 남자 친구가 있습니다.'

'서 선생아 동서고금에서 이야기하는 미인 형 인물인데 머리와 눈동자가 검지요 입술과 볼이 발그레 해요 이와 피부가 하얀 것이 남자 친구가 아니라 애인이겠지요.'

나이 드신 역사 선생님이 관상을 보는 사람 같이 이야기하며 서순영 선생을 놀렸다.

여자에 대하여 짓궂게 구는 것은 나이 드신 분이나 젊은 사람이나 매 마찬가지 이었으며 점잖으신 선생님도 마찬가지 이었다.

방법을 총 동원해서 새로 부임한 신참 여선생의 신고식을 확실히 하여 신상을 다 캐내려고 하였다.

'애인 있구먼. 중매 하려고 했더니만'

'남자 친구라는데. 좋은 사람 있으면 서 선생에게 소개하세요.'

'서 선생. 그럴까요? 좋은 사람이 있는데……'

'아~ 아닙니다. 괜찮습니다. 아직은 결혼을 생각할 나이가 아니라 남자를 소개받을 여유가 없어서요.'

'저렇게 거절하는 것을 보니 남자 친구가 애인 맞네. 하하하! 남자 친구는 무슨 일을 하는 사람입니까?'

'올해 군 제대하면 경제기획원에 근무하는 것으로 되어있습니다.'

'재원이구만'

선생님들이 어린 나를 놀려 먹느라 짓궂게 질문하여 어쩔 수 없이 상엽오빠의 신상을 다 털릴 수밖에 없었다.

처음 발령받은 날부터 두 분의 총각 선생님이 나에게 특별한 관심을 보이곤 하였는데 그렇게 상엽오빠의 존재를 공표하고 나니 그들로부터 자유로울 수 있었다.

오히려 홀가분하니 잘된 일이라고 생각했다.

학교 중간고사가 끝나고 봄 향기가 짙어가는 5월 상엽오빠를 면회하기 위해 새벽 일찍 집을 나섰다.

집에서 그리 멀지않은 청량리역까지 택시를 타고 춘천행 기차에 몸을 실어 학교 선생님들에게 신상이 다 털려 애인이 된 오빠를 만나러 가고 있다.

상엽오빠는 담배를 피우지 않고 술도 그렇게 좋아하지 않았으며 대신에 어린 아이들처럼 보드라운 제과점의 다과를 먹는 것을 즐겼는데 그중에서 신경을 써 오빠가 좋아하는 것으로 골라 부대 동료들과 함께 먹을 수 있도록 충분하게 준비 하였다.

그리고 첫 월급을 받은 기념으로 오빠를 위한 선물도 마련하였다.

휴대용 녹음기로 상엽오빠가 좋아하는 음악들을 테이프에 담아 보초를 서거나 여가시간에 들을 수 있도록 하였다.

지난겨울 춘천 MBC 별밤 프로에 오빠에게 음악 편지를 보냈었는데 그 방송을 듣고 부대 동료들이 부러워하며 난리였다고 하였었다.

그래서 음악을 좋아하는 오빠를 위해 첫 월급을 탄 선물로 여러 개의 테이프에 상엽오빠가 좋아하는 팝송과 클래식 그리고 트윈 폴리오 투 에이스 박인희 이장희 노래를 녹음하여 들을 수 있도록 하였다.

나에 정성을 가득 담은 선물이었다.

춘천행 열차는 봄날의 상큼함을 가득 싣고 학창시절 오빠와 추억을 만들었던 대성리역을 지나 강촌 강가 모래밭에서 뛰어놀던 그곳도 지나치며 지난날 즐거웠던 청춘들의 사랑에 도피처를 일일이 확인해주며 나를 종착역에 풀어 놓는다.

순영은 다시 시외버스로 갈아타고 사랑하는 연인인 오빠를 만나기 위해 불편한 교통편이 아무 걸림돌이 되지못하고 오히려 시골의 넉넉한 풍경을 두 눈으로 선사받으며 즐겁게 여행하고 있었다.

양구에 도착하여 오늘은 택시를 타고 부대까지 갔다.

시간을 아끼기 위해서다.

위병소에서 면회를 신청하자 미리 기다리고 있던 오빠가 외출을 허락받고 바로 나왔다.

오빠에게 줄 선물을 위병소에 맡겨놓고 부대에서 읍내까지 차편이 없기 때문에 둘은 걸어서 나왔다.

이따금씩 부대 동료들이 귀대하면서 상엽오빠에게 눈치를 보냈다.

점심때가 되어 읍내에 도착 하였으며 오빠에게 맛있는 것을 대접하려 이곳저곳을 기웃거려 보았지만 시골의 음식점이 서울만큼 다양하지 않아 선택할 수 있는 정도가 되지못하여 할 수 없이 중국집에 들어가 중국요리를 시켰다.

'첫 월급 받아서 오빠에게 맛있는 것 사주려고 했는데 이곳 시골이 마땅한 곳이 없네.'

'군인이 중국요리면 최고 대접 받는 거야'

'그래도 오빠가 좋아하는 튀김요리 같은 것이 있었으면 좋았을 텐데. 아니면 양식집이던지'

'시골에서는 중국음식도 최고로 쳐 주니까 괜찮아.

'다음 휴가 나오면 그때 맛있는 것 사줄게'

'고맙습니다. 나에 천사님'

'첫 월급으로 휴대용 녹음기하고 오빠가 좋아하는 음악을 다 담아서 준비했거든. 보초 서면서 들어'

'기특하셔라. 우리 천사님……'

'히히히. 마음에 들었으면 좋겠다.'

'순영이가 선물하는 것은 무조건 굿 이야'

'정말?'

'그럼. 내게는 최고에 선물이지. 첫 월급 타서 우리 부모님과 누나들에게도 선물했다며?'

'첫 월급 탔다고 자랑하고 싶은데 자랑할 때가 없어서 방배동 엄마 아버지하고 언니에게 한 거야. 좋은 선물도 아니야'

'엄마 아버지가 장차 며느리가 될 순영에게 선물 받아 너무 좋아 하신다며 누나가 편지에 썼더라.'

'별 것도 아닌데……'

'미국에 계신 부모님과 동생들도 신경 써야지?'

'여름 방학 때 미국에 잠시 다녀오려고. 그때 선물을 준비하면 돼'

'미국에 함께 갈 수 없어 아쉽다'

'그러게 말이야. 함께 가면 엄마가 오빠를 보고 장래 사윗감 왔다며 상당히 좋아 할 텐데'

'나중에 제대하고 시간이 되니 그때 인사드리지 뭐'

'우리 엄마는 전화 통화 할 때마다 상엽오빠하고 잘 지내고 있느냐는 식으로 연관 지어 이야기 하셔'

'서울에서는 내가 보호자이니 당연하지'

'떨어져 있는 내가 걱정인 모양이야'

'걱정이 되시겠지'

'오빠하고 잘못 될까봐 노심초사 하시는 것 아니겠어?'

'순영이를 내가 책임지겠노라고 고등학생 때 부모님에게 다짐하였으니 응당 그런 줄 알고 계시잖아. 그래서 나를 믿고 딸을 맡기는 심정이시겠지'

'그렇겠지?'

'그럼'

'참. 방배동 어머니가 오빠한테 면회 간다고 하니까 장조림하고 반찬 챙겨 주셨어.'

'엄마는 힘들게 별걸 다 챙기셔'

'잘난 아들이니까 챙겨야지요.'

'하하하. 그렇지 잘난 아들이지……'

중국요리를 맛있게 먹고 상엽과 순영은 파로호 주변을 산책한 뒤 서울에 너무 늦게 도착하여 야간 통행금지 시간에 걸리지 않도록 오빠가 배려하여 춘천행 버스에 서둘러 탔다.

순영은 잠시 만나 다시 헤어지는 것이 마음 아파 본인도 모르게 눈에서 눈물이 나와 흘렸는데 상엽오빠가 그 모습을 보았는지 안절부절 어찌할 바 몰라 한다.

순영은 되도록 오빠를 마음 아프게 하지 않으려고 자신의 외로운 처지와 그리고 연인과 헤어지는 아픔을 숨기며 명랑하게 행동했었는데 지금까지 그런 외롭고 슬퍼하는 모습을 안보이며 잘 견디었는데 오늘은 바보같이 이런 나에 솔직한 마음을 들키고 말았다.

버스 안에서 오빠 마음을 아프도록 만든 나 자신을 내내 후회 하였다.

III

가족들을 만나기 위해 미국에 들어갈 계획을 잡았다.

한참을 만날 수 없을 것 같아 여름 방학이 되기 전에 춘천에서 오빠를 만나기로 하였다.

상엽 오빠가 1박2일 외박을 춘천으로 나오기로 하였는데 미국 가기 전에 당분간 만날 수 없어 잘 다녀오겠다는 얼굴 인사를 하며 서로 떨어져 있는 시간의 아쉬움을 달래기 위해서였다.

부대로 면회 가겠다는 순영의 편지를 받은 상엽 오빠가 춘천으로 나오겠다며 그녀의 먼 길 여행을 배려하는 오빠에 마음이 묻어 있었는데 군인이라는 제약된 신분으로 위수지역을 이탈할 수 없어 서울로 들어올 처지가 아니라는 것도 순영이 잘 알고 있었다.

상엽 오빠를 만나 춘천의 한 영화관에서'엄마 없는 하늘 아래'라는 영화를 함께 보았다.

북한강 선사유적지도 관광하고 보트도 타보며 잠시 떨어져있는 아쉬운 시간을 보상받기라도 하듯 두 연인은 마음껏 청춘을 즐겼다.

아쉬운 작별을 한 뒤 순영은 미국 센 프란시스코로 떠났다.

여름방학을 이용하여 떨어져있는 가족과 긴 시간을 함께하며 부모님과 동생들과 오랫동안 갖지 못한 정을 나누기로 하였다.

공항에는 엄마가 마중 나왔으며 아빠는 회사일이 바빠 저녁때 집에 일찍 들어오신다고 하였단다.

'우리 공주님 얼굴이 발그레 한 것이 좋아진 것 같다'

'좋긴...... 똑같은데'

'여기 오기 전에 상엽이 만난 얼굴인데. 맞지?'

'그저께 부대근처로 가 춘천에서 상엽 오빠 만났어. 여름방학 한동안 만날 수가 없잖아. 나 만나는 재미로 군대생활을 한다는데 그렇게라도 해 주어야지'

'우리 공주님 표정이 행복해 보이는 것이 그런 얼굴이야'

'내 얼굴에 오빠 만났다고 그렇게 쓰여 있기라도 했어?'

'쓰여 있는데. 호호호'

'참 엄마도. 오래간만에 만난 딸에게 장난이나 하시고...... 나 놀리는 재미가 그렇게도 좋으셔?'

'궁금하고 재미있지. 상엽이도 제대가 얼마 안 남았지?'

'6개월 정도'

'상엽군이 일편단심 너에게 잘 해주고 있으니 내가 마음을 놓을 수가 있어 좋더구나. 남자는 상엽이 같아야 돼'

'심지가 굳어서 항상 똑같아. 나보고 나에 천사 나에 천사님 하잖아'

'호호호. 우리 집 공주님이 상엽이의 천사로 바뀌었구나.'

'그렇게 불러주는 것이 싫지 않더라고'

'우리 공주는 좋겠다. 둘이 결혼 이야기는 해봤어?'

'엄마는 이상하셔. 학교 졸업한지 얼마나 됐다고 벌써 결혼 이야기야. 오빠 제대하고 직장에 출근하여 안정이 되면 하고 싶은 생각인가 봐'

'서두르면 좋겠는데......'

'왜 서둘러. 지금은 제대하고 출근하여 안정을 찾는 것이 먼저지'

'너를 서울에 여자 혼자 있게 하니 걱정이 되지. 아버지와 내 마음은 누구에게 의지할 수 있는 사람도 있으니 빨리 시집보냈으면 싶은 거야'

'결혼은 아직 아냐'

'상엽군이 네 보호자 역할은 확실히 하고 있는 거지?'

'휴가 나와서 전셋집 계약이며 이삿짐도 다 정리해 주었어.'

'아이고! 대단해라'

'방배동 상엽오빠 부모님도 나에게 잘 해주셔'

'고맙게도......'

공항에서 집에 도착 할 때까지 엄마는 상엽 오빠에 대해서만 묻고 딸에 대한 걱정을 한 숨 덜었는지 대견해 하고 기뻐하셨다.

당연히 딸의 장래 배우자 될 사람에 대하여 관심이 많은 것은 엄마로서 당연지사 일 것이다.

엄마는 순영이 여고시절을 떠올리며 그 당시 대학생이던 상엽의 당당함과 모범적인 행동을 믿고 훗날 딸의 배우자감으로 미리 점지한 결정이 잘 된 것이라는 안도의 제스처 이기도 하였다.

공항에서 산호세에 있는 집까지 꽤 먼 거리였으나 엄마의 극성스런 질문에 답해주느라 지루한지도 모르고 달려왔다.

미국은 땅 덩어리가 우리나라에 수십 배가 되는 것 같아 차 없이는 다닐 수가 없어 엄마가 중고차를 몰며 운전을 뽐내 주었는데 그런대로 불안을 느끼지 않으며 무사히 집에 도착할 수 있었다.

동생들이 순영을 보자 반기며 난리였다.

대학생과 고등학생이 되어 늠름한 동생으로 성장한 그들이 평생에 한번 만나는 사람처럼 징그럽게 엉겨 붙으니 그것도 고역이었다.

저녁때 아빠가 딸을 보가위해 허겁지겁 들어오셨다.

거래처와 중요한 계약 관계로 공항에 나오지 못한 것을 용서 받으려 그렇게 열심히 오신 것이다.

엄마가 서양식으로 만찬을 준비하여 오래간만에 딸 덕분에 가족들이 호사 한다며 아빠와 동생들이 한 마디씩 말 하였다.

　와인도 특별히 준비하였으나 순영이는 알코올이 들어있는 음료는 절대 마시지 않으므로 부모님의 잔치가 되어버렸다.

　늦게 들어오신 아빠가 궁금한 게 많았는지 딸에게 묻는다.

　'학교 선생님이 적성에 맞아?'

　'아이들이 잘 따라주고 선배 선생님들이 잘 지도해주어서 괜찮아'

　'영어 과목을 학생들이 어려워하지는 않고?'

　'흥미를 잃지 않게 재미있게 가르치려고 하니까 아이들도 잘 따라오고 보람을 느껴'

　'나이 어린 선생님이라고 학생들이 무시하지는 않던?'

　'그런 것 없어. 학생들이 다 착해'

　'상엽군 이야기는 엄마한테 대충 들었는데 여전하지'

　'그럼. 일편단심 성실한 남자야'

　주방에서 정리하던 엄마가 하던 일을 멈추고 다가와 아빠와의 대화에 끼어들며 말한다.

　'여보. 순영이 얼른 시집보냅시다.'

　'엄마는 또 그런다'

　'서울에 여자 혼자 있는 것이 엄마는 걱정이 되어 정해진 남자도 있고 사람도 확실하니 서두르는 거지'

　'상엽오빠가 제대하구 직장에서 자리 잡는 것이 먼저라고 아까도 말했잖아'

　'상엽군 부모님은 생각이 어떠신가?'

　'내가 부모님과 떨어져 보내는 것을 안타깝게 생각하시는지 나를 친 딸처럼 극진히 대해주셔. 우리 결혼문제도 오빠가 제대하면 서두르실 것 같아'

　'홀로 너를 서울에 남겨두고 온 것이 우리는 항상 마음에 걸려'

　'걱정하지마세요. 딸은 잘 하고 있으니까'

　'여보. 우리 공주님이 첫 월급 받아 선물을 사왔어요.'

　'그랬어? 우리가 선물도 다 받고 고맙다 우리 공주!'

　'히히. 별것 아니어요.'

　'상엽군 부모님에게도 선물 하였지?'

　'말이라고 해요. 예는 우리보다 상엽이네 가족을 더 챙긴다니까'

　'엄마는 무슨……'

　'맞잖아. 호호호'

　그렇게 부모님은 혼자 떨어져있는 딸을 걱정하여 조금 빠를 수도 있겠으나 안정된 직장도 있고 또 확실한 사윗감도 있으니 가능하다면 빨리 혼사를 치르고 싶어 하셨다.

　딸을 보살피지 못한 미한함도 있었겠지만 또 다른 확실한 보호자에게 순영이를 맡긴다는 표현이 억지스럽겠지만 그렇게 해서라도 마음에 부담을 덜고 싶어 하는 눈치였다.

　반 달 정도를 미국 서부지역 여행도 하고 즐거운 나날을 보내며 행복한 시간을 가족들과 함께 보냈다.

이제는 2학기를 준비해야 해 아쉬운 귀국길에 올라야 했다.

가족들과 아쉬운 작별인사를 하고 나를 반겨줄 사람이 있는 고향으로 가기위해 비행기에 탑승하였다.

부모님이 다양한 선물을 상엽 오빠와 가족들을 위해 준비해 주셨다.

김포 공항을 향한 비행기 안에서 순영은 혼자 떨어져있는 딸을 걱정하는 부모님을 위한 것이 무엇인지를 곰곰이 생각하며 긴 여정의 피로함에 대비코자 잠을 청한다.

IV

내년 1월 말이면 상엽 오빠가 제대를 한다.

얼마 남지 않은 오빠의 군 제대 날짜를 바라보며 마지막이 힘들 수도 있을 거라는 생각에 10월 말 가을 단풍이 절정을 이루는 계절 강원도의 아름다운 경치도 감상할 겸 해서 오빠 면회를 갔다.

그때 돌아오는 크리스마스를 함께 보내기로 약속 하였는데 순영은 그날이 빨리 돌아오기를 손꼽아 기다렸다.

붉게 물든 강원도 산천의 가을 경치도 아름다웠지만 크리스마스 시즌인 시골의 겨울 경치를 경험하는 것도 특히 사랑하는 사람과 맞이한다는 것이 더없는 기회이기도 하였다.

11월 늦은 가을 학급 종례를 마치고 교무실에 가니 교감 선생님이 부른다.

교육청으로부터 학생들 카운슬러 담당자 교육이 있는데 체육 선생님과 둘이 참석하라고 한다.

2박 3일 일정으로 충청도에 있는 안면도 연수원에서 교육청 주관으로 학교별 남자 여자 선생님 각 한명씩을 대상으로 실시하는 교육이라 하였다.

경력에도 반영이 되니 좋은 경험이 될 거라며 적극 추천해 주신다.

교감 선생님의 말씀이라 주저할 입장이 되지 못할 것 같아 교육에 참석하겠다고 하였다.

교감 선생님 말씀은 그런 교육은 다른 선생님들이 서로 가려고하는 연수교육 인데 서순영 선생 학습평가가 좋아 추천한다고 하였다.

경력에도 반영이 된다고 하니 경험도 쌓을 겸 긍정적으로 받아들였다.

그런데 순영은 좀 찜찜한 것이 체육 선생하고 함께 교육에 참석하는 것이 좀 망설여졌지만 애송이 선생님이 그런 것까지 생각하며 좋고 나쁨을 가릴 입장이 되지 못하였다.

체육 선생님은 삼십대 초반의 기혼인데 순영이 처음 출근하는 날부터 관심을 많이 보이며 과잉 친절을 보이고 있어 부담이 될 정도였다.

체육 선생님이 함께 연수교육에 참석한다는 것을 알고 순영에게 다가와 이야기 한다.

'서 선생님이 함께 교육에 참석하게 됐군요.'

'네. 제가 잘 모르니 선배님께서 잘 지도 부탁드립니다.'

'당연하지요'

그는 선배 선생님이라는 자부심으로 후배 선생의 후견인이나 된 것같이 행동 하였다.

'9시에 교육청에서 버스가 출발하는데 내 차로 교육청에 함께 갈까요?'

'아니 괜찮습니다.'

'아침 일찍 교육청에 가려면 힘들 텐데. 신경 쓸 것 없이 내가 서 선생 집으로 갈 테니 함께 갑시다.'

'교육청이 이모님 댁에서 그리 멀지 않아요. 혼자 갈 수 있으니 신경 안 쓰셔도 되요'

'이모님 댁에 사세요?'

'지금은 요'

얼떨결에 순영은 이모님 댁에서 거처하고 있는 것처럼 본의 아니게 거짓말을 하였다.

'남자 친구는 자주 만나요?'

'네'

'제대 했어요?'

'두 달 남았어요.'

'서 선생님은 좋겠어요.'

'뭐가 요?'

'애인이 제대하니 얼마나 좋겠어요.'

'아. 네'

순영은 체육선생의 질문에 가급적이면 단답형으로 대답해 주었다.

많은 수식어를 달아가지고 대답해주면 대화의 끊을 놓지 않고 계속해서 대시하는 경향이 있어 가급적 짧게 용무가 있을 때만 이야기 하였다.

같은 학교 선생님이 아니었다면 상대도 하지 않았을 터인데 한 직장에서 그렇게 한다는 것이 예의가 아닌 것 같아 공식적인 업무와 관련해서만 이야기 하려고 작정하였다.

사실은 체육 선생님이 여 선생님들 사이에서 별로 좋은 평판을 받지 못하고 있었기 때문이다.

집안이 부자라 선생님들 중 유일하게 자가용을 타고 다녔으며 결혼도 사고를 쳐서 일찍하게 되었다고 한다.

소문에는 몇몇 여선생에게 치근덕거렸던 전력이 있는 것도 전해 들었다.

체육 선생님이 순영에게 유별나게 친절히 대하자 선배 여 선생님이 조심하라며 귀띔도 해 주었었다.

안면도로 가기 전날 순영은 향이 향긋한 헤즐럿 커피를 마시며 상엽씨와 만날 크리스마스를 그려보았다.

당연히 오빠라고 생각했을 터인데 지난 만남 때 성숙한 우리의 관계를 대신해줄 수 있는 상엽씨로 그가 불리기를 원했다.

처음에는 그렇게 불러보는 것이 어색했고 상엽 오빠로부터 보호되어졌던 울타리에서 빠져 나오는 것 같은 생각이 들어 불안하기도 하였으나 이내 동등한 남녀관계의 책임을 서로 짊어져야함을 알게 되었고 그리고 연인으로 더 가까워 진 것 같아 쉽게 적응이 되었다.

춘천에서 커피를 마시며 상엽씨가 말했었다.

커피는 색깔이 검은 것이 악마의 유혹을 느끼게 하고 지옥 불처럼 뜨겁지만 천사같이 아

29

름답고 애인같이 달콤하다고 하였는데 지금의 커피 맛이 상엽씨의 포근함이 전해지는 여유로움의 전부인 것 같다.

커피의 달콤한 맛과 향기에 취해보며 상엽 씨에게 잠시 집을 떠나 연수원에 가 있는 것을 알려주고 싶고 그리고 보고 싶기도 해서 즐겨듣는 라디오 별밤을 들으며 편지를 쓴다.

지난번 춘천에서 함께 밤을 보내며 오빠가 아닌 상엽씨로 처음 부르면서 한층 더 깊어진 연인으로 빠져들어 가 버린 나에 감정을 편지 속에 남기고 싶었다.

철부지 중학생 시절 만들어낸 상엽 씨와의 인연이 사랑으로 활짝 피워내기까지의 세월이 벌써 8년이 되어 이제는 결혼하여 아이 다섯을 갖겠다는 우리들의 희망에 찬 속삭임을 실천하기만 하면 되었다.

순영은 상엽 씨라는 머리말로 그의 연인에게 편지를 쓰기 시작한다.

"프랑스의 유명한 피아니스트인 엘렌 그리모는 음악에도 색깔이 있는데 c단조는 검정이고 d단조는 차가운 느낌의 파랑색 그리고 F샤프 장조는 열정의 빨강색이라며 그 색깔에 맞춰 열정적이거나 냉정하게 차가운 그런 연주를 하였다고 해.

상엽씨! 우리에 사랑은 무슨 색깔 일까?

빨강 아니 진한 빨강색, 흰 눈 같은 하얀 색 일까? 그러면 노란 색......"

학창 시절

I

1970년 6월

상엽은 학교에서 수업을 마치고 친구들과 헤어져 집에 가던 중 갑자기 쏟아지는 비를 어머니가 챙겨준 우산을 재빨리 펴서 쓰고 빠른 걸음으로 이동 하였다.

동내 입구 어귀에 도착하여 앞을 살피며 가는데 옆집에 사는 경자의 친구가 예쁘장한 얼굴을 해 가지고 걱정스런 표정으로 하늘을 쳐다보며 지붕 처마 밑에서 비를 간신히 피하고 있는 모습이 보인다.

하얀 교복 상의에 두 갈래로 묶은 머리를 한 여중생의 손에 들려있는 진한 청색 책가방이 무거워 보였다.

상엽은 그쪽으로 가까이 가서 다정스럽게 말을 건넨다.

'경자 친구 맞지?'

'네'

모기소리 마냥 들릴 듯 말 듯 조그마한 소리로 대답한다.

상엽의 얼굴을 쳐다보지도 못하고 수줍음이 잔뜩 묻어 대답하는 중학교 3학년 여학생의 목소리였다.

'오늘은 경자하고 함께 가지 않네.'

'제가 오늘 학급 당번이라 경자는 먼저 갔어요.'

'그래서 혼자 비를 피하고 있었구나. 비가 바로 그칠 것 같지가 않은데 우산 같이 쓰고 갈까?'

'괜찮아요......'

'언제까지 여기서 비 그치기를 기다릴 거야? 그러지 말고 함께 이 우산 쓰고 가. 괜찮으니까'

'그래도......'

망설이는 경자 친구의 한쪽 팔을 잡아당겨 우산 속으로 들어오게 하였다.

'오빠도 비 맞고 불편하잖아요.'

'이정도 쯤이야. 머리만 맞지 않으면 되는걸!'

두 사람은 조그만 우산 속에 몸을 맡기느라 다정한 오누이처럼 가깝게 붙어서 걷기 시작한다.

'이름은?'

'순영이 요. 서순영'

'서순영? 이름이 얼굴 모습처럼 예쁘구나.'

'얼굴은 안 예뻐요. 오빠는 요?'

상엽은 명찰이 보이도록 몸을 순영이 쪽으로 돌리면서 대답한다.

'김상엽 이야'

'네. 상엽 오빠......'

'순영이는 공부를 아주 잘 한다고 하더라.'

'누가 그렇게 말해요?'

'경자가 그렇게 말하던데. 우등생이고 착하다고'

'아니에요. 경자가 더 잘해요. 착한 것도 경자가 더 그렇고요'

'둘이 다 공부를 잘 하는구나'

'오빠도 전교. 1등만 한다면서요.'

'경자가 그렇게 말했어?'

'네. 그렇게 이야기 했어요'

'둘이 내 이야기도 많이 해?'

'잘 생기고 공부도 잘 하고 성격도 좋다고 경자가 매일같이 침이 마르도록 이야기해요'

'칭찬 좀 해 주어야겠는데. 경자에게'

'안 돼요 오빠! 경자에게 비밀로 해주세요.'

'무었을 비밀로 해야 되는데?'

'오늘 우산 같이 쓰고 온 거하고 경자 이야기 한 것도요'

'왜?'

'그냥 요'

그렇게 다정하게 이야기 하며 걷다보니 벌써 상엽이 집 앞에 도착하였다.

'집이 여기서 멀어?'

'아니요. 10분 정도만 가면 되요'

'그러면 내가 집에까지 바래다줄게'

'아니에요. 괜찮아요.'

하며 극구 사양 한다.

'이 비를 맞고 그냥 갈수는 없잖아. 그러면 이 우산 쓰고 가'

'네. 그렇게 할게요. 오빠 고마워요'

'고맙긴. 그럼 다음에 또 만나자. 안녕'

'네. 안녕히......'

상엽은 대문 처마 밑에서 순영이가 가는 뒷모습을 바라보며 귀엽고 깜찍하고 착한 아이라는 생각을 하였다.

일주일 뒤 순영이는 수업이 끝나고 바이올린 반에서 할일이 있다며 경자 먼저 집에 가라고 하였다.

순영은 지난번 상엽 오빠를 만난 시간에 맞춰 우산을 들고 동내 모퉁이에서 그를 기다리고 있다.

조금 기다리고 있으니 저만치서 상엽 오빠가 하복 교복에 모자를 쓰고 책가방을 들고 빠른 걸음으로 오고 있다.

그리고 순영이를 보자 환한 미소를 지으며 한 손을 흔들어 준다.

상엽이 순영에게 다가와 말한다.

'나 기다리고 있었어?'

'네. 우산 전해주려고요......'

'가는 길에 우리 집에 전해주면 될 텐데 나를 마냥 기다린 거야? 혹시라도 내가 약속이 있어 늦어지면 어떻게 하려고'

'오빠 집을 어떻게 가요'

'그렇지. 엄마가 웬 예쁜 여학생인가 궁금해 하겠군'

'저 안 예쁜데요.'

'내 눈에는 예뻐'

'정말 요? 히히히!'

예쁘다는 소리에 얼굴이 빨개지며 웃는다.

'오래 기다렸어?'

'아니요. 방금. 지난주 오빠 오는 시간에 맞춰 학교에서 나왔어요.'

'잘 했네. 시간이 되면 옆에 공원 가서 이야기 하고 갈까?'

'오빠가 시간이 되면 그렇게 해요'

상엽과 순영은 5분 거리에 있는 조그만 간이 공원으로 자리를 옮겨 나무로 만든 벤치 중앙에 가방을 놓고 양쪽 끝에 떨어져 앉는다.

공식적인 첫 만남이라 그런지 순영이가 많이 쑥스러워 하는 것 같아 그렇게 하도록 내버려 두었다.

'오늘도 학급당번 이었어?'

'아니요'

'경자는 어떻게 하고 혼자 기다린 거야'

'방과 후 학예 반 일이 있다고 경자에게 먼저 가라고 했어요.'

'경자에게 거짓말 했구나'

'정말 그렇게 오빠가 이야기 하니까 경자에게 거짓말 하게 된 거네. 괜히 미안해지잖아요.'

'나 만나려고 친구에게 거짓말도 하고. 나는 기분이 좋은 걸'

'오빠 때문에 내가 나쁜 친구가 되었잖아요. 나중에 경자가 알면 배반자라고 나에게 심통 부릴 텐데'

'그렇겠구나. 경자에게 비밀은 지켜줄게. 하하하!'

'꼭 비밀 지켜주세요. 그렇지 않으면 경자에게 나 죽음이에요'

'순영이가 나에게 하는 것 보고'

순영이는 금세 얼굴이 다시 빨개졌는데 발그레 한 모습이 더욱 사랑스러워 보였다.

'순영이는 오빠가 있어?'

'없어요. 여동생 하나 남동생 하나 요.'

'그러면 나도 동생이 없으니까 내 여동생 하면 되겠다.'

'정말로요?'

'그럼. 정말이지'

'친 오빠처럼 잘 해주는 거예요?'

'그럼. 친 오빠보다 더 잘 할 수 있지'

'좋아요. 그러면 지금부터 오빠해요'

'그 대신 공부 잘하는 여동생 이어야 해. 오빠 말도 잘 듣고'

'공부 잘 하는 오빠 와 공부 잘 하는 여동생. 우리는 모범생 오누이네. 그렇지요? 히히히!'

'그렇구나. 모범생 오누이......'

'오빠 된 기념으로 다음에 만날 때 맛있는 것 사 주'

'벌써부터 말씨가 짧아졌네. 숙녀 아가씨!'

'히히히! 내가 너무 나갔나?'

고등학교 2학년인 상엽과 중학교 3학년인 순영은 누가 보아도 오누이 같은 모범생으로 보였으며 모습도 많이 닮아 보였다.

이름의 성만 같았어도 남매라고 생각 할 정도로 둘은 단정했으며 성격도 엇비슷했다.

순영은 학교 수업시간에 이해가 가지 않았던 수학문제를 상엽에게 쉽게 가르침을 받고 기뻐한다.

상엽과 순영이 책을 펴들고 공부하는 모습을 공원에 데이트 나왔던 대학생 커플이 지나쳐 보면서 빙그레 웃는다.

두 사람은 늦은 시간까지 학교생활과 공부하는 방법을 서로 이야기 하며 보내고 돌아오는 토요일 저녁에 근처 빵집에서 만날 것을 약속하고 순영이 집 앞에까지 바래다주었다.

　며칠 뒤 토요일 오후 약속한 시간보다 일찍 상엽이 빵집에 갔는데 벌써 순영이가 기다리고 있다.
　순영의 교복 입은 모습도 앙증맞게 예뻤는데 오늘은 사복을 멋있게 차려입고 베레모까지 쓰고 앉아있는 모습이 한 마리 귀여운 어린 사슴을 보는 것 같았다.
　상엽은 그런 순영이가 천사인줄 착각했다.
　'일찍 왔네. 내가 먼저 기다리려고 서둘러 나왔는데'
　'오빠를 기다리게 하면 안 되지 요. 동생인 내가 먼저 나와서 기다려야 동생대접도 잘 받지'
　'순영이가 학교에서 장유유서를 제대로 배웠구나.'
　'모범생이잖아'
　'그렇지 모범생이지. 하하하!'
　빵집 누나가 물 잔을 테이블에 올려놓으며 둘을 힐끔 쳐다본다.
　아마 처음에는 두 사람이 남매 같아 보였는데 이야기하는 모습이 어린 연인임을 눈치 채고 쳐다보는 눈이었다.
　'순영이는 무었을 좋아하지?'
　'크림 빵'
　'그러면 크림빵 두 개하고 단팥빵 두 개 도넛 두 개 주세요. 음료수는 우유를 마실까? 아니면 환타나 다른 음료를 할까?'
　'건강에도 좋은 우유가 좋지'
　'그럼 우유 두 잔도 주세요.'
　'오빠는 단팥빵 좋아 해?
　'빵은 다 좋아해. 나보고 엄마가 빵 돌이래'
　'그렇구나. 빵 돌이 아저씨. 히히히!'
　'순영이는 집에서 불러주는 별명이 뭐야?'
　'엄마가 공주 아가씨래'
　'공주 아가씨라. 내 눈에는 공주보다 천사처럼 보이는데'
　'나 천사 아니거든? 오빠가 잘 몰라서 그러는가 본데 내가 얼마나 못되게 행동 하는데.'
　'전혀 그런 것 같지 않은데?'
　'아니야. 동생들에게 내가 얼마나 못되게 하는데. 그래서 동생들이 나보고 얼음 공주래'
　'하하하! 나도 누나들에게 못되게 행동해'
　'그럼 우리 오누이는 악당 요괴 남매가 되는 거네. 히히히!'
　'맞네. 악당 요괴 남매 하하하!'
　'우습다. 악당 오빠가 너무 멋있어서'
　'악당 동생도 남들은 다 천사인줄 알 텐데 뭐'
　'감사합니다. 예쁘게 천사로 봐 주어서'

‘고등학교 진로는 결정했어?’

‘옆에 있는 여고로 진학하려고 준비하고 있어. 집에서도 가깝고 해서’

‘그러면 우리 학교 근처네.’

‘그러네. 그러면 오빠하고 함께 학교에 다닐 수도 있어서 좋겠다. 오빠는 내년에 3학년이 되면 입시준비 하는데 힘들겠다.’

‘각오 해야지. 지금까지 해온 대로 하면 되겠지 뭐’

‘순영이는 무슨 과목을 좋아하지?’

‘영어’

‘남들이 어려워하는 과목을 좋아하는구나.’

‘어른이 되면 영어로 시도 써보고 소설도 써보고 싶어. 커서 영어 선생님도 되고 싶고’

‘중학생이 벌써부터 그런 생각까지 하셨어?’

‘애 늙은이 인가보지 뭐’

‘공부 잘하는 학생들은 순영 이처럼 장래 무엇이 되겠다는 목표를 확실히 정하고 있잖아’

‘오빠는 더 확실하겠네. 오빠는 어느 쪽을 희망하고 있어?’

‘나는 정부 공무원 쪽에 지원 할 거야.’

‘판사 같은 쪽으로 안하고?’

‘법관은 너무 피동적으로 움직이는 직업인 것 같아 적성에 맞지가 않아. 아버지가 공무원 이신데 국가 공무원 쪽을 원하시고 나도 그렇고’

‘그렇구나.’

두 사람은 공부하는 방법과 진학 문제 그리고 가족과 친구들 이야기로 시간가는 줄 모르고 보내다 빵집 누나의 눈치가 보여 자리를 일어나 지난번 갔던 간이 공원으로 자리를 옮겼다.

6월 말 저녁 7시가 되었는데도 해가 중천에 떠 있는 것처럼 밝았다.

두 사람은 지난번 앉았던 의자에 가까이 앉아 한 시간 가량 더 이야기 하고 학기말 고사 준비를 해야 하였기에 아쉬운 작별을 한다.

II

순영은 여고 1학년이 된 뒤 매일 다른 학생들보다 30분 일찍 학교에 가기위해 집을 나선다.

사실 학교를 일찍 등교하는 것이 아니라 3학년인 상엽 오빠 학교 가는 시간에 맞추어 함께 가기위해 서두르는 것이다.

오빠의 대학 입시 공부에 방해가 될 수 있어 매일 아침에 만나서 학교에 함께 가고 토요일만 오후부터 9시까지 연극과 영화 보기로 둘이 약속을 정하여 그렇게 실천하고 있다.

오늘도 학교에 가기위해 시간 맞추어 갔는데 집 앞에서 미리 기다리고 있던 오빠가 손을 흔들어 주었다.

‘이렇게 일찍 나와서 기다리지 말고 내가 내려오는 것 확인하고 집에서 나와 있지’

'순영이 오는 모습 보는 것도 좋은걸. 멀리서 걸어오는 모습 보는 것도 하루 일과 중에 하나고. 그러니 너무 뭐라고 하지 마세요.'

'매일 만나면서도 그렇게 내가 보고 싶으셔'

'하루라도 못 보면 우리 꼬맹이가 잘 있나 걱정이 돼'

'걱정도 팔자 셔. 나도 어엿한 숙녀거든. 아무 걱정 안하셔도 됩니다.'

'아무튼 걱정이 돼'

'히히히! 오빠가 항상 내 걱정 하고 있다는 것이 싫지는 않네. 너무 고마우셔라 오라버니!'

'고맙긴. 가방 이리 줘. 무거운데'

'괜찮아'

말은 그렇게 하면서 아무렇지도 않게 가방을 상엽에게 넘겨준다.

'어제 밤 별밤에서 우리 순영이가 보내준 사연 잘 들었어. 브라더스 훠에 음악도 너무 감미로웠고'

'히히 창피해라'

'아나운서가 너무 정겨운 사연이라며 칭찬 하던데. 오빠를 너무 사랑하는 것 같다는 멘트에 내가 감동 먹었지'

'오빠에게 보낸 음악 편지를 방송으로 다시 들으면 오글거려서 후회하는데도 그래도 자꾸 보내게 되네.'

'장차 문학소녀가 되려면 연습이다 생각하고 자주 보내'

'경자하고 친구들이 오빠하고 별밤 데이트 한다고 놀려. 나보고 공부도 잘 하면서 연애도 잘 한데나'

'아무렴. 공부도 잘 해야지. 우리 만남이 학교 성적에 영향을 주면 안 되지'

'당연한 예기를......'

'경자 하고 아침에 함께 학교에 가질 않아 이상하게 생각 하겠다'

'경자도 다 알고 있잖아. 그래서 아침에는 나를 오빠에게 양보한데'

'경자는 우리 만나는 것 다 알면서 나한테는 모르는 척 시치미를 딱 떼고 있더라.'

'심지가 깊어서 그래. 오빠 칭찬 얼마나 하는데'

'그래?'

'친구들에게는 나보다도 경자가 오빠 열성 팬 이야. 오빠 대변인 이라고'

'친구들도 우리 사이 다 알고 있어?'

'그럼. 매일 아침 등굣길에 함께 다니고 가방 들어주는 사이라고'

'하하하 그렇구나.'

'오빠 친구들은 말 안 해?'

'나도 마찬가지야. 별밤 사연 받으면 다음날 학교에서 난리야'

'히히히! 오빠 가방 줘. 큰 길 다 왔다'

대로 큰 길을 신호등에 맞춰 건널 때는 순영이네 여학생들과 우리학교 학생들 그리고 선생님을 많이 만나기 때문에 신경을 써서 둘은 행동하였다.

때로는 선생님과 마주칠 때도 있는데 우리가 남매인줄 착각하셨다.

  학교 갈림길에서 상엽과 순영은 선생님 말씀 잘 듣고 열심히 공부하라는 서로의 격려를 뒤로하고 둘은 아쉬운 하루의 작별을 시작한다.

  토요일 오후 순영이가 학교에서 일찍 돌아와 부지런히 몸단장 하는 모습을 보고 엄마가 한마디 한다.

  '요즈음 우리 공주님 토요일은 왜 이리 요란스러울까? 집에 있는 날이 없는데 항상 바쁘셔'

  '친구 만나기로 했어 용'

  '남자 친구?'

  '엄마는. 남자 친구가 어디 있다고 그러셔. 그냥 친구 만난다구요'

  '그러셔! 그러면 마을 입구 건너편 공원에서 자주 만나는 남학생은 누구?'

  순영이는 내가 오빠를 만나고 있는 것을 엄마가 어떻게 알았는지 당황해 하면서 얼떨결에 강하게 부정한다.

  '무슨 소리야. 내가 무슨 남학생을 만난다고'

  '지훈이가 그러던데.'

  '지훈이가? 아니야'

  '공원에 남학생하고 둘이 만나고 있는 것을 보고 누나 애인 있다고 나에게 말 하던걸?'

  '에이! 지훈이 계는 아무것도 모르고 일러바치기는. 그냥 오빠야'

  '그러셔. 그냥 오빠라고'

  '그 오빠는 3학년 이야. 그냥 오빠라고'

  '3학년이면 대학교 입시 준비에 시간도 없을 텐데 공부는 어쩌고 여자 친구 만나 연애질을 다 할까'

  3학년이면 바빠서 누구를 만날 시간도 없을 텐데 연애하며 다니는 학생이라면 뻔 하다고 생각하는 엄마의 부정적인 말투였다.

  '엄마는 남 걱정 하지 마세요.'

  '걱정이 되지. 우리 공주님하고 만나는데'

  '그 오빠는 전교에서 일등 하는 모범생이거든요?'

  '그래?'

  전교 일등 하는 모범생 이라는 순영이의 말에 엄마의 표정이 조금 전과 달리 백팔십도 바뀌며 심문하는 투의 이야기에서 갑자기 다정다감한 카운슬러 같은 카멜레온으로 단숨에 변해 버린다.

  '전교에서 일등을 한다고? 그럼 그렇지. 우리 공주님이 아무하고나 만나겠어? 건전하게 만나는 것은 좋지'

  '엄마도 참! 학생들이 건전하게 만나지 다른 뭐가 있겠어.'

  '데이트 하면서 공부에 지장을 주면 안 되지. 특히 그 학생은 3학년 이라며'

  '오빠와 만나면 대부분 공부 이야기 야'

'그래?'

'우리 만나는 일로 학교성적 떨어지면 안 된다고 서로 약속했어요. 오빠 만나면 내가 모르는 문제도 척척 다 해결해 주거든?'

'정말 모범 학생이구나.'

'내가 누군데 아무나 만나겠어.'

'잘났습니다! 우리 공주님. 오늘은 무슨 스케줄이야'

'덕수궁 이집트 문화 전시회에 가기로 했어'

'좋은데 가는구나.'

'오빠가 역사 문화에 관심이 많아'

'건전한 학생 같은데?'

'얼마나 성실한데. 착하고 잘생겼고 성격도 좋아'

분위기가 우호적으로 바뀌자 순영은 기회라도 잡은 듯이 상엽 오빠에 대한 칭찬을 엄마에게 쏟아내기 시작했다.

'외투가 어두워 보이니 안에는 밝은 색 셔츠가 좋지 않을까?'

'그렇지?'

엄마의 의상코디를 받은 순영은 동생이 일러바쳐 알게 된 우리 관계를 설명하느라 시간이 늦어져 오빠가 추운 밖에서 기다릴까 걱정이 되어 대충 다녀오겠다는 인사를 하고 서둘러 집을 나섰다.

11월의 늦은 가을 날씨가 제법 차가웠는데 상엽 오빠가 동내 어귀 밖에서 옷을 제대로 차려입고 기다리고 있다.

'오늘은 더 잘 어울리는데?'

'엄마가 오빠랑 데이트 한다고 챙겨주셨어'

'그랬어? 엄마도 우리사이 아셔?'

'동생 지훈이가 공원에서 오빠와 내가 만나는 것을 보고 엄마한테 일러 바쳤더라고'

'엄마는 무어라고 말씀하셔'

'처음에는 고3학생이 공부도 안하고 연애한다며 못마땅하신 투로 말 하더니 전교 일등 하는 오빠라니까 금세 표정이 바뀌더라.'

'그래서 만나는 것 허락 하셨어?'

'전교 일등이고 모범생 이라는데 무슨 말이 필요해. 공부에 지장을 주지 않도록 건전하게 만나래'

'학교 성적 떨어지면 안 되겠구나. 우리 못 만나게 하실 텐데'

'그러게. 그러니까 우리 공부 열심히 해야 돼'

'순영이 지키려면 열심히 해야지'

'오빠야 걱정할 일이 없겠지만 내가 걱정이지. 히히히!'

'우리의 비밀스러웠던 만남이 드디어 부모님께서 알게 되었으니 마음이 더 편한걸. 하하하'

그렇게 다정하게 이야기하며 걷는 동안 버스 정류장까지 왔다.

두 사람은 버스를 타고 덕수궁에 도착하여 이집트 문화를 관람하면서 그림속의 눈부시도록 아름다운 비운의 여인을 한참 감상 하였는데 어딘지 모르게 순영이를 닮은 것 같다는 착각을 상엽은 하였다.

얼굴 모습이며 여성의 곡선미 그리고 머리에 쓴 금빛 두건과 액세서리로 치장한 컬러풀한 의상이며 애틋해 보이는 미소가 순영이와 연관 지어져 상엽의 머리를 스쳐 지나가고 있다.

그래서 상엽은 옆에 있는 순영이를 힐끗 쳐다보면서 사진속의 여인과 비교하여 본다.

상엽의 눈에는 화려하게 차려입은 이집트 여인이 공주였다면 수수하게 꾸밈없이 보이는 순수한 모습의 순영이는 천사 같았다.

그녀는 나에 천사님 이었다.

이집트 문화전시회 관람을 끝내고 밖으로 나오자 컴컴해진 밤이 되었으며 둘은 덕수궁 돌담길을 한참 걸어보고 그리고 빵집에서 맛있는 빵과 음료수를 마시고 늦은 시간에 순영이 집 앞에서 헤어졌다.

서울대학교 경제학과에 합격한 상엽은 빵집에서 순영이를 만나기로 하였다.

상엽의 대학 합격을 축하해주는 듯 함박눈이 펑펑 내려 주었다.

빵집 누나가 따뜻한 엽차를 건네주어 손을 녹이며 기다리고 있는데 순영이가 눈을 맞으며 이곳으로 오는 모습이 먼발치에서 보인다.

털목도리를 두르고 하얀 눈을 맞으며 걸어오는 모습이 천사같이 아름다웠다.

벙어리장갑을 낀 손으로 추워서 파래진 얼굴을 가리며 들어오는 순영이를 상엽은 얼른 따뜻한 난로 옆 자리에 앉혀주었다.

그리고 벙어리장갑을 벗은 손을 열기가 나도록 비벼준다.

그 모습을 보고 빵집 누나가 빙그레 미소 지어 보인다.

'춥지'

'그렇게 춥지는 않아. 오빠 대학 합격 축하해. 추카 추카 ~'

'다들 가는 대학인데 뭐'

'그래도 가고 싶어 했던 대학교인데 축하 해줘야지'

그렇게 말하며 외투 주머니에서 예쁘게 포장한 선물과 편지를 상엽에게 건네준다.

'선물은 지금 풀어 보아도 되는데 편지는 집에서 읽도록 하세요. 창피하니까 히히히'

예쁘게 포장된 선물을 조심스럽게 풀어보니 진한 푸른 빛깔의 파커 만년필 이었다.

'고맙다. 나에게 꼭 필요한 선물인데? 학생이 너무 과분한 선물 한 것 아닌가?'

'용돈 모은 것 하고 엄마 지원 좀 받았지'

'엄마까지 동원하여 축하를 다 받고'

'엄마가 오빠 서울대학교 경제학과에 합격했다니까 더 좋아하더라. 그리고 도움 요청도 하지 않았는데 선물비 지원도 하고 영화도 함께 보라며 용돈도 더 주셨어.'

'고마우셔라'

'엄마는 오빠가 서울대학교에 합격한 것이 꼭 내가 합격한 것 같이 더 좋아 하시더라고'

'순영이도 뒤 따라 입학할 텐데 뭐'

'열심히 해야지'

'우등생인데 뭘 걱정 하겠어'

'내가 3학년 되면 대학 입시준비가 우선이니까 우리 만남도 지금처럼 제약을 받겠지'

'당연히 그래야지'

'그럼 오빠하고 많은 시간을 가질 수 있는 것은 내년밖에 없네.'

'그렇지?'

'내년에는 오빠랑 질리도록 만나야 겠는걸.'

'질리도록 만나지 뭐. 그래도 계획을 잘 잡아서 추억에 학창시절이 되도록 해야지'

'나는 오빠가 계획한데로 따라 할 테니 알아서 잘 하셔'

'나만 믿어'

'피카디리 극장에서 러브 스토리 하던데 오늘 그 영화 볼까?'

'분부대로 하겠습니다. 나에 천사님'

'내가 천사? 히히히! 좋다'

두 연인은 함박눈이 펑펑 내리는 길을 걸으며 한참 걷다가 버스로 종로 돈화문까지 이동 하여 영화 러브 스토리를 보았다.

영화감상 내내 한손을 꼭 잡은 순영의 작은 손에서 주인공 알리 맥그루의 청순함에 빠져 들어 슬픈 스토리에 긴장하며 상엽의 손을 더욱 세게 잡고 있는 걸 느꼈다.

나에 어여쁜 천사는 어느덧 영화 속에 빠져 들어가 있다.

그녀가 영화 속의 주인공이 되어 있었다.

영화가 끝나고 영화관이 환히 밝혀지자 순영의 두 눈이 슬픈 천사님으로 바뀌어 있다.

상엽은 슬픈 감정에 빠져있는 순영의 어께를 한손으로 가까이 힘주어 당기며 따스한 무 언에 위로를 보내 준다.

영화관 밖으로 나오니 입장하기 전에 멈추었던 함박눈이 다시 내리기 시작 했다.

슬픔에 빠져있던 순영은 언제 그런 일이 있었냐는 듯 펑펑 쏟아져 내리는 함박눈에 연호 한다.

두 사람은 영화 속의 주인공이 된 것처럼 함박눈을 맞으며 명동까지 걷기로 하고 청계천 을 거쳐 명동 성당까지 무슨 할 이야기가 그렇게 많았는지 조잘조잘 거리며 걸었다.

'제니가 너무 불쌍해'

'나는 올리버가 더 불쌍하던걸.'

'죽은 제니가 더 불쌍하지'

'아니야. 제니는 하늘나라로 떠났지만 남아있는 올리버의 마음고생을 누가 알겠어.'

'올리버는 명문가 집에서 잘 컸지만 제니는 그렇지 못하고 시아버지에게도 냉대 받고 살 았으니 슬픈 제니야

'올리버를 사랑하며 그리고 그의 사랑을 받으며 눈을 감을 수 있어 행복했지'

'그래도 죽은 제니가 불쌍해'

'허기야 죽은 사람이 불쌍은 하지. 우리는 절대로 이별하기 없기야. 혼자된다는 것은 노무

고통스러울 것 같아'

영화 속 작가가 의도하여 만들어 낸 스토리를 가지고 순진한 두 남녀 젊은 청춘은 누가 더 불쌍한지를 두고 아웅다웅 하였다.

천주교 신자인 순영이는 명동 성당에 들러 우리 두 사람을 위한 기도를 하겠다며 상엽의 손을 이끌고 성당 안으로 들어간다.

그리고 상엽의 무릎도 꿀 리운 채 순영은 조용한 기도를 한다.

기도하고 있는 모습이 너무 진지하였고 순수해 보이는 순영의 모습이 천상의 천사 모습 그대로 이었다.

십자가에 고통스럽게 몸을 맡긴 예수님이 위에서 조심스럽게 나에 어여쁜 천사의 기도를 경청하고 있다.

아마 나에 천사는 우리 둘의 행복을 위하여 기도 하였을 것이다.

성당에서 나온 뒤 명동 거리에서 두 청춘이 방황하며 거리를 한참을 헤맨 뒤 늦은 시간이 되어 순영이 집까지 바래다주었는데 뒤에서 다정한 어른의 목소리가 들린다.

'순영이구나.'

'아빠~'

상엽은 당황 하였지만 얼른 인사 하였다.

'안녕하세요. 김상엽 입니다.'

'아~ 상엽군! 이야기 많이 들었어요. 만나서 반갑고. 여기까지 왔는데 집에 들어가 따뜻한 차라도 하고 가지'

'너무 늦어서……'

'오빠 잠시 들어가. 엄마가 무척 궁금해 했는데 이참에 인사드려'

'그렇게 해도 괜찮으니 들어가지'

'그럼 그렇게 하겠습니다.'

순영의 집에 들어가니 거실의 소파에서 가족들이 TV를 보며 앉아 있다 갑자기 방문한 상엽을 보고 놀라더니 금세 환영해 주었다.

'서울대학교에 합격하였다던데 축하해요'

순영이 어머니가 먼저 축하해 주었다.

'감사 합니다. 말씀 낮추세요.'

'그럴까?'

'상엽군이 공부도 잘 하고 모범생이라며 우리 공주님 칭찬이 대단해. 듣던 대로 믿음직스러운걸!'

'순영이도 마찬가지인걸요.'

'경제학과라고 했지'

'네'

'경제학을 전공과목으로 택한 이유라도 있는가? 혹시 장래에 기업경영이나 국가기관에 관심이 있나 보지?'

'아직 결정한 것은 아니지만 국가 공무원 쪽으로 생각중입니다'

'아빠! 상엽 오빠는 행정고등고시 준비한데. 그쪽으로 벌써 방향을 잡았어.'

'벌써 그런 계획까지 세웠어? 대단하구만'.

'아버지가 공무원 이셔서 그쪽을 원하시고 저도 마찬가지입니다'

'행정고시를 패스하면 경제학 전공이니 장차 경제기획원 같은데서 나라 경제를 다루겠구
먼. 대단한 인재들이 모이는 곳 이지'

'합격이 된다면 그런 생각을 가지고 있습니다.'

'벌써 그런 계획까지 세우다니 상엽군이 기특하고 대단해. 우리 순영이 옆에 이렇게 건실
한 학생을 있게 해준 천주님께 감사해야겠어!'

'칭찬 감사합니다.'

순영이 부모님은 상엽의 그런 모습을 대견해 하시며 가족관계며 취미 생활이며 여러 가
지를 묻고 이야기를 나누었다.

딸의 남자 친구가 똑똑하고 모범생이며 건전한 사고를 가지고 있고 가족관계도 무엇하나
허물이 없는 보석 같은 존재로 특히 순영이를 많이 위해주니 그 이상 더 바랄같이 없다고
순영 부모님은 생각하고 있다.

부모로서 너무 빠른 판단일수 있겠으나 딸의 장래를 생각하지 않을 수 없으니 상엽의 주
변을 탐문해보며 크게 만족하고 있었다.

장차 딸의 미래를 맡길 수 있겠다고 생각 하시는 것 같았다.

부모님은 두 사람이 아직 학생이니 본분을 잊지 말고 건전한 관계를 같도록 당부하시며
좋은 결실도 맺을 수 있도록 주문하셨다.

상엽은 순영이 방을 잠시 구경하고 늦은 시간에 귀가 했다.

상엽의 고등학교 졸업식이다.

졸업식 행사를 마치고 선생님과 친구들의 추억 만들기 사진 촬영을 끝낸 뒤 가족들의 축
하를 받았다.

부모님과 대학교 2학년 4학년인 누나 둘이 꽃다발과 선물을 주며 축하해 준다.

작은 누나가 공부만하는 모범생 동생에게 말했다.

'상엽이는 공부만 하느라 연애도 못 해보고 축하해주는 여자 친구도 없으니 가엾구나.'

큰 누나가 맞장구친다.

'그러게 말이야. 다른 학생들은 여자 친구가 졸업축하도 해주는데 우리 불쌍한 동생은 그
러지를 못하니 안됐네.'

공부에 찌들어 살던 동생이 학창시절의 젊음을 만끽해 보지도 못하고 있었던 것이 안쓰
러워 보였는지 아쉬움을 보내며 그리고 공부벌레였던 동생의 바보스러움을 놀렸다.

'대학생이 되면 연애도 해 보렴'

엄마가 아들의 그런 처신에 딸들의 말에 동의하며 맞장구를 쳤다.

공부만 하던 아들이 안쓰러워하는 말이었다.

가족들의 모범생에 대한 편견을 불식 시키기라도 하듯이 건너편에서 가족들의 축하를 받
고 있는 상엽오빠를 바라보고 있는 순영에게 상엽은 손짓하며 오라고 신호 보낸다.

그리고 가족들에게 인사를 시켰다.

'아버지 엄마! 누나! 내 여자 친구야. 인사해 순영아! 부모님과 누나야'

'안녕하세요. 서순영입니다'

사복을 입은 깜찍하고 단정해 보이는 여학생이 다가와 가족들에게 공손히 인사 한다.

아들의 여자 친구라는 소리에 깜짝 놀란 부모님과 누나는 금세 상엽의 여자 친구를 친근하게 맞아 주었다.

'우리 아들이 언제 이렇게 참한 여자 친구도 만들었데.'

엄마가 반가워하며 말한다.

'공부만 아는 모범생인줄만 알았는데 할 것은 다 하네'

큰 누나가 두 사람을 보며 놀렸다.

'지금 몇 학년이지?'

아버지가 궁금해 하며 순영에게 물어 보았다.

'여고 1학년입니다'

'공부도 잘 하고 천사이어요.'

상엽이가 묻지도 안은 순영의 신상을 먼저 가족들에게 이야기하며 신이 나서 그녀를 거들었다.

'모범생이구나.'

'오빠가 더 모범생이어요.'

'언제부터 만났지?'

'오빠가 고등학교 2학년 때입니다'

'그런데 아들은 시치미를 딱 떼고 전혀 여자 친구가 있는 줄 표시도 내질 않았구나.'

'학업에 지장이 있을 줄 걱정하실까봐 그랬지요. ㅎㅎㅎ'

'상엽이 덕분에 여동생 생겼네. 반가워 그리고 축하해 우리 가족이 된 것. 호호호'

작은 누나가 놀리며 순영을 환영해 주었다.

가족들과 함께 졸업 축하 사진도 찍었는데 특히 큰 누나가 두 사람의 인연을 기억할 수 있도록 추억의 기념사진을 많이 찍어 주었다.

부모님과 가족들은 예쁘고 참하게 생긴 공부도 잘 하는 여학생이 아들의 여자 친구라며 소개를 받고는 상엽의 졸업을 축하해 주기위해 점심을 중국집에서 함께하고 이후의 시간은 순영에게 아들을 맡겼다.

III

대학생이 된 상엽은 4년 동안 어떻게 대학생활을 보낼 것인지 계획을 세워 보았다.

부모님 말씀대로 공부하느라 추억에 남을만한 제대로 된 학창시절을 보내지 못한 것 같아 1학년엔 젊음을 불사를 수 있는 운동과 문화생활을 즐기며 여행도 많이 다녀볼 생각으로 계획표를 짜본다.

순영이도 내년에는 3학년이 되기에 입시준비 하느라 많은 시간을 함께 보낼 수 없기에 그렇게 하는 것으로 결정하였다.

대학교 2학년 때부터는 행정고시 준비를 계획하고 있으니 가능하면 순영이가 고등학교 2학년의 여유로운 시간이 되니 그때가 우리가 누릴 수 있는 최고의 시기인 것 같다고 판단하였다.

상엽은 강의를 마치고 순영이가 학교에서 끝나는 시간에 맞춰 우리의 아지트인 간이 공원에서 만났다.

스포티한 차림의 상혁을 보자 교복을 단정히 차려입은 순영이 부러워하며 시비를 건다.

'사복을 하니 아저씨라고 불러도 될 것 같은데?'

'교복 입은 순영이는 천상 아기 천사같이 보이는 걸?'

상엽이 순영에게 어른스럽게 대하는 행동을 약 올라 하며 아저씨 같다고 하자 아기 천사라며 응수해 주었다.

'대학생이라고 나를 어린아이 취급하듯 무시하면 안 돼. 그러면 내가 가만두지 않을 거니까'

'나도 아저씨 대접받기 싫습니다. 나에 천사님 하하하'

'대학에 가니까 좋아?'

'얽매이지 않고 스스로 해결하니 좋은 것도 많고 나쁜 것도 있어'

'오빠 반에 여학생도 있어?'

'그럼. 예쁜 여학생들도 많지'

'나만큼 예쁘지는 않을 걸?'

'글쎄……'

'오빠 눈에 예쁘게 보이는 여학생이 있다는 그런 말투인데. 그런 거야? 나보다도 예뻐?'

'하하하 그래도 나에 천사님만큼은 아니지'

'히히히! 그렇지'

'참. 이번에 학급 반장 되었다며? 축하 해'

'벌써 경자가 일러 바쳤군요.'

'그래 경자가 말해 알았지.'

'계집에는 오빠에게 다 말 해놓고 나한테는 시치미를 뚝 때고 만났다는 이야기도 안 해요'

'경자하고 학급반도 멀어졌다며?'

'응. 경자는 이과 반이고 나는 문과 반이라 교실 층도 달라'

'서운하겠다.'

'1학년 때도 떨어져 있었는걸 뭐'

'오빠는 대학 4년 동안 어떻게 보낼지를 계획 세운다고 하였는데 완성 작품이 나왔어?'

'당연히'

상엽은 대학 입학하기 전에 생각해두었던 야심찬 계획을 순영에게 말해 주었다. 특히 둘만의 추억 쌓기 프로그램을 나에 천사가 감동받을 수 있도록 자세하게 설명해 준다.

'와! 오빠 감동 받았다'

'괜찮은 것 같아?'

'문화 관람과 봉사활동 참여, 봄가을 역사탐방 그리고 방학 때의 무전여행까지 언제 그런 생각을 다 하셨을까'

'젊은 청춘을 아무렇게나 낭비하고 보낼 수는 없잖아. 우리가 조금의 여유시간을 가질 수 있는 시기가 올해밖에 없고'

'그런데 계획한 것을 실천하는데 1년 동안 벅차지 않을까?'

'우리가 많은 시간 가질 수 있는 것은 올해뿐이야. 그러니 다소 벅차지만 강행군을 해서라도 실천에 옮겨야지'

'맞아. 내년에는 내가 입시 준비 하려면 시간이 없지'

'일단 시도 해 보자고'

'네 알겠습니다.'

'내가 학교 수업을 감안하여 계획을 만들 테니 거기에 맞춰'

'넷! 알았슴다.'

순영은 일요일 아침 일찍 일어나 김밥 만들기에 바빴다.

상엽 오빠와 남이섬에 가기로 하였기 때문이다.

오빠와 남이섬에 간다고 부모님에게 말씀 드렸더니 김밥 만드는 거며 간단한 다과와 과일 준비며 다 엄마가 챙겨주시었는데 그래도 순영이가 더 바쁜 것 같이 보였다.

아빠가 그런 딸을 보며 놀린다.

'우리 공주님은 좋겠네. 둘이 소풍도 가고'

'오빠가 우리 두 사람 학창시절 추억 쌓기 프로그램을 만들었는데 그 첫 번째 작품이야'

'그러면 계속 무엇이 있는 거야?'

'오빠하고 둘이 시간을 낼 수 있는 것이 올 1년 뿐 이거든'

'그렇지 내년에는 3학년이 되니 대학 입시준비로 자주 만날 수도 없겠구나.'

'그래서 오빠가 우리에 추억 만들기 1년 계획을 세웠는데 오늘이 그 첫 번째 실행 일이고'

'상엽군은 정말 대단하구나……'

'엄마 아빠가 우리 추억 만들기 계획에 차질이 없도록 지원 좀 잘 해 주세용~'

순영은 엄마가 마련해준 도시락을 챙겨 서둘러 오빠가 기다리는 집 앞으로 내달렸다.

상엽과 순영은 버스를 타고 청량리역까지 가서 경춘선 열차에 몸을 맡겼다.

두 사람의 열차여행은 즐겁기만 하였고 가평역에서 남이섬까지 가는 시골 여행도 운치가 있었다.

많은 젊은 청춘들이 쌍쌍이 되어 넓은 잔디밭에서 뒹굴어보기도 하고 놀이도 하였는데 그들과 어울려 자연을 탐해보기도 하였다.

늦은 시간 집에 도착한 두 사람은 학창시절의 추억 만들기 첫 시도가 우리 기억 속에 영원히 남을 것을 기대해보며 아쉬운 작별을 한다.

여름 방학이 되었다.

상엽은 2박 3일 예정으로 강릉 경포대 해수욕장과 낙산사에 순영이와 함께 가려는 계획을 세웠는데 부모님 허락이 문제였다.

　두 사람은 그 문제를 부모님으로부터 어떻게 허락을 받을 것인가를 고민 하면서 머리를 맞대고 이야기 하였다.

　'2박 3일 여행은 아빠가 허락하지 않을 거야. 어른들은 결혼하지 않은 남녀가 밤을 함께 지새우는 것을 용납하지 않잖아. 힘들 것 같아'

　'그렇다고 거짓말하고 무전여행을 갈 수는 없잖아. 부모님을 설득할 수 있는 무슨 좋은 방법이 없을까?'

　'그냥 하루만 같다오면 안될까?'

　'그러기엔 너무 멀어. 그리고 바닷가에서의 밤에 듣는 파도소리를 감상하려면 하루 여행으로는 안 돼'

　'그렇지? 잠자는 것은 어떻게 해결할건데'

　'텐트를 가지고 갈 거니까 거기서 먹고 자는 것은 모두 해결 해야지. 그래야 비용도 줄일 수 있고'

　'멋있겠다. 우리가 밥도 해먹고'

　'우리가 학생이니 비용을 최소화 할 수 있도록 말 그대로 무전여행이 되는 거야'

　'오빠가 고생 할 텐데……'

　'나에 천사님을 위한 것인데 그런 고생은 백번도 할 수 있어. 우리에 추억 쌓기가 그런 고생으로부터 쌓이는 거니까'

　'부모님 허락을 어떻게 받지?'

　'직접 부모님하고 부딪혀 보도록 오늘 집에 가서 말씀 드릴까?'

　'허락 안하시면 어떡하지?'

　'그때는 계획을 바꿔야지. 방법이 없잖아'

　'오빠! 그러면 지금 우리 집에 같이 가자. 쇠뿔도 생각난 김에 뽑는다고 시도해 보자고'

　두 사람은 부모님과 부딪쳐볼 생각으로 그렇게 작정을 하고 용기를 내어 순영이 집에 갔다.

　토요일 오후라 순영이 아버지도 퇴근하여 집에 계셨다.

　갑작스런 상엽의 방문에 부모님은 당황하였지만 금세 환영하며 과일과 시원한 음료수를 내 주신다.

　이런 저런 이야기를 하던 중 둘의 표정을 살피던 순영 엄마가 무슨 낌새를 느꼈는지 말씀하신다.

　'두 사람이 우리에게 무슨 용건이 있는 것 같은데. 순영아! 무슨 할 말 있니?'

　'응. 그게……'

　'예기 해봐! 망설이는 것을 보니 어려운 이야기인 모양이구나.'

　여자이며 여고생인 순영이 남자와 밤을 보내고 싶다는 이야기를 차마 못하는 처지를 알고 상엽이가 나서서 용기 내어 말 하였다.

　'저희들 둘이 여름방학 기간 2박 3일 무전여행을 계획하고 있는데 부모님께서 허락해 주

면 안 될까요?'

'둘이서만 2박 3일 무전여행을?'

깜짝 놀라며 순영 아버지가 전혀 예상치도 못한 무전여행을 허락 받으러 온 두 사람에게 반문하며 물었다.

'네. 강릉 경포대와 낙산사에 가려고 계획을 세웠습니다.'

'어떻게 계획을 세웠는데'

'저희 둘이 함께 시간을 낼 수 있는 것이 올해 뿐 인 것 같아서 비용도 줄일 수 있는 무전여행을 계획하였습니다. 허락해 주시면 저희들에 학창시절 좋은 경험이 될 것 같습니다'

상엽은 부모님께 순영이의 입시 준비와 내년부터 준비할 행정고시 준비로 함께 추억을 만들 시간이 부족함을 이야기하며 허락해줄 것을 설득 하였다.

'그래도 여고생인데...... 결혼하지도 않은 남녀 둘이 밤을 함께 새우도록 부모로서는 허락할 수가 없지'

'저를 믿어 주세요. 제가 오빠역할을 충분히 하겠습니다.'

'그래도 안 돼!'

'저희들이 부모님께 거짓말하고 갈수도 있지만 그렇게 하면 안 된다고 허락을 받자고 하였습니다.'

'부모에게 거짓말 하지 않고 사실대로 이야기 하는 것은 잘 한 일이지만 그렇더라도 내가 끝까지 안 된다면 어떻게 할 건가'

'저희 부모님에게는 이미 허락을 받았지만...... 그럼 포기 하겠습니다. 부모님께서 허락하지 않는 여행을 할 수는 없습니다.'

'음......'

'여보. 긍정적으로 생각 좀 해보세요. 오빠 역할을 충분히 하겠다는데. 그리고 상엽군 부모님 허락도 받았다는데'

'내가 이 여행을 허락하지 않으면 상엽군이 올해 세운 추억 쌓기 계획이 틀어지는 건가?'

'네.'

'지금까지 세운 계획은 차질 없이 실천에 옮겼고?'

'차질 없이 이행하였습니다.'

'그럼 내가 이 여행을 반대하면 올해 세웠던 계획에 차질을 빗겠군......'

'......'

상엽이 대답대신 무언에 침묵으로 학창시절을 아무렇게나 보내려하지 않았던 계획이 틀어짐을 암시해 주었다.

'상엽 군이 다 책임질 수 있지? 앞으로 상엽 군을 우리 가족이라고 생각해도 무방한 거지?'

'네. 걱정하지 마십시오. 순영이는 저에 천사이니 제가 지킬 겁니다.'

'그래. 상엽군만 믿네.'

'믿어주셔서 감사 합니다'

'아빠 엄마. 허락해 주셔서 감사해요'

순영이 부모님은 상업을 장차 딸의 배우자로 생각하고 그의 치밀한 젊은 날의 추억 만들기 계획을 훼방 놓고 싶지 않아 사람 됨됨이를 믿고 허락 하였다.

강릉 경포대와 낙산사에 무전여행을 가기위한 준비가 마무리 되었다.

여행 떠나기 전날 순영 어머니는 딸에게 이틀 밤을 상업과 보내는 것을 걱정하며 노파심에서 여자가 결혼 할 때까지 순결을 지켜야하는 이유와 여러 가지 것들을 일러 주셨다.

그리고 사랑하는 남자와 여행 떠나는 딸이 후회 없이 좋은 추억거리를 만들 수 있도록 응원해 주셨다.

아침 일찍 열차에 몸을 맡긴 두 사람은 강릉에 도착하자마자 2박 3일 동안 머물며 필요한 물건들을 산 뒤 경포대로 향한다.

상업은 경포대 해수욕장 솔밭 아래 텐트를 치고 이른 저녁을 준비하느라 분주하다.

순영도 서툴지만 밥 짓는 것을 도우며 애쓰고 있다.

둘은 설익은 밥을 어머님이 준비해주신 밑반찬과 순영의 정성스러움이 묻어있는 요리솜씨로 잘 만들어진 된장찌개로 저녁을 맛있게 먹고 별빛이 환한 경포 해수욕장을 걸었다.

한참을 손을 꼭 잡고 해변 모래밭을 걸은 뒤 한적한 곳에 앉아서 넘실거리는 파도를 보며 마음을 가다듬는다.

맨발을 한 순영의 발이 자그마하니 달빛을 받고 유난이 희고 고왔다.

그런 발을 가지고 있는 순영이가 사랑스러웠다.

'나에 천사 순영이는 발도 너무 예쁜데'

'여자들 발은 다 예뻐'

'그런가? 그렇지만 우리 천사님 발처럼 예쁘지는 않을 거야.'

'정말? 히히히'

'옛날 중국 사람들은 신부가 도망가지 못하게 발을 꽁꽁 묶어 조그맣게 만들었다지.'

'왜 신부가 도망을 갈까?'

'그러게 말이야'

'남자가 잘못해주니까 도망가는 거겠지? 영화에 보면 나이 많은 영감태기 남편이 나이어린 신부를 무척 구박하는 장면들을 종종 볼 수 있잖아'

'나는 결혼하면 나에 천사 순영에게 잘 해 줄 테니 아무걱정 하시마세요'

'우리 언제 결혼 할 건데?'

'둘이 대학 졸업하고 직장도 다 잡은 다음 내 색시로 맞아야지. 그때까지 기다리세요.'

'여기 오기 전에 부모님께 허락받던 날 아버지가 오빠를 우리가족으로 알겠다고 하셨는데 그때 오빠를 내 신랑감으로 받아 주신거니 대학 졸업하고 직장 잡을 때까지 낭군님 얼굴만 쳐다보며 기다려야겠네. 히히히'

'그러네.'

상업과 순영은 달빛이 환한 경포대 해변에서 손가락을 걸며 둘이 죽을 때까지 아니 죽어서도 함께 신랑 신부가 될 것을 약속 하였다.

두 사람의 약속을 증인이라도 서 주듯이 멀지않은 곳에서 젊은 청춘들이 박인희의 노래인 '모닥불 피워놓고'를 열창하며 우리를 환영해 주었다.

늦은 시간이 되어 텐트로 돌아와 내일을 위하여 잠을 청한다.

처음 갖는 두 사람의 혼숙이었는데 밖에서 젊은 청춘들이 왁자지껄 하며 시끄럽게 하여 텐트 안에서 잠을 제대로 잘 수가 없었지만 순영이의 손을 꼭 잡고 아무 일 없이 불편한 잠을 청하였다.

다음 날 늦은 아침 겸 점심으로 라면을 끓여 어저께 남은 설익은 밥을 말아서 대충 먹고 동해 바다에 몸을 던졌다.

그리고 계획했던 낙산사도 구경하며 동해 일출의 장관도 만끽했다.

좁은 텐트 안에서 불편한 잠도 자보고 설익은 밥도 지어 먹어보고 함께 박인희에 '하얀 조가비'노래도 부르며 고생고생 하면서 젊음을 외쳐보고 청춘을 예찬하였다.

그렇게 2박 3일의 여름방학 무전여행을 재미있게 보내고 빨갛게 타버린 얼굴을 여행증표로 만들어 집에 무사히 돌아왔다.

어머니는 순영이에게 궁금한 것이 많았는지 집에 도착하자마자 짐도 풀지 않았는데 심문을 시작 한다.

아니 2박 3일의 여행 결과에 대하여 추궁하기 시작한다.

'재미있게 보내고 왔니'

'고생은 했는데 재미있었고 좋았어.'

'다행이구나. 너희들이 계획한 학창시절 추억 쌓기에 보탬이 된 거야?'

'당연히 좋은 경험을 쌓은 거지. 학교와 집에서 자란 어린 개구리가 세상으로 비상하는 경험을 얻었어.'

'좋은 경험을 했다니 다행이네. 우리 딸이 어른이 되는 과정을 그렇게 만들어 갔으니 좋은 경험이지. 아무 일 없었고?'

'무슨 일...... 아이고. 우리엄마는 정말 웃기셔. 여고생 딸에게 이상한 생각을 해 가지고는 별 걱정을 다 하고'

'정말?'

'걱정일랑 하지마세요. 우리는 건전한 사이니까. 상엽 오빠를 잘 알면서도 그러셔'

'상엽이가 다른 말은 안하디?'

'무슨 말......'

'상엽이가 지난번에 널 지켜준다고 하였잖아'

'그랬었지'

'그런데 그 많은 시간을 둘이 보냈으면서 아무 이야기가 없었어?'

'으응. 엄마가 이 소리를 듣고 싶어 하는구나'

'......'

'오빠가 내 신랑 될 거래. 됐어?'

'정말 그랬니?

'우리 부모님께서 상엽 오빠를 한 가족으로 이미 허락하셨으니 대학 졸업하고 직장 잡은 뒤 나를 데려간대'

'정말 그랬어?

'우리는 약속했어. 천년만년 함께 지내기로. 이제 엄마 속이 시원해지는 답이 된 거야?'

어머니는 그 소리를 듣고 마음을 놓으신다.

둘이 너무 가깝게 지내는데 나중에 아무 일 없다는 듯이 남남으로 돌아서면 어머니 된 입장에서 딸의 앞날을 걱정하지 않을 수 없기에 상엽의 확실한 약속을 듣고 싶었고 그가 그렇게 말했다면 그의 됨됨이를 볼 때 믿을 수가 있어 안심 하였던 것이다.

IV

순영이가 고등학교를 졸업하고 상엽이와 같은 대학인 영문과에 입학 하였다.

수업시간이 서로 달라 항상 함께 있을 수는 없었지만 예전과 달리 학교에서도 만날 수 있었고 과거처럼 집 앞에서 학교를 같이 가기도 하여 그들만의 시간이 길어지면서 사랑도 깊어진다.

서로의 대학 입시준비로부터 해방되어 만남에 제약이 없어지면서 가깝게 있는 시간이 많아졌다.

그러나 상엽이가 고시 준비를 하느라 공부에 방해되는 그런 만남은 순영이가 가급적이면 피해 주었다.

오늘은 학교 식당에서 함께 점심을 먹기로 정해진 날 이다.

식당 앞에서 순영이가 먼저와 상엽이를 기다리고 있다.

순영이는 여고생의 티를 완전히 벗어내진 못했지만 그래도 교복을 벗은 차림새는 그녀를 어엿한 숙녀로 바꾸어 원숙미가 조금은 있어보였지만 순수한 용모는 과거나 지금이나 매 마찬가지 이다.

'먼저와 있었네. 나에 천사님이'

'후배가 선배님을 깍듯이 모셔야지요. 히히히! 오늘 아침 강의가 일찍 있어서 오빠가 배고플까봐 신경 써서 미리 와 기다린 겁니다.'

'그러셨어! 나에 천사님이 그런 것까지 세심하게 신경도 쓰고 고마우셔라. 그래서 그런지 오늘은 더 예뻐 보이는데'

'오늘 저녁에 경자 생일파티가 있어서 좀 신경을 썼지요.'

'오늘이 경자 생일이야?'

'응. 오늘'

'옆집에 살면서 그것도 모르고 있었네.'

'오빠도 시간이 되면 함께 가던지'

'그럴까? 좀 늦었지만 대학 입학 겸 해서 생일선물을 하면 되겠네. 대학에 입학하고 제대로 된 축하에 말도 해주지 못했는데 잘 됐어'

'경자가 무척 좋아하겠는 걸? 오빠 열성 팬인데 갑자기 나타나 오빠에 생일축하를 받는다면 놀랄 거야'

'놀라겠지'

'생각지도 않던 오빠가 나타나면 놀랄 정도가 아니라 그동안 하지 못했던 할 이야기도 많아 한을 풀 수도 있을 거야'

'하하하! 나에게 무슨 할 이야기가 그렇게 많다고'

'옆집에 짝사랑했던 남자가 가장 친한 친구에 연인이 되었으니 할 말이 많겠지. 암 할 말이 많고말고.

'무슨 소설책이나 영화 속에 이야기 같은 걸?

'그러네. 네가 친구의 짝사랑하는 오빠를 빼앗은 나쁜 여인이 되겠는 걸? 히히히!'

'그렇게까지 비유하기는…… 이따가 버스 정류장에서 만나'

'오케이'

둘은 점심을 먹고 각자의 강의실로 헤어졌다.

버스 정류소에서 다시 만난 두 사람은 경자에게 줄 선물을 산 뒤 명동의 약속장소로 함께 갔다.

선물을 사느라 조금 늦게 순영이가 상엽과 함께 나타나자 경자와 다른 친구들이 깜짝 놀라며 두 사람을 반겨 준다.

상엽이 모두에게 목례하며 인사한다.

먼저 경자가 이웃에 사는 잘 알고 있는 오빠를 대하듯 말을 건넨다.

'상엽 오빠가 이런 자리에 다 와 주시고 영광 인데? 좀처럼 시간 내기가 어려운 오빠인데 어떻게 여기까지 다 와주고 그러신다지?'

조금은 빈정대는 말투가 우러난다.

'옆집 동생의 생일이라는 이야기를 들었는데 당연히 축하 해 주어야지. 경자야! 생일 축하하고 대학 입학도 축하한다.'

'고마워요. 오빠'

'옆집에 살면서 입시공부 하느라 얼굴을 거의 볼 수도 없었는데. 그런 꼬맹이 아가씨가 벌써 어엿한 숙녀가 다 되었네'

'오빠는 항상 그대로 야. 변함없이 성실해 보이는 남자'

'경자가 나를 좋게 봐주어 그런 거지. 의대에 입학하여 남들보다 더 많은 공부를 소화해야 할 텐대 대단하다'

'오빠만큼이나 하겠어.'

'상엽 오빠가 경자 너는 열심히 산다며 친 여동생같이 칭찬만 하잖 여'

'오빠가 정말 그랬어?'

'맞지! 틀린 말이 아니지. 내가 동생이 없어 어릴 적부터 경자가 내 여동생이 되어 많이 나를 따랐으니까. 하하하!'

'순영이는 오늘 상엽 씨를 정식 연인으로 우리에게 인사 시키는 거니?'

지영이가 경자와의 대화가 길어지는 것을 돌리려고 참견하며 물었다.

'겸사겸사'

'진즉 인사 시키면 덧나니? 여고시절 두 사람의 사이가 우리에게는 신비의 관계로 비춰지며 궁금해 하고 별에 별 소문이 자자했잖아.'

'그랬었어? 작년 겨울 불우이웃돕기 행사 때 만났을 때는 동네 오빠였고 그때는 내가 여고생이었으니 소개시킬 수가 없었지. 이제는 우리 모두 지성인이 되었으니 알 것은 알아야지요. 히히히'

'학교 등교 때 거의 매일 함께 다녀 한동안 모두들 친 남매인줄 알았었는데 경자가 알려주어 알게 되었어요.'

'우리가 좀 요란스러웠지요?'

'그렇긴 하였는데 미궁속의 미스터리도 많아 궁금한 것이 많았어요. 순영이 예 마음속은 크레물린이어 웬만한 것은 우리가 잘 몰라요'

'순영이가 그렇게나 신비주의자 이었어요? 무엇이 미스터리 엇나요. 이참에 궁금한 것이 있으면 다 공개토록 하겠습니다.'

'두 사람이 열렬히 연애 하면서도 학교 성적은 항상 최고이니 모두들 이해하지를 못했지요. 무슨 비결이라도 있나요?'

'글쎄요! 그냥 학업에 지장을 주지 않도록 우리가 약속한 것을 실천한 것뿐인데'

'행정고시 준비 하신 다지요?'

'대학 졸업하고 살길을 찾으려니 그쪽으로 준비하게 됐습니다.'

'예들아! 오빠는 전교 일등만 했어'

경자가 친구들에게 자랑하며 말한다.

'경자 동생. 이 오빠를 너무 띄우지 말아 주세요. 떨어지면 큰일 납니다. 하하하!'

'그런데 오빠에게 불만이 하나있어'

경자가 그렇게 말하자 순영이 재빠르게 받아 질문 한다.

'오빠에게 무슨 불만이신가. 경자씨!'

'그게 말이야. 순영에게는 동생이라며 연인처럼 대하고 나도 동생이라며 진짜 동생 취급하고 불공정 대우 아냐. 흐흐흐'

'경자가 질투 하는구나'

'맞다 맞아. 상엽씨가 경자에 첫 사랑 남자였다며?'

'그래! 맞다 맞아. 오빠가 내 첫 사랑 남자다. 이제들 시원하냐?'

모두가 함께 웃으며 그들의 공식적인 첫 만남을 자축하였다.

순영 친구들이 대학을 대부분 다른 학교에 진학하며 경자의 생일을 축하해주는 것을 핑계 삼아 다시 모였는데 모두가 행복해 보였다.

상엽이 정식으로 인사하였으니 다음에도 친구들의 남자 친구가 생기면 이 자리에서 인사시키기로 그녀들은 규칙을 정하고 경자의 생일을 축하해 주었다.

순영이 아버지가 미국 센 프란시스코로 발령받아 가족 모두가 미국으로 이사를 가게 되었다.

대기업 회사에 근무하시는데 지사장으로 인사발령을 받고 대학생인 순영이만 남기고 어머니와 두 동생 모두 미국에서 살기로 결정한 것이다.

순영이는 용산에 사시는 이모님 댁에서 당분간 지내기로 하였고 가족들은 미국으로 이사 준비하느라 정신이 없다.

오늘은 추석 명절이라 학교 수업도 없어 집에서 머무를 생각이었는데 순영이가 전화하여 자기 집에 올 수 있느냐고 묻는다.

전화를 받고 30분 뒤 올라가자 집 앞에서 순영이가 기다리고 있다.

집에 들어가 인사하고 거실 소파에 앉아 다과를 준비하시는 어머니를 기다리고 있었다.

순영 아버지는 미국으로 먼저 들어가시어 안계셨고 가구와 집기들을 배편으로 보내 집안이 썰렁해 보였다.

어머니가 다과를 내오시며 마주앉으신다.

'추석 명절인데 집에 있었나봐'

'네. 저희 집이 큰 집이라 집에서 차례를 지내고 할 일이 없어 쉬고 있었습니다.'

'편히 쉬는데 성가시게 오라고 했네.'

'아닙니다. 학교가지 않는 것이 쉬는 것인데요.'

'올해 행정고시 시험은 끝났다지.'

'2차 시험까지 끝났는데 결과 발표를 기다리고 있습니다.'

'잘 될 거야. 상엽 군이 워낙 출중하고 열심히 했으니 좋은 결과도 기대할 수 있겠지'

'다들 대단한 실력들이라 장담할 수가 없습니다.'

'엄마! 오빠에게 스트레스 주지 마. 합격자 발표를 기다리는 당사자는 얼마나 부담을 않고 있는데 엄마까지 그러셔'

옆에 있던 순영이가 고시시험 때문에 스트레스 받을까봐 상엽이 걱정을 하며 엄마에게 조심시킨다.

'아이쿠. 우리 공주님 알겠습니다. 내가 조심성이 없었네.'

'무슨 스트레스! 어머니 괜찮습니다. 저는 전혀 시험 때문에 걱정하거나 하는 성격이 아니거든요. 제가 한 만큼에 대한 결과로 받아들이니 저는 아무렇지도 않아요.'

'상엽군이 정말 대단해. 우리 공주님은 오빠 걱정만 끔찍이도 하지요'

'엄마는 무슨......'

다과를 들어보라는 어머니 권유와 함께 잠시 침묵이 이어지더니 금세 다시 말씀 하셨다.

'사실은 순영이 일로 내가 상엽군을 보자고 했어. 어린 순영이만 서울에 두고 미국에 들어가려니 마음이 편치가 않아서'

'엄마는 무슨. 나도 어엿한 어른이야. 내 나이가 몇인데 아직까지 철부지 아이로 생각하셔'

'말은 저렇게 하지만 내가 보기에는 아직 철부지인걸.'

'아휴. 오빠 앞에서 나를 애기 취급해요'

'당분간 이모 집에서 지내기로 했지만 가족들과 떨어져 있는 것이 걱정도 많이 되고 해서. 순영이가 남자라면 그래도 덜 걱정이 되겠는데......'

'너무 걱정하지 마세요. 순영이가 상당히 다부지고 성실하여 자기관리가 철저합니다. 혼자 있어도 전혀 문제될 것이 없을 겁니다. 그리고 제가 책임지고 항상 옆에 있을 테니까요'

'그것 봐. 오빠도 나를 인정하잖아. 그리고 오빠가 함께 있는데 무슨 걱정이야. 그러니 아

무 걱정하지 마'

'상엽군이 그렇게 말해주니 이제야 안심이 돼.'

'걱정하지 마세요.'

'앞으로 상엽군이 순영이 보호자가 되어주어야 돼. 항상 순영이 옆을 지켜주고. 그렇게 할 수 있지?'

'당연히 그렇게 해야지요. 너무 걱정하지 마십시오.'

'상엽이 일편단심 변하지 않는 모습을 지켜보며 내가 마음을 놓을 수가 있었어. 고마워!'

'고맙긴요. 당연한 걸 가지고요. 순영이는 제가 책임지겠습니다.'

'그래. 고마워'

어머니는 감동에 눈시울을 적시었다.

딸의 오랜 남자 친구이며 연인인 상엽군을 순영이가 중학교 학생 때 처음 만나서 그들의 인연을 지금까지 이어가며 미래를 함께 하기로 하였다고 하였으나 그것이 철없던 아이들의 부질없는 약속처럼 들렸었다.

그러나 어머니는 누구보다도 두 사람의 그 약속이 지켜지기를 마음속에 담아두고 있었다.

남녀 사이의 알 수 없는 사건들이 다반사로 생겨나 요즈음 젊은이들이 쉽게 사귀고 쉽게 헤어지는 것이 아무 일도 아닌 것처럼 생각하고 있으나 상엽은 심지가 굳어 일편단심 그의 약속을 충실히 실천하고 있다.

어머니는 딸을 홀로 두고 떠나는 것이 걱정이 되어 누군가 기둥이 되어줄 사람이 필요하다고 생각하였고 장차 상엽이가 한 가족이 될 거라는 확신을 가지고 다시 한 번 그의 의지를 확인하였다.

상엽은 그러한 생각을 하시는 어머니의 의중을 눈치 채고 편히 미국에 가실 수 있도록 안심시켜 드렸다.

두 사람은 순영의 방에 잠시 머물러 있다가 이사 준비로 어머니 마음이 어수선 한 것 같아 거기에서 멀지않은 상엽이 집으로 순영이를 데리고 왔다.

집에서 추석명절을 보내고 있던 가족들이 순영이의 방문에 반가워하며 환영해 준다.

먼저 순영이의 영특함과 순수함이 좋다고 칭찬을 많이 하시던 아버지가 말씀하신다.

'가족들이 미국으로 이사한다지?'

'네. 아버지가 미국으로 발령을 받으셨어요. 동생들은 부모님과 함께 가고 저는 용산에 계시는 이모님 댁에 머물기로 했습니다.'

'와! 좋겠다. 미국에도 자주 갈 수 있고'

대학을 졸업하고 대기업 비서실에 다니는 작은 누나가 부러워하며 말한다.

'직장일로 어쩔 수 없이 이별을 해야 하는 부모님께서 딸을 혼자 두고 가시니 걱정이 많으시겠어.'

어머니가 걱정을 하시며 순영에게 말 한다.

'네. 걱정을 많이 하세요.'

'우리 집 딸 하면 되겠네. 나도 여동생이 생기고. 아니면 상엽이를 이참에 장가를 보내던지. ㅎㅎㅎ'

작은 누나가 다시 농을 건다.

'맞다. 우리 집 딸이라고 생각하면 되겠군. 상엽이 장가는 아무래도 군대도 갔다 와야 하니 지금은 너무 이른 것 같고'

아버지가 작은 누나의 제안에 동의하며 그렇게 맞장구 치셨다.

어머니가 옳다 싶어 장차 며느리감에대한 질문공세에 들어간다.

'순영이는 문학 쪽에 관심이 있다고 하였지?'

'제가 영문학을 전공하여 그쪽으로 생각해보고 있습니다.'

'문학인으로 성공하기가 쉽지 않을 텐데.'

'처음에는 학교에서 학생들을 가르치면서 천천히 상황을 보아가며 준비 하려고 생각하고 있습니다.'

'학교 선생님? 괜찮지. 여자 직업으로는 괜찮은 것 같아. 특히 영어 과목은 더 그렇고'

어머니는 순영이가 선생님이 되려고 한다는 말에 은근히 기뻐하며 장차 며느리의 신상을 캐려고 작정하며 심문 하신다.

순영이 가족이 미국으로 떠나는 날이다.

상엽은 어머님과 순영이 동생들을 배웅하려고 김포공항에서 미리 나와 기다리고 있었다.

잠시 후 순영이 가족과 이모님이 도착하여 상엽이가 짐을 받아들고 출국 수속을 돕는다.

짐을 다 붙이고 출국할 시간이 되자 어머니는 딸과 떨어져 살아야 하는 것이 안타까웠는지 순영이 손을 잡고 눈물을 흘렸다.

'식사 거르지 말고 잘 먹어야 된다.'

'걱정도 팔자이셔. 다 큰 어른인데 아직도 아이 취급이나 하고. 아무걱정 하지 말고 미국 생활에 적응이나 잘 하세용'

'이모가 잘 챙겨줄 거야'

'암. 지금부터 네가 니 엄마다'

이모님이 떠나는 언니를 안심시키기 위해 그렇게 말하였다.

'그렇지 보호자가 두 사람이나 되어 걱정을 덜 수 있겠네. 여기 보호자로 상엽군도 있으니'

어머니는 상엽의 손을 두 손으로 잡으며 이야기 하였다.

'우리 공주 잘 부탁해. 지난번 상엽군하고 순영이 문제를 마음 편히 이야기하여 내가 안심을 많이 하고 있어'

'걱정하지 마세요.'

'그럼 믿고 갈게'

그렇게 가족들과 작별한 뒤 이모님은 순영과 상엽의 시간을 빼앗지 않으려고 핑계를 대고 먼저 자리를 피해 주셨다.

상엽은 순영의 한손을 꼭 잡고 걸으며 위로해 준다.

'세상이 좁아져서 미국도 이제는 먼 나라가 아냐. 언제든지 마음만 먹으면 쉽게 갈 수도 있고'

'그렇지? 먼 나라도 아니지? 그렇지만 이제 나 혼자라고 생각하니 갑자기 외로워지는 걸'

'왜 혼자야. 내가 있는데. 어머니도 말씀하셨듯이 내가 우리 천사님 보호자야. 그러니 나만 의지하면 돼'

'그치. 오빠가 옆에 있는데. 앞으로 오빠만 의지하면 외로울 것도 없겠지 뭘'

'오늘 기분도 그럴 텐데 명동으로 가자'

'그럴까?'

상엽은 우울해져있는 순영의 기분을 풀어주기 위해 명동의 시끌벅적한 곳에서 혼을 뺄 요량 으로 사람들 틈에 끼어 방황도 해 보고 두더지도 때려 잡아보고 실내 야구장에서 공도 힘껏 쳐보게도 하였다.

시끄러운 음악다방에 앉아 신나는 Deep Purple의 Highway Star 같은 하드 락 음악도 감상하니 순영이 어느 정도 마음에 안정을 취한 것 같아 보였다.

'오빠! 오늘 이렇게 시간을 허비해도 돼? 아까운 시간을 나 때문에 그냥 보내는 거잖아'

'고시 시험도 끝났는데 괜찮아. 오래간만에 내 정신도 바꿔줄 필요가 있었는데 오히려 잘 된 것 같아'

'그래도 규칙적인 생활은 이어 가야지'

'아이고. 마나님같이 잔소리도 다 하시네'

'나 때문에 오빠 공부에 영향이 있으면 안 되지. 장차 큰일을 하실 분이 한갓 여자 때문에 일을 망치면 안 되지요.'

'전혀 아니거든요'

'오빠는 공부로 성공해야 하니까 한눈팔면 안 됩니다'

'성공해서 무엇 하게?'

'나를 책임져 줄려면 기본은 갖추어야지. 그리고 오빠가 하고 져 했던 것은 이루어 내야지'

'당연하신 말씀을 나에 천사님이 하시는군요.'

'그러려면 내 핑계로 시간 낭비 하지 말고 평상으로 돌아가 계획된 일상에 맞춰 공부 하세요'

'지금 거꾸로 된 것 같다. 순영이 보호자는 분명히 나라고 어머님이 말씀해 주셨는데 내 보호자가 되고 있어'

'히히히 내가 오빠 보호자지 뭐……'

'아무튼 내가 순영이 보호자니 모든 것 나에게 숨김없이 이야기하고 허락받을 것. 알겠습니까? 나에 천사님!'

'알겠습니다. 나에 보호자님! 히히히'

'하하하'

상엽은 거수경례로 보호자에게 답하는 순영이 모습이 귀엽고 우스워 한바탕 웃었다.

상엽은 늦지 않게 순영을 용산 이모 집까지 바래다주고 떨어지기 아쉬워하는 두 사람에 마음을 뒤로하며 방배동 집으로 발길을 돌린다.

상엽이 행정고시에 최종 합격 되어 가족 모두가 축하해 주었다.

특히 보사부 과장으로 근무하시는 아버지가 매우 기뻐하셨는데 같은 공무원이 되어 국가에 보탬이 되는 일을 하는 것을 고대하셨던 터라 바라셨던 바를 이루게 되었다며 무척 대견해 하셨다.

오후에 순영이를 만나 합격소식을 알려주자 그동안 내가 스트레스를 받을까봐 그쪽 이야기는 전혀 하지 않았었는데 누구보다도 더 그렇게 기뻐할 수가 없었다.

본인에 십년 묵었던 체증이 다 내려가는 것 같이 펄펄뛰고 좋아하며 축하해 주었다.

우리 집 가족들보다도 더 기뻐하였다.

'내가 말을 하지 않아서 그렇지 오빠가 당연히 행정고시 시험에 합격 할 줄 알았다니까'

'그러셨어요. 나에 천사님'

'당연하지. 오빠 실력이 어디 가겠어?'

'나에 대한 과대평가야'

'사실인걸. 오빠가 고교시절부터 미래를 차근차근 준비하여 대비해왔는데 당연한 결과지'

'민망스러운데. 그런 이야기 들으니. 남들이 들으면 내가 무슨 대단한 일을 해낸 사람인줄 알겠다.'

'대단하지. 오빠는 사법고시에 지원하였어도 당연히 그쪽으로 합격하였을 거야. 그러면 장차 판검사가 되겠지'

'그쪽하고는 내 적성이 맞지 않아. 내 자신이 남들을 심판하고 벌을 주고 잘했고 못했음을 판단하는 그런 성격이 되지를 못하지. 같은 사람으로 태어났는데 누가 누구를 심판 하겠어'

'그렇지 오빠 성격하고는 그 쪽이 맞지 않지'

'순영이는 내가 그 쪽 일 을 하는 것을 원했어?'

'아니. 나도 오빠하고 같은 생각이야. 사람은 평등한데 누가 누구를 잘못했다고 꾸짖을 수가 있겠어.'

'그렇지? 나도 그렇게 생각해. 그리고 아버지는 국가와 국민에게 소리 없이 봉사할 수 있는 그런 사람이 되기를 늘 말씀하셨거든'

'모든 공무원들이 상엽 오빠 아버지 같은 분이었다면 우리나라도 부정부패 없는 참 깨끗한 나라가 되었을 텐데. 그러질 못하니 아쉽지. 그러면 앞으로 어떻게 국가 공무원이 되는 거야?'

'경제기획원으로 지원했으니 대학 졸업하고 군대 갔다 오면 근무부서가 결정되겠지'

'아~ 오빠 군대도 갔다 와야겠네.'

전혀 생각지도 못한 일을 당한 것 같이 갑자기 순영이 놀라는 표정이 되어 걱정하는 기색이 역력하게 보였다.

'군대는 학교 졸업하고 갈 거니 시간이 있어'

'언젠가는 가야 하잖아'

'그렇지. 대한민국 남자는 다 군대에 가는 건데 나라고 별 수가 있나? 그것도 나라에 봉사하는 일인 걸. 당연히 국가에 봉사해야지. 나하고 떨어지는 것이 싫어?'

'당연히 싫지'

'허기야 보호자가 없으면 걱정이 되긴 하겠는데. 하하하'

'오빠는 웃음이 나와. 나는 심각한데'

'나에 천사님 걱정하지 마세요. 군대 가면 자주 휴가도 나올 수 있으니 순영이가 생각하고 있는 그런 심각한 생각일랑 버리세요.'

'벌써부터 괜히 걱정은 해가지고. 내가 바보지'

'내년 일 년은 나에 천사님을 위해 내가 봉사를 많이 하려고 생각하고 있으니 기대해도 될 거야'

'어떻게 나에게 봉사 할 건데?'

'행정고시 시험 때문에 마음속에 짐을 항상 지고 있었는데 해결이 되었으니 여행도 다니고 영화구경도 자주하고 여유 있는 시간을 가져야지'

'고맙습니다. 보호자님! 나를 끔찍이도 생각해주니 히히히'

'그렇다고 마냥 그런 것은 아냐. 학점관리를 확실히 해야 그것도 가능한 일이야'

'알겠습니다. 보호자님!'

둘은 늦은 시간까지 영화구경도 하고 맛있는 것도 먹고 음악 감상실에서 좋아하는 Simon & Garfunkle의 Bridge Over Troubled Water 음악도 신청하여 들으며 노래 가사에 나오는 험한 세상의 다리가 되어 줄 수 있도록 서로를 기대며 하루를 즐겼다.

상엽과 순영은 거의 일 년 동안 강촌에도 가고 홍도며 설악산이며 부산 해운대 만리포며 부지런히 추억을 쌓으며 돌아 다녔다.

영화 관람도 하고 전시회에도 가고 연극공연도 즐겨 보았다.

물론 학점관리를 철저히 하며 그렇게 하였다.

늦은 가을 낙엽이 다 아스라 져 고즈넉한 날에 1박2일로 전라도 화엄사가 민박집에 거처를 마련하고 절 주변의 아름다운 경치를 감상 하였다.

조금은 스산하고 쓸쓸해질 수 있는 그런 늦가을의 풍경이었지만 두 사람의 혼을 빼앗아 갈만큼 감정에 심취되는 호젓한 날이 되어 있었다.

어둠을 뚫고 화엄사 승려들의 승무와 법고소리며 조심스럽게 울려 퍼지는 은은한 타종소리가 조용한 산사에 머물고 있는 두 사람의 감정을 흔들고 있다.

순영은 고적한 분위기에 혼을 빼앗기고 그녀에 어깨를 상엽에게 기대며 행복을 만끽 한다.

밤 7시가 조금 지나고 있는데 이곳은 너무 깜깜하여 세상 사람들이 미동도 하지 않는 그런 시간인 것 같은 착각을 느꼈다.

둘은 미리 잡아둔 민박집에 들어가 몸을 눕혔다.

아직도 나에 천사 순영이는 산사의 아름다운 풍광과 고즈넉한 분위기에서 헤어 나오지 못하고 흥분되어있는 마음을 추스르지 못한 채 지금까지 그곳에 머물고 있었다.

'정신 좀 차리시지. 순영씨!'

순영 씨라고 불러주는 다정한 그 소리가 연인의 목소리인줄 알아차리고 그제야 제정신으로 돌아온다.

'오빠가 방금 나보고 순영 씨라고 불렀어?'

'그렇게 불렀지'

'그렇게 다시 불러줘 봐'

'왜! 그렇게 불러주니 감동받았어? 그러면 다시 불러볼까? 나에 천사님 순영씨! 순영씨! 이렇게 됐어?'

'좋다. 그렇게 부르니'

'무엇이 그렇게 좋은데'

'이제야 오빠가 나를 연인처럼 불러주니까……'

'언제는 그렇지 않았던가?'

'여동생처럼 대했잖아'

'그러면 앞으로도 계속 그렇게 불러줄까? 아니야! 아직은 내가 보호자 이니 여동생으로 돌보아야 돼'

'그래서 지금까지 나와 밤을 며칠씩 함께 보내고도 나를 여자가 아닌 동생으로 생각하고 내 손만 잡고 주무셨군요.'

'여자로 보지 않은 것은 아니지. 결혼 할 때까지 순영이 순결을 지켜주려고 그런 거야. 그 것이 부모님이 바라던 거고 내가 지키기로 한 약속이니까'

'대단한 아저씨 셔……'

'꼭 그렇게 할 거야. 그러니 나를 시험에 들지 않도록 우리 천사님이 나에게 협조를 잘 해 주시와요'

'잘 알아 모시겠습니다. 상엽 오라버니!'

어느덧 상엽의 대학 4년의 학생 생활을 마감하는 졸업식이 돌아왔다.

이미 경제기획원에 들어갈 것이 확정이 되어 부담 없이 대학교도 졸업할 수 있었다.

가족들과 순영이가 졸업식장에 참석하여 상엽의 졸업을 축하 해 주었는데 아버지가 오늘은 특별한 날이라 엄마가 굉장한 만찬을 준비하니 순영이도 저녁에 집에 함께 올 것을 말씀 하신다.

그렇게 하겠다고 말씀드리고 가족들은 먼저 집으로 가셨으며 두 사람은 상엽이 마지막으로 학교일을 정리하고 친구들과도 작별인사를 나눈 뒤 기다리고 있는 순영과 함께 학교를 나섰다.

정들었던 대학 4년의 이별이었다.

학교에서 버스를 타고 그리 멀지않은 방배동에서 내린 뒤 옛날 자주 만나던 빵집에 들렀다.

순영이가 대학생이 되어 지성인이 되고부터는 다방이나 음악 감상실에서 주로 만났으니 거의 2년 만에 들러보는 빵집 이었다.

아직까지 빵집 누나는 거기에 있었으며 우리를 보고 두 사람이 아직도 만나고 있느냐며 반가워 해 준다.

'빵집 누나가 이집 주인이래. 그래서 아직까지도 여기에 있는 거야'

'그랬구나.'

'이 동내에서 내가 이사한지 벌써 일 년이 넘었네.'

'벌써 그렇게 되었나?'

'이 동내는 나에 고향인데 너무 정감이 넘치는 곳 이야. 여기에서 오빠도 만날 수 있었으니 나에게는 축복에 동네이기도 하고. 이사한지가 벌써 일 년이 되었으니 시간이 빠르게 지나가는 것 같아'

'우리 천사님 나이 들어가는 소리로 들리는데? 벌써 향수에 젖어있는 이야기도 하니 말이야. 미국에 계시는 부모님은 얼마나 고향이 그립겠어. 부모님하고 전화 자주 해?'

'어저께 엄마가 전화 하셔서 오빠 졸업한다고 했어. 엄마가 축하한데'

'다른 말씀은 없으셨어?'

'음~ 오빠가 나 빨리 데려가래. 히히히'

'데려가야지 빨리'

'언제 데려갈 건데?'

'군대 제대하고. 그리고 직장 안정되면 바로'

'군대는 언제가지?'

'조기입영 신청했으니 조만간 입영영장이 나올 거야. 학교 졸업했으니 빨리 군대에 갔다오는 것이 좋을 것 같아 그렇게 신청했어.'

'오빠 군대 가면 내가 힘들 거야'

'힘들게 뭐가 있겠어. 몸만 가고 마음은 여기 순영이 가슴속에 남아 있을 텐데'

'매일 옆에 있던 사람이 엄마 아빠처럼 또 훌쩍 떠나버리는 거잖아. 이별은 나를 고문하는 거나 마찬가지인걸.'

순영은 갑자기 슬픈 천사가 되어 훗날의 이별을 서러워하는 것 같았다.

상엽은 순영을 위로하고 그녀의 슬픔이 길어질 것을 염려하여 자리에서 일어나 집으로 향하였다.

집으로 가는 길에 비 오던 날 순영과 첫 인연을 맺게 되었던 그 처마 밑에서 잠시 발을 멈춘다.

'여기에서 중학생 순영이가 나를 기다리고 있었는데'

'그때 오빠가 나에게 먼저 눈짓 보냈잖아. 히히히'

'나에 천사님 순영이가 그때 거기에 없었으면 우리는 아직도 모르는 사이 이었겠지?'

'아무렴. 때마침 비도 우리를 도와주었지. 비님에게 우리를 만나게 해주어 고맙다고 감사해야지'

'우리에 인연은 하늘이 맺어 준거나 다름없다니까? 우리가 만나도록 그 순간에 비를 뿌려주셨으니 말이야'

'맞아'

'하늘이 맺어준 인연이니 평생을 함께할 운명이라고 생각해야지'

'그럼! 우리는 평생을 함께할 운명이야. 오빠하고 내가 하늘이 내려준 인연을 잘 간직해

야 돼'

'아무렴! 시간이 있으니까 우리 아지트였던 공원에 가볼까?'

'그럴까'

두 사람은 옛날 둘의 아지트가 되어주었던 그 공원 그 자리에 앉자 추억을 끄집어내며 그때를 이야기한다.

무엇이 그렇게도 추억거리가 많았던지 두 사람은 그들이 앉자있던 벤치에서 그것들을 끄집어내는데 시간이 모자라는 것 같았다.

저녁 무렵 집에 들어와 어머니가 상엽의 졸업을 축하해 주기위해 정성껏 마련한 저녁을 맛있게 먹고 후식으로 과일을 들며 가족들과 이야기 한다.

'순영이가 여고시절 처음 보았을 때 솜털이 송송하니 아기 같았는데 어느새 숙녀가 다 됐네.'

어머니가 그렇게 이야기하자 작은 누나가 바로 덧붙여 말한다.

'순영이 중학생일 때 경자 집에서 봤었거든. 그때는 솜털이 뽀송뽀송해서 예뻤지'

'그러면 지금은 안 예쁘다는 거야?'

상엽이 정색을 하며 이야기 한다.

'아니 지금은 더욱 원숙해져 예쁘기도 하지만 더욱 아름답지. 그리고 지성미가 넘쳐 나는 것 같고'

'그래. 그때보다 훨씬 예쁘고 지성적이지'

큰 누나가 거든다.

'맞아. 맞아'

순영은 볼이 빨개지며 어찌할 줄을 몰라 했다.

'순영이 학교 졸업하고 상엽이가 군에서 제대하면 우리 집으로 들입시다. 부모님과 떨어져 혼자 보내는 것이 얼마나 외롭겠어? 사람들은 함께 있어야 사람 사는 것 같은 거야. 그러니 그렇게 합시다.'

아버지가 말씀하시었다.

가족들 모두가 동감하였다.

가족들과 떨어져 살고 있는 순영이를 위하여 부모님께서 상엽의 졸업을 축하하고 동시에 아들에 여자 친구를 생각하여 만든 자리였기에 그녀에게 더욱 관심을 보여주고 있었다.

상엽은 그렇게 그날을 즐겁게 보내고 저녁 늦게 용산의 이모님 댁까지 순영을 바래다주었다.

비애

I

1978년 11월 말

안면도에서 2일간의 모든 교육일정을 마치고 저녁에 교육에 참석한 선생님들을 위한 회식시간이 있었다.

교육을 마치고 갖는 회식자리라 부담 없이 선생님들이 소주도 한잔씩 마시며 안면도의 해풍을 안주삼아 덕담도 나누고 나름의 개인적인 학생 지도방법 노하우를 전수도 한다.

내일·아침 9시에 버스가 서울로 출발하는 것으로 공지되어 선생님들은 안면도에서의 자유를 만끽하며 초면에 서로 서먹서먹했던 분위기에서 탈피하고 친교를 다지며 여유가 있어 보였다.

순영은 같은 테이블에 함께 자리한 선생님이 안면도 출신이라며 그곳의 풍광을 장황하게 설명하고 있었는데 어쩔 수 없이 자리를 동석한 죄로 그 소리를 계속해서 귀담아 들을 수밖에 없다.

그 선생님이 이곳의 명품 해송에서 채취한 어린 솔잎을 빚어 집에서 손수 만들었다는 솔잎차를 가지고와 순영에게 계속 권하였는데 그것을 마다할 수가 없어 은은한 솔잎향의 유혹을 뿌리치지 못하고 몇 잔을 마시게 되었다.

그리고 시간이 흐르면서 순영은 모든 감각을 잃어버리고 말았다.

술을 입에 대보지도 못한 순영은 솔잎차에 들어있던 약간의 알코올 성분에 취해 자기를 컨트롤 할 수 있는 능력을 상실해 버렸다.

어느 정도 시간이 흘렀는지 알 수 없는 상황에서 정신이 몽롱하고 하복통을 느끼기 시작했다.

감긴 눈을 떠보려고 하였지만 그녀의 의지대로 움직여주지 않았다.

있는 힘을 다하여 눈을 뜨고 몽롱한 정신을 가다듬어 보려고 하였으나 쉽지가 않다.

아직 솔잎차의 향에서 헤어나지 못하고 있는 자신이 갑자기 두려워 지면서 차가운 아랫도리 부분의 감촉이 다시 고통과 함께 찾아오며 순영은 정신을 차릴 수 있었다.

허겁지겁 정신을 가다듬어 보니 희미한 백열등 밑에 본인이 누워있다.

순영이 얼른 정신을 모아 상체를 일으키니 하의가 벗겨진 체 하복부에 출혈이 있었고 옆에는 체육선생이 누워 자고 있다.

깜짝 놀란 순영은 자기가 체육선생에게 겁탈당한 사실을 알아차리게 되었고 그 순간 그녀는 자기 자신을 잃어버린 채로 통곡을 한다.

통곡하며 우는 소리에 체육선생이 기겁을 하고 일어나더니 그녀를 달래려고 시도 했으나 순영은 그를 밀치고 밖으로 뛰쳐나와 어둠을 뚫고 연수원까지 어떻게 돌아왔는지 정신없이 달려왔다.

순영은 숙소에 들어가지 못하고 연수원 한 곁에 앉아 한없이 울었다.

너무나 어이없는 일을 당한 순영은 당황하고 정신이 멍해지며 이 순간을 어떻게 헤쳐 나가야 되는지를 스스로 감당해내지 못했다.

청천병력 같은 불행의 순간이 그녀를 짓밟고 지나갔다.

어디서부터 어떻게 토해내야할지 갈피를 잡지 못하고 흐느껴 울다 지쳐 실신하다시피 한다.

그렇게 밤새 마음속에 통곡을 하며 보내다 새벽 무렵 정신을 가다듬고 자신을 되돌아보았다.

그리고 한순간에 상엽을 떠올리며 다시 한 번 고통과 싸워야 했다.

8년 동안 상엽의 연인으로 살아오며 둘이 많은 밤을 함께 지세면서도 결혼 할 때까지 지켜주겠다며 지금까지 지켜준 나에 순결인데 한순간의 실수로 나를 잃어버리고 말았다.

앞으로 내가 어떻게 하면 되는지 순영은 혼란스러웠다.

그리고 미친 여자처럼 연신 혼잣말을 되풀이 한다.

'내가 어떻게 하면 되지'

'내가 어떻게 하면 되지'

'상엽씨! 내가 어떻게 해야 돼.....'

그렇게 중얼거리며 흐느껴 보았지만 돌아오는 답이 없었으며 그 순간 눈앞에서 어른거리는 바닷물에 뛰어 들어가 죽고 싶은 충동만 일었다.

그것이 순결을 지키지 못한 속죄가 된다면 그렇게 해서라도 상엽씨에게 나에 절개를 보여주고 싶었다.

그런 생각으로 마음에 정리를 이어간다.

하지만 순영은 스스로 마음을 다시 가다듬어 본다.

내가 아무 이유 없이 바닷물에 뛰어들어 죽음을 자초 한다면 지금까지 쌓았던 우리에 아름다웠던 사랑과 추억 만들기가 다 위선이었다고 지금의 이 상황을 모르고 있는 가족들 그리고 친구들은 쑥덕공론하게 될 것이다.

상엽씨도 물론 지금에 이 현실을 어떻게 받아들이며 생각하게 될지 알 수도 없다.

그러면 죽어버린 나는 세상에 없으니 그런 비판을 받는 다 해도 문제될 것이 없으나 살아있는 상엽씨가 받을 고통은 어떻게 감당할 수 있단 말인가.

도저히 그것은 실행할 수 있는 방법이 아니었다.

상엽씨를 두 번 고통으로 몰아넣는 것이다.

최악의 현실 도피를 해보려 고민하였으나 포기하고 순영은 일단 서울로 가는 버스에 올랐다.

버스에 오르니 짐승 같은 체육선생이 다가와 옆에 앉으려 하자 순영은 세차게 그를 거부하며 다른 버스로 갈아탄다.

악마를 보는 것 같았다.

악마의 손길이 그녀를 스치며 지나가는 순간 숨이 멎어버리며 반사적인 저항 의지가 살아났다.

서울로 돌아오는 버스에서 내내 기진맥진하여 갈피를 잡지 못하였다.

안면도에서 출발한 버스는 도로 형편이 좋지 않아 점심시간이 넘어 서울에 도착하였다.

순영은 곧바로 택시를 잡아타고 집에 도착하자마자 이불을 뒤집어쓰고 다시 통곡한다.

그리고 상엽을 향한 속죄에 혼잣말을 되풀이 한다.

'미안해!'

'상엽씨 미안해!'

'상엽씨 정말 미안해!'

불행은 쉽게 찾아오고 행복은 유지하기가 어렵다는 톨스토이의 말이 맞는 것 같았다.

8년 동안 행복했던 우리에 사랑스럽고 아름다웠던 순간들을 악마의 훼방으로 내가 지금 지옥 불에 떨어져 버리고 말았다.

불행의 시작인 것이다.

3일 동안을 거의 굶다시피 혼자 방황 속에 방안에서 두문불출하며 별에 별 생각을 다 하면서 그렇게 보낸 뒤 어느 정도 마음에 정리가 되었는지 월요일 아침 학교에 출근하였다.

학교에서 선생님들과 학생들을 보며 괜히 주홍글씨가 달린 옷을 입고 있는 자신을 비웃는 것 같은 착각과 마주친다.

얼굴이 화끈 달아올라 어디 숨을 곳이라도 찾아가고픈 심정이었다.

이슬람교 여성들이 자기를 볼 수 없도록 히잡을 두르고 있는데 그렇게라도 하여 나를 숨기고 싶었다.

그러나 순영은 자기 자신이 그것을 두를 자격이 없음을 금방 눈치 채고 말았다.

여자의 순결에 상징인 그것을 뒤집어쓰고 나를 감추고 싶은 충동을 머릿속에서 지울 수 없으니 몸과 마음이 일치되지 못하며 어딘지 모르게 자신이 자꾸 쪼그라 들어가는 느낌을 받는다.

선배 선생님이 어디 안 좋으냐며 물어보았지만 긍정도 부정도 하지 못하고 그냥 건성으로 대답해야만 했다.

짐승 같은 체육선생은 순영이가 출근한 것을 확인하고 정복자의 자만에 빠져있듯이 더 의기양양해하며 대시 한다.

부처님 말씀이 사랑하는 사람 만들지 말고 미워하는 사람도 만들지 말라고 하였다.

사랑하는 사람은 못 만나서 괴롭고 미운사람은 자꾸 만나게 되어 괴롭다고 하였는데 악마의 얼굴이 자꾸 마주치니 역겨움이 이루 말할 수가 없다.

악마의 저주를 퍼붓고 싶었지만 교육의 산실인 신성한 학교에서 그렇게 할 수도 없다.

사랑하는 사람대신 악마인 짐승 같은 자를 앞으로도 계속해서 이렇게 만나야 되는지도 고민 이다.

순영은 이를 악다구니로 물며 스스로 되물었다.

'그래. 겨울방학까지는 학생들을 책임 져 줘야지'

'그것이 선생님의 도리이지'

지금 당장 사직원을 내고 아무도 없는 곳으로 사라져 버리고 싶었으나 그것도 순영의 의지대로 되는 것은 아니었다.

20여일 남은 겨울 방학 때까지 고통과 혼 돈 속에 사는 것이 사는 것 같지 않게 살고 있겠지만 그래도 그녀에 처지를 아무렇게 라도 수습하고 과거에 순영이 꿈꾸었던 여고 시절의 그런 순수함과 희망을 학생들에게 마지막으로 남겨 주어야 하는 것도 그녀에 의무이기도 하였다.

겨울방학까지 시간이 왜 이리 더디 가는지 스스로를 고문하는 것 같았으나 순영의 결심은 시간이 가면 갈수록 더욱 확고해지고 있다.

이제 사랑하는 제자들과 작별의 시간이 다가왔다.

본의 아니게 제자들과 생이별하는 고통을 감내하며 어쩔 수 없는 결심을 실행 해야만 했다.

순영은 방학 며칠 전 교장 선생님을 면담하고 사직서를 제출 하였다.

교장 선생님은 유망한 젊은 선생님의 사직서를 반려하려 하였지만 가족들이 있는 미국으로 이주한다는 순영의 간절한 설득으로 사직서를 수리 하였다.

오늘은 겨울방학과 동시에 제자들과도 이별을 하는 날이다.

제자들에게 한 학년을 다 채우지 못하고 헤어지는 것을 아쉬워하며 여고시절의 꿈과 희망을 간직하여 아름다운 젊은 날의 추억을 만들기를 조언하였다.

가슴속에 한 아름의 눈물을 묻어놓고 교문을 나서며 다시 돌아올 수 없는 교정을 뒤돌아보며 안녕을 고한다.

집에 돌아온 순영은 다가오는 크리스마스를 기다리고 있을 상엽에게 눈물에 편지를 쓰기 시작하였다.

상엽씨가 지금 나의 혼란스런 사실을 눈치 채면 어떤 사고가 생길수도 있다.

상엽씨가 얼마 남지 않은 군 생활을 아무 사고 없이 마무리 하도록 하는 것이 급 선무였다.

순영은 8년 동안 함께 보내며 지금까지 한 번도 약속을 지키지 않은 적이 없었는데 크리스마스 날 면회 가겠다는 약속을 아무 이유 없이 지키지 않는다면 상엽씨가 분명 이상하게 생각할 것은 당연한 일이다.

겨울 방학동안 미국에 계신 부모님 집에서 머문다고 해야 할 것 같았다.

그러는 동안 오빠는 아니 상엽씨는 아무 탈 없이 무사히 제대를 하겠지?

순영은 상엽이 제대하기 전에 모든 것을 정리 하려고 마음에 고통을 감내하면서 동분서주 하며 바빴다.

주인집에는 상엽씨가 전화하면 미국에 들어갔다고 말해 달라고 부탁하였다.

상엽씨가 제대하기 전까지 모든 것을 정리하려는 생각으로 주변을 정신없이 마무리하였고 이삿짐 대부분은 처분하였으며 일부는 이모님 댁에 맡겨두었다.

어느 정도 서울의 정든 것들과 정리가 된 것 같아 마음을 다시 한 번 굳게 다져보는 시간을 가져 보았다.

방배동에 계시는 상엽씨 부모님과 언니들에게 자신의 처지를 곧이곧대로 이야기할 수 있는 처지가 되지를 못해 제대로 된 인사도 드리지 못하고 떠나는 것이 가장 마음이 아팠다.

이모님 댁에는 잠시 들러 별일 없이 그냥 들른 것처럼 눈치 채지 못하게 하였으며 방학동안 잠시 미국을 다녀오겠다고 하였고 사촌 동생 민선이 와도 그냥 예전같이 행동하며 마음속에 이별을 하고 헤어졌다.

경자와 지영이 혜경이 친구들에게 나의 떳떳치 못한 사실을 숨기고 옛날처럼 수다 떨며 만날 수도 없다.

아무 일 없는 것처럼 그냥 만나고 헤어질까도 생각하였으나 친구들 앞에서 나의 억누르고 있던 고통이 분출하여 터져버릴 것 같아 그러하지 못하였다.

그냥 소리 없는 이별이 나을 것이다.

이렇게 과거의 사랑했던 모든 것들과 인연을 끊어야 했다.

그중에서도 가장 고통스러운 것은 사랑하는 연인 상엽 씨와 생이별해야 하는 것이다.

중학교 3학년 때 맺어진 인연이 8년의 긴 세월동안 하나 흐트러짐 없이 다정다감하고 풋풋했던 행복한 시간들로 채워주던 나의 연인 이었다.

나를 아껴주고 나를 기억하게 해주고 나를 이 세상에 존재하게 해주었던 나에 사랑하는 연인 이었다.

나를 지켜주기 위해 불타오르는 청춘을 억누르며 우리의 결혼 때까지 나를 깨끗하고 청초하고 순수한 보석으로 고이 간직하겠다며 시험에도 굴하지 않고 젊음을 인내하며 함께 한 나에 연인 상엽씨 이었다.

그런 상엽씨 앞에 순수함을 잃어버린 내가 어떻게 감히 설수 있겠는가.

도저히 용납이 되지 않았다.

8년의 세월동안 인내의 고통을 숨기고 나를 순수한 보석으로 가꾸어 왔는데 내 자신의 잘못으로 순수함을 잃어버린 채 그에게 흠집이 난 돌이 되어 상엽 앞에 설 수는 없다.

그것은 나에 연인을 욕되게 하는 것이었다.

'미안해!'

'상엽씨 정말 미안해!'

'나를 용서해줘'

'상엽씨 행복해야 돼'

'그동안 고마웠어.'

'상엽씨 정말 고마워. 나를 행복하게 해주어서......'

나의 연인 상엽에게 속죄할 수 있는 것이 이런 말만 뇌까릴 수밖에 없다는 것이 정말 고통스럽고 민망스러웠다.

앞으로 나의 처신을 속죄하며 상엽씨의 행복을 먼발치에서 빌 뿐이다.

'상엽씨 행복해야 돼......'

순영은 주변 정리가 어느 정도 됐음을 확인하고 외로운 방랑자를 자처하며 세상의 모든 것을 훌훌 털어버리고 서울과 등졌다.

솔잎차 향기에 취해 사랑하는 사람들과 인연을 끊어야만 하는 나 자신의 기구한 운명을 탓하는 것조차 민망스러워 뒤돌아볼 여유도 없이 그냥 하염없이 서울과 이별한다.

떠나는 이유를 되물으면 그 순간 다시 떠오르는 악마 같은 체육선생 그놈이 그놈의 숨소리를 내 앞에서 다시 몰아쉬고 있어 미쳐버릴 수도 있다.

그럴 때마다 악마의 저주가 다시 시작되었다.

끔찍하다.

악몽의 순간이 다시 되 살아 날 수 있다.

슬픔이 사치스러울 정도로 역겨워 진다.

지워질 수 없는 고통이지만 그래도 기억 속에서 지워야 한다.

그렇게 해야 한다.

그렇게 순영은 새 삶을 선택 해야만 했다.

II

3년의 군대생활을 마감하고 상엽은 강원도 양구에서 귀가했다.

전방에서의 힘든 군 생활이었지만 문학인 되겠다던 그녀에 특출한 능력이 빛을 발하듯 감정이 살아있는 순영이의 애틋하고 감칠맛 나는 연애편지는 상엽의 군 생활 힘든 일과를 다 잊어버리게 해주는 감미료가 되어 주었다.

가끔씩 강원도 산골 전방부대를 여자 홀몸으로 면회 와주어 3년의 외도로부터 구원과 안식을 주는 안정적인 정신적 지주가 되어 주기도 하였다.

지금쯤 나에 천사 나에 연인 순영이가 제대를 축하해 줄 법도 하였지만 집안일로 미국에 가고 없어 쓸쓸히 귀향길에 올랐지만 상엽에게는 그것은 아무 문제가 되지 않았다.

겨울방학이 끝나갈 즈음 순영을 다시 만날 그때 축하받으면 될 일이기 때문이다.

상엽은 군에서 제대하며 그동안 만나지 못했던 지인들과 친구들을 만나 군대에서 제대하였음을 신고하였다.

물론 순영이 이모님 댁에도 찾아가 인사드렸다.

이모님과 사촌 여동생인 민선이는 반갑게 상엽의 제대를 축하해주고 순영과의 빠른 결합을 기원해 주기도 하였다.

그리고 사촌인 민선이와는 이모님께서 다과를 준비하시는 동안 짧은 대화도 나누었다

'오빠 군대 제대한 것 정말 축하드려요'

'고마워'

'오빠가 군에 입대하고 언니가 걱정 많이 했었는데. 만나면 언제나 오빠 생각이며 오빠 걱정만 입에 달고 살았어요.'

'순영이가 마음이 천사라 남 걱정을 많이 해'

'여자 혼자 강원도 산골까지 뻔질나게 면회도 다니고. 대단한 언니야. 옛날 같았으면 효부상이라도 받았을 거예요'

'그 덕에 내가 군에서 무사히 제대할 수가 있었지'

'언니의 유별난 오빠 사랑이 질투가 날 정도로 부러워요'

'민선씨도 좋은 사람 만나면 그렇게 될 걸? 순영이 피를 절반은 갖고 있으니 그런 사랑 할 수 있을 거야'

'상엽 오빠 같은 남자를 만날 수 만 있다면 순영 언니처럼 그렇게 할 수도 있겠네요. 그런데 상엽 오빠 같은 사람을 만날 수 있겠어요?'

'나보다 더 좋은 사람 만나야지'

'정말 그럴 수 있을까요? 그런데 언니가 오빠 제대를 함께 축하했어야 하는데 미국에 들어가고 없으니 아쉽네요.'

'가족하고 떨어져 있으니 방학 때라도 함께 있어야지'

'직장은 언제부터 나가세요?'

'3월부터 나가려고'

'오빠는 좋겠어요. 제대하자마자 좋은 직장에도 나가고'

'다 갖는 직장인걸 뭐'

'차원이 다르지요.'

'언니는 언제 귀국한다는 이야기는 없었고?'

'그런 말은 안했는데 방학 끝날 때쯤 오지 않겠어요.'

'그렇겠지……'

상엽은 용산 이모님 댁에서 준비해준 다과를 먹으며 덕담을 나눈 뒤 이모님 댁에서 나왔다.

겨울방학이 끝나는 1월 말까지 10여일이 남았으므로 그동안 3월부터 출근하는 것으로 정하고 경제기획원에 출근원도 제출하였으며 출근 준비도 서둘러 계획을 세운다.

어머니는 아들이 출근 하는데 필요한 양복이며 와이셔츠 넥타이등 사회인이 되기 위한 것들을 준비해 주셨다.

어머니는 우리 집에 공무원이 둘이나 되어 좋다 하시면서 아버지는 보사부 만년 과장으로 정년을 맞을 것 같은데 아들은 장관까지 하여야 한다며 상엽에게 스트레스를 주신다.

'상엽이 할아버지도 공직생활을 하셨으니 우리 집안에 3대가 공무원이 되는구나. 아니지 앞으로 한사람이 더 있지'

'누가요?'

'순영이도 교육공무원이 되어 선생님으로 있으니 한사람 더 포함되는 게 맞지'

'순영이를 우리가족에 벌써 포함 시키는 거예요?'

'아들이 자리 잡는 데로 빨리 결혼 날짜를 잡아야하지 않겠어? 아버지가 많이 서두르시던데. 홀로 서울에 남아있는 순영이가 가엾다며 집에 빨리 들이자고 틈만 나면 말씀하셔'

'순영이 부모님하고도 이야기를 해 봐야지요.'

'그 집에서야 딸 혼자 서울에 두고 있으니 걱정이 되겠지. 확실한 사윗감도 있는데 결혼을 빨리 서두르고 싶지 않겠어?'

'순영이가 미국에서 돌아오면 무슨 이야기를 하겠지요 뭐'

'언제 돌아오지?'

'겨울방학 끝날 때쯤 귀국하지 않겠어요.'

'좀 일찍 나와 제대 축하라도 해 주었으면 좋으련만……'

어머니가 아들이 3년 동안 군대에서 고생하고 제대하였는데 그렇게 죽고 못 살던 순영이가 중요한 순간에 없는 것을 원망하는 투로 이야기 한다.

상엽은 어머니 마음속에 서운한 감정이 들어있음을 눈치 채고 순영이를 엄호한다.

'군대 3년 동안 순영이 덕에 무사히 제대할 수 있었어요'

'암 잘 알지. 알고말고.'

'제가 군 생활이 지겨울까봐 위문편지를 얼마나 자주 보네 주었는데요. 그 덕에 어렵지

않게 제대할 수 있었는걸요'

'편지 뿐 이냐. 너에게 지극정성 면회도 참 자주 가곤 했지. 면회 다녀오고 나면 아들 걱정하고 있는 우리생각을 하여 집에 와서 내가 잘 있다는 소식도 꼭 전해주고 갔는데'

'강원도 산골에 여자 혼자 면회 오는 것이 걱정이 돼 그러지 말라고 했는데 개의치 않고 심심찮게 면회를 와 주었으니 지금 잠시 떨어져 있는 것을 아쉬워 할 수가 없지요'

'그런 열정과 정성도 웬만한 여자 친구 아니고는 그렇게 할 수 없었을 거야. 엄마인 내가 너무 고맙더라.'

'순영이가 착하고 정이 많아요. 천사이어요.'

'그렇지만 이렇게 중요한 때에 함께 자리를 빛내 주면 더 좋았지 않았겠냐?'

'가족과 오래 떨어져 있는데 방학동안만 이라도 부모님과 동생들하고 함께 있어야지요. 엄마가 이해해 주셔야 되요. 가족이 얼마나 그립겠어요. 가족을 만날 수 있는 시간이 방학 때 뿐이 없잖아요'

'그렇겠구나.'

하시며 어머니는 바로 서운한 감정을 푸셨다.

그렇게 며칠을 보내는 동안 종합병원 내과의사로 근무하는 큰누나가 산기가 있다하여 어머니와 함께 시중도 들며 겨울방학이 빨리가기를 기다렸다.

그리고 혹시 미국에서 돌아왔나 싶어 주인집에 전화하여 보니 미국에 갔다는 말만 들을 수 있었다.

III

상엽은 겨울방학이 끝나고 개학을 하였는데도 순영이 귀국했다는 소식을 들을 수가 없었다.

걱정이 되어 주인집에 다시 전화 하였으나 미국에 갔다는 똑같은 말만 되풀이하였으며 이모님도 귀국소식을 모르고 계셔 미국에 있는 가족들에게 무슨 변고가 있는 것이 아닌지 은근히 걱정이 되기도 하였다.

상엽은 개학을 하였는데도 귀국하지 않고 출근도 하지 않아 무슨 일이 있는 것이 아닌지 확인해 보려고 학교에 전화 하였다.

그런데 이게 무슨 날벼락인가.

학교에서 전해주는 답은 서순영 선생님이 사직원을 제출하고 학교를 그만두었다는 것이다.

믿어지지 않아 되풀이하여 물어 보았는데 확실하다고 대답해 주었다.

상엽은 이상한 낌새를 느껴 급히 학교를 찾아가 확인하여보니 겨울방학이 시작되면서 갑자기 미국으로 들어간다며 사직했다고 하였다.

순간적으로 상엽은 이상한 생각이 들었다.

미국의 가족들에게 무슨 이야기 할 수 없는 일이 생긴 것 이라고.

그러면 이모님도 그런 사실을 알고 있을 텐데 무슨 일이 전혀 없는 것처럼 행동하였다.

상엽은 갑자기 나쁜 생각이 들며 불안해지기 시작한다.

상엽은 순영이 집을 찾아가 주인어른을 만났는데 처음에는 자세한 이야기하기를 주저하더니 말해 주었다.

순영이가 무슨 일이 있는지는 모르겠지만 급히 이사했으며 전화가 오면 미국에 들어갔다고 하라고 하였단다.

상엽은 순영에게 무슨 안 좋은 일이 있음을 직감하고 이모님 댁으로 급히 택시를 타고 찾아가 자초지종을 이야기하니 깜짝 놀라시며 미국으로 국제전화를 신청 하였다.

지금쯤 미국. 센 프란시스코 시간이 밤 10시 정도로 가족들이 모두 집에 있을 시간이었다.

잠시 후 국제전화가 연결되어 이모님이 순영이 어머님과 잠시 통화하더니 바로 상엽에게 전화를 바꾸어 주었다.

'여보세요. 어머니 상엽이 입니다.'

'상엽군! 오래간만이네. 제대했지? 축하해. 3년 동안 고생했어요.'

'감사합니다.'

'그런데 밤늦은 시간에 웬일이야? 아~ 그렇지. 서울은 한낮이지. 군 제대했다는 인사는 나중에 만나서 해도 되는데'

'저...... 혹시 순영이가 미국에 머물고 있는지 확인하려고 전화했습니다.'

'무슨 소리야? 지금 시간이면 순영이는 학교에 나가 있겠지'

'순영이가 겨울방학 동안 미국에서 머물지 않았나요?'

'아니. 여기 오지 않았는데...... 순영에게 무슨 일이 있나?'

'저......'

'무슨 일이야. 순영이에게 무슨 일이 있구나. 상엽이! 순영에게 무슨 일이 있는지 빨리 말해봐!'

'놀라지 마시고요'

'그래그래요. 어서 말해봐'

'순영이가 행방불명이 되었습니다.'

'뭐? 순영이가 행방불명? 그게 무슨 얼토당토 한 이야기야? 순영이가 왜 행방불명이 돼!'

깜짝 놀라시는 어머니의 소리와 동시에 아버님이 전화를 바꾸시더니 다급히 다시 물었다.

'상엽군! 순영이가 행방불명이라니 무슨 소리야'

'군에서 마지막으로 편지를 받았는데 겨울방학동안 미국에서 가족들과 지낼 거라며 편지를 써서 보냈었습니다.'

'여기는 오지 않았는데'

'개학을 했는데도 출근하지 않아 오늘 학교에 가서 확인하였더니 작년 연말에 학교에 사표를 내고 지금 행방을 알 수가 없습니다.'

'두 사람 사이에 별일은 없었고?'

'전혀 문제가 없었습니다.'

상엽이 자초지종을 말씀드리니 이상하다는 생각을 하셨는지 아버님은 회사일로 서울로 가기가 어렵고 어머니가 빠른 비행기 편으로 갈 수 있도록 하겠다하시고 전화를 끊었다.

어머님 비행기 편이 확인되면 상엽이 김포공항에 직접 나가겠다고 하였다.

상엽은 급한 김에 경자에게 전화해보니 겨울방학동안 의대 본과생임에도 짬을 내어 잠시 집에 있는 것을 확인하고 급히 만날 것을 약속 잡았다.

'오빠. 제대 축하해'

'고맙다'

'군대 제대하고 마음도 한결 가벼울 텐데 오빠 얼굴이 그렇지가 못한 게 무슨 일이 있어서 나를 급히 날 만나자고 한 거지?'

'순영이. 순영이 최근에 만났어?'

'최근에?'

'그래. 언제 순영이를 만났댔어?'

'아니. 최근에는 만나지 못했어. 내가 학교 공부 때문에 숨 쉴 시간도 없어 연락도 제대로 못해봤지. 그런데 순영이 에게 무슨 일 있어?'

'순영이가 갑자기 없어졌어.'

'무슨 소리야! 순영이가 갑자기 없어졌다니. 착한 순영이가...... 그럴 리가'

'정말이야. 학교도 그만뒀고.'

'정말? 그럼 미국에 갔나보지'

'미국에도 없어. 아까 미국에 계시는 부모님하고 통화하였는데 순영이가 행방불명된 사실을 전혀 모르시고 오히려 더 이상하게 생각하셔'

'그래?'

'최근에 전화연락은 없었어?'

'아니. 전혀...... 혹시 모르니 다른 친구들하고 연락이 되었는지 지금 확인 해 볼께'

경자는 실내 공중전화 박스로 가더니 연신 전화를 통화하고 이상하다는 표정으로 돌아와 자리에 앉는다.

'최근에 순영이와 만나거나 통화한 친구가 아무도 없는데'

'그래?'

'친구들 몇 명이 방학 때 집에 있을 것 같아 자취집에 전화하였더니 미국에 갔다고 하여 그렇게만 알고 있더라고'

'음......'

'오빠. 두 사람이 무슨 일 있었어. 싸웠어?'

'그런 일 전혀 없었어.'

'그런데 왜 순영이가 갑자기 사라진 거지? 순영이의 마음씨를 보더라도 이렇게 아무렇게나 행동할 사람도 아닌데'

'나도 그렇게 생각하는데 행방불명이 되었으니 왜 그런지 그것이 궁금해'

'무슨 이상한 것은 없었고? 혹시 두 사람이 오해 살만한 일이 있었다든지 그런 것 말이야'

'우리 사이에 무슨 오해할만한 일이 있겠어. 지난 크리스마스 날 부대로 마지막 면회 오

기로 약속 하였는데 오지를 안았어.'

'그 이야기는 나도 전화통화하며 들었댔어. 나는 오빠에게 면회 간 줄로만 알고 있었지. 순영이가 한 번도 약속을 어긴 적이 없었잖아'

'그랬었지. 편지가 왔는데 급한 일로 미국에 간다고 쓰여 있더라고'

'별일 없을 거야. 순영이가 오빠를 얼마나 사랑하는데. 아마 개인적으로 머리 좀 시키려고 하는 걸 거야'

'그랬으면 좋으련만. 나쁜 일이 있는 것이 아닌지 자꾸 이상한 생각이 드는 게 걱정이 돼'

'순영이가 착해서 나쁜 일이 생길 수도 없을 거야'

'그래야 할 텐데......'

경자는 상엽을 위로하며 친구들과 다시 한 번 연락하여 순영이가 갈 수 있는 곳을 수소문 해 보기로 하고 헤어졌다.

상엽은 아무리 생각을 해봐도 지금의 벌어지고 있는 사실들을 이해할 수가 없다.

두 사람 사이에 어떤 갈등이 있었던 것도 아니고 미국에 있는 가족들과의 문제가 있는 것도 아니다.

순영이가 갑자기 사라질만한 어떤 이유도 없는데 도대체 어디에 있는지 종잡을 수가 없다.

상엽은 답답했다.

그리고 내가 무슨 잘못이라도 한 것이 있는지 아니 내가 모르는 어떤 실수를 순영에게 하여 그리 되었는지 생각해 보았지만 전혀 감이 오지 않는다.

상엽은 불안해지기 시작 하였다.

영국 속담에 알 수 없는 세 가지 불가사의 중에 첫 번째가 여자의 마음이라 하였는데 전혀 예상할 수도 없이 갑자기 행방불명된 나에 천사 순영의 진짜 미음이 무엇인지를 알 수가 없다.

이튿날 순영이 어머님이 미국에서 들어오기로 한 시간에 맞추어 상엽은 김포공항에 나갔다.

출국장으로 나오는 어머니를 반기자 상엽의 손을 꼭 잡으시더니 눈물을 글썽거리신다.

그리고 다른 인사는 거두절미 하시고 딸에 소식을 묻는다.

'아직까지 순영이 소식은 모르고?'

'네. 아직은 확인이 되지 않고 있습니다.'

'친구들은 다 확인해 보았어? 경자는 무어라고 말해?'

'네. 다들 모르고 있어요. 경자하고도 만나서 이야기 하였는데 순영이가 행방불명될 어떤 낌새도 느끼지 못했다고 하더군요.'

두 사람은 택시를 타고 용산 이모님 댁으로 이동하는 중에 상당한 대화를 나누었다.

'둘이 싸우진 않았고?'

'전혀 그런 일이 없었습니다.'

'두 사람 성격상 서로 싸울 일이 없겠지'

'순영이가 착해서 이해를 많이 해주고 하니 그 덕에 지금까지 싸워본 적이 없었습니다.'

'그거야 상엽군의 이해심이 더 컸지. 이상한 낌새는 없었고?'

'부대로 마지막 면회 오겠다고 약속 하였는데 오질 않았습니다. 한 번도 약속을 지키지 않은 적이 없었거든요'

'그랬었어. 혹시 두 사람 사이에 무슨 서운한 일은 없었고?'

'제 기억에는 전혀 없었습니다.'

'그런데 예가 어디엘 가 있는 거지……'

'순영이가 저에게 마지막으로 편지를 보냈더라고요'

'그랬어? 언제?'

'크리스마스 때 마지막 면회 오겠다며 약속하고 지키지 못했다며 그때 바로 편지를 보냈어요.'

'어떤 내용이었지?'

'집에 일이 있어 미국에 들어간다고 편지에 쓰여 있었습니다.'

'그런데 미국에도 오지 않고 순영이가 어디로 사라진 거야. 전혀 이런 일이 있을 거라고는 상상도 못했는데'

'저도 그렇게 생각하고 있습니다.'

'학교에서는 특별히 다른 이야기가 없었고?'

'달리 특별한 이야기는 없었고요. 오히려 교장선생님은 좋은 인재가 학교를 그만두어 아쉬워했다며 미국에 가족과 함께 살겠다고 하여 할 수 없이 사직원을 수리했다고 그렇게 말씀하시더라고요'

그렇게 많은 시간을 이모님 댁에 도착하여서도 이야기 해 보았지만 도저히 납득할만한 어떠한 사실도 알아낼 수 없었다.

내일 어머님과 학교에도 찾아 가보고 세 들어 살던 집도 함께 가기로 하고 상엽은 집으로 돌아왔다.

어머니가 요즈음 귀가가 늦어지는 아들에게 무슨 바쁜 일이 있느냐며 핀잔을 준다.

그리고 얼굴이 많이 상하고 꺼칠해 졌다며 고민거리가 있느냐고도 물었으며 순영이는 학교가 개학 하였는데 귀국을 하지 않았느냐고도 물어 본다.

상엽은 순영이의 일을 말할 수가 없어 아직 귀국하지 않았다고 둘러대었고 친구들과 오래간만에 만나 술을 마시니 그렇다고 변명하였다.

다음날 아침 순영이 어머님을 모시고 학교 교장선생님을 만났다.

교장 선생님 말에 의하면 서순영 선생은 실력이 우수하여 학생들한테도 인기가 많았으며 학교의 자랑이었다고 하였다.

그런데 안면도에 연수를 다녀온 뒤 갑자기 학교를 그만두겠다고 사직원을 제출 하였으며 미국에서 가족들과 함께 살고 싶다고 하여 잡을 수 없었으며 사표를 수리하였다고 교장 선생님은 어머니에게도 상엽에게 한 말을 똑같이 하였다.

학교에서도 별일이 없었다고 하였다.

순영이가 살던 주인집에도 가 보았으나 상엽이가 들었던 그 이상의 이야기를 기대할 수 없었다.

어머니는 상엽의 손을 잡고 다시 엉엉 울기 시작 한다.

덩달아 상엽이도 눈물을 주르륵 흘렸다.

며칠을 어머니와 함께 순영이 가볼만한 곳을 찾아다니던 중 미국의 아버지로부터 전화를 받았다.

순영이로부터 편지를 받은 것이다.

잠시 몸을 쉬고 싶어 아무도 모르는 곳에 있으니 당분간 찾지 말라며 다시 연락할 테니까 걱정하지 말라고 편지에 쓰여 있다고 하였다.

덧붙여 오빠에게 큰 잘못을 하여 더 이상 만날 수가 없으니 상엽 오빠가 상당한 마음에 상처를 입을 수 있으므로 위로를 잘 해주었으면 좋겠다는 내용도 쓰여 있다고 하였다.

어머니는 딸의 편지 내용을 전화로 전달받고 다소 안정이 되었는지 다시 눈물을 흘리며 상엽의 손을 꼭 잡아 주었다.

어머니는 순영이가 상엽에게 큰 잘못을 하였다는 편지 내용의 이야기는 하지 않았다.

자세한 내용을 알기 전에는 딸의 큰 잘못을 다르게 해석하여 상엽이가 오해할 수도 있다는 생각에 그렇게 마음을 정하였다.

어머니는 일단 미국으로 들어가셨다가 순영이의 여러 정황을 확인하고 다시 서울로 나오기로 하였다.

상엽은 어머니가 미국으로 돌아가신 뒤 순영이가 아무도 모르는 곳에서 있다고 하는 그곳이 어디가 될지를 하나하나 기록하며 적어보았다.

출근하기 전까지 나에 천사 순영이가 가볼만한 곳을 다 찾아 다녀볼 생각이었다.

상엽은 순영이의 사촌 여동생인 민선이와 친구들의 도움을 받아 전국 곳곳의 찾아가 볼 곳을 밤새워 지도로 만들었다.

그렇게 밤을 지세우고 아침을 먹기 위해 식탁에 앉자 아버지가 상엽의 꺼칠해진 얼굴을 보며 걱정하시면서 이제 군에서 제대한지도 얼추 한 달 가까이 되니 술을 자제하고 마음잡으라 하셨다.

그리고 군에서 제대 하였는데 순영이는 어찌 소식이 없느냐고 물어보신다.

그래서 순영이는 학교를 당분간 휴직하고 미국에서 가족들과 함께 머물러 있다고 거짓말로 둘러대었다.

어머니가 그렇게 말하는 아들의 대답이 엉성했는지 그리고 요즈음 상엽의 이상한 행동을 눈치 채고 조심스럽게 묻는다.

'너희 두 사람 싸웠냐?'

'아니요. 싸우기는 요. 우리가 싸울 일이 어디 있다고 요'

'싸울 일도 없는데 제대한지가 한 달이 되도록 연락도 없이 학교를 휴직하고 미국에 머물러 있다는 게 이상하지 않아요? 만약 그랬다면 응당히 우리 집에 와서 인사하고 미국에 들어갔을 텐데. 그렇지 않은 것을 보면 분명 두 사람에게 무슨 일이 있는가 봐요'

'집안에 무슨 일이 있는 거겠지'

'그래도 그렇지 요. 전혀 그런 행동을 할 사람이 아니니 그렇지요'

'엄마. 우리 문제 있는 것 전혀 아니거든요?'

'그럼. 순영이 같은 참한 선생님이 무슨 일이 있다고 네 엄마는 지레 짐작을 해 가지고 아무렇게나 말을 한담'

아버지가 거들어 주신다.

'엄마 아버지. 제가 출근하기 전까지 그냥 아무렇게나 보내기도 그렇고 해서 내일부터 전국 일주여행 좀 하려고요'

'그거 좋지. 출근하면 그럴 시간이 없을 텐데 좋은 생각이구나.'

'2월 날씨가 한겨울보다 더 추위를 느끼게 하는데 집에서 그냥 쉬지 무슨 고생을 하려고' 엄마가 걱정이 되어 말씀하신다.

'사나이가 이쯤 추위를 추위라고 할 수가 없지요. 엄마는 전방출신 군인을 어떻게 보고'

'하하하! 그렇구나.'

아버지는 그렇게 아들 편을 들어주며 시간 있을 때 여러 경험을 쌓을 수 있도록 하라며 응원하시고 출근 하셨다.

상엽은 방에 들어와 내일부터 떠나볼 전국 일주계획을 준비하며 잠시 생각에 잠기었다.

도대체 순영에게 무슨 일이 있기에 갑자기 행방불명이 된 것인가.

나도 모르고 가족들도 모르고 친구들도 모르는 어떤 비밀을 간직한 채 바람같이 사라져 버린 순영이 몹시 원망스럽고 그리고 걱정이 되었다.

최소한 연인인 나에게는 소식을 전하여야 하는 것 아닌지 생각하며 순영의 돌발적인 행동을 이상하게 생각하였다.

전혀 근본을 벗어난 그럴 행동을 할 순영이가 아니었기에 상엽은 더욱 긴장하고 또 걱정하였다.

행동 하나하나가 천진난만한 소녀였고 천사 같은 마음씨 이었으며 오직 나만을 위한 사랑스런 나에 천사 순영이 아니었던가.

생각하면 생각할수록 이해할 수 없고 미심쩍은 현실과 마주치며 앞으로 어떤 상황이 발생할지를 전혀 예측하지 못한 채 상엽은 내일 떠날 준비를 하면서 간단한 여행에 필요한 물건들을 챙긴다.

상엽은 2주일 여행 계획으로 커다란 배낭에 갈아입을 옷들과 세면도구 지도를 챙겨서 먼 길 떠나는 방랑자의 복장으로 집을 나섰다.

아버지가 남자는 주머니가 두둑해야 자신감이 선다며 출근을 하시며 여행비용을 두둑이 챙겨 주신다.

어머니에게 여행 다녀오겠다는 인사를 하고 집을 나선 후 일단 민선이를 잠시 만나기로 하였다.

'오빠. 정말 언니 찾아 나서는 거예요?'

'그래야지'

'어디로 가려고요'

'2주 예정으로 계획을 잡았는데. 오늘은 먼 곳 전라도를 시작으로 경상도 충청도 그리고 강원도에 가 보려고'

'언니가 먼 곳에 있다하여 그렇게 정했군요.'

'옛날에 함께 다니던 곳을 다 찾아봐야지. 아마 순영이도 우리가 다녔던 곳 어딘가에 머물고 있을 거야'

'아무튼 순영언니 찾게 되면 오빠에게 구세주님 이라고 하여야 할 거예요. 지극정성 그런 오빠가 어디에 있겠어요. 언니는 복도 많지'

'어디 가서 고생하고 있을 텐데 빨리 찾아야지'

'아이고. 오빠는 이 상황에서도 언니 걱정만 하네요.'

'내가 이모님 댁에 자주 전화 할 테니까 혹시 순영이 소식이 닿으면 그때 연락하는 것으로 하지'

'네. 잘 알겠습니다.'

'순영이 친구들에게도 그렇게 하는 것으로 말해 놓았으니 어떻게든 소식이 닿을 수 있도록 해야지'

'아무튼 오빠 몸조심 하시고 좋은 소식 가져오세요.'

'그렇게 되었으면 좋겠어.'

두 사람은 그렇게 약속을 정하고 헤어졌다.

상엽은 처음 갈 곳을 무주구천동으로 정하여 빨리 갈 수 있는 열차로 대전까지 간 다음 버스로 갈아타고 그곳을 향하였다.

오후에 도착하여 식당과 여관을 누비며 순영의 사진을 보여주고 찾았으나 행방을 확인하지 못하고 내일은 부안에 있는 내소사와 정읍에 있는 백양사 내장사를 들러보기로 작정하였다.

아침 일찍 일어나 조금은 쌀쌀하였으나 하얀 눈이 쌓인 아름다운 계곡의 절경이 눈앞에 펼쳐졌음에도 그것을 감상할 겨를도 없이 정읍으로 출발했다.

오늘도 백양사 내장사 내소사 근처를 돌아보았으나 별 소득이 없다.

내일은 고창 선운사에서 구례 화엄사까지 긴 여행이 될 것이라 마음을 단단히 먹고 지도를 살펴보며 잠자리에 들었다.

선운사에서 출발하여 화엄사에 도착하니 오후 2시가 넘었으며 해가 질 것을 생각하고 근처 식당이며 갈만한곳을 다 뒤져보았다.

그리고 우체국에 가서 이모님 댁과 지영 씨에게 전화하여 순영의 소식이 아직 없음을 확인하고 옛날 순영과 함께 묵었던 민박집을 찾아 그곳에 머물렀다.

군대 가기 전 늦은 가을에 머물던 그 민박집이었는데 3년이 지난 지금도 변한 것 없이 주인도 그대로 이었으며 상엽을 알아보았다.

혹시나 이곳을 들렀을 수도 있으려니 주인에게 확인하였지만 허사였다.

화엄사의 고즈넉한 풍광과 스님들의 승무 법고 두드리는 소리 그리고 은은히 울려 퍼지는 종소리에 흥분하며 숨을 죽이고 있었던 순영을 생각하며 이 시간에 혹시 나에 천사가 거기에서 넋 놓고 있지 않을까 기대해보며 저녁 늦은 시간에 그곳을 찾아갔다.

예전과 다름없이 스님들의 저녁 예불 행사가 있었지만 순영의 모습을 볼 수 없어 실망하고 민박집에 누워 천정을 바라보며 이 방에서 순영과 함께 보냈던 그날을 기억에서 끄집어 내었다.

그날 처음 놀리는 말로 순영씨라 불러 주었더니 그렇게 좋아하며 이제야 여동생에서 연인으로 승진됐다며 기뻐하고 감동하였던 나에 천사님 이었다.

이런 생각 저런 생각을 하며 과거를 되돌아보니 순영이와 내가 만들어내었던 아름다웠던 순간들이 우리들의 꿈속에서나 볼 수 있는 영화 같은 장면으로 눈앞에 투영된다.

그리고 어느새 상엽의 눈에서 눈물이 주르륵 흘러내리고 있다.

그 눈물에 의미가 무었을 뜻 하는지 알 수 없었다.

과거의 행복했던 순간들에 감동하여서 인지 그리고 나에 천사 순영이 가엾어서 인지 아니면 자기를 버리고 사라진 그녀의 이해할 수 없는 행동에 배신감의 비통함을 느껴서 흐르는 눈물인지 상엽은 알 수 없었다.

어느덧 해남 땅 끝 마을과 보성 녹차 밭 주변을 거쳐 송광사를 마지막으로 전라도의 일정이 지나가 버렸다.

서울에 연락하여 보았으나 아직 순영의 소식은 감감 이다.

내일은 화개장터와 산청을 거쳐 합천 해인사에 갈 예정이다.

시간이 빠듯하였지만 대충 지나칠 수도 없었다.

어느 순간에 순영과 비껴간다면 모든 것이 헛수고일 뿐이니 조금 늦더라도 꼼꼼히 나에 천사님의 발자취를 하나하나 추적 해야만 했다.

이렇게 찾아 헤매는 곳마다 함께 추억을 만들었던 행복한 시절이 눈앞에서 자꾸 맴돌고 있으니 이것은 상엽에게 더한 마음의 고통이 될 수밖에 없는 현실이 되고 있다.

상엽은 다시 한 번 뇌까려 본다.

'순영아. 너는 지금 어느 하늘아래 있느냐'

'나에 천사 순영아. 어떤 사연이 있는지는 모르겠으나 나만큼 너도 고통스럽겠지?'

'빨리 고통에서 헤어나자구나.'

'이런 고통 속에서 어서 벗어나 우리의 행복을 만들어야지. 나에 어여쁜 천사 순영아……'

상엽은 통영과 밀양을 거쳐 포항에 보경사 희방사 그리고 직지사에 도착하니 2주가 거의 지나버렸다.

이모님 댁에 다시 전화하니 순영이 부모님이 미국에서 오셨다고 하여 내일 오전에 2주의 일정을 마무리하고 그곳으로 가겠다고 말 하였다.

오전에 서울에 도착하여 이모님 댁에 들어서자 상엽의 시커멓게 그을린 얼굴을 보며 순영 어머님이 그의 손을 잡고 울기 시작한다.

상엽은 그동안의 경과를 자세히 설명 드리고 모래부터 출근을 하여야 하므로 다음부터는 매주 토요일 일요일 가보지 않은 곳으로 다시 순영 이를 찾아 나설 계획을 말씀 드렸다.

순영이 어머니는 상엽의 고생과 고통스러움을 미안해하며 지난번 편지내용을 봤을 때 나쁜 상황으로는 갈 것 같지 않다며 위로해 주었다.

상엽이 경제기획원에 출근하고 어언 한해가 지나가고 있다.

매주 주말이면 순영을 찾아 얼마나 헤맸던지 대한민국 가보지 않은 곳이 없을 정도였다.

상엽은 어쩔 수 없이 이런 사실을 알게 된 부모님과 누나들에게도 이해할 수 없는 순영의 이런 행동을 왜 그렇게만 할 수 밖에 없는지를 확인할 동안 오해하지 않도록 부탁하였으며 그리고 지금의 이런 나에 행동을 이해해줄 것을 간곡히 말씀드렸다.

부모님과 친구들이 이제 그만 하라며 그리고 순영이는 잘 있을 거라며 그녀를 찾아다니는 행동을 만류하였지만 그의 천사를 찾겠다는 상엽의 고집을 꺾을 수 없었다.

아가다 수녀

I

1979년 1월 중순

순영은 서울에 모든 것들을 정리하고 경부선 열차에 몸을 실었다.

며칠 있으면 상엽씨가 군에서 제대하고 여기에 올 것을 염두에 두고 서둘러 도망치듯 서울을 탈출하고 있었다.

나에 저주받은 몸으로 도저히 상엽 앞에 떳떳하게 설수가 없었다.

그것은 그의 모욕이며 수치이다.

오직 나만을 바라보며 나를 지켜주고 나를 보호해준 상엽 오빠를 생각하면 나에 가슴이 나에 마음이 지옥 불에 떨어진 한 육신의 고통보다도 더한 벌을 받는 들 아무 상관이 없다.

나에 이런 비통함을 그에게 떠넘길 수는 없다.

내가 그냥 떠나버리면 모든 것이 끝인 것이다.

내가 떠나면 나에 이런 고통스러운 상처를 그가 알 리 없고 그리고 수치스러움도 느끼지 않을 것이다.

이별의 아픔은 잠시일 뿐으로 그가 현명한 사람이니 이내 극복할 수 있을 것이다.

순영은 자신의 순수함을 잃어버린 죄책감으로 상엽을 볼 엄두를 내지 못하고 그로부터 멀어지고 있다.

일단 군에서 무사히 제대할 수 있도록 편지를 보냈으니 오빠가 양구에서의 마지막을 잘 이겨낼 거라 생각 했다.

미국에 계시는 부모님에게는 어제 편지를 써서 잘 있으니 걱정하지 말라고 하였으며 상엽 씨와 연락이 되면 오빠가 상심에 빠지지 않도록 위로해줄 것도 부탁 해 놓아 조금은 마음에 위로가 되었다.

이모님과 민선에게 아무 일 없듯이 행동하였었는데 죄송하고 미안하였다.

경자와 지영이 그리고 친구들에게 나를 어떻게 이해시켜야할지 망설여져 이별도 제대로 하지 못하고 소리 없이 떠나는 내가 원망스러웠다.

친구들은 나중에라도 만나게 되면 내가 말하지 않더라도 나에 본심이 무엇이었는지를 느낌으로 알 수 있겠지?

열차는 순영이의 이런 심난한 마음을 아랑곳하지 않고 자기 일에만 충실히 하며 씩씩하게 남쪽으로 내달리고 있다.

열차 안에서 온갖 잡생각을 다 해보며 나의 행동이 올바른 판단인지 다시 되물어보았지만 이렇게 밖에 달리 방법이 없다는 생각만 들뿐 나 자신이 되돌릴 수 없는 운명임을 다짐해본다.

같은 서울 하늘밑에 살면서 더럽혀진 나에 몸을 상엽 오빠에게 들키게 할 수는 없다.

그리고 같은 하늘밑에서 짐승이나 다름없는 악마와 다시 마주칠 수 있는 기회를 줄 수 있다는 것은 도저히 용납될 수 없는 일이다.

'올바른 판단이야'

'나의 결정이 잘 된 거야'

'그래. 이길 밖에 없어. 이것이 내 운명이야'

'상엽씨. 미안해. 그리고 나를 용서해줘'

'상엽씨. 행복해야 돼......'

순영은 이렇게 스스로의 결정을 정당화 시키며 상엽에게 용서를 빌었다.

열차는 대전을 지나서부터 순영의 본마음을 알아 차렸는지 처음의 씩씩한 모습을 거두고 차분히 그녀를 위로하며 달리고 있다.

4시간 남짓 달린 기차는 순영을 낯선 외진 역에 떨어뜨리고 나 몰라라 뒤도 돌아보지 않고 내달아 도망친다.

시간이 어느덧 오후 늦은 시간이 되어서 그랬는지 아니면 겨울의 짧은 낮이어서 그런지 음산하고 매우 서글퍼 보이는 날씨였다.

그런 음산한 날씨가 나를 더욱 초라하게 만들고 있다.

순영은 한번 방문했던 기억을 더듬으며 버스를 타고 목적지를 향해 돌아올 수 없는 운명에 길로 들어서고 있다.

II

깨끗한 제복에 두건을 쓴 청순해 보이는 수녀님이 성모 마리아 앞에서 정성을 드려 기도하고 있다.

아직 솜털이 다 가시지 않은 너무 앳되고 가련해 보이는 예쁘기 도한 수녀님 이었다.

한참 연애할 나이로 세상이 다 내 것이라며 청춘의 시절에 가슴을 활짝 펴 젊음을 토해낼 나이인데 그녀는 통제된 곳에서 절제하며 자신을 훈육하고 수련하며 성모님께 애틋하게 기도 하였다.

그녀는 아가다 수녀 서순영이다.

무거운 짐 진 자들아 다 내개로 오라 내가 너희를 쉬게 하리라.

죄 지은 자 다 내 곁으로 오라.

그렇게 말씀하셨으니 용기 내어 내게 안식처를 주고 구원해줄 그분의 옆에 서며 그곳에서 나를 용서받고 위안 받는다.

청순함과 순수함의 표상처럼 보이는 제복으로 나를 가리고 나의 위선이 되어 버린 마음과 나에 저주받은 육체임도 그분인 천주님은 나를 용서하고 나를 기꺼이 받아 주셨다.

이미 세상과 인연을 끊은 지 몇 개월이 지나 이곳의 생활이 그리 낯설어 보이지 않았다.

이곳 천주교 수도원에 많은 수녀님들이 계셨지만 그중 가장 어리며 사연이 많아 보이는 수녀님 같아 보였다.

아직 수련을 받고 있는 처지 이므로 행동이 어설프고 이곳 환경에 적응이 더 필요한 신출내기 수녀임이 금방 표시가 났다.

수도원에서 아가다는 다른 수녀님들로부터 많은 사랑을 받는다.

서울 명문대학을 나와 성격도 밝고 막내로서 하는 행동이 모두의 사랑을 받을 법 하였다.

아가다의 집안은 천주교를 믿는 가정이었기에 그녀가 수녀가 되려고 작정만 한다면 신앙심이나 가정환경이 그의 뒷받침이 되어주니 수도자로 적응하는 데는 전혀 문제가 되지 않았다.

모든 것이 아가다 수녀의 일상대로 되어가고 있다.

가끔씩 과거의 연인이던 상엽씨가 떠오를 때면 성모님 앞에서 스스로를 탓하며 나를 시험에 빠지지 않게 해달라며 애절하게 기도 하였다.

아가다 순영은 수도원 생활을 하던 중 상엽 오빠가 생각이 날 때면 모든 것으로부터 과잉 행동을 하며 자신을 추스르곤 한다.

빨래를 더 열심히 하였고 깨끗한 마룻바닥을 다시 닦아보고 성경책을 더 많이 암송하곤 하였다.

그렇게 하여야 만이 그로부터 해방될 수가 있었다.

아가다 수녀의 신앙생활에서 상엽 오빠가 그녀를 시험에 빠질 수 있게 하는 가장 큰 걸림돌이 되었는데 8년을 함께 가꿔온 인연이라 천주님의 힘으로도 쉽게 꺾을 수가 없는지 홀로 버려진 여유 있는 날이 되면 그가 어김없이 나타나 순영을 괴롭히곤 하였다.

'이래서는 안 돼!'

'이래서는 안 돼!'

'서순영. 그를 포기해!'

'그를 잊어버려!'

'상엽 오빠로부터 나에 허물을 벗고 훨훨 날아봐!'

'나를 그로부터 해방시켜 줘!'

이렇게 스스로를 채찍질 해보며 힘들게 자신을 학대 하는 것이 혼자 남아있는 날 그녀의 일상이 되어버렸다.

그렇게 아가다는 이런 고통도 잘 이겨내며 어느덧 가을을 보내고 있다.

아가다가 명문대학 출신이며 학생 교습경력도 갖고 있어 수도원의 추천을 받아 천주교 재단의 여자고등학교 영어선생님으로 특별 채용되었다.

다시 교단에 서서 학생들과 인연을 만들어가며 시간을 보내니 차츰 상엽 오빠의 기억도 조금씩 희미해지고 있다.

요즈음 같아서는 천주님과 함께 있는 것이 과거 상엽 오빠와 있는 것만큼 달콤하였다.

천주님은 나의 허물어진 정신을 바로 잡아 주시었으며 상처받은 나에 육신을 거두어 나를 보듬어 주셨으니 그는 진정 나에 동반자이시다.

그녀의 기도가 천주님에게 통하였음을 순영은 스스로를 만족해하였다.

겨울방학이 시작되고 아이들과 함께 있는 시간이 줄어들자 미국에 계시는 부모님과 가족들이 생각났다.

수도원에 들어와 세상과 이별하고 상엽 오빠로부터 시험에 들지 않으려 열심히 기도 하였는데 정작 생각에서 지울 수 없는 가족들을 기억하지 못한 자신이 부끄러워 졌다.

마음에 여유가 생기니 이제야 순영의 본 모습이 나타나고 있다.

1년 전 마음에 방황을 시작으로 혼란스러웠던 삶을 정리하러 수녀원에 정착하였는데 힘든 고비를 몇 차례 넘기면서 이제 서서히 제 모습을 되찾으니 가족들이 보이기 시작 한다.

아가다는 옛날의 순영으로 돌아가 부모님에게 편지를 쓰기 시작하였다.

엄마 아빠!!

불효자식 순영이 때문에 얼마나 마음고생이 심했을까.

뜻하지 않은 일로 사랑하는 사람들과 이별하게 되어 너무 슬프고 가슴 아팠어.

그러나 갑자기 사라져버린 딸을 생각하는 엄마 아빠의 찢어지는 고통만큼이야 했겠어?

엄마 아빠가 사랑스럽게 공주라고 불러주었던 큰 딸 순영이는 지금 시골의 학교에서 학생들을 가르치며 옛날의 그 아이로 돌아가고 있는 중이야.

그러니까 딸 걱정 하지 말고 두 동생에게 내 몫까지 다해서 효자 효녀로 키워줘.

나처럼 불효자식이 되지 않도록......

~ 중략 ~

오래간만에 엄마 아빠에게 편지 쓰니 하고 싶은 말이 많았었는데 막상 펜을 잡으니 생각했던 것들을 다 잊어버리고 말았네.

엄마 아빠가 나에게 보내주는 애정만큼 깊지를 못해서 그런가 봐.

나에 정성이 부족해서 그런 거겠지.

그래서 자식 다 소용없다는 말이 맞는 것 같기도 하고.

원수 같은 자식이라는 말이 맞는가 봐.

엄마 아빠 나 잘 지내고 있으니까 걱정하지 말고 건강하셔......

사랑스런 딸 순영이가

순영은 부모님에게 편지를 쓰면서 일부러 어리광이 잔뜩 묻어나게 하였다.

엄마 아빠가 나에 편지를 읽으면서 우리 딸이 어쩔 수 없는 절망 속에서 현실 도피를 할 수밖에 없었던 그런 상황을 벗어나 이제는 마음에 안정이 되어 있다는 것을 확인하고 안심할 수 있도록 그렇게 하였다.

그리고 편지에는 일절 상엽 오빠 이야기를 꺼내지 않았다.

그래야만 부모님도 상엽씨와 나의 일을 정리할 수 있을 거라 생각했기 때문이다.

잘한 일이라고 판단했다.

모든 것이 하늘의 순리대로 가는 것이니까.

그렇게 우리 가족의 일부나 다름없었던 상엽 씨를 지워버리고 항공봉투에 편지를 넣어 봉하니 갑자기 나에 마음이 편치 않으며 혼란스러워 진다.

순영의 마음속에 지워져있던 상엽 씨 이었지만 한 울타리에 가둬두었던 그를 지금 우리 가족에서 배제한다는 죄책감이 발동하여 다시 그녀를 괴롭히고 있는 것이다.

가족의 일부에서 제외하려는 그녀에 시도에 제동이 걸리고 말았다.

오히려 그런 시도가 안정을 찾아가던 아가다의 마음을 영혼 속에 잠자고 있던 암 덩어리가 다시 활동하듯 나를 괴롭히게 만들어 버렸다.

그것은 순영의 의지대로 지우고 싶다고 지워지는 것이 아니었다.

이제는 완전히 마음에 상처를 치유하였다고 생각하였는데 그렇지가 아니한 것이다.

순영은 기겁하여 흔들리는 마음을 진정시켜 본다.

그리고 얼른 아가다로 다시 돌아가 천주님 앞에서 나를 구원해달라며 간절히 기도한다.

'천주님. 왜 다시 저를 시험하시나요.'

'저에 믿음이 부족하였습니까?'

'저는 죄인입니다'

'저는 나에 연인을 버렸습니다.'

'그를 제 안에 함께 머물게 하도록 할 자격이 저에게는 없습니다.'

'그를 잊도록 도와주세요.'

'저를 인도하여 주세요.'

'저를 서순영이 아닌 아가다로 돌아가게 해 주세요'

오랜 시간을 온몸을 불사르며 천주님께 기도하자 그제야 마음에 안정이 되며 조금 전의 혼란스럽던 현실을 과거와 분리시키며 나에게 다시 오라는 구원의 손길을 보내고 있다.

'잊어야지'

'잊어야지'

'그래 잊어야지'

아가다는 입을 악다물며 천주님의 품으로 다시 돌아갔다.

세상이 악마를 나에게 보내 지옥에 구렁텅이로 미천한 이 몸을 떠밀어 버렸지만 천주님은 나를 버리지 않고 사랑에 손길로 구원해 주신다는 굳은 믿음으로 다시 수도원의 일상으로 돌아갈 수 있었다.

III

1년이 되도록 딸의 소식을 접하지 못하고 한국과 미국을 오가며 상엽이 희소식을 전해주기만을 기다리며 애를 태우던 어머니는 순영이 편지를 받고 한없이 울었다.

가족들은 그녀가 잘 있다는 소식에 위안을 갖고 안도 하였다.

그런데 잘 있다는 순영의 편지 속에는 그녀가 어디에서 살고 있으며 어느 학교에서 근무하는지를 자세하게 밝히지 않아 딸의 이러한 처사에 가족들은 더욱 궁금증을 갖게 하였다.

딸이 자기에 거처를 비밀에 붓고 싶어 하였다.

순영이가 어떤 생활을 하고 있는지 궁금증이 더해가고 있는데 대학생인 아들이 편지봉투를 자세히 살펴보더니 큰소리로 누나가 경상북도 칠곡군에 있다며 보물찾기에서 큰 보물을 발견한 것처럼 의기양양 했다.

누나를 찾을 수 있다고 자신하였다.

아버지는 아들이 보여주는 항공우편 봉투를 유심히 살펴보더니 경상북도 칠곡군이라 찍힌 스탬프 도장이 맞다 고 한다.

가족들은 순간 환호 했다.

부모님은 우리 집 공주 순영이를 다 찾은 것처럼 좋아하며 당장 어머니가 서울로 갈 것을 채비 한다.

아버지는 회사일로 장시간 회사를 비울 수 없었기 때문이다.

순영이 어머니는 가장 빠른 김포 가는 비행기를 수소문하여 좌석을 확보하고 그녀에 몸을 가능한 빨리 서울을 향해 온 마음을 실어 보내며 그 안에서 여러 가지 생각을 하였다.

아직도 주말이면 딸을 찾아 나선다는 상엽 군을 생각하니 그가 가엽기가 그지없다.

그러나 순영이의 편지가 온 것을 그에게 이야기 할 수가 없을 것 같다.

왜냐하면 딸의 편지에서 상엽이의 이야기를 일체 하지 않은 것은 그에 대한 감정을 순영이가 숨기고 있다고 판단한 것이다.

순영이가 상엽에게 밝히지 못하는 무엇이 있는 것 같았으며 같은 여자의 느낌으로 그것이 무엇인지를 예감할 수 있었다.

지난번 편지에도 상엽에게 큰 잘못을 하였다고 하였던 딸 이었다.

순영 어머니는 딸이 사랑하는 사람을 버리고 아무도 모르는 곳으로 숨어버릴 이유가 그것 때문 일거라 진작 눈치 채고 있었지만 그것을 누구에게도 말할 수가 없었다.

남편과 아이들에게도 그런 느낌을 전혀 내색하지 않았다.

특히 상엽에게는 더욱 그러 하였다.

서울에 도착한 순영 어머니는 용산 동생 집으로 가 하루를 묵었다.

조카 민선이로부터 상엽이가 가끔씩 전화하며 순영 언니의 소식을 기다리고 있으며 주말에는 여전히 전국 방방곡곡을 누빈다는 이야기를 전해 들었다.

순영 어머니는 일편단심 내 딸을 위해 온몸을 불사르는 상엽이 고맙고 그리고 안타까웠다.

순영 어머니는 동생과 민선에게 딸의 편지를 확인 시켜주고 경상북도 칠곡군에 있는 어느 여학교에 있다는 딸을 찾으려 한다고 일러주었다.

그리고 당분간은 상엽에게 이 사실을 알리지 말라고 하였다.

순영이를 만나게 되면 먼저 딸에 입장을 들어보아야 할 것 같아서이다.

다음날 이모님 혼자 그 넓은 칠곡군을 다 뒤져보는 것이 힘들 거라며 민선이가 함께 간다고 하여 그렇게 하였다.

두 사람은 경상북도 칠곡군청에 찾아가 우체국 소인의 위치를 파악한 후 그곳 우체국 근처로 이동하여 그녀가 있을만한 학교를 찾아 나섰다.

때마침 겨울방학도 끝나고 개학하여 선생님들도 학교에 다 나와 있을 것 같았다.

제법 시골 군청소재지가 커 학교가 꽤 있었으며 그렇게 수소문 하며 하루를 보내고 다음날 오전 다시 찾아 나섰다.

그러던 중 천주교 재단의 여자고등학교에 찾아가자 여기에 딸이 있을 것 같다는 생각이 언뜻 들었다.

어머니의 직감이었다.

조심스럽게 서무과에 확인해보니 아니나 다를까 서순영 선생님이 계시다고 하였다.

그제야 순영 어머니는 온몸을 쓰러 내리며 안도의 한숨을 내쉰다.

어머니는 교무실 의자에 앉아서 딸을 기다리고 있는데 문을 열고 한손으로 가슴에 책을 앉은 수녀복장을 한 선생님이 들어오며 그녀와 눈을 마주치자 소스라지게 깜짝 놀라며 주춤하였다.

수녀복장을 한 딸을 보고 순영 어머니도 짐짓 놀랬으나 딸이 난처해 할까봐 표시내지 않았다.

'엄마!'

'순영아!'

'언니!'

교무실 안이 갑자기 숙연해지며 조용해 졌다.

아가다는 재치 있게 미국에 사시는 어머니라고 선생님들께 소개드리며 오래간만의 상봉이라고 말 하였다.

순영은 수업 한 시간이 더 남았으니 상담실에서 어머니를 기다리게 하고 수업에 들어갔다.

어머니는 민선에게 언니를 찾았으니 둘이 할 이야기가 많을 것 같다며 서울로 올라가라 하였고 상엽에게는 일단 비밀로 하라고 일렀다.

수업이 끝나고 두 모녀는 함께 학교를 나와 수도원에 잠깐 들러 원장수녀님께 말씀드리고 오늘 저녁은 어머니와 보내고 내일 아침 학교로 바로 출근하겠다고 하였다.

저녁 시간이 되어 가까운 식당에 자리를 잡고 음식을 시킨 뒤 식사가 끝날 때까지 두 모녀는 많은 이야기를 나누지 않았다.

서로 무슨 이야기를 해야 할지 정리를 하지 못한 것 이다.

저녁을 끝내고 이른 시간 멀지않은 곳에 일찍 잠자리를 잡았다.

할 이야기가 많을 것 같아 어머니가 서둘렀다.

두 모녀는 방에 들어가자마자 부둥켜 않고 그동안 참았던 눈물을 쏟아내기 시작한다.

한참을 그렇게 아무 말 없이 서럽게 울기만 하였는데 두 모녀가 쏟아내는 눈물의 의미는 서로 다를 수밖에 없었다.

어머니는 순영의 기구한 운명을 바라보고 변함없는 딸에 대한 깊은 사랑과 그리고 눈에 보이는 받아들일 수 없는 현실을 비탄하며 애증이 엇갈려 피를 토하듯 쏟아내는 눈물이었다.

순영은 마음속에 담아두었던 그늘진 자신의 처지를 친주님 이외의 누구에게도 토해낼 수 없었는데 이제야 속 시원히 뚫어낼 수 있는 구세주가 나타났으니 그녀에 눈물은 사막에서 방황하며 심한 갈증 끝에 우연찮게 발견한 생명수 같은 샘물이었다.

한참만에야 진정을 하고 마음을 가다듬은 다음 순영은 이렇게 될 수밖에 없었던 이유를 다 털어 놓는다.

그동안 악몽 속에 기억되고 있는 그 날 일어났던 악마의 저주를 누구에게도 말하지 못하고 가슴에 묻어 두었는데 어머니에게 다 털어놓으니 이제는 하늘이라도 날아갈 것 같은 기분이 되었다.

순영은 어머니에게 다 털어놓은 뒤 다시 한 번 통곡 한다.

딸에 이야기를 다 들은 어머니는 손을 부들부들 떨며 화를 참을 수가 없었으나 꾹꾹 참으며 오히려 순영이 그 일로 다시 고처를 격지 않도록 자신을 안정시키고 내색하지 않았다 . 딸이 그 일을 다시 기억하게 하고 싶지 않아서 이다.

가슴속에 타들어오는 불덩이를 억지로 막아 세우며 평정심을 잃지 않으려 하였다.

'오빠는 별일 없지'

상엽이가 먼저 걱정이 되었는지 물어본다.

아가다 수녀가 되어 상엽을 잊었다고 생각하였으나 그렇게 하고 있지 못했음이 드러났다.

어머니는 마음속으로 상엽이를 그렇게 못 잊어 하면서도 사랑하는 사람 곁을 떠나 은둔의 세상으로 피해 달아난 딸이 안쓰러웠다.

'상엽이가 그렇게도 걱정이 되냐?'

'그냥 오빠가 어떻게 지내는지 궁금해서……'

'상엽이! 그 이야기는 하지도 말아라.'

하며 어머니는 가슴속에 뭉쳐 맴돌고 있는 큰 바람을 빼내듯 한숨을 크게 내쉰다.

순영은 엄마가 상엽 오빠 이야기에 고개를 절래 절래 흔들며 한숨을 내쉬자 더욱 궁금해져 다그쳐 재차 묻는다.

'오빠에게 무슨 일이 있는 거야? 그렇지? 무슨 일이 있는 거지?'

'무슨 일이 있기만 하겠냐. 다 너 때문에……'

'나 때문에? 그럼 상엽 오빠에게 안 좋은 일이라도 있는 거야? 그런 거야? 엄마! 빨리 말 좀 해봐'

'그래 난리다. 난리'

'무슨 난리? 혹시 오빠가 잘못되기라도 한 거야?'

'상엽군이 너 찾아다닌다며 전국을 헤매고 다니고 있어. 군에서 제대하고 지금 일 년을 꼬박 그렇게 하고 있으니……'

순영은 그 말을 듣는 순간 눈물이 핑 돌며 정신을 제대로 가다듬을 수가 없어 한동안 말을 있지 못한다.

정신을 가다듬고 재차 묻는다.

'그러면 직장은 어떻게 하고'

'기획원에 출근하기 전 한 달 동안은 배낭 메고 너를 찾아 방랑생활을 하였는데 출근하고 부터는 주말에 너를 찾아다니고 있어. 지금도 한결같아'

'어휴 어떻게 해. 엄마가 좀 말려보지'

'그걸 내가 어떻게 말려. 널 꼭 찾아내고 말겠다는데'

'!!'

'너를 찾겠다는 의지가 너무 대단하여 누구도 말리지를 못해'

'오빠가 불쌍해서 어떻게 해. 내가 사라지면 처음 얼마동안은 나에 대한 고민을 하더라도 바로 평정심을 찾을 거라고 생각했는데'

'상엽이 불쌍한 것은 아니? 그리고 너희 두 사람의 사이가 그렇게 쉽게 잊히고 하는 그런 사이였니?'

'그렇게까지는 생각 못했는데 어떻게 해. 오빠를⋯⋯'

'지금 너에 행동은 너만 편하자고 하는 거야. 상엽이가 어떤는지는 전혀 생각도 하지 않고'

'그때 상황에서는 상엽 오빠 앞에 서 있을 수가 없었어.'

'지금도 그래?'

'지금도 마찬가지야. 나에 더럽혀진 몸으로 어떻게 상엽 오빠에게 나를 보라하며 나설 수 있겠어.'

'상엽에게 지금이라도 이야기하면 어떨까. 그 상황에서는 어쩔 수 없었다고 이해 해주지 않겠어?'

'안 돼. 상엽씨가 나를 얼마나 아껴주었는데. 8년을 함께 지내면서도 흠집이 날까봐 나를 애지중지 보석처럼 지켜주었는데'

'그렇겠지만 이런 현실을 어찌 하겠어. 네 의지와는 상관없이 생긴 일인걸'

'오빠와 몇 밤을 같이 보내면서도 나를 철저히 지켜주었어. 그런데 그 악마가 그 짐승이⋯⋯'

순영은 다시 흐느껴 울었다.

순영은 아가다 수녀가 되어 그 악몽의 순간을 다 잊었다고 생각하였으나 그것은 때가되면 자꾸 기억되는 폭발성이 있었다.

엄마는 딸을 꼭 앉고 등을 두드려 안심시켜 주었다.

그러고 다시 이야기 한다.

'네가 상엽이를 못 잊고 있어'

'⋯⋯'

'너도 그것을 부정하지는 못하잖아. 그렇다면 이제 수녀 복을 벗고 너에 사랑을 찾아 정상인으로 돌아가거라.'

수녀의 길이 매우 험난하다는 것을 천주교 신자인 어머니도 잘 알고 있었다.

수녀가 되겠다고 그 길에 들어선 대다수가 성직자로서의 엄격한 규율과 힘든 여정을 견디지 못하고 포기하는 사례를 많이 목격 하였기에 지금도 늦지 않았다고 생각하여 딸을 제자리로 돌려놓으려 어머니는 시도 하였다.

'그럴 수는 없어'

'그러면……'

'상엽씨를 못 잊는 것은 사실이야. 하지만 오빠를 다시 만날 수는 없어'

'상엽이는 심지가 매우 곧은 청년이야. 이런 어쩔 수 없었던 상황을 이해 해줄 거야'

'오빠에게 이해 받고 싶어 그러는 게 아냐'

'무엇이 문제가 되는 건데'

'상엽 오빠가 알고 있는 나의 청순함을 잃어버린 내가 싫은 거야'

'……'

'오빠 앞에서 나는 항상 청순하고 순수한 천사님 이었어. 그것을 내가 잃어버린 거야'

'사랑하는 사람인데 본의 아니게 순결을 잃어버렸다는 사실을 고백하면 상엽이가 이해 해 주지 않겠어?'

'물론 오빠는 이해하겠지'

'그럼 된 거지. 상엽 군이 이해하고 너를 보듬겠다면 무엇이 문제가 되겠어. 그것이 사랑 아닌가?'

'아니. 내가 싫어. 사랑이 다는 아니야'

'아이고! 이 바보야'

'상엽씨의 서순영은 청순한 천사 야. 내 가슴에 붙어 다니는 주홍글씨를 오빠에게 보여주고 싶지 않아'

'……'

'나에 대한 그 기억을 오빠가 영원히 간직하도록 그렇게 하고 싶어'

'에구. 흑흑흑'

'오빠가 나에 대한 기억이 온전히 청순하고 순수한 천사님으로 내가 남아 있기를 바랄뿐이야'

어머니는 어떻게 해서라도 순영을 설득하여 정상인으로 되돌리고 싶었지만 딸의 의지를 꺾을 수 가 없었다.

밤이 새도록 이야기 하여 보았으나 순영이의 생각은 변함이 없다.

순영은 오빠가 자기를 더 이상 찾지 않도록 어머니가 잘 설득하여 줄 것을 부탁한다.

상엽 오빠가 좋은 여자 만나서 결혼하여 가정을 꾸릴 수 있도록 새 출발하는 것을 어머니가 도와주어야 한다는 부탁도 여러 차례 이야기하고 긍정적인 답을 받지는 못했지만 나에 의지를 확실히 전했다.

그리고 여기에 있는 것을 절대 비밀로 해줄 것도 다짐 받았다.

물론 민선이 에게도 철저히 그렇게 일러두라고도 하였다.

학교 출근 때문에 두 모녀는 굳세게 살 것과 약속을 지킬 것을 서로 다짐하고 마음 아픈 이별을 한다.

새 출발

I

1980년 2월

대통령 시해사건으로 온 나라가 떠들썩한 가운데 초보 공직자인 상엽도 비상시국인 관계로 예전같이 충분한 시간을 갖고 순영을 찾아 나서는데 걸림돌이 되고 있었다.

설상가상으로 작년 말에 있은 군인들의 쿠데타로 나라전체가 어수선하여 이곳저곳에서 군부 퇴진을 요구하는 데모가 일어나고 있었으며 혼란 속에서 국민 개인의 일상을 챙겨줄 그런 환경이 전혀 되지 못하는 시절이었다.

그런 악조건의 연속이었지만 상엽은 나랏일에 충실히 하면서도 주말에는 그의 연인 순영의 행방을 쫓는 것도 게을리 하지 않았다.

상엽은 순영 어머니가 서울에 와 있다고 전화를 해 주어 저녁에 퇴근 하여 만나기로 하였다.

서울로 올라온 순영 어머니는 딸을 이렇게 불행의 구렁텅이로 밀어 넣은 악마이며 짐승인 체육선생을 그냥 가만둘 수가 없었다.

서울역에 도착하자마자 상엽과 전화통화를 하여 저녁때 만나기로 약속을 하고 곧바로 학교 찾아가 딸을 불행으로 몰아넣은 그놈 체육선생을 만나서 결단을 내려 하였는데 그 악마 놈은 제 버릇 숨기지 못하고 다시 학교 제자인 여학생을 성폭행하여 교도소에 들어가 있음을 확인하고 다소 울렁거리는 마음을 다 잡을 수가 있었다.

상엽은 어머님이 순영이 소식을 가지고 오셨는지 궁금해 하며 저녁때라 한정식 집으로 약속을 정하여 나가니 벌써 나와 계셨다.

'어머니 서울에는 언제 오셨어요. 오래 기다리신 거는 아니고요?'

'아니 방금. 어제 서울에 왔어.'

'마음고생이 많으시지요.'

'나보다도 상엽 군이 더 마음고생이 많지. 요즈음에도 주말이 되면 순영이 찾아 나선다는 이야기를 다 듣고 있어'

'!!'

'상엽군! 너무 미안하고 고마워'

'무슨 그런 미안하고 고맙다는 말씀을 다 하세요. 당연히 제가 해야 할 일을 하고 있는데요. 순영이 연락은 없었지요?'

'아니. 전화 했어. 그래서 그 소식을 전해주려고 서울에 왔지'

어머니는 상엽에게 거짓말 하였다.

상엽이가 순영이를 찾는 것을 포기시키기 위해 편지를 받은 것과 딸을 만난 사실을 숨기고 그렇게 말 하였다.

88

순간 부모님에게 전화하였다는 소리를 듣고 깜짝 놀라 상엽이가 재빠르게 반응하며 말한다.

'순영이가 전화를 했어요?'

'응. 전화를 했어'

'무사히 잘 있는 거지요?'

어머니는 순영이가 무사한지를 먼저 묻는 상엽이 대견스럽고 고마웠다.

마음속으로는 이런 건실하고 성실한 그리고 딸을 지극정성 보듬고 사랑해주는 청년이 사윗감으로 자리 잡고 있는데 악마의 훼방으로 그들의 인연을 끊어버리는 저주를 방치한 채 아무 노력도 하지 않는 하늘이 원망스러웠다.

'잘 있다고 하더군.'

'어디에 있다지요. 왜 연락을 끊고 있었는지 그런 말은 없었습니까?'

'그것은 밝히지 않았어.'

'!!'

'할 이야기가 많을 텐데 우리 먼저 저녁 먹고 이야기할까?'

상엽은 저녁 먹는 것보다 순영의 소식을 듣는 것이 더 급했으나 어른이신 어머님이 그렇게 말씀하시니 별수 없이 따를 수밖에 없다.

미국에 사시기 때문에 우리 음식이 많이 그리우실 것 같아 한정식 집으로 약속을 잡았으나 주문한 음식을 두 사람은 먹는 둥 마는 둥 건성으로 저녁을 대신 하였다.

어머니는 수녀가 되어있는 딸의 처지를 그녀의 연인이며 장래를 약속하였던 상엽과 비교하며 마음이 아팠기 때문에 저녁을 제대로 먹을 기력이 생기지 않아 그러했을 것이다.

상엽은 순영의 소식을 빨리 전해 듣고 싶어 맛있는 저녁에는 관심이 없었고 어머니의 입을 열 시간에만 초점을 맞췄다.

저녁식사를 대충 마치고 먼저 어머니가 말을 꺼낸다.

'요즈음도 주말만 되면 순영 이를 찾으러 다니는데 언제까지 그럴 샘인가?'

'전국 가볼 곳은 거의 다 돌아보았습니다. 다음에는 가본 곳을 다시 한 번씩 더 돌아보려고요.'

'고생이 많구먼......'

'순영이가 전화로 무슨 단서가 될 만한 이야기는 하지 않았는지요. 특별히 다른 이야기는 없었고요?'

'없었어. 그냥 잘 있다는 소식만 짧게 통화하고 전화를 끊었어.'

'......'

'상엽군! 이제 순영이 찾지 말게'

'네? 순영 이를 찾지 말라고요? 그게 무슨 말씀이세요?'

'순영이가 혹시 무슨 잘못된 생각을 했을까봐 걱정하였는데 잘 있다는 것이 확인되었으니 그것을 다행으로 생각해야지'

'전화 하였다지만 무슨 이유로 어디에 있는지 확실히 밝히지 않았다면서요.'

'그랬지'

'저에게 전화 못할 일이 없는데도 소식을 끊고 있다는 것은 필시 무슨 연유가 있지 않겠습니까?'

'지금은 순영이가 살아있는 것만으로도 족해'

'저는 순영이가 아무 이유 없이 갑자기 행방불명 된 것이 이해가 되지 않습니다. 꼭 찾아서 그 이유를 확인하고 예전으로 다시 돌아가야지요.'

'상엽군이 너무 안타까워서 그래'

'저에. 이런 행동은 저에 의무이기도 합니다. 그러니 너무 개의치 마세요.'

'상엽군……'

'순영이가 이렇게 된 것은 저에게도 책임이 있어요. 피치 못할 사정이 있었다면 제가 그것을 미처 확인하지 못한 죄가 있는 거지요'

'그렇게 생각하지 말아요.'

'아닙니다. 분명히 저로 인한 무슨 연유가 있었기에 마지막 약속을 지키지 않고 행방불명이 된 것이니까요'

굽히지 않는 상엽의 고집을 꺾지 못하고 어머니는 순영이 이야기를 꺼내서 달래보려 시도한다.

'순영이가 상엽군에게 부탁하였어.'

'저에게 순영이가요? 무슨 부탁을 하였나요.'

'직장 일에만 충실히 해 달래'

'!!'

'더 이상 찾지 말래. 그러니 순영이 찾아 나서는 일은 이제 그만 포기해'

'그 말씀이 저에 대한 전부 이었나요?'

'그렇다네. 그러니 순영이 더 이상 마음 아프게 하지 말고 찾아다니는 것을 포기하게'

'아닙니다. 꼭 찾아야 됩니다. 순영이가 다시 연락하면 꼭 저에게 말씀 해주세요. 아니 저에게 전화하도록 해 주세요.'

그렇게 상엽의 고집을 어머니는 꺾지 못하였으며 그리고 순영이가 수녀가 되어 어딘가에 있다는 이야기도 할 수가 없었다.

상엽에게 새 출발 하라는 순영의 이야기도 전할 수가 없었다.

순영 어머니는 며칠 뒤 다시 딸을 만나기 위해 칠곡으로 내려갔다.

수업이 다 끝난 오후시간에 상담실에 마주앉은 두 모녀는 심각해져 있다.

'상엽 오빠가 계속 날 찾아 헤맨다고?'

'전국을 다시 돌아본다고 하더라. 그의 의지를 꺾을 수가 없었어.'

'엄마가 잘 설득하여 포기하게 만들었어야지'

'내가 말렸지. 그렇게 하지 말라고 그리고 너 찾는 것을 포기 하라고'

'그렇게 말 했는데도 그래?'

'네가 행방불명 된 것도 자기 책임이 있다고 그렇게 말 하더라'

'오빠가 무슨 책임이 있다고 그래. 다 내 자신을 돌보지 못한 내 불찰로 이렇게 된 것을.'

'네가 상엽 군과의 마지막 약속을 지키지 않고 행방불명이 되었으니 자기가 무슨 실수라도 한 것이 아니겠냐고 그러더라.'

'그것이 오빠하고의 마지막 약속은 아니었었지. 본의 아니게 그 날이 마지막 약속이 되어버린 거지. 상엽 오빠가 너무 가여워. 엄마 어떻게 해?'

'순영아! 네가 네 처지를 다시 생각해보면 안 되겠니?'

'무얼?'

'지금의 네 처지가 정상은 아니잖아. 이제는 그 수녀 복. 벗고 예전에 너로 돌아가자'

'그렇게 할 수 없다고 지난번에도 말했잖아.'

'!!'

'그런 말은 더 이상 나에게 하지를 말어. 천주님에게 내가 공들인 노력이 얼마나 힘들었는데. 지금 다시 나를 힘들게 하려고……'

'그래도 다시 생각해봐. 늦지 않았어.'

'나는 이미 천주님께 나의 육신을 맡기었어. 엄마까지 나를 자꾸 시험에 들지 않도록 해줘'

'아이고 이 못난 계집애야'

어머니는 다시 순영의 팔을 잡고 울기 시작하였다.

어머니는 명랑하고 밝기만 하였던 우리 공주님 순영이가 수도복을 입은 수녀가 되어 전혀 다른 사람이 되어있으니 미칠 것만 같았다.

바뀌어도 어떻게 저렇게 바뀌었을까.

앞뒤가 꽉 막힌 돌부처를 만나고 있었다.

조금만 기다리면 결혼하여 남편이 될 의젓한 사윗감도 기다리고 있는데 무슨 청천벽력같은 일이 벌어져 내 딸을 저렇게 바꾸어 놓았는지 하늘이 무심하였다.

어머니는 여러 번 순영의 마음을 돌리려 시도해 보았지만 요지부동인 딸의 입장을 확인하고 안타까운 발길을 돌려야만 했다.

상엽군의 딸 찾는 것을 포기시키려 하였으나 그것도 헛수고 이다.

두 사람 모두 각자의 의지가 강해 아무 소득도 없이 어머니는 무거운 짐만 지고 미국으로 돌아간다.

어머니가 미국으로 돌아가시고 난 뒤 아가다는 상엽 오빠가 자기를 찾아 해매고 다니는 꿈을 자주 꾸며 잠을 잘 이룰 수가 없었다.

아가다의 기억 속에서 그런 상엽씨를 지워보려고 발버둥 쳐 보았지만 아무렇게나 맺어진 인연이 아니었음을 입증이라도 하는 듯 쉽게 망각 속으로 사라지게 할 수가 없다.

나의 더럽혀진 몸으로 감히 어떻게 상엽 오빠를 내 기억 속에서 끄집어 낼 수 있느냐며 스스로를 옥좨 보기도 하고 영원히 돌아올 수 없는 강 건너 그곳으로 루비콘 강 그 너머로 나를 보내본다.

그런 자기 학대와 자기 체념을 하고 있음에도 얼마 전 부터인가 그녀의 몸과 마음속에서는 그리고 머릿속까지 일체가 되어 아가다가 아닌 순영이로 나에 연인 상엽 씨에게 달려가

91

고 있다.

그녀에 머릿속에는 이미 상엽 오빠의 천사님이 되어 그의 포로가 되어 있다.

그리고 그녀는 그의 포로가 되길 간절히 원하고 있었다.

아가다는 잠에서 깨어날 때마다 그 순간을 강하게 부정 한다.

요즈음 계속되고 있는 꿈속의 사실이 현실이 아니기를 그녀는 고집스럽게 부정하여 보기도 하였지만 나의 부정이 진실을 외면할 수 없는 위선이 되고 있음을 쉽게 알게 된다.

더럽혀진 몸으로 어떻게 감히 내가 그에게 구원의 손길을 뻗치고 있는가를 스스로 탓하여 본다.

순간적으로 몸을 일으켜 나에 이런 처사를 용서해달라며 그리고 저를 구원해달라며 천주님에게 애원해 보았지만 8년 동안 함께했던 사랑에 힘이 너무 컸던지 나의 기도도 소용이 없다.

아가다는 며칠을 고민하다 사촌 여동생인 민선에게 전화하여 토요일 오후 늦은 시간에 서울역 근처에서 만나기로 하였다.

오래간만에 밟아보는 서울이다.

엄동설한 추운 겨울 날 너무 비참한 탈출을 시도했던 그 서울역이었는데 해가 바뀌어 꽃 피고 만물이 생동하는 봄날에 다시 여기에 나타나니 얼추 일 년을 훌쩍 넘겨 오게 된 것이다.

같은 서울 하늘밑에서 상엽씨와 오래간만에 함께 있게 되었다.

그의 숨결을 가까이서 느끼는 감회가 새로웠지만 한 가지 목적을 가지고 여기를 찾았으니 그런 허황된 생각이 한낱 사치에 불과하다는 깊은 신념으로 자신을 부정하여 본다.

인근 제과점에서 민선이가 미리 나와 순영을 기다리고 있다.

그리고 손을 들어 그녀를 반갑게 맞이한다.

'언니! 지난번 만나서 제대로 된 인사도 하지 못했는데 너무 반갑다. 수녀 복을 입은 언니를 보니 너무 애처로워 보이는 걸?'

'애처롭기는. 수녀가 다 그렇게 보이는 건 아니고? 이모님은 건강하시지?'

'엄마는 잘 계서. 언니는 편안하지?'

'그럼. 수도원 생활이 마음에 안정을 주고 평화로운 일상 그 자체야. 상엽 오빠와는 자주 연락 해?'

'언니가 언제쯤 오빠 이야기를 꺼내려 나 궁금했는데 역시나 이네. 오빠 소식이 궁금해서 나를 만나자고 한 거지? 언니 소식을 확인하느라 일주일에 한번은 오빠하고 통화해'

'그래. 상엽씨 일로 민선이 너를 만나자고 했어. 나에 신변에 대하여 절대 비밀은 지켜 주고 있는 거지?'

'알고 있습니다. 수녀님!'

'오늘 만나자고 한 이유는......'

'뭔데. 오빠는 오늘도 강원도에 언니 찾으러 간다고 했어'

'그래? 그래서 말인데. 상엽 오빠가 아무 소용없는 시간 낭비며 고생을 하지 말도록 나 찾는 것 그만두고 새로운 사람 만나라고 그렇게 말 해 줘. 민선이 네가 설득 좀 잘 해봐'

‘그 이야기 야? 지난번 이모님이 설득하였는데 고집을 꺾지 못하였다고 이야기 들었어.’

‘나도 엄마에게 들었어. 그 이야기는’

‘그런데 네가 설득한다고 되겠어?’

‘그래도 민선이 네가 다시 한 번 이야기 해봐. 상엽씨가 자꾸 꿈에 나타나서 내가 고통스러워. 오빠가 이제 나를 포기했다는 소리를 들어야지만 내가 내 생활을 할 수 있을 것 같아’

‘상엽 오빠를 못 잊어서 그런 거야. 이모님 말대로 언니가 다시 생각해봐. 오빠는 충분히 이해 할 거야’

‘아냐. 그렇게 할 수 없어. 상엽씨에게 나에 수치스러운 모습을 들키게 할 수는 없어’

‘그렇다면 언니가 수녀가 된 것을 이야기하면 어떨까? 그러면 오빠가 어쩔 수 없이 포기하지 않을까?’

‘안 돼. 그것은 상엽 씨를 더 고통스럽게 만드는 거야. 그것은 지금까지 8년 동안 우리가 만들었던 인연을 한순간에 위선덩어리로 나를 만들어 버리게 되고 상엽씨가 더 큰 상심을 하게 되겠지.’

‘그럴 수 있겠네’

순영은 민선이가 상엽씨를 만나 새 삶을 살도록 마음을 돌려줄 수 있도록 해 달라고 신신당부한 뒤 열차에 몸을 실었다.

며칠 뒤 민선은 언니 말대로 상엽 오빠를 만나 설득하였으나 요지부동으로 그렇게 하지 못하였다.

여름 방학이 끝나고 곡식들이 결실을 맺어가는 계절이다.

미국에 살면서 광주 시민 항거운동을 속속들이 전해들을 수 있어 조국의 사태를 심각하게 받아드리고 있던 순영 아버님이 성직자들이 거리로 나와 정부에 항거하는 모습을 보고 수녀이기도 한 딸이 걱정되어 서울 근무를 신청하였으며 바로 고국으로 발령받게 되었다.

둘째와 셋째 아이들은 미국에서 정착하도록 하였으며 두 부부만 5년의 미국생활을 청산하고 서울로 들어왔다.

서울로 돌아온 순영 어머니는 민선이로부터 상엽의 변함없는 행동을 이야기 듣고 이래서는 안 되겠다고 생각하여 딸의 학교에 찾아가 그녀를 다시 만났다.

지난번 서울로 이사 온 뒤 남편과 순영이를 함께 만났으나 오래간만의 부녀간 상봉이라 깊은 이야기를 하지 못했었다.

상엽군에 대한 그동안의 자세한 이야기를 민선이로부터 전해 듣고 딸 때문에 성실한 청년을 방황하도록 그냥 모르는 채 내버려두고 희생시켜서는 안 된다는 확신을 갖게 되었으며 순영이를 다시 만나 설득해보고 안되면 나름대로의 판단을 해야만 했다.

한 달 만에 모녀가 다시 만났으며 아가다는 어머니가 다시 찾아온 이유가 자기를 설득하려는 사생결단에 의지를 확인하고 방어하기 위한 온갖 수단을 생각해 내고 있다.

‘오늘 너하고 담판을 지어야 할 것 같다. 순영이 네가 계속 이런 꼴로 살게 내버려둘 수는 없어’

‘내 꼴이 어떤데. 그리고 무슨 담판을 짓는다는 거야

'네가 상엽이를 포기하고 이런 삶을 계속 살 건지 아니면 나하고 서울로 올라가 살 건지를 오늘 결판을 지어야겠어.'

'그것은 지난번에도 말했잖아. 상엽씨 앞에 설수가 없다고'

'그러면 이렇게 계속 살겠다는 거냐?'

'지금이 편해'

'마지막으로 상엽에게 너의 처지를 내가 사실대로 이야기를 해 볼게. 그리고도 상엽이가 너에 입장을 이해하지 못한다면 그때는 내가 더 이상 네 생활에 간섭하지 않으마.'

'안 돼! 내 비참한 그 일을 드러나게 할 수는 없어. 내가 오빠를 영원히 못 만나는 일이 있더라도 상엽 오빠에게는 옛날의 나를 그대로 기억할 수 있도록 그렇게 할 거야'

'영영 상엽이 뒤에 숨어살며 네 자신을 학대하며 산다고? 후회하는 것은 아니지?'

'후회는 무슨 후회. 내가 선택한 길인데'

'그러면 상엽에게 수녀원에 있는 이런 사실을 이야기하고 너를 포기하도록 말 할 수밖에 없어'

'그건 엄마. 그렇게 하지 마'

'너 편하자고 우리가 진실을 감추고 상엽에게 계속 거짓말을 해가며 훌륭한 청년을 희생시킬 수는 없는 거야'

'……'

'네가 수녀가 되어 남자와는 인연을 끊었다는 사실을 털어놓고 상엽이도 새 출발 할 수 있게 해줘야지'

'오빠에 충격이 클 텐데'

'그럴 수도 있겠지'

'그동안 서로 의지하며 평생을 함께 살아가자고 다짐하고 약속했는데. 아무 내색도 없었던 내가 상엽 씨로부터 도망쳐서 혼자 살겠다며 그리고 지금 내가 수녀가 되었다는 소리를 듣는 순간 나에 대한 실망을 어찌 감당 할 건데?'

'실망이 커져야 너를 쉽게 잃어버리지. 지금 상엽군에 행동을 멈추게 할 수 있는 방법은 그것밖에 없어'

어머니는 딸에게 최후통첩처럼 이야기하면 마음을 바꿀까라는 생각으로 강하게 그런 충격적인 방법을 동원하여 순영의 마음을 돌리려 시도하였지만 그러하지 못하였다.

'엄마 말이 맞아. 오빠의 마음을 돌릴 수 있는 방법은 지금 내 처지를 말해주는 것 밖에 없어'

'!!'

'엄마 말대로 나에 대한 실망이 커져야 쉽게 나를 잊어버리지. 그렇게 해서라도 오빠가 새 출발 할 수 있도록 해야지'

'네가 정녕 그렇게 생각하느냐? 그 말이 네 진심 속에 말 이야?'

'내 진심이야. 그러니 엄마가 오빠에게 그렇게 말해 줘'

순영은 포기하지 않는 오빠의 의지를 꺾기위해서는 자신을 버릴 수밖에 없다는 것을 알게 되었다.

오빠로부터 자신을 청순하고 순수하게 지켜내려 했던 그녀에 생각이 잘못되었음을 알고 어머니가 상엽 오빠에게 진실을 다 말하여 그의 새 출발을 도와주도록 하라고 하였다.

어머니는 순영이와 상엽군의 인연이 거기까지임을 알고 어떻게 해서라도 훌륭한 청년 상엽을 가족으로 함께 하고 싶었던 생각을 단념하고 그의 새 출발을 말해야 할 순간임을 알았다.

한해가 거의 막바지에 다다르고 있다.

어머니는 딸에게 마지막으로 최후통첩한 뒤 혹시나 해서 한 달 가까이 더 기다리며 순영의 이야기를 상엽에게 전하려던 것을 보류하였으나 그 이후에도 딸의 의지가 확고하여 결심을 할 수밖에 없었다.

상엽군을 만나서 어떻게 설명할지를 고민하여 봤지만 그냥 준비 없이 만나 이야기하는 것이 더 나을 수도 있어 그렇게 하기로 작정하였다.

상엽군과 조용히 이야기 할 수 있는 곳을 정하여 그를 만났는데 세상을 얼마나 헤매며 딸을 찾아 다녔는지 얼굴이 검게 타 순영 어머니는 그 모습을 보고 마음이 민망할 정도로 아프고 쓰라렸다.

그리고 마음속에 죄스러움이 드러나고 있다.

딸의 행방을 알고부터는 상엽군 만나는 것이 미안한 마음이 들어 서울로 이사한 것도 말하지 못했는데 오늘 용기를 내어 모든 것을 털어놓고 상엽 군과의 인연을 이것으로 마지막 정리해야 한다.

'서울로 아주 이사하셨다고 며칠 전에 민선이에게 들었습니다. 진작 알았으면 찾아뵙고 인사드렸을 텐데 그러질 못하여 죄송합니다.'

'민선이가 이사한 걸 말했구나. 상엽군 볼 면목이 없어서 말 하지 말라고 하였었는데. 많이 힘들지?'

'힘들기는요'

'얼굴이 꺼칠한 게 고생을 너무 많이 하는가봐'

'고생이라고 생각하지 않습니다. 당연히 할 일인데요. 얼마 전까지 전라도 쪽은 광주 항쟁으로 갈수가 없었는데 이제는 통행이 자유로워 져서 이번 주말에는 화엄사에 가려고요. 순영이가 감동받았던 곳이라 혹시 만날 수 있는지 기대를 많이 해 보고 있습니다.'

'상엽군! 거기 가지 말게'

'네?'

'이제는 가지 않아도 돼. 이제는 그런 고생 할 필요가 없어'

'그럼 순영 이를……'

'음. 순영 이를 만났어.'

상엽은 깜짝 놀라면서 의자를 당겨 않았다.

기쁘기도 하였지만 너무 놀라 말이 나오지 않았는데 순영 어머니의 표정이 그다지 좋아 보이지 않아 걱정하며 물었다.

'순영이가 지금 어디에 있나요? 별 일 없이 잘 지내고 있는지요.'

'경상도에 있더군. 잘 지내고 있고'

'거기에서 무엇을 하고 있지요? 지금까지 무엇을 하고 있었답니까. 왜 자신을 감추고 서울을 떠났는지요.'

어머니는 한참을 망설이더니 엉뚱한 대답을 한다.

'상엽군! 순영이 잊고 새 출발 하게'

'갑자기 무슨 말씀이신지요.'

'순영이는 이제 안 돼. 순영이를 포기하고 좋은 여자 만나 새 출발을 해. 그렇게 해!'

'어머니! 갑자기 저보고 새 출발 하라는 말씀이 무슨 말씀인지 이해가 가지 않습니다. 제가 알아듣도록 말씀해 주세요.'

'순영이는 이미 천주님과 결혼했다네.'

'천주님과 결혼을 요? 그게 무슨……'

'순영이가 수녀가 되어 세상과 이별을 했어. 순영이가 천주님 품으로 들어갔어. 그러니 상엽군도 새 출발 해. 순영이 보다 더 나은 여자 만나라고'

'순영이가 수녀 요?'

상엽은 한동안 말을 하지 못하고 멍하니 허공만 바라본다.

충격을 많이 받은 것 같다.

당연히 그러했을 것이다.

무아지경의 혼돈 속에 빠져있던 상엽이 한참 만에 제 정신을 차렸던지 자세를 곧추 세워 잡는다.

그리고 조용히 자리에서 일어나더니 정중하게 순영이 어머니에게 인사하고 결연해진 표정을 지으며 뚜벅뚜벅 걸어 나간다.

어머니는 차마 순영이가 악마의 손길을 탔음을 그리고 그 이유 때문에 상엽군 앞에 서지 못한다고 말해줄 수가 없었다.

아마도 악마의 손길을 탄 그런 내용을 듣지 못하고 지금까지 그가 순영의 순수한 모든 면을 잘 알고 있다고 자부하였을 터인데 자신을 배신하고 천주님과 결혼했다는 사실만 알고 상당한 충격을 받았을 것이다.

II

집에 돌아온 상엽은 표정이 어두운 아들의 얼굴 모습을 보고 걱정되어 무슨 일이 있느냐고 묻는 어머니의 인사도 건성으로 받고 그냥 방으로 들어가 이불을 뒤집어썼다.

그리고 다음날 아침 평소보다 늦게 일어나 아침밥도 먹지 않고 그냥 출근했다.

어머니는 어제 술을 많이 마신 것으로 알고 꿀물을 타 출근하는 아들에게 주었지만 그것도 마시지 않는다.

오늘이 토요일이라 반일 근무이니 어디에도 갈 생각하지 말고 집에 일찍 들어와서 쉬라고 하였다.

오후 늦은 시간인데도 아들이 집에 들어오지 않자 오늘도 어김없이 순영이를 찾아 나서

기 위해 바로 그곳으로 출발했나보다 어머니는 생각하였다.

상엽이 부모님은 요즈음 아들 때문에 걱정을 많이 한다.

어머니는 행방불명된 순영이를 찾는다며 2년 가까이 전국을 헤매고 다니는 아들이 미련스럽기까지 해 보였다.

처음에는 순영이가 미국에 있다며 말하는 아들의 거짓말을 곧이곧대로 들었었는데 상엽의 행동이 너무 이상하여 옆집 경자를 추궁하면서 그녀가 행방불명된 사실을 알게 되었다.

상엽이가 순영이를 찾겠다는 신념이 대단하여 처음에는 응원도 해주었지만 시간이 흐르며 찾는 것도 아무 소득 없이 시간만 낭비하자 아들 걱정에 순영이를 원망까지 하게 되었다.

어머니 생각에는 둘이 떨어져 있으면 죽고 못 살 듯이 하였던 순영이가 아무 이유 없이 아들을 떠나갔으니 그러했을 것이다.

밤늦은 시간까지 아들 걱정을 하고 있는데 통금시간이 다 되어 술에 고주망태가 되가지고 상엽이 들어 왔다.

이상하게 아들이 오늘은 순영이를 찾아 나서지 않았다.

아버지가 웬 술을 그리 많이 마셨냐고 핀잔 한다.

아버지의 그런 핀잔에 '죄송합니다!'라는 혀 꼬부라진 소리로 대답하고 상엽은 그냥 2층 방으로 올라간다.

조금 있더니 아들이 화장실로 급히 내달리는 요란한 소리가 들리더니 토하고 난리다.

아버지를 닮아 술을 썩 좋아하지 않았는데 오늘은 무슨 특별한 회식이 있었는지 상엽이 주말여행도 포기하고 늦은 시간까지 술을 마셨다.

아버지는 사회생활을 하다보면 그럴 수도 있다며 이해하였다.

일요일 하루 동안 상엽은 끙끙 앓았으며 다음 월요일도 휴가를 신청하고 출근하지 못하였다.

옆집에 경자가 상엽 오빠가 아프다는 이야기를 어머니로부터 듣고 의사가 다된 것처럼 진찰하고 처방까지 하며 그를 돌보아준다.

그리고 어제는 순영이 찾으러 가지 않고 왜 그렇게 술을 마셨는지 궁금하여 상엽 오빠에게 물어 보았으나 그는 아무이야기도 하지 않는다.

월요일 점심때가 되서야 상엽은 기운을 차릴 수가 있었으며 그제야 어머니가 준비해준 죽을 조금 먹고 정신을 가다듬는다.

그저께 가슴이 터질 것 같은 고통을 이겨보려고 친구인 기혁이 찬수 오웅이와 소주를 마시면서 나에 사랑 서순영이 나를 버리고 떠났음을 공개적으로 공표하였다.

평소 즐겨하지 않던 소주를 진탕으로 마시고 그녀와 헤어졌음을 친구들에게 말 하였다.

이틀을 죽다시피 곤죽이 되어 있었는데 정신을 차리고 나니 다시 마음이 진정되지 못하고 자존심에 상처를 입은 자신이 미워지고 초라해 보였다.

상엽은 순영의 행동이 용납되지가 않았다.

아니 용서가 되지 않았다.

8년 동안 남들의 부러움에 시선을 한 몸에 받으며 양쪽 부모님들도 다 허락한 연인관계이었는데 그리고 결혼하여 아이들을 다섯씩 갖겠다고 약속하였던 그녀가 어느 날 갑자기 행방불명이 되더니 지금은 수녀가 되어 나를 버릴 수밖에 없다고 한다.

나의 새 출발을 종용하고 있다.

너무 어이가 없었다.

우리 사이가 고작 그것밖에 되지 않았는지 의심하는 것조차 민망할 정도로 허망하였다.

순영이 어머님이 알려준 곳으로 달려가 우리 사이가 그것밖에 되지 않았냐며 강하게 추궁하고 싶었지만 이미 수녀가 돼 버린 그녀이기에 더 이상 의미가 없음을 나에 가슴이 막아서고 있었다.

그녀는 나에게 배신의 쓴맛을 보여주었다.

진작 수녀가 되겠다는 생각을 갖고 있었다면 처음부터 아니 우리 사이가 무르익기 전에 그것도 아니라면 마지막 만났을 때라도 나에게 자기의 그런 의지를 말했어야 했으며 그에 따른 이별도 준비할 수 있었을 것이다.

그런데 마지막 만남이었던 그날 우리아이 다섯 갖자는 약속도하고 편지에도 그렇게 썼던 그녀가 갑자기 나에게 한마디 말도 없이 행방불명이 되더니 수녀가 되었단다.

너무 어이없는 배신에 맛을 보여주었으며 지난 8년 동안 간직했던 그녀에 천사 같은 모습이 위선자의 미소였음을 이제야 알게 되었다.

2년 동안을 행방불명된 그녀를 찾겠다며 수녀가 되어있는 그런 사실도 모른 채 오매불망 전국을 찾아 헤매고 다니던 자신이 초라해 보이는 것 같았고 남들이 이 사실을 알고 바보 같았던 그의 행동을 비웃는 모습이 눈에 선하게 보이며 자존심에 멍에를 뒤집어썼다.

'그래. 지금까지 다 소용없는 짓거리였어.'

'다 잊어버리자'

상엽은 더 이상 그녀를 떠올리고 싶지 않았다.

순영이를 기억에 다시 떠오르게라도 하면 8년 동안 쌓아 올렸던 아름다웠던 순간들이 한순간에 짓밟혀지며 그녀에 청순하고 순수했던 천사에 모습이 위선에 탈을 쓴 요괴 같은 모습으로 바뀌고 있기 때문이다.

그래도 많은 시간을 나를 즐겁게 해 주고 나에 꿈을 꾸게 해 주었으며 나에 젊은 날에 그리고 나에 학창시절을 행복하게 만들게 해준 그녀이니 나 자신만이라도 그 시절을 아름다운 추억으로 남기고 싶었다.

그래야만 나 자신을 위로 받을 수 있으며 그녀에 기억도 그 시절 동화 같은 추억 속에 연인으로 남길 수 있다고 생각하였다.

'우리에 좋았던 시절만 생각하자'

'그것이 한때 우리들의 아름다웠던 학창시절 추억거리 이였다고'

오후에 경자가 걱정이 되어 다시 찾아왔다.

'오빠! 몸은 괜찮아 진거야?'

'괜찮아'

'적당히 술을 마셔야지. 몸을 가누지도 못할 정도로 술을 마셨으니 얼굴이 말이 아니지. 좋아하지도 않는 술 때문에 술병이 나서 순영이 찾아 나서는 것도 다 잊으신 모양이야. 어디에 있을지 모르는 순영이가 대단히 서운해 하겠는데? 오빠 보고 싶어서. 흐흐흐'

경자는 아무 사정도 모르고 상엽에게 농을 건다.

상엽은 그 말에 아무 대꾸도 하지 않고 경자의 의대 졸업에 대하여만 잠시 이야기 하고 피곤하다며 다시 자리에 누웠다.

부모님께서는 요즈음 상엽이가 몇 주째 주말여행을 가지 않는 것을 이상하게 생각하여 순영이를 찾아서 그러는지 궁금하였으나 물어보지를 못했다.

아들이 최근 들어 얼굴표정이 별로 좋아 보이지 않았기에 순영이를 찾았다 하더라도 내색을 하지 않는다면 그리 반가운 소식이 아닐 거라는 지레 짐작을 해서였다.

그런데 오늘도 주말인데 집에 일찍 들어와 책만 보고 있기에 어머니가 궁금하여 넌지시 물어 본다.

'오늘도 주말여행은 안 가냐?'

'이제 그런 여행 안 해요. 할 필요도 없고요.'

'순영이를 찾은 거야? 그동안 순영이는 어디에서 무었을 하고 있었는데?'

'그런 거 아니어요.'

'순영이 찾은 것이 아니라면 주말마다 찾아 나섰는데 왜 이러고 있는 거야. 순영이 찾는 것을 포기한 거야?'

'더 이상 묻지 마세요. 다 끝났으니까요'

'순영이하고 헤어졌어?'

'더 말하고 싶지 않아요. 그러니 순영이 이야기는 더 이상 하지마세요'

그렇게 말하고는 이불을 뒤집어쓴다.

어머니는 둘 사이에 무슨 일이 있긴 있는가 보다 생각하고 더 이상 말을 걸지 않았다.

지금 생각하니 지난번 밤늦도록 술에 고주망태가 되어 들어와 괴로워하였던 이유가 순영이 때문이었다는 것을 어머니는 짐작할 수 있었다.

다음 주말에도 상엽이 일찍 집에 들어와 있자 어머니는 농담으로 아들에게 말을 걸었다.

'네 누나가 좋은 여자가 있다고 말하던데 한번 만나볼래?'

'그래요? 그럼 만나보지요.'

'정말이냐?'

'네'

'순영이 하고는 정리가 된 거야?'

'그쪽 이야기는 더 이상 하고 싶지 않아요. 그러니 누나가 소개한다는 사람이나 만나게 해 주세요'

상엽이가 순영이로부터 큰 상처를 입었구나 하는 생각을 해 보며 더 이상 아들이 방황하며 보내게 해서는 안 된다고 판단하고 어머니는 큰딸 현주에게 바로 전화 하였다.

'지난번 후배 소아과 의사가 상엽에게 관심이 있다고 했지?'

'그랬지. 그런데 왜 그러시는데'

'상엽이가 만나보겠다고 하니 약속 좀 잡아봐'

'조금 더 지켜보아야 하는 것 아냐? 상엽이하고 순영이 두 사람이 어떤 사이였는데 그렇

게 쉽게 틀어지겠어.'

'아니야. 쟤네들 둘이 헤어진 모양이야. 그러니 상엽이도 만나보겠다고 쉽게 반응을 하지'

'그래도 그렇지. 몇 년을 못 만나면 죽어 못살 것같이 사귀어온 사이인데 쉽게 헤어질 수 있겠어? 아마 조금 시간이 지나면 다시 옛날로 돌아갈 수도 있는데 괜한 사람에게 실수하는 것이지'

'그렇지 않아. 상엽이의 순영에 대한 반응이 영 아니야. 그러니 추진 해 보자고'

'그래? 두 사람 사이가 그 정도로 심각 해?'

'그렇다니까. 순영이 말은 꺼내지도 말라면서 네가 말하는 사람이나 만나게 해달라고 그러는구나.'

'어떻게 갑자기 그렇게 되었대. 두 사람이 평생을 아름답게 보낼 줄 알았는데'

'그래서 남녀관계는 앞날을 장담 못하는 거야. 그러니 네가 알고 있는 그 아가씨 좀 추진 해 보자고'

'알았어요.'

어머니는 두 사람의 사이가 틀어진 걸 눈치 채고 아들의 마음고생을 덜어주기 위해 결혼을 서둘렀다.

2년 동안 순영을 찾겠다며 전국을 방황하고 다니는 것을 애처롭게 생각하였으나 시간이 흐르면서 아들을 힘들게 하는 그녀가 미워지기 시작한 것도 아들의 결혼을 서두르는 이유가 되었다.

그리고 지금이 아들의 결혼 적령기이기에 더 늦으면 안 되겠다 싶어 서두르기도 하였다.

상엽 아버지가 좀 더 지켜보는 것이 좋지 않겠느냐며 순영에 대한 미련을 버리지 못하였는데 어머니는 아들의 생각이라며 가장의 의견에 개의치 않고 소아과 의사와의 만남을 추진한다.

큰 누나의 소개로 두 사람이 호텔 커피숍에서 만났다.

'안녕하세요. 김상엽 입니다.'

'네. 안녕하세요. 저는 강희주 입니다.'

'여기 오기 전에 누나에게 희주씨 이야기 많이 들었습니다. 저하고 같은 뱀띠 생이라지요?'

'네. 나이가 같다고 저도 선배님에게 이야기 들었습니다. 상엽씨는 고시 패스하신 수재라고 하던데요?'

'수재요? 누나가 너무 과한 소개를 한 것 같은데요. 수재는 아닙니다. 그냥 열심히 했습니다.'

'그렇지는 않은 것 같은데요?'

'사실입니다'

'언니 말로는 얼마 전 까지 떨어지면 죽고 못 사는 애인이 있었다고 하던데요'

'맞습니다.'

'그런데 왜 헤어졌어요?'

'!!'

'학창시절 두 분이 늘 붙어 다니며 추억 쌓기 여행도 자주 다녔다는 이야기를 선배님에게 들었었는데'

'희주씨가 저에 연애사를 듣고도 마음에 문을 열 수 있다면 모든 걸 이야기 할 수 있습니다'

'갑자기 관심이 많아지는걸요? 궁금하기도 하고요'

'그러면 희주씨가 마음에 문을 열은 걸로 알고 이야기 하겠습니다'

상엽은 순영과의 관계를 있는 그대로 다 이야기 해 주었다.

나중에 결혼하고 그런 사실을 알게 되면 부부관계에도 문제가 있을 수 있기 때문에 그의 고지식한 판단으로 그렇게 하였다.

'현주 언니에게 대충 이야기 들었습니다.'

'!!'

'그런데 그 당사자로부터 그 이야기를 직접 들으니 감동이네요.'

'그렇습니까? 어떤 면이......'

'두 분의 연애사가 영화에서나 볼 수 있을 정도의 감동 스토리 인 것 같아요. 결말이 비극이라 안됐지만은 요'

'그렇게 보였습니까? 저는 다시는 기억 속에서 끄집어내고 싶지 않은 과거사인걸요.'

'저는 상엽씨의 로맨틱한 연애사가 부러워요. 그리고 상엽씨의 순애보 같았던 행동들도 이해하고 싶고요'

'희주씨가 저의 이런 연애 사를 이해하신다니 고맙습니다.'

'고맙기는요'

'그리고 그래도 저를 생각하신다면 전화 주십시오.'

그렇게 이야기하며 명함을 건네주고 두 사람은 헤어졌다.

며칠 후 희주로부터 전화가 왔다.

다시 한 번 만나서 이야기를 하고 싶다하여 아예 저녁을 먹을 수 있는 곳으로 약속을 정하자며 경양식집으로 장소를 잡았다.

상엽이 먼저 기다리고 있자 지난번보다 더 멋들어지게 몸치장을 하고 희주가 나왔다.

두 사람은 양식으로 와인을 곁들여서 저녁을 시키고 이야기 한다.

'지난번 저에 과거사는 이해를 하신 걸로 알아도 되겠습니까?'

'호호호'

'그것이 저에게는 무척 궁금하거든요'

'이해를 하였으니 여기에 나왔지요'

'다행입니다. 희주씨가 저에 과거를 다 이해해 주시고 다시 만날 수 있는 기회를 주셔서'

'만약 우리가 결혼 한다면 상엽씨는 언제쯤 생각하시나요?'

'스물아홉이면 늦은 것 같으니 빨리 결혼식을 해야지요. 어머니도 그렇게 생각 하시고 계시고요. 희주씨는?'

'제가 여자 나이로는 한참 결혼이 늦었지요. 그래서 부모님께서 서둘러요'

'의대 공부를 하였으니 그럴 수밖에요'

'상엽씨에게 다시 한 번 확인할게요.'

'무슨……'

'순영씨를 확실히 잊은 것이지요?'

'네. 맞습니다.'

'상엽씨를 믿어도 되나요?'

'네. 믿어도 됩니다.'

희주는 상엽이 순영과 확실히 헤어지고 그녀를 그의 머릿속에서 지웠다는 사실을 확인하였다

허기야 세상과 등을 지고 이미 수녀가 된 그녀를 어찌할 수 없을 거라는 판단도 희주의 머릿속에서 작용하고 있었다.

두 사람은 몇 차례 더 만난 다음 부모님 상견례 후 두 달 뒤인 3월말에 결혼식일정을 잡는다.

III

상엽이 결혼 한다는 것을 알게 된 경자는 펄쩍뛰며 오빠가 그럴 수가 있냐며 난리다.

그렇게 믿음직스럽고 대견스러웠던 그리고 한때는 선망의 대상자였던 상엽 오빠가 친구인 순영이와 8년을 연애하다 본의 아니게 헤어진 뒤 오매불망 그녀를 찾아다닌 지 2년 만에 친구를 포기하고 다른 여자와 결혼한다고 하니 실망을 크게 하였던 것이다.

병원에서 인턴과정을 거치며 시간도 없을 터인데 짬을 내어 상엽에게 전화하며 항의하였다.

'오빠. 갑자기 결혼한다는 소리는 뭐야?'

'그렇게 됐어'

'지금까지 우리가 알고 있던 오빠가 이런 거야? 순영이를 이제 포기하는 거야?'

'포기? 그래 포기 했지. 오르지도 못할 나무라면 일찍 포기하는 것이 당연한 거지'

'서로 안보면 죽고 못 살던 사이였는데 겨우 2년을 못 참고 다른 여자와 결혼을 해? 지금까지의 오빠의 모습이 다 위선이었어?'

'위선? 그래 내가 위선자야.'

'실망이야. 실망. 오빠가 그럴 줄 몰랐어.'

'그래. 알았고. 결혼식이 일요일 이니까 와서 축하나 해줘'

'……'

'바쁘니까 전화 끊는다.'

경자가 친구에 대한 도리로 순영을 대신하여 상엽에게 경멸하는 전화를 했으나 그는 그것이 기분 나쁘지는 않았다.

그들의 우정 어린 친구사이임을 잘 알고 있으니 당사자가 없는 그 공간을 경자가 대신 메꾸며 화풀이 한 것으로 받아들였다.

갑자기 치르는 결혼식 준비로 상엽은 정신이 없다.

서로 다른 두 사람이 합해져 한 가정을 이루는 것이 쉬운 것은 아닌가 보다.

예식장도 잡아야했고 청첩장도 만들어야했으며 친지들에게 줄 예물도 준비하고 살 집도 얻어야했다.

빠르게 결혼을 서둘렀던 두 사람은 그렇게 준비할 것도 생각할 것도 많고 하여 시간에 쫓기다시피 허겁지겁 새로운 가정을 꾸릴 준비를 하다 보니 벌써 결혼식 날이 되었다.

화창한 봄날 다소 쌀쌀한 느낌도 주었지만 두 젊음을 묶는 축복의 날이 되도록 양가 친척들과 지인들 그리고 직장 동료들이 많이 참석하여 축하를 해주었다.

결혼식 주례를 맡은 장관님은 경제기획원의 자랑이며 장래 나라에 이바지할 재원이라며 상엽을 치켜세운다.

또한 신부도 명문대학을 나온 소아과 전문의로 수재라며 신랑신부 두 재원이 사랑을 가득 담아 함께 만들어내는 미래가 더욱 기대가 되는 커플이라며 참석하신 모든 분이 이들의 가정을 지켜보고 결혼을 축하해줄 것을 말 하였다.

뒤편에서 이런 주례사의 말이 식상했는지 밖으로 나가려던 경자는 건너편 모퉁이에서 자신을 숨기기라도 하듯 몸을 조심스럽게 움직이며 예식을 훔쳐보는 순영이 어머니를 발견하였다.

숨을 죽이며 신랑 신부를 쳐다보는 어머니에 모습이 상엽 오빠의 옆자리에 당신의 딸 순영이가 있어야할 자리인데 그러지 못하여 그들을 원망의 눈으로 바라보고 있었다.

얼마나 분통이 터지고 환장할 노릇이겠는가.

그렇지 않아도 딸의 행방이 묘연하여 하루하루를 한숨으로 보내시고 계실 텐데 8년을 하루도 떨어져 있으면 살 수 없을 것처럼 하였던 상엽 오빠가 딸을 배신하고 다른 여자와 팔짱을 끼고 결혼식을 올리고 있으니 얼마나 가슴이 아플까 경자는 생각 하였다.

경자는 조용히 순영이 어머니 곁으로 가서 인사하였다.

어머니는 경자를 보고 딸을 만나듯 반가워하며 예식에 방해가 될까봐 그녀에 손을 잡고 식장 밖으로 나온다.

'어머니 순영이 소식은 아직 이지요? 이 자리가 순영이가 있어야 할 자리인데 그러지 못하고 마음 아프시지요?'

'마음 아프긴'

'순영이가 여기에 있어야 하는 건데……'

'두 사람 인연이 거기까지인데 어떻게 하겠어.'

'아무튼 상엽 오빠에게 실망이 너무 커요. 밉기도 하고 요'

'웬 실망은?'

'순영이를 찾겠다고 그렇게 난리더니 겨우 2년을 넘기지 못하고 혼자만 턱 하니 결혼을 하고. 순영이를 배반한 거잖아요. 지난번 상엽오빠에게 전화해서 마구 쏘아붙였어요.'

'그랬어? 그렇게 하지 말지. 쯧쯧쯧! 상엽군 결혼은 내가 하라고 했어. 내가 새 출발 하라고 그렇게 말 했어.'

'네? 어떻게 그런 말씀을……'

'순영이 뜻이기도 해'

'순영이 뜻이요? 그럼 어머니께서 순영이를 만나셨어요? 순영이를 찾으셨다고요?'

'응. 순영이를 만났어.'

'그러셨구나. 정말 다행이어요. 잘 있는 거지요? 순영이가 지금 어디에서 무었을 하고 있지 궁금하네요.'

'잘 있고 지금 수녀가 되었어.'

'수녀가요? 그랬군요. 가엾은 순영이가 어떻게 수녀가 되었담! 전혀 생각지도 못한 일인데'

'그러게 말야야. 이제 상업군이 결혼도 하였으니 순영이도 한시름 덜고 조만간 친구들에게 연락할거야'

'그것도 모르고 오빠에게 괜한 시비만 걸었었네.'

순영이 어머니는 딸의 오랜 연인이었던 상업 오빠의 새 출발을 독려하였는데 수녀가 된 순영이로부터 배신을 당한 오빠의 쓴 기분을 이해하고 그의 새 출발을 응원하였다.

상업 오빠가 지난 연말 술이 고주망태가 되어가지고 몇 날을 아파했던 것을 경자로부터 듣고 어머니는 눈물을 흘린다.

어머니는 비록 순영이의 신랑이 되지못하였지만 딸과의 오랜 세월을 함께한 아쉬움을 달래며 상업의 새 출발을 숨어서 축하해 주셨다.

경자는 순영의 거처를 확인하고 일단은 그녀 스스로 우리에게 나타나 줄때까지 기다리기로 하였다.

결혼식은 양가 부모님이 참석해준 친지와 손님들에게 인사를 하고 신랑신부가 웨딩마취를 하는 것을 끝으로 마무리 하였다.

경자는 예식도중에 예식장을 나가려했던 것을 포기하고 친구들 사진촬영에 오빠 뒷자리에서 포즈를 취한다.

두 사람은 신혼여행을 4박 5일 제주도와 해운대로 정하였는데 상업은 순영의 흔적이 묻어있는 곳은 피하여 여행계획을 잡았다.

순영 어머니는 결혼식 다음날 딸을 만나러 학교에 찾아 갔다.

어느덧 딸의 모습에서 성녀가 다 된 것같이 수녀 복장이 단정하게 자리 잡고 있다.

원장 수녀님의 허락을 받아 수도원과 학교에서 그리 멀지않은 여관에서 엄마와 하루를 보내려니 제복이 어울리지 않을 것 같아 사복으로 갈아입고 먼저 저녁을 먹기 위해 식당으로 들어갔다.

사복을 한 딸의 모습이 예전의 그 모습 그대로 이었다.

명랑하고 애교 많던 우리 공주님 그대로이다.

어저께 상업의 옆 자리에 서서 행복한 결혼식을 올렸어야할 딸이 그 자리를 남에게 양보하고 자기는 마음에 창을 굳게 닫은 채 세상과 거리를 두고 사는 순영이 애처로워 보였다.

어머니도 상업의 결혼식을 보며 마음이 개운치가 않아 정처 없는 방랑자 심정으로 딸에게 왔건만 마음의 위로는커녕 가슴만 더 울렁거린다.

훌륭한 청년을 남에게 빼앗긴 실망감으로 자기도 모르게 시기심과 아쉬움이 도드라져 나왔다.

세상사는 것이 다 싫어지는 것 같았다.

항상 긍정적인 생각만을 하였던 신세대 엄마로 불렸었는데 순영이의 일로 이제는 얼굴에 웃음을 잃어버린 그런 여자가 되어 버렸다.

딸의 오래간만에 보는 밝은 표정을 보고 지금 당장 상엽의 결혼사실을 알릴까도 싶었지만 망설이며 참았다.

아무래도 상엽의 결혼소식을 들으면 그의 새 출발을 독려하였던 순영이라 할지라도 8년을 사귀어온 연인이었기에 딸의 마음이 심란해질 수 있다고 생각 하였던 것이다.

순영은 엄마의 착잡한 심정을 눈치 챘는지 더 어리광하며 기운을 북돋으려 하였다.

저녁을 먹고 일찍 여관에 들어섰다.

멀리서 힘들게 화물열차 달려가는 소리가 들려오며 두 모녀에 간극을 더 멀리 벌려놓는다.

어머니는 상엽의 결혼사실을 잠시 잊고 딸의 수도원 생활이 고되지 않는지 걱정을 한다.

순영이는 수녀가 되어있는 딸의 가련한 신세를 보고 어머니가 마음아파 하는지 걱정이 되었다.

하지만 두 모녀는 그 걱정스런 이런 생각들을 잠시 묻어놓고 어디서부터 이야기를 해야 하는지 찾고 있다.

순영이가 엄마의 편치 않은 모습을 살피며 먼저 말을 꺼낸다.

'엄마. 어디 아파? 표정이 어두운 게 영 아니야. 내가 한심스러워서 또 울화통이 도진거야?'

어머니는 순영의 물음에 아무 대꾸도 하지 않는다.

순영은 자기 처지 때문에 다시 심통을 부리고 있는 것을 알아차리고 어머니의 옆구리를 간질여 본다.

그러자 꾹꾹 참았던 엄마의 심통이 아니 분노가 터져버리고 만다.

'이년아! 상엽이는 어제 결혼식 올렸어. 네가 그렇게도 바라던 새 출발을 했다고'

하며 흐느껴 운다.

순영이도 그 소리를 듣고 깜짝 놀랐지만 표시내지 않았다.

그러나 표시내지 않는 순영의 표정에 미세한 움직임이 있는 것을 어머니는 금세 눈치 채고 있다.

'잘됐네……'

'그래. 네 뜻대로 잘 되었지. 네가 바라던 대로 좋은 여자 만나서 결혼했으니 잘 된 거지.'

'오빠가 생각보다 빨리 결혼했네.'

'너를 더 기다려줄 줄 알았냐?'

'!!'

'그만한 자리 면 여자들이 줄을 서서 기다리고 있는데 마냥 너만 쳐다보고 있을 줄 알았어?'

'그냥 생각보다 빨리 결혼했다고. 엄마 말대로 오빠 같은 남자가 어디 또 있을라고.'

그렇게 말하며 순영은 자기도 모르게 눈물을 흘린다.

어머니는 그 모습을 보고 순영이를 향한 조금 전의 화풀이 막말에서 딸을 위로해야하는 엄마의 입장으로 다시 돌아오게 되었다.

엄마는 손수건으로 딸의 눈물을 닦아준다.

'괜히 눈물이 나와 가지고는......'

'그것 봐. 아직도 상엽이를 잊지 못한 거야.'

'!!'

'이제 와서 후회해본들 어찌하겠느냐마는 너무 아쉽구나.'

'아쉬울 게 뭐가 있어. 좋은 여자 만나 결혼 잘 했으면 그만이지. 상엽 오빠 새 출발을 축하해주면 되는 거지 뭐'

다시 순영은 울먹인다.

순영의 상엽에게 향하였던 속마음이 어머니에게 다 들키고 말았다.

두 모녀는 마음을 가다듬고 나란히 누워 지금까지의 어쩔 수 없는 일들을 정리해보며 안식을 위한 방법을 모색한다.

'오빠에게 나에 처지를 다 이야기 했어?'

'아니. 네가 악마에게 몹쓸 짓을 당하였다는 그 말을 상엽에게 차마 말할 수가 없었어.'

'그 사실을 모른 상엽 오빠가 자기를 버리고 내가 수녀가 되었다니 배신감이 컸겠는데? 내가 수녀가 되어 있을 줄 꿈에도 생각지 못했을 테니까'

'그랬던 것 같아. 한동안 혼을 빼고 천정만 쳐다보더니 아무 말 없이 자리에서 일어나 나에게 정중히 인사만 하고 나갔으니까'

'내가 있는 곳도 알려줬어?'

'알려주었어.'

'오빠가 전국을 돌며 나를 찾아 헤맸는데 정작 내가 있는 곳을 알고도 나를 찾지 않은 것을 보면 나에 대한 실망이 대단했던 거야'

'그 실망 때문에 결혼도 빨리 한 것 같아'

'불쌍한 오빠......'

'네가 수녀가 되었으니 너를 포기하고 새 출발을 하라고 상엽에게 말 하였는데 그날 술에 진창이 되어 집에 들어가 며칠을 알아 누었었다고 경자가 이야기 하더라'

'그랬구나. 가엾은 오빠.'

'어이구!(어머니 한숨소리)'

'다 내가 죄인이니 내 죄를 어떻게 다 천주님에게 용서를 빌지? 오빠가 행복하게 사는 것이 내 죄를 사하는 것이 될 텐데......'

'행복한 결혼생활이 되도록 열심히 네가 기도해 주거라!'

'신부는 무얼 하는 사람이야'

'소아과 의사래. 큰 누나 후배인데 그 누나가 소개를 했나 봐'

'예뻐?'

'예쁘던데. 경자가 너에 소식 궁금해 해'

'경자에게도 내 이야기 했어?'

'어제 결혼식장에서 만나 말했어. 조만간에 네가 연락 할 거라고 네가 전화할 때까지 기다리라고 예기했지'

'잘 했네......'

두 모녀는 거의 상엽이 이야기로 밤을 새웠다.

순영 어머니는 딸이 상엽을 못 잊어 했으면서도 청순함을 잃어버린 죄로 사랑하는 사람 앞에 나서지 못하고 오직 하나뿐이었던 사랑하는 마음을 숨기고 살고 있음을 안타까워했다.

애증 관계

I

조지 오웰의 소설 제목이 되었던 1984년.

예지가 네 살이 되고 그 밑에 동생 예솔이가 세 살 터울로 태어났다.

소설 1984년은 작가인 조지 오웰이 사회주의자로 전향하였지만 공산주의자가 결코 되지 못하고 이념의 정체성이 논제가 되는 그런 해였다.

우리나라 최고의 영화배우였던 최은희와 그녀에 남편이 된 영화감독 신상옥씨가 1978년에 홍콩에서 북한 공작원에 의해 납북되었다며 신문방송에서 지금에서야 연일 난리법석을 떤다.

두 사람은 중년이 넘은 나이에도 불구하고 새 가정을 꾸리며 사랑을 키워오던 터라 사람들의 관심이 집중되었었는데 그때 예솔이가 태어났다.

예지 엄마가 두 번째 예솔이를 낳은 후 산후 조리를 잘못하였던지 고생을 심하게 하고 있다.

빈혈증세도 있고 붓기도 빠지지 않아 병원 일을 그만두게 하였지만 잠시만 쉬면 된다하며 고집을 꺾지 않는다.

예지와 예솔이를 돌보기 위해 방배동 어머니가 집에 와 계셨지만 하루 종일 아이들하고 씨름하게 할 수 없어 상엽이 직장에서 퇴근 하여 아이들을 돌보는데 그 일은 나랏일을 하는 것보다 더 어려운 일 이었다.

예솔이를 낳기 전까지 두 부부는 함께 직장생활하며 평일은 둘만의 충분한 시간을 가질 수가 없어 주말에 주로 여행을 다니던지 공연을 즐겨 다녔었다.

예지 엄마가 연극이나 뮤지컬 공연을 상엽은 여행 다니는 것을 좋아하여 두 사람 각자의 취미생활을 존중 거의 반반씩 양보하며 함께 결혼 초기의 신혼을 만끽하였다.

요즈음에는 예지 엄마가 체력이 달리는 것 같아 여행대신 라이브 공연을 주로 함께 관람하며 상엽의 취미생활이 그쪽으로 바뀌어 버렸다.

특히 첫 아이 예지가 태어나고 두 사람의 관계는 더욱 돈독해지는 계기가 되기도 하였다.

상엽이가 예지를 그렇게 예뻐하여 퇴근하면 집에 오기 바빴기 때문이다.

그렇게 두 사람의 결혼 생활은 행복 했다.

부모님은 상엽의 과거 연애사를 너무나 잘 알고 있었고 또 순영의 일로 아들이 무리하게 결혼을 서둘러 하였기에 제대로 된 두 사람의 성격파악도 되지 않아 결혼생활에 혹시나 상처를 입지 않을까 걱정을 하였었다.

그리고 결혼 생활 중에 아들이 순영이를 잊지 못하고 방황이라도 할까봐 노심초사 하였었다.

그런데 그런 조바심은 기우에 불과하였다.

상엽은 순영과의 그런 시절이 언제 있었느냐는 식으로 과거와 철저히 이별을 하였다.

상엽은 순영의 배신을 그의 가슴속 한 귀퉁이에 묻어두고 그의 오랜 연인이었던 그녀를 철저히 배격하였다.

예지 엄마인 희주도 상엽과 결혼하며 그의 연애 스토리를 너무나 잘 알고 있었기에 혹시 옛날을 생각해내지 않을까 경계도 해보았지만 전혀 그런 낌새를 발견할 수 없었다.

그는 우리 가족의 행복만을 생각하며 행동 하였다.

그의 성격상 결혼을 분풀이를 위한 도구로 이용했을리 만무였으며 가족에 대한 가장으로서의 책임을 완벽하게 수행하고 있다.

상엽이 회의 중에 예지 엄마가 근무하는 병원에서 전화가 왔다.

예지 엄마가 빈혈이 심하여 회복실에 누워있다는 것이다.

상엽은 급히 병원으로 가 예지 엄마를 보았는데 얼굴이 창백해져 보이며 링거 주사를 맞고 있었다.

'무슨 일이야? 당신 괜찮은 거야?'

'아무 일도 아닌 것을 가지고 바쁜 당신에게 전화하여 오게 한담'

'아무 일 같지가 않은데?'

'별거 아니야. 그러니 걱정하지 마세요.'

'정말 괜찮은 거야?'

'약간의 빈혈이 있을 뿐 이야'

'얼굴이 창백해 보이는데 담당 의사는 무어라 말해'

'내가 의사인데 누구에게 물어 봐. 예솔이 산후 통이야. 걱정하지 않아도 됩니다. 서방님!'

'그래도 정밀검사를 받아 보자. 요즘 당신이 식욕도 부진하고 몸도 많이 쇠약해졌잖아'

'내가 의사인데 나를 모를까봐. 아무 걱정 하지 마. 아무것도 아니야'

'의사라고 자기 몸을 다 안다고 너무 자만하지 말고 검사를 받아. 그리고 병원일이 힘든 것 같은데 당신 몸 생각을 해서라도 그만 둬'

'대학병원에 살아남아 있는 게 얼마나 어려운데 그것을 왜 그만둬. 할 수 있을 때까지 해야지'

'건강이 중요하지 그깟 대학병원이 뭐라고'

'화 내지 말고 링거 다 맞으면 집에 갈 거니까 내 가방이나 챙겨줘. 당신 직장일이 바쁜

데 들어가 봐야 하는 거 아냐?'

'아니. 그냥 퇴근해도 돼. 그런데 당신 정말 괜찮겠어?'

'홀아비 만들지 않을 테니 걱정하지 마세요.'

상엽은 희주의 손을 꼭 잡고 그녀의 건강에 아무 문제가 없기를 마음속으로 챙기었다.

집에 돌아온 부부는 엄마에게 매달리는 예지를 어머니에게 챙겨줄 것을 부탁하고 희주를 침대에 눕혔다.

며느리의 창백해 보이는 얼굴을 보고 어머니는 걱정을 많이 하시었으며 아이들을 돌보면서도 틈틈이 예지 엄마 간호에 열중이시다.

예지는 엄마가 아프다며 그 옆을 떠나지 않는다.

상엽과 부모님의 적극적인 만류로 희주는 당분간 병원에 나가는 것을 포기하고 집에서 아이들과 함께 보냈다.

어쩌면 아이들 돌보는 것이 더 고된 일이 될 수 있어 장모님이 집에 함께 있기로 하였다.

시 어머니와 며느리가 하루 종일 붙어있으며 동거하는 것이 아무래도 행동에 불편할 것 같아 두 집이 합의하여 그렇게 결정하였다.

공무원 봉급으로 파출부를 부르는 것이 무리 일수도 있었으나 예지 엄마의 건강이 더 중요하므로 허드렛일을 하도록 가끔씩 불렀다.

집에서 무리하지 않고 아이들을 벗 삼아 편히 하루하루를 보내니 예지엄마의 건강상태도 많이 좋아졌다.

그래서 예지엄마가 좋아하는 외국 유명가수의 크리스마스 특별 내한 공연이 있어 티켓 두 장을 구입하여 오래간만에 두 사람이 근사한 저녁도 먹고 라이브 공연도 관람 하였다.

공연이 끝나고 밖에 나와 보니 크리스마스이브를 축하해주는 듯 하얀 눈이 오고 있다.

두 사람은 누가 먼저 제안하기라도 하였듯이 오래간만에 하얀 눈을 맞으며 걷자고 하였다.

하얀 눈은 아이들만 좋아하는 것이 아니고 어른이 된 두 사람에게도 에너지를 공급하는 활력소가 되어준다.

두 사람은 세종문화회관에서 명동까지 눈을 맞으며 오래간만에 동심으로 돌아가 크리스마스이브를 즐긴다.

오늘은 예지 엄마가 아닌 희주가 되어 상엽의 연인으로 옆을 지킨다.

명동에 들어서니 대한민국에 모든 사람들이 이곳으로 쏟아져 들어왔는지 발 디딜 틈조차 없이 인파에 떠밀려 크리스마스이브를 방황하고 있다.

상엽도 희주의 꼭 잡은 한손을 미아가 되어 헤매지 않도록 자기 외투 속에 넣고 화이트 크리스마스를 만끽하는 많은 인파속에 그들의 몸을 던져 버렸다.

징글벨 노랫소리에 맞춰 사람들의 발걸음도 빨라진다.

상엽과 희주도 징글벨 노래를 함께 따라 부르며 흥을 돋운다.

빙 크로스비의 화이트 크리스마스 노래가 명동거리를 다시 차분한 분위기로 이끌었다.

두 사람은 명동입구에서 성당까지 두 차례나 반복하여 걸으며 러브스토리의 주인공처럼 아니 라스트 콘서트의 주인공이 되어보았다.

얼추 시간이 자정가까이 되어 찻집에 들어가 회주의 차가워진 볼을 석유난로에 따뜻하게 달구어진 상엽이 손으로 녹여주며 달콤한 커피 한잔으로 몸도 녹이고 마음도 녹였다.

'오늘 너무 멋진 크리스마스이브야'

'그렇지? 너무 멋진 크리스마스이브야'

'이렇게 명동거리를 걸어본 것이 언제쯤인지 기억도 하지 못하는데 정말 좋아'

'때마침 눈도 와주어 화이트 크리스마스 기분도 낼 수 있고 사람들 속에 파묻히니 사람 사는 기분도 나고'

'상엽씨도 어린아이처럼 눈 오는 것이 좋은 모양이야'

'크리스마스 날에 하얀 눈은 뭔지 모르게 우리가 축복받은 기분이 들잖아. 정감 있어 보이고 젊은 청춘들은 감정에 빠져들기고 하고'

'우리도 아직은 젊은 청춘인가?'

'당연히 젊은 청춘이지'

'젊은 청춘이라 나도 하얀 눈에 취해 감정에 빠져버렸구나. 오늘 정말 좋다'

'그랬어? 당신이 좋았다면 나는 그 이상 좋을 게 없지'

'상엽씨가 오늘 너무 좋은 크리스마스 선물을 나에게 한 것 같아. 고맙습니다. 서방님!'

'그것이 무슨 좋은 선물이라고'

'아니야. 라이브 공연도 좋았고 그리고 화이트 크리스마스는 나에게·최고에 선물이야'

'하늘에 감사해야겠는걸!'

회주는 조금 전의 라이브 공연에서 느꼈던 회열을 간직하고 있었으며 그리고 명동에서의 감동을 아직 가슴에 그대로 품고 있었다.

'그런데 당신에게 줄 진짜 크리스마스 선물은 따로 있어'

'다른 선물이 또 있어?'

'그럼'

'뭔데. 빨리 보여줘 봐'

상엽은 보여줄 듯 말 듯 시간을 끌어 흥미를 돋우더니 양복 안주머니에서 봉투를 꺼내며 말한다.

'짠…… 개봉박두. 펴 보시지요. 마님'

'이거 일본 여행 티켓 이잖아?'

'응. 일본 북해도 관광 티켓이야'

'!!'

'당신이 눈을 유난히 좋아하는 것 같아 눈에·나라로 여행 가려고 준비했어.'

'좋기는 한데 상엽씨 시간이 안 되잖아. 요즈음 연말연시가 엄청 바쁜 줄 내가 아는데 휴가를 낼 수가 있어?'

'그거 내가 우수 공무원으로 선정되어 특별 보너스로 받은 거야. 걱정하지 마세요.'

'우리 서방님이! 일 잘한다고 표창 받은 보너스로 여행가게 된 거라고?'

'내가 한 몫 하잖아'

'당연하지. 미래 장관되실 분인데 다들 알아보는 눈은 있지요'

'너무 띄우지 마세요. 마님!'

상엽은 결혼 후 예지엄마가 병원 일을 계속하고 그 또한 중앙부서에 근무하는 공무원의 특성상 일이 많아 함께 시간을 맞춰 장시간 여행하는 것이 힘들었다.

그래서 여행을 좋아하는 상엽의 취미생활에 맞춰 1박2일정도의 국내 여행이 고작 이었다.

그래서 예지 엄마가 병원 일을 잠시 쉬면서 이번에 특별휴가를 받아 회주를 위해 준비하였다.

회주는 상엽씨를 선배인 올케언니로부터 소개 받고 그의 화려한 연애사를 알면서도 결혼을 허락하였었다.

상엽씨에게 연인이었던 순영을 기억하지 않는다는 약속을 받고 결혼 하였으나 인간이 어떻게 오랫동안 애인사이 이었던 그녀를 쉽게 잊을 수 있겠나 싶어 망설이기도 하였었다.

그러나 회주는 상엽의 성실성과 그의 능력에 매료되어 그런 흠집이 아무 걸림돌이 아닌 것처럼 눈감아 주었던 것이다.

결혼 후 상엽씨는 정말 모범 가장이되어 우리 가족을 잘 이끌며 회주에게 최선을 다해 주었다.

과거에 연인을 그리워하는 기색도 전혀 없었으며 그녀에 대한 어떤 흔적을 가지고 있지도 아니 하였다.

예지를 낳고 그는 더욱 충실한 가장으로 우리 가정을 지켜 주었다.

남편인 그가 고마웠다.

상엽은 구정 휴무를 포함하여 오래간만에 긴 휴가를 낼 수 있었다.

예지 엄마를 위해 준비한 일본 여행이었는데 둘째 딸 예솔이가 걱정이 되는지 오래간만의 장기 휴가를 해외에서 보내는 것이 부담스러웠는지 3박4일로 줄여 가기로 하였다.

회주가 하얀 눈을 좋아하여 눈의 나라 삿포로로 여행지를 선택하였으며 온천욕도 즐길 예정이다.

장모님이 예지 예솔이를 걱정하는 딸에게 개의치 말고 재미있는 여행하라며 격려 하였으며 대기업 대표로 근무하시는 장인어른은 공무원이 돈이 어디 있겠느냐며 여행지에서 쓰라고 여유 있게 용돈도 챙겨 주었다.

예지는 엄마 아빠가 함께 여행하는 것이 좋아보였는지 아직은 혀 짧은 소리로 안녕하며 연신 손으로 빠이~ 빠이~ 를 해준다.

삿포로에 도착하여 예약해두었던 산장의 료칸에 짐을 풀었다.

온천이 딸린 곳으로 시설도 좋았고 특히 경관이 빼어난 곳에 위치하여 회주가 아주 마음에 들어 하였다.

삿포로는 정말로 겨울 왕국 같았다.

온 천지가 눈으로 뒤덮여 하얀 밀가루를 뿌려 놓은 듯이 모든 것이 희게 보였다.

짐을 정리한 뒤 료칸에서 준비한 일본의 전통 의상으로 갈아입고 오후에 온천욕을 하며 피로를 풀었다.

온천욕을 끝낸 뒤 일본 전통 다다미방 식탁에 마주앉아 이곳 특산음식인 해산물요리를 맛있게 먹었다.

물론 일본 청주 사케도 곁들여서.

마주 앉아있는 회주의 모습이 일본 전통의상과 잘 어울리며 온천욕을 한 뒤라 오래간만에 화색이 살아나 더없이 예뻐 보였다.

'당신 오늘 더 예뻐 보이는데'

여자들은 다 똑같았다.

예쁘다는 소리에 쉽게 감동을 받는다.

'정말이야? 내가 당신 눈에 예뻐 보여?'

'예쁘다니까'

'그런데 원래부터 예쁜 여자라 예쁘다는 소리가 감동이 와 닿지 않는걸.'

'그 소리는 나에게 시집을 와서 고생하여 예쁜 모습을 보여줄 수 없었다는 것 같은데'

'맞는 말 이지요. 쥐꼬리만큼 받는 공무원 봉급에 치장도 하지 못하고 예쁜 얼굴이 학대를 많이 받았지. 호호호'

'그래도 나한테는 당신이 항상 예뻐 보였는걸.'

'나에 신랑에게 그렇게 보였다면 나는 그것으로 오케이지 뭘'

'당신을 일찍 병원에서 해방시켜줘야 했는데 내 처지가 넉넉지 못해 고생시킨 것 같아 미안해'

'무슨 소리야. 어렵게 공부했는데 어떻게 쉽게 의사 직업을 포기할 수 있겠어. 당신이 나랏일을 하는 공무원인데 우리가 호사부릴 엄두나 낼 수 있겠어? 다 각오하고 선택한 거 잖아'

'박봉에 당신 건강이 안 따라 주니 그렇지'

'아니야. 나 괜찮아. 내 건강 너무 신경 쓰지 말고 장차 장관님이 되어 한 번에 나에게 못해준 거 다 갚으라고. 그러니 지금은 아무것도 걱정하지마시고 나랏일에나 충실하세요. 서방님!'

'그래도 걱정이 돼'

'홀아비 안만들 태니까 염려 붙들어 매세요.'

'갑자기 홀아비는……'

'홀아비 소리에 놀라는 모습을 보니 우리 서방님 옆에 항상 내가 있어야 갰군. 호호호'

'그런 무서운 이야기는 하지를 마라. 소름 돋아'

'알겠습니다. 서방님!'

'하하하!'

'그럼 나에 서방님이 준비한 내일 스케쥴을 공개 해 보시지요. 몹시 기대되고 궁금한데'

'그거 비밀인데'

'에이. 그냥 공개하셔. 궁금해서 병 돋울라'

'그래볼까'

상엽은 내일 일정을 알려주고 저녁을 마친 뒤 주변의 아름다운 겨울밤도 감상한 후 둘은 그 분위기에 취해 진한 밤을 보낸다.

조금 늦게 일어난 둘은 따뜻한 국물이 있는 아침을 먹고 계획된 일정대로 스키도 즐기고 산타크로스 썰매도 타며 주변 경관을 감상하였다.

얼음위에서 빙어 낚시를 하였는데 희주가 커다란 산천어도 낚으며 이국에서의 아름다움을 즐겼다.

그렇게 즐거운 3박4일의 일본 여행은 빠르게 지나갔다.

오랫동안 예지 예솔이와 떨어져 있었던 것도 아니었는데 희주는 엄마의 본능이 살아났는지 애들 걱정으로 안달이다.

좀 더 긴 일정의 시간을 가지려 계획하였으나 이제는 둘만이 아니라는 현실을 받아들이고 예지 예솔이가 기다리는 집으로 돌아왔다.

예지가 제일 반갑게 반겼다.

아직은 짧지만 거의 정확한 발음으로 말해주었다.

'엄마 아빠. 좋아?'

'좋았지'

'선물……'

'우리 꼬맹이들 선물 많이 사왔어'

'야! 좋다. 선물'

상엽 부부는 아이들 키우는 재미로 시간이 어떻게 지나가는 줄도 모르게 하루하루를 보내고 있으며 행복하고 화목한 가정을 이끌어간다.

II

상엽은 정부청사관리 회사에 다니는 순영이 외사촌 여동생인 민선이를 청사에서 가끔씩 마주치곤 한다.

마주치면 간단한 안부 인사만 나누었지 순영에 대한 이야기는 금기시 되다시피 하여 일절 꺼내지 않는다.

화창한 봄날 활동하기 좋은 4월의 토요일 이다.

작년에 집행되었던 예산에 대한 장관님의 국회 답변 자료를 점검하기 위해 오전에 일찍 출근하고 아침을 청사 식당에서 하였다.

이침 식사를 끝내고 사무실에 올라가려는데 엘리베이터 앞에서 민선이와 마주쳤다.

반가워하며 마침 아침식사도 끝냈고 바쁜 일도 처리하여 시간이 괜찮을 것 같아 오래간만에 두 사람이 자판기에서 커피를 빼들고 이야기를 나눈다.

'오래간만 이내요. 바쁘신가 봐요. 아침식사도 청사에서 해결 하는걸 보니'

'민선씨도 오래간만이야. 국회에 보낼 자료 때문에 조금 바빴어.'

'지난 가을에 딸 낳으셨다고요?'

'소식이 빠르네.'

'같은 청사 안에서는 비밀이 없어요. 지난 밤 부부싸움 한 것도 다 아는걸요. 예쁜 딸이 둘이나 되어 바쁘지 않은 날은 칼 퇴근하시는 모범 가장이라고 소문이 났던 걸요'

'그랬어? 하하하! 이모님은 건강하시지?'

'엄마가 몸이 안 좋으셔서 병원에 계세요'

'그래? 어디가 안 좋으신데 병원에 입원까지 하셨지?'

'위암이신데 병원에 계신지 좀 됐어요.'

'그랬구나. 내가 그것도 모르고 있었으니. 민선씨가 마음고생을 많이 하겠네. 어느 병원에 계시지?'

'성모병원에 계세요'

'오늘 오후에 시간이 되니 한번 찾아봬야겠군.'

그렇게 아침 모닝커피를 민선이와 자판기에 의지하여 마신 후 사무실에 올라와 오후에 계획한 일정을 다음으로 미루고 병문안 하는 것으로 조정 하였다.

상엽은 토요일이 반공일 이므로 정시에 퇴근하여 민선이 어머니가 입원하고 있는 성모병원으로 갔다.

날씨가 화창한 봄날이라 그런지 사람들이·분주하였으며 병원에 들어서자 아픈 사람을 면회하러 왔는지 아니면 몸이 아파서 진료를 받으러 왔는지 현관 입구에도 많은 사람들이 모여 있다.

상엽은 사람들을 피하여 병원 현관으로 들어서려는 순간 잠시 발걸음을 멈추고 옆쪽으로 걸어가는 수녀님의 뒷모습을 바라보더니 금세 방향을 잡아 그녀의 뒤를 따라가 사람들이 없는 틈을 타 이름을 불러 본다.

'서순영!'

수녀님은 뒤에서 자기 이름을 부르는 소리에 무의식적으로 뒤를 돌아본다.

'아!!'

상엽을 보는 순간 자기도 모르게 소스라치는 한숨석인 절망의 비명소리를 순영이 내었다.

가까이 다가간 상엽은 순영을 뚫어지게 쳐다보며 과거의 다정다감했던 모습은 어디로 갔는지 전혀 다른 사람과 만난 듯 냉정한 투의 인사말을 건넨다.

'오래간만이군.'

'네'

순영은 중학교 3학년 때 상엽과 처음 대화를 나누었던 비 오던 그날 고등학교 2학년이었던 상엽에게 대답하였던 그 목소리보다 더 작은 소리로 대답하였다.

상엽은 주변을 둘러보니 병원 저편 등나무 밑에 두 사람이 앉아 이야기 할 수 있는 공간이 있음을 발견하고 그쪽을 손짓으로 가리키며 말한다.

'저쪽으로 가서 이야기 좀 할까?'

'네'

순영은 상엽이 앞장서서 걸어가는 한 발짝 뒤에서 그를 따라가 두 사람이 자리에 마주 앉았다.

순영은 이모님 병문안을 하고 돌아가고 있었으며 상엽은 병문안 하러 들어오면서 두 사람이 운명적인 만남을 하게 되었다.

'천주님하고 결혼한 소감부터 들어볼까?'

상엽의 말투와 표정은 예전의 푸근하고 다정다감했던 그런 모습은 온데간데없고 영화에서 보아온 냉혈한 형사가 범인을 추궁하는 냉소적이고 얼음장같이 차가운 기운이 서려있었다.

'미안해요'

'미안해? 무엇이 미안한 거지? 무엇이 미안한지 알고 싶은데 수녀님! 말 좀 해 보시지요'

'그냥 미안해요. 상엽씨!'

'나로부터 도망가 6년 만에 만나서 하는 이야기가 겨우 미안하다는 그 말밖에 없어?'

'죄진 여자가 무슨 할 이야기가 있겠어요.'

'그럼 처음부터 죄짓는 행동을 하지 말았어야지. 우리가 만난 8년이라는 시간이 아무것도 아니었어?'

'그렇지는 않지만…… 그때는 상엽씨 곁에서 도망칠 수밖에 없었어요.'

'도망 칠 수밖에 없었다고? 왜 도망쳐야 했는데. 내가 순영에게 몹쓸 놈이라도 됐었나? 나에게 도망 칠 수밖에 없었던 그 이유를 내가 알고 싶다고'

'……'

상엽은 흥분하고 있다.

생각 같아서는 더 자극적인 행동도 가능하였겠지만 그래도 수녀복장을 하고 있는 수녀님에게 공개적인 장소에서 지성인인 그가 그렇게 대놓고는 할 수가 없어 자제 하였다.

'미안해. 내가 나의 감정을 숨기지 못하고 격하게 행동하는 것을'

'아니어요.'

'그러나 내가 알아야 할 것은 알고 가야지'

'상엽씨의 지금 심정 이해해요. 허지만 내가 상엽 씨에게 해줄 수 있는 대답이 없어요.'

'나에게 할 수 있는 말이 없다고?'

'죄송해요'

'순영아! 나를 이해한다니 다시 물을게. 나에게 이야기 해줄 수 없어? 그때 왜 나를 피해 달아났는지'

'상엽씨. 부탁할게요. 그것은 묻지 말아 주세요.'

'도대체 내가 이해할 수가 없어. 우리 사이에 내가 모르는 혼자만의 비밀이 있었던 거야? 그 비밀이 나를 피해 도망쳐야할 정도로 그런 거였어? 그랬다면 우리가 만나던 시절 그것을 말해야 했던 거 아냐? 왜 지금 와서 위선자의 얼굴로 나를 대하는 거야'

'미안해요'

'대답 못할 사정이 있다면 할 수 없지. 더 이상 묻지 않겠어. 순영이가 내 마음속에 위선자로 남아 있을 수밖에 없겠군.'

'위선자 요. 그래요. 내가 위선자 이지요. 더 이상 묻지 않겠다고 하니 고마워요. 아이가 둘 이라고 하던데……'

'다 알고 있었네.'

'민선이 하고 경자가 내 간첩이잖아요. 아이들 이름은 요?'

'큰 애가 예지고 작은 애가 예솔이'

'이름도 예쁘네요. 결혼 생활은 재미있으세요?'

'재미있게 살고 있어. 이 세상 여자가 서순영 만 있는지 그렇게 알고 살았었는데 그게 아니더라고. 아주 재미있게 잘 살고 있어'

'다행이네요'

상엽은 순영의 질문에 예전의 다정다감했던 그런 대답이 아닌 냉소적이고 퉁명스런 말로 대신 해주었다.

주변 사람들의 시선이 눈에 거슬려 한 시간 가량을 그렇게 이야기하고 내려가는 버스 시간이 다 되었다고 둘러대는 순영의 말에 더 이상 만날 날이 있을지를 서로 묻지도 않고 헤어졌다.

순영은 상엽씨가 상당히 감정이 많이 상해있음을 알 수 있었다.

당연한 그의 쌀쌀맞은 행동이었음에도 불구하고 과거를 되돌아보는 순간 마음 한편으로 서운함이 몰려오기도 한다.

상엽은 민선 어머니가 계시는 병원 입원실에 들어서자 뜻밖에도 순영이 어머니도 병문안을 하고 계셨다.

아마 딸 순영이가 이모님 병문안을 온다고 하여 함께 약속하고 오신 것 같았다.

먼저 이모님에게 쾌유를 빌고 순영 어머니에게도 인사 하였다.

상엽은 조금 전 밖에서 순영이를 만나고 들어온 표시를 전혀 내지 않았다.

서순영은 고속버스에 오르며 착잡한 마음을 숨기지 못했다.

그와 헤어져 6년을 잊고 살았다고 생각하였는데 그리고 이제는 마음에 안정을 찾고 천주님과 여생을 함께 하기로 굳게 다짐하였는데 어찌된 운명인지 서울 하늘밑에 그에게 가까이 있다 보니 그들의 얄궂은 인연은 어김없이 하나 되어 존재되도록 나에 인생을 비틀어 버린다.

조금 전 상엽을 만나고부터 그토록 부정하였던 그대 앞에 설 수 없다는 외침은 어디론지 사라져 버리고 아가다가 아닌 서순영으로 돌아온 자신을 탓하지도 않았으며 비록 냉소적인 그대에 목소리 이었으나 그녀에게는 달콤하기 그지없었다.

버스 시간에 맞춰야 한다고 거짓말 하였지만 예매하였던 버스는 벌써 떠나버린 지 오래고 상엽에게 이미 놓쳐버린 버스 시간을 감추고 함께 있는 것을 욕심내고 있었던 것이다.

그녀가 아가다 수녀임을 잊고 있었다.

6년 만에 만난 과거에 연인인 현재의 연인인 것같이 가슴이 이리 뛰는 것은 무슨 이유인지 도무지 알 수가 없다.

중학교 3학년 비 오던 날 처음 그와 대화하였을 때처럼 그때와 똑 같았다.

이렇게 만나면 좋고 가슴이 쿵덕거리면서 왜 내가 상엽씨를 멀리하고 도망쳤는지 도무지 이해 할 수가 없다.

그 당시 더럽혀진 몸으로 나에 사랑 나에 연인 그대 앞에 올곧은 정신으로 어떻게 설수 있느냐며 강하게 부정하였었는데 오늘 그런 감정은 어디로 사라졌는지 만나보니 좋기만 하였다.

나에 대한 배신감으로 모질게 행동하고는 있었지만 그래도 그의 그런 냉정함속에서도 나를 배려하고 있었다.

그의 쌀쌀맞은 말들이 그의 퉁명스런 대답이 나에게는 온전히 달콤한 솜사탕같이 들려왔다.

상엽의 모진 행동이었지만 그녀에게는 황홀한 만남 그 자체이었다.

서순영으로 돌아온 그녀는 그리웠던 연인을 만나 황홀경에 빠져있는 자신만을 기억할 뿐 자기가 지금 어디에 있는지를 잃어버리고 말았다.

그렇게 한참을 흥분 속에 머물러 있더니만 갑자기 자기모순에 빠진 것 같다는 생각이 스멀스멀 가슴속으로 빨려들어 오더니 버스가 목적지에 가까이 다다르면서 순영은 깜짝 놀라고 말았다.

자신이 아가다의 신분을 잃어버리고 있다는 것을 그제야 깨달았다.

예상치 못했던 상엽씨와의 갑작스런 만남이 자신을 다시 시험에 들게 하는 것 이라는 걸 잠시 잊고 있었다.

이미 다른 여자에 남편이 되어 두 아이의 아빠가 된 그를 연인으로 착각하고 황홀경에 빠져버린 자신이 민망스럽고 원망스러웠다.

병원 앞에서 나를 부르며 불러 세웠을 때 그 상황을 부정하고 그 자리를 떠나지 못한 내가 바보 같았다.

'아 내가 바보같이'

'왜 내가 바보 같은 짓을……'

'왜 후회할 짓을……'

'부끄러운 행동을 왜?'

'나의 기억에서 지운 사람인데'

그제야 제 정신을 차리고 후회하고 자신을 원망도 해보지만 또 한 번의 고뇌의 힘든 과정을 거칠 것 같아 그녀는 걱정이 된다.

아가다는 수도원에 도착하자마자 천주님 앞에서 속죄의 기도를 드리며 자기의 잘못을 꾸짖고 반성한다.

III

상엽은 순영을 만나고 이모님의 병문안을 마친 뒤 마음이 편치 않아 집으로 향하던 발걸음을 방배동으로 돌려 옛날 자주 갔던 공원 벤치에 앉아 마음을 달래보았다.

아니 아이들이 기다리고 있는 집으로 가려다 상엽의 착잡한 마음을 예지 엄마에게 들킬까봐 옆길로 빠졌다는 것이 정확한 표현일지도 모른다.

세월이 흘러 공원의 주변 환경도 많이 바뀌어져 있었다.

우리가 변한만큼 공원도 세월의 역사를 거스르지 못하고 바뀌었다.

얼마나 많은 시간을 우리가 여기에서 함께 보내며 추억을 쌓았었는데 그런데 지금은 그 것이 아무것도 아닌 것처럼 전혀 그런 일이 없었던 것 마냥 둘 사이가 무의미해져 버렸다.

너무 황망하고 허망했다.

8년의 세월이 아무것도 아닌 별 의미가 없었던 지난날의 그냥 스쳐간 인연이었던 것처럼 그녀는 오늘 행동하였다.

허기야 그런 여자 이었기에 우리의 결혼을 쉽게 이야기하였고 우리의 아이들 다섯을 갖자는 나에 말에 동의할 수 있었던 그녀 이었으니 냉정하게 나로부터 모든 것을 청산하고 쉽사리 떠나버릴 수 있는 여인 아니었던가.

나를 버리고 천주님을 선택하여 그와 결혼하였다 하니 나는 그녀로부터 패배자에 불명예를 짊어진 사람에 불과하였다.

패배자가 무슨 할 말이 많아서 그녀를 불러 세웠는지.

그냥 모르는 척 그냥 못 본 척 그래야만 남들도 그 사실을 잊어버리고 그녀도 속절없이 흐르는 세월의 무서운 힘에 나를 망각하고 말 터인데 괜히 아는 척을 하였다.

세월을 되돌려 다시 우리의 좋았던 그 시절로 돌아갈 수도 없는데 철부지 같은 속 좁은 생각으로 그녀를 잡고 말았다.

배반의 연애사를 말 하려 했다면 더 단호하게 그녀를 추궁하여 복수의 칼을 휘둘러야 했는데 그러지도 못하였다.

순간적으로 모질게 심문하고 질타하겠다던 처음에 본마음이 어디로 사라져 버렸는지 그렇게 행동하지 못하였다.

나 자신이 원망스러웠다.

나 자신이 바보 같았다.

이제 와서 내가 무엇을 어떻게 하겠다고 갈피를 잡지 못하고 방황하고 있는지 모르겠다.

마음을 가다듬었다.

한참을 자신을 탓하며 우리의 만남이 아무것도 아니었음을 확인하자 나의 새로운 보금자리에서 내 가족 내 아이 예지와 예솔이 그리고 아이들 엄마가 나만을 바라보며 있는 것을 알게 되었다.

상엽은 스스로를 꾸짖는다.

'내 옆에는 예지 엄마가 있잖아'

'우리 아이들이 보고 있잖아'

'나에 가족들이 나만을 바라보고 있는데 내가 왜 엉뚱한 생각을 하고 있지?'

상엽은 잠시라도 딴 마음을 갖고 있었던 것이 부끄러웠다.

예지 엄마에게 미안하고 죄스러웠다.

결혼하기 전 순영의 흔적을 다 지웠노라 그렇게 당당하게 말하였고 우리의 미래만을 생각하며 회주 당신과 영원히 살아갈 것을 약속하였던 내 자신을 되돌아보며 나를 엄하게 꾸짖는다.

아무 연락도 없이 방배동에 온 아들을 어머니는 이상하게 생각하였다.

상엽은 예지 엄마에게 전화하여 방배동에서 저녁을 먹고 간다고 연락해달라고 어머니에게 부탁하였다.

상엽이 예지 엄마에게 직접 전화하는 것이 용기가 나지 않았기 때문이다.

아들에게 무슨 일이 있는지 어머니는 걱정하며 묻는다.

'너희들 싸웠냐?'

'싸우긴요. 우리가 어린앤가요'

'그런데 연락도 없이 갑자기 여기에는 왜 왔어. 퇴근하면 아이들 돌본다며 집에 가기 바쁜 사람이'

'못 올 데 왔나요.'

'그래도 이상하잖아. 저녁 먹고 갈 거라면 네가 직접 네 처에게 전화할 것이지 왜 나에게 부탁 해'

'근처 병원에 병문안 왔다 들린 겁니다. 우리 아무 일 없어요.'

'그러면 다행이고'

상엽은 방배동 집에서 저녁도 먹고 아버지와 세상 돌아가는 이야기도 나누고 하니 늦게 아이들이 기다리는 보금자리로 들어가게 됐다.

회주는 예지 점심을 챙겨주고 대치동 집으로 돌아가시는 친정어머니를 배웅하였다.

평일에는 어머니가 회주를 위해 함께 기거하며 아이들을 돌보았지만 토요일 오후에는 부부만의 오붓한 시간을 갖도록 배려하여 집으로 돌아갔다가 월요일 날 돌아오신다.

어머니 배웅을 하고 집으로 돌아오자 성모병원 내과의사로 근무하는 친구 선영이가 전화하였다.

병원에서 네 신랑을 봤다고 한다.

상엽씨가 수녀님과 오랜 시간을 함께 병원에서 대화하고 있더라는 말을 해 주었다.

회주는 상엽씨가 수녀님과 어떤 연고로 오랜 시간을 이야기 하였는지 매우 궁금하였다.

토요일은 반공일로 별일이 없으면 집에 일찍 들어왔는데 병원에 무슨 일로 갔는지 알고도 싶었지만 늦은 시간인데도 집에 아무 연락이 없어 확인할 수가 없다.

시간이 길어지자 예지 엄마는 남편을 기다리면서 자꾸만 이상한 쪽으로 생각이 들었다.

오후 늦은 시간에 시어머님이 전화하여 상엽씨가 방배동에서 저녁을 먹고 가겠다고 전화하셨다.

상엽씨가 직접 전화하면 되지 어머님이 연락을 하는 것도 이상하다.

회주는 갑자기 불안해지고 신경이 날카로워 진다.

오후에 선영이가 알려준 수녀님 생각이 자꾸 머릿속에 기억되고 있다.

수녀님도 여자이기는 마찬가지 이고 그 수녀님이 과거에 연인이었던 서순영이 아닌지 의심을 해보며 마음에 안정을 찾지 못한다.

여자의 직감이라는 것이 순식간에 마음 한 구석에 자리메김하고 의심의 눈초리로 지금 처한 상황을 추리해 나간다.

가슴이 쿵쿵거리며 정신이 희미해진다.

9시가 훌쩍 넘어서 상엽씨가 아무 일 없는 듯이 들어와서는 예지를 들고 천정 위까지 손을 뻗쳐 들어올렸다.

남편이 퇴근하여 집에 들어오면 제일먼저 하는 아이들에게 보여주는 세레머니로 오늘도 다른 날과 다름없다.

하지만 희주의 눈에는 남편의 이런 행동이 왠지 역겨워 보인다.

예지를 그녀의 방에 눕히고 희주는 상엽을 엄마가 기거하는 방으로 거칠게 몰고 들어간다.

그리고 남편의 이상한 행동을 추궁하기 시작한다.

'왜 이렇게 늦었어?'

'방배동에서 저녁 먹는다고 엄마가 전화 했잖아'

'왜 직접 전화하지 못하고 어머님이 하신거지? 그리고 방배동에 간다는 사전에 이야기도 없었잖아'

희주는 상엽을 세워놓고 하나하나 추궁하기 시작했다.

'방배동 집에 들러보는 것을 사전에 말하고 가야하나? 그리고 엄마가 전화 옆에 계셨으니 부탁한 거지. 별것도 아닌 것을 가지고 오늘 왜 그러는 거야? 너무 신경이 예민해져 있는 거 아냐?'

'별것이 아냐?'

'그럼! 별게 아니지. 방배동 집에 다녀온 것이 무슨 큰 잘못이라고 그렇게 호들갑이야'

'호들갑? 내가 호들갑을 떤다고?'

'맞아. 호들갑......'

상엽은 오늘 오후에 있었던 순영과의 만남을 은폐하려고 평소에 쓰지 않던 격한 말까지 해가며 스스로를 방어 하였다.

그런데 예지 엄마의 입에서 병원 이야기가 나오며 그를 옴짝달싹 하지 못하는 코너로 몰아붙이고 난처한 처지가 되어버린다.

'오늘 병원에는 왜 갔는데'

'응. 병원? 그거...... 그거 잘 아는 분이 병원에 입원하셔서 병문안 갔었어.'

'병문안 갔으면 병문안만 하고 오면 되는 거지'

'병원이 방배동 근처라 이참에 엄마한테 들른 것인데 뭘 그렇게 화를 내고 그러는지 이해를 못하겠군.'

'내가 방배동에 들른 것 때문에 화를 낸다고?'

'그렇잖아. 지금 화를 내고 있잖아'

'맞아. 내가 지금 화를 내고 있는 것이 맞지. 당신은 내가 왜 화를 내고 있는지 몰라?'

'왜 화를 내는데......'

'그 수녀님은 누구야?'

예지 엄마의 수녀님 소리에 상엽은 깜짝 놀란다.

순영이 만난 것을 어떻게 알게 되었는지 그래서 예지 엄마가 그렇게 날카롭게 신경을 곤두세우고 있었다.

상엽은 더듬거리며 변명하기 시작한다.

'그냥 아는 수녀님을 병원에서 만났어.'

'그 수녀가 서순영 아니야? 맞지?'

예지 엄마가 순영이 만난 것을 어떻게 알고 있는지 상엽은 깜짝 놀라 어쩔 줄 몰라 했으며 그 사실로 희주에게 그가 추궁당하고 있다는 것이 그에게는 기절초풍할 노릇이었다.

'아~. 그것이...... 거기서 우연히......'

'맞지. 서순영? 당신이 다 잊었다던 그 서순영'

그렇게 큰소리로 말하며 울었다.

그때 열린 문틈으로 이 광경을 보고 있던 예지가 방으로 들어오며 엄마 아빠에게 말 한다.

'엄마! 아빠하고 싸워?'

'싸우는 거 아니야'

'그런데 엄마 왜 울어? 서순영이 뭐야'

희주는 아이 입에서 서순영이라는 말을 하자 깜짝 놀라 예지를 안고 방에 들어가 눕히고 잠을 자도록 진정을 시켰다.

희주는 예지를 달래느라 시간을 보내면서 자신이 너무 감정적이고 신경질적으로 상엽을 대하였음을 후회하고 마음에 안정을 취한다.

'무슨 말 못할 사정이 있었겠지'

'내 꼴이 뭐람?'

그렇게 혼자서 중얼거린다.

예지를 잠재우고 거실로 나오자 상엽이 기다리고 있다가 방으로 희주를 대리고 들어가 변명하기 시작한다.

'병원에 아시는분이 암으로 입원하여 병문안 갔다가 우연히 거기에서 만났어.'

'......'

'아무리 감정에 골이 쌓여있다고는 하지만 오래간만에 만난 사람인데 인사정도는 할 수 있잖아'

'!!'

희주는 말없이 듣기만 하였고 상엽은 연신 변명 한다.

아니 사실을 이야기 하고 있었다.

'그렇게 인사만 하려고 했는데 갑자기 분한 생각이 들어 따져 묻느라 시간 가는 줄도 몰랐지. 내 자존심이 돋아나는데 어찌할 수가 없었다고. 그게 다야. 예지 엄마. 나 못 믿어?'

'......'

'나. 지금까지 부끄러운 짓 하지 않았어. 정말이야'

'그럼 집에 바로 오지 왜 늦어가지고 내 마음을 어지럽혀'

'우연히 만났더라도 옛 사람을 만났으니 아이들과 당신 보기가 미안스럽고 죄스러운 것은 어쩔 수가 없더라고. 그래서 방배동으로 간 거지'

'흑흑흑'

'아무것도 아냐. 걱정 하지 마. 같은 하늘밑에 살면서 피한다고 피할 수는 없는 거지만 내

마음은 변하지 않아'

'내가 상엽씨를 믿어도 되는 거지?'

'그럼. 지금까지 나를 믿었잖아. 아무 일 없고 우리가 지금까지 잘 살아왔듯이 앞으로도 그렇게 살면 돼'

'알았어. 내가 속이 좁아가지고'

상엽은 회주를 간신히 달랜 다음 예지 방에도 들어가 자는척하는 딸을 꼭 안아보고 나왔다.

아가다는 요즈음 들어 천주님에게 온 정성을 다하여 자기를 시험에 들지 않도록 구원해 달라며 기도하였지만 마음을 다 잡지 못하였다.

상엽씨를 만나본 뒤로 정신 줄을 빼앗기고 있었다.

결혼한 남에 남자를 지금 한 가정을 이루고 있는 그 사람에게 정신을 빼앗기면 안 된다고 그렇게 발버둥 쳐 보지만 혼자 있는 시간이면 어김없이 찾아오는 상엽 에게 신경 줄을 노아 버리고 만다.

그러나 그로부터 벗어나려 발버둥 쳐보는 그 순간이 싫지 않았다.

죄책감에 자신을 꾸짖으며 스스로를 제어 해 본다.

'이래서는 안 되는데'

'이래서는 안 돼'

아가다는 이런 혼자만의 비밀을 고해성사로 천주님에게 알려주고 싶지 않아 꿍꿍 앓기도 하였다.

누구에게든 서로 마음이 통하는 사람이 있다면 이런 심정을 고백하여 마음속의 고통을 풀어보고도 싶었으나 그럴만한 사람이 주변에 없었다.

아가다는 마음에 병을 치료할 수 있는 사람이 어머니밖에 없다는 사실을 깨닫고 요즈음 도저히 자신을 통제하지 못하고 있는 처지를 그대로 방치할 수 없어 그 핑계로 서울에 왔다.

지난번 병원에서 이모의 병문안 차 만난 뒤로 갑작스럽게 다시 연락도 없이 집에 찾아온 순영이를 보며 놀라워했지만 베일을 쓰고 수도복을 입은 딸을 보는 마음이 이제는 건성이 되어 어머니의 동요는 찾아볼 수 없다.

어머니도 다 천운으로 받아드리고 있다.

아가다는 지금의 복장으로는 자기에 진심을 숨길 수밖에 없을 것 같아 편한 복장으로 갈아입고 서순영으로 변신한 뒤 마음속에 고통을 털어놓을 기회를 찾기 위해 어머니의 눈치만 살피고 있다.

수도원에서 얽매여 사는 딸의 고달픈 인생을 걱정하며 순영과 상엽의 재회를 수도 없이 이야기 하였건만 그것은 용서받을 수 없는 나의 운명이라며 어머니의 요청을 거부해왔는데 몇 년이 흐르고 그를 다시 만나 마음에 병을 얻었다고 한다면 반응은 뻔한 것일 게다.

그러나 그녀의 혼란스러움을 스스럼없이 말할 수 있는 상대는 처음부터 순영의 모든 것을 알고 있는 어머니 밖에 없다.

부모는 자식들의 엉뚱한 행동거지들도 이해 해 줄 수 있는 최후에 보루이기도 하다.

순영은 비겁하지만 그런 부모에 마음을 이용하려고 한다.

방법이 없었다.

딸의 마음에 병을 치료해 줄 의사가 되어줄 어머니의 고언을 듣기위해 시간을 기다리는 수밖에 없다.

어느 정도 분위기가 잡혀가자 순영이 슬그머니 이야기를 꺼낸다.

'엄마! 지난번 병원에서 상엽씨 만났어.'

'뭐? 상엽군 을.'

'응. 이모 병문하고 돌아가는데 병원 현관입구에서 누가 나를 부르는 소리가 들려 돌아보니 상엽 오빠가 서 있더라고. 그래서 만나게 되었어.'

'상엽군이 너를 보고 반가워 해?'

'그렇지는 않지만'

'지금 와서 만나는 것이 무슨 의미가 있겠어. 이미 남에 남자가 되어 아이들이 둘씩이나 딸려 있는데'

'나도 그렇게는 생각하는데 오빠를 만난 뒤로 마음이 심란해져서 힘들어'

'8년 동안을 서로 떨어져 있으면 죽고 살지 못하는 그런 사이었는데 당연히 그렇겠지'

'오빠 감정이 많이 상해 있더라고'

'당연하지. 너희들 사이가 그냥 그런 관계가 아니었잖아. 그런데 네가 갑자기 사라져버린 그때 상황이 너무 어이가 없었을 것이고 황당하지 않았겠어?'

'오빠에게 너무 미안해'

'당연히 미안해야지. 너 만났던 날 병실에서 나도 만났어.'

'엄마를 만났다고 하니 오빠가 그날 이모 병문안을 온 거였네.'

'그때 상엽군이 너 만난 것을 전혀 내색 안 하고 내 안부만 묻더구나. 혹시나 너와 마주치지나 않았는지 걱정했었지'

'엄마에게 나 만난 표를 전혀 내지 않았구나. 나에게도 완전히 딴 사람처럼 행동했어.'

'어떻게?'

'냉정 맞고 쌀쌀하게 나를 대하던 걸'

'상엽군의 그런 행동 충분히 이해 해'

'그런데 엄마! 상엽 오빠를 우연히 만난다 해도 신앙의 힘으로 이겨낼 수 있다고 자신했는데 그렇지가 못한가봐. 자꾸 오빠가 내 머릿속에서 떠나지를 않으니 미칠 것 같아'

'너의 신분을 망각하지 마. 이제 와서 어쩌겠어.'

'그렇지. 당연히'

'너희들 과거 사이가 어떻든 간에 그것은 다 끝난 일 이야. 지금은 한 가정을 갖고 있는 사람이니 빨리 잊어버려. 그것이 네 도리인거야'

'내가 죄 받는가봐'

'엄마 앞에서 별 소리를 다한다.'

'건실한 남자에게 한을 품게 했으니 내 죄가 크지. 요즈음 이렇게 괴로울 수가 없어. 혼자 있는 시간이면 오빠가 나타나 나를 괴롭혀. 그런데 그것이 싫지가 않거든?'

'빨리 잊어버리는 게 서로를 위하여 좋은 거야'

'그래야 하는데 그렇게 안 되니 죽을 지경이야. 어떤 때는 오빠에게 달려가고픈 착각도 생겨나'

'마음을 바로 잡아. 안 되는 건 안 되는 거니까'

'천주님에게 나를 바로 잡아달라고 기도하여도 그렇게 안 되니까 내가 미칠 지경인 걸 어떻게 해. 서울에 온 이유도 하도 답답해서 엄마에게 하소연 하려고 여기에 온 거야'

'아이고. 그렇게 사랑이 깊은 것을 뿌리치더니만. 쯧쯧쯧'

'이렇게라도 엄마에게 속 시원히 털어 놓으니 이제야 살 것 같아. 꽉 막혀있던 마음속이 다 뚫린 것 같아'

'그래. 나에게 마음속에 막혀있는 것들 다 털어버려. 그래서 네가 구원을 받는다면 이 자리에서 너에 고통스러운 것 다 털어버려야지'

'내가 오빠와의 옛날만을 생각하며 될 수도 없는 망상을 혼자서 하였던 것 같아. 신앙인인 나에 신분도 잊고'

'이제는 너에 신분을 생각하고 그리고 상엽군 가족이 행복해질 수 있도록 기도하며 너에 마음을 바로 잡도록 해. 그것이 너에 올바른 자세야'

'알았어요. 엄마!'

순영은 그날 밤을 어머니와 함께 보내며 마음에 위안을 찾았다.

다음날 순영은 친구들과 오래간만에 만나 친구들의 결혼 이야기며 여러 가지 수다를 떨다 오후에 수도원으로 돌아와 그곳의 일상으로 돌아간다.

5월 들어 예지 엄마가 봄을 타는지 식욕부진으로 체중이 많이 감소하고 몸이 허약해진 것 같아 상엽은 별미음식집을 찾아 외식도 해보고 보양식도 직접 만들어 먹여보았지만 소용이 없다.

허약한 몸을 보존하기 위해 보약을 지어 희주에게 복용할 것을 권하여 보았지만 의사의 한약에 대한 고집스런 신뢰 부족으로 상엽의 정성을 생각하여 먹는 척만 한다.

5월 중순경 갑작스럽게 급한 목소리로 장모님이 사무실에 전화하여 예지 엄마가 쓰러져 병원 응급실로 실려 간다고 하였다.

급히 병원 응급실에 도착하니 장인어른께서 먼저 와 계셨다.

장모님은 아이들 때문에 오지를 못하였다.

예지 엄마는 얼굴이 창백해져있고 제대로 몸을 가누지 못하였다.

장인어른 말씀은 병원에서 정밀검사를 해야 할 것 같다며 입원수속을 받아야 된다 하셨다.

상엽은 지체 없이 입원수속을 마치고 방배동 어머니에게 전화로 사실을 말씀드리고 집에 가서 아이들을 맡아주실 것을 부탁 하였다.

아무래도 장모님이 딸 옆을 지켜주어야 할 것 같아서였다.

상엽은 요즈음 예지 엄마가 음식을 제대로 먹지 못하여 영양실조일 가능성을 이야기하였으나 그것은 가족들끼리의 생각이었다.

링거 주사를 맞고 있는 예지 엄마는 정신이 조금 들어왔는지 상엽의 손을 잡고 연신 이야기 한다.

'상엽씨! 미안해. 이런 좋지 않은 모습 보여주어'

'무슨 소리야. 미안하다는 말이. 지금은 그냥 조용히 마음에 안정만 찾아. 괜히 힘들게 말하지 말고'

'아무튼 미안해. 예지 예솔이는?'

'방배동 어머님이 돌보고 계셔. 걱정하지 마'

'내가 병이 있는 것 같아'

'무슨 소리야? 당신이 요즈음 제대로 음식을 먹지 못하고 그랬으니 단순히 영양실조 정도일 텐데'

'아냐. 내가 의사인데 나를 모르겠어?'

'요즘 먹지를 못해 영양실조야. 몸보신만 잘 하면 돼. 그러니 마음 편히 먹고 지레짐작하여 나쁜 생각 같지 마'

'알았습니다. 나에 신랑님!'

예지 엄마는 의사인 자신이 자기의 몸 상태를 스스로 체크해보며 상엽의 말을 곧이듣지 않았으나 그렇게 이야기해주는 신랑의 말을 동의하는 것 같이 행동 하였다.

남편과 가족들을 잠시나마 안정시키고 싶었기 때문이다.

며칠 후 담당 의사가 보호자 면담을 요청하여 장인어른과 함께 이야기 하였다.

담당 의사는 정밀검사 결과를 챠트를 보며 설명하였는데 예지 엄마가 림프종 암을 알고 있다고 한다.

상엽은 깜짝 놀라 다시 확인 하였으나 재차 똑같은 말을 되풀이하며 상태도 많이 진행된 상태라고 하였다.

상엽은 눈앞이 캄캄해지며 말을 잊는다.

오히려 장인어른이 더 침착하게 의사의 처방을 이야기 듣고 있다.

상엽은 어찌할 바를 모르며 당황해 하더니 곧 정신을 가다듬어 장인어른께 이런 사실을 당분간은 예지 엄마에게 말하지 말도록 하였다.

그러나 회주는 직감으로 자기가 위중한 병을 앓고 있음을 알고 있었으며 그것을 가족에게 확인하려 하지도 않았다.

몸이 좋지 않으면서도 상엽과 가족에 대한 배려이었다.

며칠이 지나 치료를 위한 방편으로 예지 엄마에게 사실을 말해주자 빙그레 웃으며 이미 알고 있으니 걱정하지 말라고 하며 오히려 가족들을 위로 하였다.

그리고 상엽에게는 그의 손을 꼭 잡으며 좋은 모습을 보여주지 못하여 미안하다고 울먹이며 말 한다.

상엽은 그 말을 듣고 가족들이 지켜보고 있음에도 그만 울어버렸다.

병실에 냉방시설이 갖추어져 있었으나 여름의 찌는 듯 더위를 이기는데 예지 엄마가 고생을 많이 하였다.

항암 치료를 받고 있으나 병세가 좋아졌다는 기미는 전혀 보이지 않는다.

특히 예지 엄마 건강이 허약체질이라 항암치료를 받는 것도 고생이었다.

상엽은 물론 가족들의 생활이 엉망으로 돌아갔다.

희주도 그런 상황을 잘 아는지라 아픈 몸을 해 가지고서도 신랑걱정 예지 예솔이 걱정 부모님걱정으로 마음이 편할 날이 없다.

재 회

I

1985년 가을.

뜨겁게 내리쬐던 햇볕이 한풀 꺾이면서 고추잠자리는 하늘을 낮게 날며 세상과 더 불어 살고 싶어서인지 활동이 왕성하다.

한 가닥 바람에도 훌쩍 커버린 자신을 이기지못하고 요동을 치며 춤을 추는 코스모스는 성가시게 구는 고추잠자리를 마다하며 쫓아버린다.

가을은 천지 만물과 생의 이별을 준비하는 것처럼 인간들의 고독한 방랑자가 되기도 하는 절망에 계절인 것 같다.

가을이 깊숙이 파고들자 요즈음 들어 예지 엄마의 건강상태가 점점 더 안 좋은 쪽으로 진행되고 있었는데 그런 와중에도 그녀의 희망석인 한마디 한마디는 가족들을 더욱 안타깝게 만들곤 하였다.

상엽이 출근하고 없는 틈을 이용하여 희주는 부모님에게 마음을 열어놓고 대화 한다.

'엄마 아버지! 저는 오래 못살아요.'

'무슨 소리를 하는 거냐. 힘을 내서 빨리 몸 건강 회복하여 아이들에게 좋은 엄마가 돼야 지'

'내 병을 내가 모르겠어요?'

'늙은 부모 앞에서 그런 불초한 생각을 왜 하는 거야

'죄송해요'

'김 서방도 있고 예지 예솔이 생각해서라도 힘내서 빨리 건강을 찾아야 지. 김 서방이 너를 생각하는 마음이 얼마나 깊은데 그렇게 절망석인 이야기를 하는 건 아니지'

'그렇게 하고 싶어도 내 뜻대로 되지를 않거든요'

'왜 이렇게 약한 마음이야. 힘내야지!'

'엄마 아버지에게 부탁이 있어요.'

'무슨 부탁? 말해 봐!'

'상엽 씨하고 아이들이 걱정인데요.'

'걱정이 되면 어떻게 하든 네가 살아야지. 힘내서 살 요랑 만 생각 해'

'내가 알아 요. 내가 나를 아는 걸. 그러니 내가 죽으면 상엽씨 재혼 빨리 시키도록 허락

해 주세요.'

'흑흑흑'

어머니는 딸의 두 손을 꼭 잡고 흐느껴 운다.

'예지 예솔이 예쁘게 키워줄 사람이 있을 거예요'

'!!'

'그러니 상엽씨가 그 사람하고 인연이 닿게 되면 김 서방 원망하지 말고 손녀 딸 잘 키워 주는 것만 위안으로 삼으세요. 두 사람이 재혼할 수 있도록 아버지가 적극 나서 주시고요.'

'흑흑흑'

'부탁해요. 엄마 아버지'

어머니와 아버지는 눈물을 마구 흘리며 그리고 딸에게 알았다며 그래도 마음 다 잡아 힘 내서 삶을 포기하지 말라며 응원하였다.

일주일이 지난 뒤 예지 엄마의 상태가 많이 안 좋아져 상엽은 휴가를 내고 병실을 지킨 다.

예지 엄마가 혼수상태에서 깨어나자 상엽은 지극정성 간호하며 좋은 꿈 이야기를 해준다.

회주는 옆에 상엽씨가 자기 손을 꼭 잡고 있는 것을 보고 좋은 꿈 이야기를 긍정적으로 받아들이는 것처럼 웃어주었다.

그리고 힘을 다하여 조그만 소리이지만 또렷하게 상엽에게 말 한다.

'상엽씨. 고마웠어.'

'무슨 소리야'

'같이 살면서 나에게 최선을 다 해주어 항상 고맙게 생각해'

'당연한 것을 가지고 왜 그래'

'아냐. 당신은 나에게 특별했어.'

'내가 오히려 당신에게 감사히 생각하며 살고 있잖아. 예지 예솔이 예쁘게 키웠지 박봉인 나를 원망하지 않고 나에게 용기를 불어 넣어주며 얼마나 열심히 살았어. 당신은 나에 최고 에 여자 야'

'상엽씨는 나에게 약속을 지켰잖아'

'당연한 약속이지'

'이제는 나 때문에 마음속에 접어 두었던 것들 다시 찾도록 해'

'그런 것이 어디 있다고 그러는데'

'아이들이 불쌍해'

'아이들이 불쌍하다고 생각이 들면 예지 예솔이를 위해서라도 힘내서 살 생각 하라고.'

'상엽씨. 나 죽으면 순영 씨랑 재회 해'

'무슨 말 같지도 않은 소리야'

'그렇게 해. 순영씨 같으면 당신을 사랑한 것처럼 우리 예지 예솔이 잘 키워줄 수 있을 것 같아'

'엉뚱한 생각 하지 마. 거기는 다 끝난 일이야'

'아니야! 내가 불모가 돼 당신에게 저승에서까지 죄짓지 않도록 그렇게 해줘'

'!!'

'내 마지막 부탁이야. 나한테 약속해줘!'

'……'

상엽은 예지 엄마의 손을 더 힘을 주어 잡아주며 눈물을 주르륵 흘린다.

많은 이야기를 해서 힘들었던지 예지 엄마는 상엽이 옆에 있음을 확인하고 다시 깊은 잠에 빠져들었다.

다음날 주치의가 가족들에게 마지막 정리를 할 수 있도록 하라며 조언을 해 주었다.

상엽은 예지와 예솔이가 엄마와 마지막 이별을 할 수 있도록 하였으며 회주는 아이들을 보자 마지막 있는 힘을 다하여 꼭 안아주었다.

아이들의 엄마로서 마지막까지 책임을 다 하지 못하고 먼저 예지 예솔이와 이별을 해야 하는 그녀의 애틋함이 묻어있었다.

그리고 부모님과 가족들에게 마지막 눈인사를 하려고 하는지 한 사람 한 사람 일일이 눈맞춤을 하였고 상엽에게는 행복한 미소를 지어보이며 먼저 떠나는 미안함을 남기려는지 그의 손을 꼭 잡고 식어가는 온기를 나누어 준다.

이렇게 가족들과 만난 다음 정신 줄을 놓더니 밤에 예쁜 모습을 하고 그녀는 세상과 이별하였다.

그녀는 가을의 하얀 국화꽃 향기에 취해 더 이상 잠에서 깨어나질 않았다.

살아도 한참을 더 살아야 할 나이 인데 이이들의 재롱과 성장하여 결혼하는 모습도 보아야 했는데 남편의 뒷바라지를 어김없이 했어야 했는데 그러지 못하고 하늘나라로 먼저 가 버린 것이다.

상엽은 눈물이 말라 나올 눈물이 없다.

예지 엄마와의 5년이 채 안 되는 결혼생활 이었지만 행복했었다.

상엽의 과거를 알면서도 과거의 연인을 생각하지 않겠다는 약속 한마디 말을 믿고 나와 결혼해 주었다.

그러나 회주도 여자인데 마음속으로 혹시나 하며 얼마나 마음고생을 많이 하였을까를 생각해보며 오히려 상엽이 마음 조아렸지만 그녀는 오히려 대범하게 받아 들였었다.

예지를 낳고 건강이 썩 좋지 않음에도 공무원인 상엽의 봉급으로는 아이들이 커서 교육비에 쓸 돈이 만만치 않을 거라며 젊었을 때 부지런히 모아야 한다며 병원 일을 열심히 하였다.

상엽씨는 장차 장관이 되어야 할 몸이니 일절 돈과 관련하여 신경을 쓰지 말라고도 하였다.

예지와 예솔이도 낳고 이제는 아이들 재롱을 받으며 넉넉한 가족의 품속에서 편안한 안식처가 될 우리만의 보금자리가 그녀를 기다리고 있는데 행복한 앞날이 창창히 남았는데 그런 기쁨도 누리지 못하고 짧은 결혼 생활만을 만족으로 삼고 세상을 거부한 채 하늘나라로 우리 가족을 버리고 먼저 가 버렸다.

마지막 세상을 떠나면서 아이들 걱정과 홀아비가 돼 버린 남편을 걱정하며 그녀의 경쟁자였던 상엽의 과거의 여인에게 그와 아이들을 양보하겠다는 넉넉한 마음 씀씀이도 보여주며 그녀는 가족들을 감동시켜 주었다.

한 순간 상엽과 그 여인의 사이를 의심하고는 자신의 못난 행동을 탓해보며 미안해하였던 그녀 이었었다.

남편의 과거에 연인인 그녀를 단 한 번도 만나보지 못했고 잘 알지도 못한 미지의 여인이거늘 상엽의 사람 됨됨이를 믿고 예지 예솔이를 그리고 그를 그녀에게 넘겨주겠다고 하였던 것이다.

인간사 수인사 대천명이라 죽고 사는 것을 내 마음대로 할 수 없으니 어느 누구에게 젊고 착한 예지 엄마를 저세상으로 먼저가게 했느냐며 원망할 수도 없었다.

그것은 모두가 하늘의 뜻 인 것을.

II

아가다 수녀 순영은 겨울방학이 되어 휴가를 잠시 얻어 서울 집에 와 있다.

경자에게 전화를 하자 봄에 결혼한다며 시간이 되면 만나자고하여 약속을 잡았다.

결혼 적령기를 이미 지난 나이라 경자 어머니가 노처녀로 있는 딸 걱정을 많이 하였는데 같은 직업을 갖고 있는 3살 연상 의사를 신랑으로 맞는다고 좋아 하신다며 부모님께서 한시름 놓는 것 같다고 말 하였다.

경자가 근무하는 병원 근처의 레스토랑에서 저녁식사 겸 수다도 떨자하여 그리로 갔다.

경자가 먼저 나와 기다리고 있었다.

'오늘은 수녀 제복을 입지 않았네.'

'세탁을 핑계로 오래간만에 자유를 만끽해 보는 거지 뭐. 수다쟁이 수녀가 될 수는 없잖아'

'너에 천주님께서 화내시겠다. 그래도 네 얼굴표정에는 자유를 충분히 누릴 수 있는 여유가 없어 보이는데?'

'내가 그렇게 보여?'

'순영이 네게서 수녀님 냄새가 나'

'천주님께서 가난한 자식인 나의 단벌 신세 고통을 알아줄 걸로 믿고 자유로운 복장을 하였는데 그래도 내가 도 닦는 여자 같아 보이는 가봐?'

'그래! 도 닦는 여자 같다. 서순영 신세가 초라해 보이는 게 옛날에 그 서순영이 아니지'

'비록 우리의 삶이 빈곤의 악순환 으로 표현될 수도 있겠지만 우리는 그것을 즐기기도 해'

'엄청 성녀가 다 되셨네.'

'성녀까지는 뭐. 히히히'

'평상복을 한 지금의 네가 옛 모습 그대로 인 것 같아 더 좋아 보인다고. 기집애야'

'그래도 할 수 없지 뭐. 이게 내 운명인걸.'

'아이고. 그러서! 너는 어울리지도 않는 짓은 사서하고 고생이야. 세상이 얼마나 살기 좋은데 그것을 박차고 그런데'

'그러게 말이야. 경자 너는 노처녀 딱지떼서 좋겠다. 신랑도 같은 직업을 갖고 있으니 서

로 이해도 많이 할 게고'

'그냥 그렇지 뭐. 사실 나는 내가 의사이니 내 신랑은 다른 직업을 갖고 있는 남자를 원했었지'

'배부른 소리를 한다. 결혼하는 게 안 좋아?'

'내 마음속에 그 남자가 아니니 조금은 실망이지 뭐'

'네 마음속에 그 남자는 누군데? 나 없는 사이에 누가 있었어?'

'이 기집애. 네가 빼앗아 갔잖아'

'상엽씨?'

'그래. 상엽 오빠'

'너 상엽 오빠 짝사랑 했었냐?'

'네가 가로채지 않았으면 내가 진즉에 점찍는 건데 나무아비타불이 되 버렸지 뭐. 호호호'

'네가 장난으로 오빠를 짝사랑했다고 우리에게 말 한줄 알았는데 그게 사실이었어?'네가 상엽 오빠를 좋아했는데 어떻게 나에게 한 번도 그런 눈치를 주질 않았지?

'그러기 전에 네가 채 갔는걸.'

'아이고. 오늘에서야 진심을 털어놓는군요. 잘못했으면 너와 내가 오빠와 삼각관계로 피터지게 싸울 뻔 했겠어. 히히히'

'그런데 요즈음 상엽 오빠가 고생을 많이 하는가 봐'

'아니 왜? 무슨 고생을'

'아 ~ 너는 모르겠구나. 오빠 부인이 얼마 전에 림프종 암으로 세상을 떠났잖아'

'그래? 세상을 떠났어? 그랬구나. 어떻게 해......'

순영은 그 말을 듣는 순간 당황해하며 어찌할 바를 몰라 한다.

평생을 자기의 남자로 함께 할 줄 알았던 연인 이었던 상엽씨가 자신의 불찰로 남이 되어 어쩔 수 없는 다른 세계를 헤집고 들어가 정착하였는데 그것이 불행한 결말이 되었다고 한다.

순영은 조금 전의 밝고 명랑하였던 그녀의 모습이 금세 변하여 심각한 그의 연인이 되고 있다.

'상엽 오빠 어머니가 아이들을 보살피고 있지만은 아이들 키우는 것 때문에 고생이 많은가봐.'

'그렇겠지. 오빠도 어머니도 고생이겠지. 그것이 다 나 때문이야'

'그게 왜 너 때문이야'

'올 봄에 우연히 오빠를 만났댔어. 나 때문에 마음고생이 심한 것 같았는데 그것 때문에 결혼생활에 영향을 받았을 거야'

'오빠를 만났어?'

'응. 이모님 병문안 갔다가 우연히 마주쳤어. 다 나 때문이야'

'두 사람은 어찌할 수 없는 운명인가 보구나. 이 넓은 땅 덩어리에서 그렇게 마주치다니. 그런데 순영이 너 아직까지 상엽 오빠 잊지 못하고 있니?'

'아니라고 하면 거짓말이 되겠지. 맞아'

'아이고! 일은 다 저질러 놓고 그 말이 뻔뻔스럽게 서슴없이 그렇게도 잘도 나온다.'

'오빠가 가여워 어떡하지'

'가여워도 어찌 할 거야. 수녀님보고 들어가 살라고 거들 수도 없고...... 쯧쯧쯧'

두 사람은 상엽씨 이야기와 걱정으로 시간을 거의 보냈으며 마음속에 상심만을 가득 넣어가지고 순영은 집으로 돌아 왔다.

집으로 돌아오는 버스에서 내내 상엽 오빠의 가여운 생각만 머릿속에 맴돌며 앞으로 아이들은 어떻게 돌보게 될지를 걱정하였다.

집에 도착한 순영은 오빠의 어려운 상황을 어머니에게 이야기할까 망설이다 하지 않기로 하였다.

어머니가 분명 다른 엉뚱한 생각을 할 수 있다는 염려 때문이다.

며칠을 집에 머무르며 상엽씨에 대한 이 생각 저 생각으로 머릿속이 뿌연 안개가 낀 것처럼 정리가 되질 않았다.

상엽씨에게 지은 죗값을 이번기회에 치를 수 있는 방법도 생각하여 보았지만 어떤 식으로 해야 할지도 난감하고 엄두를 낼 수가 없다.

방법을 찾을 수가 없었다.

그렇지만 상엽씨가 어려운 처지에 있는 것을 알고 있으면서 그냥 아무것도 아닌 것처럼 할 수는 없었다.

고민이다.

경자가 말 하였던 것처럼 수녀님보고 들어가 살라고 할 수도 없다는 말이 자꾸 머릿속을 맴돌며 지나간다.

상엽씨를 위해 내가 희생하면 되는 것 아닌가도 생각 하였다.

그렇게 며칠을 고민하였지만 별 뾰족한 해결책을 찾지 못하고 수도원으로 돌아왔다.

그리고 천주님 앞에서 며칠을 고민하며 마음속에 모든 것을 다 고백하였다.

며칠의 이러한 혹독한 기도가 하늘에 계시는 천주님과 통하였는지 그분께서 아가다 수녀에게 답을 주시었다.

서순영으로 다시 돌아가라고.

아가다는 이런 구원에 메시지를 천주님으로부터 받고 머뭇거림 없이 바로 원장수녀님에게 말씀 드렸다.

아가다 수녀에게 자세한 이야기를 들은 원장수녀님은 남을 구하는 것도 천주님의 뜻이라며 수도원을 떠나는 것을 허락하신다.

그리고 아가다의 행복하게 된 모습을 보고 싶다며 주님의 은총을 받아 기쁜 재회를 해서 함께 다시 찾아오겠다는 약속을 꼭 해달라고 하시어 그렇게 하겠노라 다짐하였다.

아가다는 2월 말까지 학기를 마치는 것으로 하고 수도원의 생활을 정리 하였다.

III

순영이 수도원 생활을 마감하고 자유로운 평상시 복장을 하고 집에 오자 부모님께서 딸이 어떤 상황에 처해있는지를 파악하지 못하고 좌불안석이 되었다.

그럴 수밖에 없는 것이 그토록 힘든 수도자 생활을 안타깝게 생각하여 딸에게 부단히도 그곳에서 나와 보편적인 삶을 살 수 있도록 종용하였으나 순영은 그것을 단호히 뿌리치고 고난의 길을 스스로 선택 하였었다.

그런 딸이 집에 올 수 있는 상황도 아닌데 갑자기 수도복을 벗고 홀연히 나타났으니 놀란 부모님은 또 무슨 일이 있는지 분위기 파악에 열중이시다.

가타부타 아무 일 없이 하루를 방에서만 보내더니 시간이 좀 지나도록 수도원에 돌아갈 생각을 하지 않자 순영이가 숨을 돌렸을 거라 판단한 어머니는 딸에게 어찌된 영문인지 물어보았다.

그런데 순영의 입에서 예상치 못한 대답을 들었다.

순영이가 수도자 생활을 마감하고 집으로 돌아온 것이라고 하니 어머니는 황당할 수밖에 없다.

어찌된 영문인지 파악이 안 되어 제대로 된 표현을 하지는 않았지만 어머니 마음속 한편으로는 딸이 아가다 수녀가 아닌 서순영으로 돌아온 것을 반가와 하기도 하였다.

어머니는 무슨 사유가 있어 수도원 생활을 그만 두었는지 궁금하였지만 딸의 표정이 밝아보였고 그리고 그녀에 입장도 있을 것이므로 순영이가 스스로 말해줄 수 있기를 눈치를 보며 기다렸는데 드디어 입을 열었다.

'천주님께서 서순영으로 살아가래'

'!!'

'천주님께서 그렇게 말씀하시었어. 원장 수녀님도 마찬가지고'

엉뚱한 말처럼 들렸지만 어머니는 호기심과 진심이 엉기면서 머리를 순영에게 가까이 밀착해 보이며 친근한 질문을 다시 던져 본다.

'왜 갑자기 그러셨는데'

'천주님께 나에 마음을 열심히 전하였거든'

'너에 마음이 무엇이었는데. 무었을 천주님에게 열심히 기도 했는데 너에게 그런 답을 주셨어?'

'내가 죗값을 치르겠다고 하였어.'

'무슨 죄를 또 지었는데?'

어머니는 딸의 입에서 내뱉는 죗값이라는 말에 놀라 반사적인 큰소리로 말 하였다.

아버지도 어머니의 큰 소리에 무슨 일이 또 생겼는지 궁금해 하며 두 모녀의 대화에 끼어들어 한마디 하신다.

'순영이가 무슨 잘못이라도 했어? 웬 큰소리가 다 나고'

'아니. 그런 것이 아니고'

'무슨 일 있어?'

'순영이가 수녀생활을 포기했데요.'

'정말이야?'

아버지도 딸이 수녀생활을 포기했다는 소리에 반가워하며 모녀가 대화하고 있던 식탁에 앉았다.

'그동안 무슨 일이 있었는데 네가 수도원을 나오게 된 거야. 어서 자세하게 말해봐'

어머니가 재차 딸을 추궁한다.

'무슨 일은. 상엽 오빠 때문에 그런 건데'

'또 상엽이냐?'

'!!'

'상엽군 하고는 다 끝난 일인데 왜 그 이야기가 아무렇지도 않게 네 입에서 나와. 전생에 두 사람이 무슨 풀지 못한 거라도 있는 것처럼'

'상엽 오빠 부인이 암으로 세상을 떠났데.'

'그랬어? 아이고 ~ 상엽군이 가여워서 우짜노. 아이들은 어떻게 하고'

'아이들을 혼자 키우느라 고생이 많은가봐. 방배동 어머니가 돌보고 있다고 하더라고'

'정말 안됐구나. 성실한 청년인데 결혼생활이 말이 아니었겠어'

'걱정이 돼'

'네가 좋아했던 사람이었으니 너에 걱정은 잘 알겠는데 네가 어떻게 하려고 수도원에 수녀생활을 포기하고 여기에 온 거야?'

'상엽 오빠 아이들을 내가 키워주려고.'

'뭐라고?'

'오빠가 불행하게 된 것이 다 나 때문이기도 하잖아. 그러니 내가 아이들이라도 돌봐 주어야지'

'아이고 ~ 열녀 나셨네. 그래서 그 집에 식모살이 하러 간다는 거야 아니면 재처로 들어가겠다는 거야. 네 생각이 무언데?'

'그냥 아이들만 봐 주는 거지'

'겨우 그렇게 하려고 수도원생활도 이렇게 쉽게 포기 한 거야?'

'포기가 아니라 천주님이 나의 길을 그렇게 인도한 거지'

'상엽에게도 이야기 하였고?'

'아니. 이것은 전적으로 나에 생각이야. 아직 상엽 오빠 가족 누구하고도 이야기한 것은 아냐'

'거절하면 어쩔 건데'

'설득해야지'

어머니는 딸의 생각이 하도 기가 막히고 엉뚱하여 더 이상 이야기 하고 싶지가 않았다. 그리고 속상하였다.

지금 와서 그럴 생각이라면 진작부터 그렇게 하여 사랑하는 사람과 행복한 결혼생활을 할 것이지 이제 와서 남에 남자가 된 그리고 남에 아이를 돌보겠다는 딸이 야속해 보였다.

아버지는 다른 어떤 생각을 하고 계신지 침묵만 지키신다.

순영은 자기가 생각하고 있는 것을 실천하기 위해 당장 상엽씨 부모님을 설득하는 일이 급선무 이었다.

어떤 식으로 설득할까를 궁리하여 보았으나 별 뾰족한 방법이 없어 일단 부딪쳐 보기로 마음먹고 방배동 상엽씨 부모님 댁에 찾아갔다.

마침 아이들과 부모님이 함께 있었다.

홀아비가 된 아들의 식사 문제며 아이들의 뒷바라지 때문에 상엽씨 세 가족이 임시로 방배동 부모님 댁에 거주하고 있었다.

상엽씨 부모님은 갑자기 방문한 순영을 보고 깜짝 놀라 어리둥절해 하셨으며 처음에는 어머니께서 냉정하게 행동하시더니 아버지의 만류로 분위기를 다시 잡으시며 집에 찾아온 이유를 물었다.

순영은 상엽씨를 떠나야했던 이유를 사실대로 말씀드리고 지금 아이들 키우는데 어려움이 있는 것을 듣고 오빠를 마음고생 시킨 그동안의 죗값을 치르기 위해 아이들을 대신 돌보고 싶다 말 하였다.

그제야 어머니는 마음을 푸시고 그런 사유가 있었던 것을 몹시 가슴 아파 하시며 순영이 손을 꼭 잡아 주었으며 아들 사랑이 지극하였던 순영의 마음을 모르고 그동안 원망하였던 것을 부끄러워 하셨다.

아들하고 이야기가 됐느냐고 하시기에 아직 만나보지 못했다 하였으며 설득하겠노라 대답하였다.

예지는 낯선 예쁘게 생긴 여자가 아빠 이야기를 하는 것을 이상하게 생각하며 순영을 경계한다.

순영은 내일부터 예지 예술이가 있는 방배동으로 오겠다고 말씀드리고 상엽씨는 오늘 만나서 설득하겠다고 하였다.

상엽은 순영이의 전화에 깜짝 놀라 퇴근하여 만날 것을 약속 하였다.

약속 장소에 나가니 수도복이 아닌 평상시의 옷을 입고 순영이가 기다리고 있었다.

평상복을 입은 순영의 모습에서 옛날의 순수하고 밝고 명랑했던 그때를 다시 보는 것 같은 느낌을 그대로 받을 수 있었으나 상엽은 본마음을 숨기고 퉁명스럽게 묻는다.

'아가다 수녀님께서 어떻게 나를 만나자고 전화를 다 하셨을까? 나에 대한 조금의 미련이라도 남아있는 건가?'

상엽 오빠의 말 속에는 아직도 커다란 가시가 돋아있어 한마디 던지는 이야기도 전투적이었다.

'이제는 수녀가 아니어요.'

'!!'

'그러니 어렵게 대하지 않아도 되요'

'천주님과 결혼했던 아가다 수녀는 어디로 가고 언제 서순영이 되었다고 그리 말씀을 다 하시나. 천주님과 이혼이라도 하셨나?'

'저를 비아냥거리고 비난해도 좋아요. 내 잘못이니까……'

'잘못한 것은 아는 모양이지? 어쩐 일로 나를 만나자고 전화를 하였지?'

'아이들 엄마가 잘못되었다는 소식을 경자에게 들었어요. 정말 안타까워요. 그리고 죄송해요'

'왜 순영이가 죄송한 건데?'

'다 나 때문에……'

'아니 예지 엄마 하고 순영이가 무슨 관련이 있어 그렇게 자아비판적인 말을 하고 있지? 왜 예지 엄마를 여기에 끌어드려'

'처음부터 나의 잘못으로 상엽씨가 결혼을 서둘러하여 그렇게 됐다고 말할 수도 있잖아요.'

'그러고 보니 맞는 말이기도 하네.'

'미안해요'

'예지 엄마가 서순영 때문에 신경을 쓰긴 많이 썼지.'

'!!'

'그 덕에 나는 예쁜 공주를 둘씩이나 갖게 되었으니 오히려 내가 고마운 일인데 죄송하고 미안할 일이 있나? 내가 오히려 고맙습니다! 하고 말하고 싶은데'

'죄송해요'

'서순영이 나를 만나자고한 이유가 있을 텐데 궁금하군. 그냥 내가 갑자기 보고 싶어져서 만나자고 한 것은 아닐 테고. 무슨 일인지 들어볼까?'

'죄 값을 치르고 싶어요.'

'죄 값을? 누구에게…… 나에게?'

'네. 상엽씨에게 요'

'왜?'

'그냥 요. 죄 값을 치르게요'

'죄 값이라…… 서순영이 나에게 잘못한 것이 있었나? 남자여자관계는 좋았다가 싫어질 수도 있는 것이고 싫어지면 얼마든지 떠날 수 있는 건데 무슨 잘못이 있다고 그러실까. 나에게 얼마나 잘못했는지를 보여주려는 모양인데 어찌하려고 그런 말을 하는지 궁금해지는데?'

'예지 예솔이를 내가 돌봐 주려고요'

'뭐라고? 내 아이를 돌본다고?'

'방배동 부모님이 아이들 돌보는 것이 연세가 있으셔서 힘들 거예요.' 내가 힘이 되고 싶어요.'

'그래서 나에 아이를 돌보겠다고? 무슨 염치로 그런 말을 하는 거지? 그런 말 할 처지가 된다고 생각해서 하는 말 이야?'

'다른 생각은 없어요. 오로지 죗값을 치르는 거예요'

'내가 서순영에게 죗값을 묻겠다고 말 했었나? 무슨 엉뚱한 말 같지도 않은 이야기를 하는 거야.'

'그래야만 내가 편해요'

'아~ 서순영 마음 편해보려고 그러셔. 그렇다면 됐습니다. 나는 이미 서순영을 잊은 지가 오래되어 기억에도 없습니다. 그러니 착각하지 마세요. 나 때문에 죄스러운 마음이 있었다면 천만에요.'

'마음대로 생각 하세요. 저는 아이들만 돌볼 테니까요'

'미안하지만 거절 하겠어. 회주와 나에 아이들이야. 내가 잘 키울 테니 천주님 부인께서는 남 걱정하지 마세요. 그리고 앞으로 내 앞에 나타나지 말아줘. 지난번에는 우연히 만났는데 모르는 척 했어야 했어. 내가 그러질 못한 것을 후회 많이 하였으니까. 내 자존심이 허락하지 않아'

'상엽씨 마음이 그렇더라도 저는 내 뜻대로 움직일 거예요'

'순영이 뜻?'

상엽은 천주님과 결혼하였다며 상엽에게 쓰라린 고통과 인내를 시험하게 하였으며 그리고 쓰디쓴 패배의 아픔을 안겨 준 배신자에게 딸을 돌보게 할 수 없다며 단호히 그녀에 청을 거부 하였다.

경자의 결혼식이 봄꽃들이 만개하고 있는 계절의 여왕이라 불리는 5월에 장충동에서 거행되었다.

신랑이 3살 많은 같은 의사로 상엽의 큰 누나 소개로 두 사람이 만나 결혼하게 되었는데 여자 나이로는 좀 늦은 감이 있으나 의사라는 직업이 학업을 마치고 인턴 레지던트과정을 거치려니 적령기를 맞춰 결혼하는 것이 쉽지가 않아 결혼시기를 놓치게 된 것이다.

오래간만에 친구들이 다 모여서 경자의 결혼을 축하해 주었다.

그리고 순영의 사회복귀에 대한 축하는 물론 그렇게 된 이유에 더 많은 관심을 가졌다.

그러나 순영은 친구들의 궁금증을 미소로만 답해 준다.

경자와 상엽이 이웃집에 살고 있어 방배동 온 가족이 결혼식에 참석하였으며 순영이를 만난 언니들이 그녀를 반갑게 맞아준다.

그러나 상엽은 순영과 눈을 마주치지 않으려 하였으며 의식적으로 멀리 떨어져 자리를 잡고 있다.

지영이와 친구들이 순영의 손을 잡고 상엽에게 다가가 인사하자 친구들에게는 반갑게 인사를 나누었지만 나에게는 냉소적인 표정을 지어 보인다.

많이 속상했지만 자업자득이라 생각하였고 그의 냉대에 구애받지 않고 상엽씨의 옆을 지키며 죗값을 치르겠다는 처음의 생각이 변함없음을 다시 한 번 굳게 가진다.

순영은 상엽의 반대에도 방배동으로 아침 일찍 올라가 예지 예솔이 돌보는 것을 도와주었다.

아들이 반대하는데 괜찮겠느냐며 상엽 어머니가 걱정하시었다.

순영은 상엽씨가 반대 하였지만 관계없이 이렇게 죗값을 치를 거라며 천주님도 그렇게 허락하셨다고 말씀 드린다.

상엽의 계속된 반대에도 순영은 개의치 않고 오히려 그를 무시하며 아이들 돌보는데 열심이자 이제는 그녀의 행동에 무관심을 보인다.

순영은 아침에 방배동으로 와서 예지 유치원 가는 일이며 예솔이 일을 도맡아 돌보았는데 부모님은 그간의 어려움에서 여유를 갖고 지낼 수가 있어 좋다고 하셨다.

예지는 처음에 경계하던 모습을 버리고 순영을 예쁜 이모라 하며 유치원에 함께 가는 것을 좋아 한다.

부모님도 숨 돌릴 시간을 가질 수 있고 예지도 잘 따라 주었지만 상엽은 순영에게 정을 주지 않고 밖으로만 나돌았다.

순영이 돌아가고 없을 시간에 맞춰 그는 집에 들어오곤 하였다.

순영은 상엽의 이런 행동을 이해하였고 그리고 사랑하는 사람의 아이를 돌보는 것이 행복했다.

이렇게라도 하니 그에 대한 죄책감을 조금이라도 떨쳐 버릴 수 있을 것 같아 마음이 편했다.

예지 엄마가 하늘나라로 간지 반년이 훌쩍 넘어서자 장인어른께서 아픈 마음을 다스렸는지 상엽에게 전화하여 만난다.

외손녀가 보고 싶었으나 친가에서 돌보고 있으므로 아이들 생각에 예쁜 옷을 사 가지고 오셨다.

아이들을 많이 보고 싶어 하셨다.

한참동안 아이들 커 가고 있는 이야기 부모님들 고생하는 이야기 사위 측은한 생각들을 말씀하시더니 하늘로 먼저 간 딸하고 약속하였던 일이라며 상엽에게 들려준다.

희주가 예지 예솔이를 잘 키워줄 수 있는 새엄마를 꼭 사위에게 챙겨주라고 하였단다.

그리고 희주도 알고 있는 사람이라고 하던데 그 사람이면 아이들을 잘 키워줄 거라고 하였단다.

되도록 빨리 그렇게 하라고 말씀하셨는데 부모에게 마지막으로 하는 딸의 부탁이니 우리는 전혀 서운한 감정 없으니 김 서방이 사람이 있다면 아이들을 위해서라도 재혼하라고 하신다.

상엽은 무슨 서운하신 말씀을 그렇게 하시냐며 거부하였고 그리고 예지 엄마의 그런 기특한 생각에 울음이 복받쳐 나와 울었다.

상엽은 며칠 동안을 예지 엄마 생각에 우울해져 있다.

8월 한 여름이 되어 상엽은 퇴근을 하고 순영이 돌아갔을 시간이 되어 집에 들어왔다.

그런데 늦은 시간인데도 순영은 집에 돌아가지 않고 아이들 목욕을 시키고 있었다.

상엽은 눈길도 주지 않고 방으로 들어가는데 어머니가 그 모습을 보고 민망했는지 방으로 따라 들어오셔서 순영에게 말 좀 걸어주라고 하신다.

어머니가 순영이를 일부러 잡아놓고 있었다.

두 사람 사이를 화해시키고 싶으셔서 그렇게 하였다.

그러나 상엽은 두 사람이 가까워질수 있도록 하려는 어머니의 그런 시도를 무시하고 밖으로 나가버린다.

어머니는 과거에 두 사람 사이에 있었던 마음 아팠던 일을 아직까지 기슴속에 품고 아들이 크게 실망하여 쉽사리 용서하려고 하지 않는다며 순영이도 이제 할 만큼 했으니 이렇게 하지 않아도 된다고 말씀 하셨다.

하지만 순영은 상엽씨의 냉담과 어머니 말씀에 개의치 않고 하던 데로 똑같은 일상을 방배동에서 보낸다.

예지 엄마가 하늘나라로 떠난 지 일 년이 되었다.

어머니는 며느리를 세상에서 떠나보내고 시간이 어느 정도 흐르자 아들이 평생을 홀아비로 지내게 할 수 없다는 조바심에 빠진다.

지금 아들 옆에 서로 좋아 떨어지지 못하였던 옛 연인이 그를 기다리고 있는데도 상엽은 그녀에게 미동도 하지 않는 것을 당사자인 순영보다도 더 안타까워하며 아쉬워한다.

아들의 과거에 상처가 너무 컸었구나 생각을 하였다.

그러나 순영의 그 당시 상황을 이해 해줄 수도 있지 않나 생각하였으나 아들은 그러하질 못하고 있으며 어머니는 상엽의 이런 속 좁아 보이는 행동이 밉게만 보였다.

그래서 어머니는 시간을 내어 아들과 깊은 대화를 시도하여 보았다.

그런데 아들이 순영이가 자기를 버리고 수녀가 된 사실만 알고 있지 왜 그렇게밖에 할 수 없었는지를 알지 못하고 있었다.

순영이가 자기가 악마에 손길을 탔던 그런 사실을 아들에게 차마 말할 수가 없었던 것 같았다.

어머니는 순영의 그 당시 상황을 아들에게 소상히 말해주자 비로소 그 사실을 알게 된 상엽은 할 말을 잊고 멍하니 천정만 쳐다본다.

잠시 뒤 정신 나간 사람 같았던 상엽이 자신을 추스르더니 대범하지 못한 자기행동을 마구 꾸짖는다.

상엽은 밤이 다소 늦은 시각이었지만 서초동 아파트에서 부모님과 살고 있는 순영이를 집 앞으로 불러내어 아무 말도 하지 않은 채 긴 포옹을 하고 그동안 옹졸한 자기행동이 미안했다며 사과 하였다.

순영은 갑자기 상엽씨가 행동이 바뀐 것을 이해하지 못하였지만 옛 연인이 다정스럽게 앉아주는 것에 감동하여 그만 울어 버린다.

다음날도 평소와 같이 방배동에서 예지 예솔이와 보내고 있는데 오후에 상엽씨가 어머니에게 전화하여 저녁시간에 맞춰 순영이를 약속장소에 나오도록 해 달라며 부탁하였다.

저녁 시간에 맞추어 순영이 그곳으로 나가자 그럴싸한 레스토랑에서 상엽씨가 기다리고 있다.

그리고 그녀를 옛날의 그 환한 미소로 반겨 준다.

순영은 상엽의 그런 모습을 보고 마음이 한결 편하여 졌다.

'나에 천사님 얼굴이 영 말이 아니네'

'내가 천사……'

'아이들 보모가 되가지고 제대로 꾸미지도 못하고 말이야. 아이들 돌보느라고 힘들었지?'

상엽은 얼떨결에 옛날에 순영을 불렀던 천사라는 말이 자연스럽게 입에서 튀어 나왔고 순영은 그 말이 새삼스럽게 들려 혼돈스럽기까지 하였다.

'예지가 나를 잘 따라 주어 힘들지 않아요. 아이들하고 함께 있는 게 재미있고'

'지금까지 내 생각만 하고 너무 못되게 행동해서 미안해'

'아니어요.'

'내가 순영이에게 너무 속 좁고 옹졸했어.'

'모두가 내 잘못 인걸 요. 그게……'

그렇게 과거의 '잘못을 순영이가 이야기 하려는데 상엽이가 중간에서 말을 가로막는다.

'지금부터 우리 사이에 누가 잘하고 누가 잘못한 것은 없어. 그러니 우리의 슬픈 과거사는 잊어버리고 행복했던 시절만을 기억하자고'

'내가 상엽 오빠에게 말하지 못한……'

'순영아! 사람들에게는 말하고 싶지 않은 과거가 하나씩은 있어. 나도 마찬가지야. 그러니 묻어 둘 건 묻어 버려. 앞으로는 그런 이야기 하지도 말고 더 이상 가슴속에 남겨두지도 마. 다 끝난 일이야'

'고마워. 오빠가 그렇게 이야기하니 내가 이제야 오빠에게 갖고 있던 마음에 짐을 내려놓을 수 있을 것 같아. 정말 고마워 오빠! 내 말이 옛날처럼 갑자기 짧아지는걸.'

'그런데 오빠가 뭐야?'

'옛날이 그리워 가지고 그런가 봐. 당분간은 오빠라고 할래. 그것이 편해'

'내가 아이가 둘이나 딸린 아저씨인데 옛날처럼 되겠어? 그러나 나에 천사님이 편할 데로 하세요.'

'그런 말 들어본지 정말 오래간만이야. 천사님이라는 그 말'

'나도 모르게 옛날에 불러주었던 말이 습관적으로 나오네. 이제부터 순영이를 나의 족쇄에서 풀어 줄 거야. 그러니 나에게 얽매이지 말고 순영이가 하고 싶은 대로 해'

'그게 무슨 말이야?'

'좋은 사람 만나서 결혼도 하라고. 아직 안 늦었으니까'

'겨우 그 말 하려고 나를 만나자고 밖으로 불러낸 거야? 그래서 나에게 친절해진거야?'

'그런 것은 아니야'

'그럼 왜 그런 말을 나에게 하는데'

'나는 이미 아이가 둘 딸린 기혼자이잖아. 그런 내가 어떻게 순영이를 옛날처럼 나에 연인으로 잡아둘 수 있겠어.'

'그것이 어쨌는데?'

'순영이 미래를 내가 가로막고 싶지 않아'

'오빠! 내가 왜 수녀생활을 그만 두었는지 알아? 다 상엽오빠하고 예지 예솔이 때문이었어. 그런 내가 오빠 곁을 떠나면 아무 의미가 없는 거지. 평생을 남은 인생 오빠와 아이들에게 봉사하며 살겠다고 다짐 하였으니 지금부터 나에게 그런 말 절대 하지 마!'

'어떻게 내가……'

'어떻게 라니. 그것은 나에 도리 이고 오빠에 대한 내 사랑이야'

'내가 순영이를 사랑하는 것은 변함이 없지만 나에 천사 순영이가 가엾어서 그러지. 아이 둘 딸린 홀아비가 어떻게……'

'이것이 내 운명이구나 하고 받아들이고 있으니 걱정하지 마세요. 그리고 예지 예솔이 보살피는 것도 내 책임이고'

'순영이 마음은 아직도 변함없는 천사구나. 나에 천사……'

상엽은 순영의 두 손을 꼭 잡아주었다.

순영은 옛날로 다시 돌아온 상엽씨가 정말 고맙고 감사했다.

상엽은 악마에게 난도질당했던 끔찍했던 과거가 순영의 현실에서 다시 살아나지 않도록 그리고 그것이 그녀의 흠이 되지 않도록 배려하였다.

순영의 하루는 즐거움으로 넘쳐났다.

방배동에서의 일상이 행복했으며 상엽씨 부모님은 순영이를 며느리 대하듯 편안하게 해주었고 예지도 한 달 후면 초등학교에 입학하게 돼 준비물 준비에 분주했다.

예솔이도 무럭무럭 잘 자라서 말도 제법 잘하며 뛰어다니는 것을 좋아하였으며 잘못 다칠까 봐 가족들을 긴장시키고 있다.

상엽씨가 오늘 저녁 퇴근하고 함께 갈 곳이 있으니 퇴근시간에 맞춰 사무실 근처로 나오라고 전화하여 그렇게 하였다.

두 사람은 사무실 근처 냉면집에서 저녁을 간단히 먹고 제과점에서 생과자를 충분히 사가지고 택시를 탔다.

순영이 어디를 가느냐고 상엽에게 물어 보았지만 그냥 따라오라고만 하고 말해주지 않는다.

대치동 아파트 앞에서 택시를 내린 뒤 7층으로 올라가 초인종을 누른다.

나이 드신 두 부부가 김 서방 왔느냐며 반갑게 맞아준다.

상엽씨가 예지 외가댁에 순영이를 데리고 간 것이다.

순영이를 인사시켜 드리니 우리 희주가 이야기 하였던 그 색시냐며 두 분이 반갑게 대해 주셨다.

그리고 외손녀딸에게 잘해주어 고맙다고도 하였다.

상엽은 예지가 3월에 초등학교 입학을 하여 엄마 없는 아이 만들고 싶지 않다며 그전에 순영이와 혼인을 해야겠다고 말씀드리니 두 분은 흔쾌히 허락하시고 희주의 빈자리를 잘 메꾸어 달라며 격려해 주신다.

대치동 아파트에서 나와 상엽씨에게 당황스런 오늘 상황을 이야기 하려하자 막무가내로 순영의 손을 잡더니 다시 택시를 타고 서초동 아파트로 가서 순영의 부모님을 만난다.

'아버님 어머님! 그동안 순영에게 못되게 행동하여 죄송합니다.'

'무슨 이야기를 그렇게 해. 자업자득인 것을. 이제라도 두 사람이 옛날로 돌아갔다니 너무 고맙기만 한걸.'

'앞으로 순영이를 마음고생 시키지 않겠습니다.'

'고맙네. 상엽군!'

'순영이와 이번 달에 혼인을 하고 싶습니다. 제 처지에 이렇게 말하는 것이 무례라는 것을 알고 있지만은 남은 인생 순영이와 아름답게 살고 싶습니다. 허락해 주십시오.'

'우리는 이미 순영이가 자네 집 귀신으로 살고 있다고 알고 있는데 허락은 무슨 허락. 당연한 것을 가지고'

'감사합니다.'

순영이 부모님에게도 허락을 받았으니 내일은 방배동 부모님에게 정식으로 말씀드리면 되었다.

아파트 놀이터 그네에 두 사람이 앉아 일사천리로 두 사람의 혼인문제를 진행시키는 상엽에게 순영이가 항의 한다.

'나에게 한마디 상의도 없이 그렇게 막무가내로 해도 돼?'

'예지에게 이모가 아닌 엄마로 빨리 인정받게 해 주어야지. 그리고 엄마 아버지에게도 정식 며느리로 자리 잡도록 해야 하고'

'나에게 귀띔을 해 주어야지. 내가 당황했잖아'

'서초동 부모님은 이미 우리 집 며느리로 알고 있는걸 뭐. 오히려 늦었지'

'그래도……'

'엄마가 되는 것이 싫은 모양인데?'

'벌써부터 상엽씨 안 사람이라고 친구들은 다 그렇게 알고 그렇게 부르고 있습니다.'

'하하하. 그랬어?'

'그런데 예지가 이모라고 부르다 갑자기 엄마라고 하면 이상하게 생각하지 않을까? 혼란스러워 할 텐데 그게 걱정이야'

'이해를 시켜야지'

'아무튼 상엽오빠! 아니 상엽씨 고마워'

'무슨 소리야 내가 오히려 고맙지. 진작 서둘러서 나에 천사님이 마음고생 하지 않도록 했어야 했는데 그러지를 못해서 내가 미안한걸.'

'히히히. 우리 서로 미안하고 고맙다는 말 하지 않기!'

'그럴까?'

'사랑하는 사람끼리는 미안하고 고맙다는 말 하는 것 아니에요. 잘 알고 있지요?'

'하하하. 옛날 생각이 나네요. 러브 스토리 영화 보던 날……'

다음날 두 사람은 상엽 부모님의 허락도 받았다.

부모님은 진작 그렇게 했어야 하는 것인데 늦었다며 순영에게 미안하고 고맙다고 하였다.

상엽과 순영은 두 사람의 결혼을 자그마한 성당에서 조그만 결혼식이 되도록 양가 친척과 친한 친구만 초대하여 치룰 수 있도록 계획을 잡는다.

IV

상엽과 순영 두 사람은 8년의 아름다웠던 연애와 8년의 진한 고통을 거치면서 비로소 부부의 결실을 맺게 되었다.

순영이 여중학교 3학년 그리고 상엽이 고 2학년 비 오던 날 처음 만나 8년의 남이 부러워 할 정도로 솜사탕 같은 연애기간을 맛보았으며 그들의 그토록 달콤한 사랑을 시기하던 세상 것들이 두 사람을 시험에 빠지게 하였는데 그로인해 갈등을 겪게 된 그 시간이 다시 8년이 되었으니 두 연인의 인연도 대단한 것이었다고 하겠다.

그런 그들의 특별한 인연을 가족들과 친구들은 두 사람의 어쩔 수 없는 운명이라고 인정하였다.

특히 순영이 부모님은 그동안 딸로 인한 심한 마음고생을 하였었는데 8년의 고통 뒤에 큰 기쁨이 왔다며 남들보다 더욱 두 사람의 결혼을 기뻐하였다.

비록 딸의 사랑하였던 사람이 재혼자이며 아이를 둘이나 가진 사위 이었으나 아가다 수녀로 평생을 사는 것보다는 그것이 훨씬 낳았으며 두 사람이 재회하여 짝이 된 것을 운명으로 받아들이고 우여곡절 끝에 맺어진 그들의 결혼이 행복해지기를 빌어주었다.

상엽과 순영은 이제 정식 부부가 되어 그간 주변으로부터 이상한 눈길을 받는 것으로 부터도 해방 되어 마음이 그렇게 편할 수가 없다.

진작 이렇게 했어야 되는 것을 상엽은 미안하게 생각하였다.

순영이 중학생시절 상엽을 처음 만나 8년을 남들이 하지 못하고 갖지 못한 숱한 추억들을 만들어 내며 오로지 오빠만이 세상에 있는 단 하나의 남자로 생각하며 그렇게 섬겼었다.

상엽도 순영이를 나에 천사님이라며 고이고이 그녀를 보살피며 간직하듯 그리고 그녀의 청순함을 지켜주기 위하여 숱한 밤을 함께 보냈지만 결혼까지의 순결을 지켜주었었다.

그렇게 두 사람이 함께 가꾸어온 그들의 아름다운 공간에 지옥의 악마가 나타나 그들 사이에 끼어들어 서로를 애지중지하고 만나지 못하면 죽고 살지 못하는 관계를 깨 버리고 말았었다.

악마의 훼방으로 그들의 사이가 살얼음판을 걷는 두 못난 피에로가 되어 각자의 서로 다른 길을 선택할 수밖에 없었으나 보이지 않는 사랑에 힘이 너무 커 두 사람이 다시 하나가 되는 것을 천주님도 허락하신 것이다.

비록 나에 연인인 그가 지켜주었던 나의 순결이 수정같이 곱지 못하고 흠이 나 있었으나 나에 연인 나에 상엽씨는 그보다 더 빛나고 맑은 보석처럼 나를 보듬어 주었다.

내가 두 아이를 가진 홀아비로 미래를 행복하게 만들 수 있을지를 장담할 수 없는데 나에 천사 순영이는 그것이 아무 걸림돌이 되지 않고 기꺼이 아이들의 엄마 그리고 나에 동반자 되어주었다.

파랑새 집

I

두 사람이 부부로 거듭 나면서 이상한 기류가 생겨났다.

그동안 예쁜 이모라며 그렇게 순영이를 잘 따르던 예지가 엇박자를 내며 행동에 변화가 생긴 것이다.

예지 엄마가 하늘나라에서 살고 있는데 갑자기 이모를 엄마로 부르라고 하니 그것을 받아드리지 못하고 어린 아이가 혼돈 속에 빠져버린 것이다.

아빠인 상엽이 순영과 부부가 되어 얼마 전까지 예쁜 이모에게 보여주지 않았던 사랑에 스킨십과 정감어린 말 한마디 한마디에 예지는 거부감을 느끼고 있다.

아빠를 순영에게 빼앗겼다는 어린아이의 질투심이 작동하고 있는 것이다.

예지는 자꾸 삐뚤어진 쪽으로 가려고 했다.

예지 초등학교 입학식 날 할머니와 가겠다는 것을 잘 달래어 순영이가 학교에 함께 갔는데 유치원에 다닐 적에 손을 꼭 잡고 가 던 그랬던 아이가 멀찌감치 앞서 떨어져서 가는 것이 마음이 아팠다.

예솔이는 순영이를 친 엄마로 생각하고 결혼 전에도 그랬지만 엄마 엄마하며 잘 따라 주었다.

예솔이는 너무 일찍 친 엄마가 하늘나라로 떠나가 버려 그녀에 사랑을 받지 못하고 커 어머니에 정을 잘 모르고 있었으며 단지 순영이를 친모로 착각하며 크고 있는지도 모르겠다.

예솔이도 성장하여 사리판단을 할 그런 나이가되면 큰 아이와 마찬가지가 될지를 걱정도 해 보지만 아직까지 두 사람의 결혼 생활은 예지의 문제를 빼고는 행복한 한 쌍의 잉꼬부부라 할 수 있었다.

상엽도 직장에서 인정을 받고 승진도 다른 동기들보다 빨랐으며 미래의 장관님이라고 직장 내 동료들은 그를 그렇게 부르기도 하였다.

순영은 다시 찾아온 그들의 행복을 예지가 훼방꾼이 되어 가정의 불화가 되지 않도록 노심초사 하며 친 엄마 이상으로 아이들을 정성으로 보살피는데 온 힘을 기울여 본다.

본인을 희생하여서라도 화목한 가정을 만들어 가는 것이 그녀가 다짐하였던 사랑하는 사람 상엽씨에게 그의 죄를 조금이나마 값을 수 있는 거라고 순영은 생각하였다.

상엽과 순영이 결혼하고 예지와 예솔이 네 식구가 금호동 아파트에서 새로운 신혼살림을 꾸렸다.

두 명의 아이들이 딸린 신혼살림은 둘만이 가질 수 있는 풋풋한 싱그러움이 덜 할 수도 있겠으나 아이들하고 그들의 세계에 들어가 어린 동심을 훔쳐보는 것도 새로운 활력소를 찾게 해 주는 에너지가 되었으며 때로는 예지 예솔이와 아웅다웅 기 싸움을 하며 그들을 이기는 방법을 찾아내는 것도 순영의 일이었다.

특히 초보 신부인 순영의 새로운 도전은 노련한 주부가 해야 할 몫까지 다 소화를 해야 해서 힘이 들었으나 네 가족의 중심에 서서 흐트러짐 없이 가족의 화목을 위해 힘쓰는 신참 주부의 발걸음은 거침이 없다.

아침 일찍 일어나 서로 다른 종류의 네 식구 아침을 준비하고 상엽씨 출근 준비며 예지 학교 등교 준비며 예솔이 유치원도에 바래다주어야 하는 일도 척척 해내었다.

아침 일찍부터 전쟁을 치르고 난 후 오전에는 빨래하고 집 청소하며 아이들 간식을 준비하고 예솔이 데리러 유치원에 다시 가고 그리고 아이들 점심도 챙겨야 했다.

오후에는 예지 예습 복습도 도와야 했고 예솔이 학습도 돌봐야 했다.

함께 놀아주기도 해야 했고 저녁도 준비해야했다.

가끔씩 예지 학교에도 찾아가 학교생활에 잘 적응하고 있는지 관찰도 하고 학부모 면담에 참석도 해야 했다.

상엽씨가 퇴근하여 집에 머물 때는 말 상대도 해 주어야 했고 아이들 잠자리도 챙겨야 했다.

이렇듯 초보 주부의 강행군은 매일 일상의 반복적인 생활같이 똑 같았다.

숨 쉴 시간이 없었다.

가냘픈 그녀의 몸에서 이런 초 인력을 발휘하며 가정을 이끌고 있다는 것이 그녀 스스로도 이해가 되지 않는다.

그러나 순영은 이러한 힘든 주부의 역할을 즐겁게 해내고 있다.

가까이 있는 우리의 행복을 남편과 아이들이 함께 만들 수 있도록 그녀의 헌신적 노력이 빛을 보고 있다.

순영은 어쩌면 이런 행복을 벨기에 작가인 모리스 마테를링크가 쓴 파랑새에서 틸틸과 미틸 남매의 행복 찾기 여행에 예지 예솔이 자매가 그들이 되어 우리의 행복이 여기에 있음을 깨닫게 되길 기대하고 있는 것 같았다.

상엽은 초보 주부의 벅찬 가정살림을 알고부터는 그녀를 돕고자 퇴근하면 곧바로 집으로 돌아와 아이들 공부를 지도하고 저녁 설거지를 거의 도맡다시피 하였고 하루 일과가 끝나는 늦은 밤에는 순영의 하루를 위로하며 고통을 달래준다.

상엽의 하루를 마감하는 달콤한 위로의 한마디는 고된 일상의 틀에서 초보 주부인 순영의 엉클어진 시간을 해방시켜주는 행복한 감미료가 되어 주었다.

행복한 신혼을 꿈꾸며 가정의 화목을 지키기 위한 순영의 노력에 예지의 뜻하지 않은 일탈은 어쩌면 가족의 불화에 씨앗이 될 수도 있다.

결혼 전 예쁜 이모라며 순영을 그렇게 잘 따르던 예지가 갑자기 엄마가 되어버린 현실을 받아들이지 못하고 우리 집의 반항아로 성장해 가려는 모습을 보이는 네 식구의 폭탄이 되고 있었다.

담임선생님이 전화하여 학부모 소집 일에 예지 부모님만 참석하지 않은 사실을 전달받고 급히 학교에 가 선생님과 상담하며 순영 자신이 깜박하고 소집일자를 착각 하였다고 둘러대었다.

돌아오는 길에 예솔이를 유치원에서 데리고 집에 오니 예지가 먼저 집에 와 있다.

먼저 아이들에게 간식을 건네고 그리고 급히 점심을 준비하여 먹인 뒤 예지와 이야기 한다.

'예지가 엄마에게 깜박 잃어버리고 선생님 말씀 전하지 않은 것 없어?'

예지는 보고 있는 책장을 넘기며 건성으로 고개를 가로저어 보이며 없다는 표시를 한다.

'그래도 잃어버린 것이 없는지 다시 생각해보지. 우리 공주님!'

'없단 말이야'

'오늘 엄마가 예지 담임선생님 만났는걸.'

'……'

'엄마에게 선생님 말씀 전하지 않은 것을 예지가 깜박 잃어버렸나 봐. 선생님이 엄마에게 전화하여 알게 되었지. 예지가 깜박 잃어버리고 엄마에게 말 안한 거지?'

'아냐'

'아니야? 알고 있었는데도 그랬어? 그러면 엄마에게 왜 이야기 하지 않았지?'

'우리 엄마는 하늘나라에 있단 말이야'

'그랬구나. 하늘나라에 있는 엄마 때문에 그랬구나. 예지가 하늘나라에 있는 엄마 생각을 다 하고 기특하기도 하지'

'피!'

'그런데 하늘나라에 있는 엄마가 나보고 예지 예술이 엄마가 되어 달라고 부탁하였는데 어떡하지?'

'아냐. 그냥 이모야!'

'예지는 이모라고 부르는 게 더 좋아?'

'이모 때문에 엄마 아빠가 싸웠어. 그래서 엄마가 하늘나라로 간 거야'

'예지야! 그게 무슨 소리야?'

'이모! 나빠!'

순영은 예지의 뜻밖의 말을 듣고 한참을 생각 하였다.

그리고 그 사실을 어떻게 받아들이고 감당해야 할지를 고민했다.

어린 예지의 입에서 순영이를 상엽과 희주의 갈등을 겪게 하였던 당사자로 생각하고 있다는 말을 한 것은 앞으로 예지가 더 커서 그것을 현실로 받아들이게 되면 큰 불화를 자초할 수 있는 중대한 사건이 될 수 있었기 때문이다.

순영은 곰곰이 생각해본 후 이 문제는 상엽과 함께 풀어야 할 것 같아 그렇게 마음을 먹고 에지와의 대화를 더 이상 하지 않고 아이들의 오후 공부와 놀이에만 집중하였다.

저녁을 다 먹고 늦은 시간에 아이들을 잠자리에 들게 한 뒤 순영은 상엽에게 확인해 보았다.

'상엽씨! 희주씨와 나 때문에 싸운 적 있어?'

'갑자기 그게 무슨 소리야?'

'예지 때문에'

'예지하고 무슨 일 있었어?'

'오늘 담임선생이 전화하여 학교에 갔는데 예지가 나에게 선생님 말씀을 전달하지 않았더라고'

'그랬어? 아직 예지가 우리 사이를 인정하지 못해서 그런가 보지'

'그런 것도 있었겠지만 오늘 예지가 충격적인 말을 하는 거야. 어린 아이 입에서 말이야'

'무슨 말인데 그래?'

'나 때문에 엄마 아빠가 싸워서 엄마가 하늘나라로 갔데.'

'그래? 예지가 그 생각을……'

'무슨 일이 있었어?'

'당신을 병원에서 우연히 만나던 날 우리가 만났던 것을 예지 엄마가 어떻게 알았는지 알고 있더라고. 그것 때문에 그날 밤에 다퉜거든.'

'그랬어?'

'그때 우리가 다투는 것을 예지가 목격 한 거야'

'그런 이유가 있었구나.'

'예지가 그걸 기억하리라고는 전혀 예상하지 못했네. 어릴 때 일이라 다 잊어버렸다고 생각했는데'

'상엽씨! 이 문제는 우리 가족에게 아주 중대한 일이야. 그냥 넘어갈 일이 아닌 것 같아'

'그렇지'

'예지가 자꾸 엄마 죽음을 우리와 결부 시키면 나중에 큰 불화가 생겨날 수 있어. 그러니 이 문제를 어떤 방법을 써서라도 매듭지어야 돼'

'어떻게 하지?'

'사실대로 이야기 하면 어떨까'

'어린 아이가 사실을 말 한다 하더라도 그런 이야기를 이해할 수 있을까? 쉽지가 않을 텐데'

'사실을 알려주고 그 속에서 방법을 찾아야지. 나중에 예지가 성장하여 우리가 거짓을 했다고 그렇게 알게 되면 더 큰 갈등에 소지가 될 수도 있을 테니까.'

'맞는 말이야. 그럴 수 있겠어. 그러면 방법이 없네. 내가 잘 알아듣도록 예지하고 이야기 해 보는 수밖에'

'잘 해야 돼'

두 사람은 이 문제를 아무렇지도 않은 어린아이의 기억으로 받아들이지 않고 예지가 오해가 없도록 먼저 상엽이가 나서서 이해시키도록 하였다.

며칠 후 상엽은 계획된 우연한 기회를 만들어 예지가 좋아하는 피자집에서 피자를 맛있게 먹으며 이야기 한다.

'예지는 하늘나라에 있는 엄마가 보고 싶지?'

'응'

'엄마는 우리가 살고 있는 여기에는 다시 올수가 없고 예지를 하늘에서 잘 있는지 지켜보고 있을 거야'

'나도 알아'

'예지가 지금 새엄마하고 사는 것은 싫어?'

'……'

'예지가 말을 안 하는걸 보니 싫은 모양이구나. 그래서 지금 엄마와 학교에 함께 가는 것도 좋아하지 않고'

'엄마 말고 이모가 좋단 말이야'

'지금 새엄마는 하늘나라 엄마가 보내준 거야. 이모를 엄마 하도록 하늘나라에서 보내 주신거야'

'아빠는 거짓말쟁이야. 이모 때문에 엄마하고 싸웠잖아. 그래서 엄마가 아픈 거고'

'그것 때문에 예지가 지금 엄마를 좋아하지 않는구나. 그런데 예지가 잘못 알고 있는 거야. 그때는 엄마가 지금 엄마를 잘 몰랐었거든'

'거짓말 이야'

'엄마가 아프고 난 다음에 지금 엄마를 아빠가 우연히 만나게 된 것을 알게 되었거든. 그리고 엄마가 외할아버지와 아빠에게 부탁도 하였었어.'

'무언데?'

'이모가 예지 예솔이 엄마 되게 해 달라고'

'정말?'

'그럼. 예지 예솔이 새 엄마가 되어달라고 부탁하고 하늘나라 엄마가 너희들 곁을 안심하고 떠난 거야.'

하늘나라에 있는 예지 엄마가 부탁하여 친엄마같이 너희들을 돌봐 주도록 부탁하였으니 지금 엄마를 친엄마로 생각하면 된다고 말 하였다.

그리고 옛날에 엄마 아빠가 싸운 것은 하늘나라에 있는 엄마가 지금 엄마를 싫어해서 싸운 것이 아니라고도 말해 주었다.

예지를 잘 타일러 지금 엄마를 친엄마같이 대하겠다는 약속도 받아냈다.

그렇게 해서 예지의 문제가 일단락되는 것으로 믿고 있었으나 기억 속에 잠재 돼 있는 나쁜 기억을 쉽게 지울 수는 없을 것이다.

그래서 그런지 어린이의 행동이 항상 잘 할 수는 없는 것이라 잘못된 것을 타이를 적에는 예지의 입에서 반사적으로 우리 엄마 아니라는 저항을 내 보이곤 하였다.

상엽은 예지의 그런 고집을 꺾을 수 있는 방법을 찾지 못하고 고민하던 중 예지 외할아버지에게 그런 고충을 털어 놓는다.

가을 곡식이 무르익을 무렵 추석이 찾아와 아이들에게 고운 옷도 사주고 방배동과 서초동도 방문하여 추석 차례도 지내고 대치동 예지 외할아버지 댁에도 방문하여 두 분의 쓸쓸한 명절을 달래 주었다.

대치동 두 분은 외손녀인 아이들을 무척 예뻐하였으며 특히 예지가 외할아버지를 잘 따랐다.

예지와 외할아버지 둘만의 대화가 이루어지도록 다른 가족들은 거실에 앉아 딴 청을 피우고 있고 두 사람은 방에서 퍼줄 맞추기를 하고 있다.

'예지가 퍼줄 맞추기 대장이 되었구나.'

'집에서도 내가 일등해요'

'누가 가르쳐 줬어?'

'응. 엄마…… 새엄마가'

'엄마가 예지를 퍼즐 맞추기 대장으로 만들어 주었구나. 좋은 엄마가 있어서 예지는 좋겠구나.'

'다른 것도 잘 해요'

'그래? 다른 것도 엄마가 잘 가르쳐 주는구나. 그런데 그렇게 예지를 잘 가르쳐주는데 왜 새엄마라고 해. 그냥 엄마라고 하면 되지'

'우리 진짜 엄마는 하늘나라에 있잖아'

'그래서 그런 거야? 착하기도 하지. 그런데 하늘나라에 있는 엄마가 외할아버지에게 지금 엄마가 예지 예솔이 친 엄마가 되 주도록 부탁했었어. 그러니 지금 엄마가 친엄마 인거야'

'그래도 우리 친엄마 아냐'

'예지가 그렇게 말하면 하늘나라에 있는 엄마가 상당히 슬퍼 할 텐데'

'왜 슬퍼하는데'

'지금 엄마가 예지에게 친엄마처럼 해줄 수가 없잖아'

'우리 엄마 우는 것은 싫어'

'그러면 예지가 지금 엄마에게 잘 해야 돼.'

'……'

'그래야 하늘나라에서 엄마도 좋아하지'

'알았어요. 잘 할게'

'약속 하는 거지'

'응. 약속'

두 사람은 손도장을 찍으며 약속 하였다.

예솔이가 예능방면에 뛰어난 재주를 보이고 있다.

특히 현악기를 다루는 솜씨가 예사롭지 않았다.

순영은 예솔이의 재주를 살펴보고 그녀가 좋아하는 방향으로 지원해 주기로 마음먹고 그것을 상엽 씨와 상의하였다.

예솔이가 아직 어리기 때문에 체격에 어울리지 않는 첼로보다 우선 바이올린을 만지며 크도록 악기도 구입해 주었다.

예솔이의 바이올린 다루는 솜씨는 시간이 흐를수록 대단한 발전을 더해가고 있다.

하늘나라에 있는 아이들 엄마의 기일에는 예솔이의 뛰어난 바이올린 솜씨도 보여주었으며 예지도 공부를 잘하고 말도 잘 듣는 우리 딸들이 훌륭하게 커 주어서 하늘나라에 계신 엄마가 기뻐할 거라며 두 딸을 순영이가 칭찬해주는 것도 하나에 일과였다.

예지는 공부하는 머리가 엄마 아빠 머리를 닮았는지 시험에서 전 과목 올 백점을 받는 것이 다반사 이었다.

담임선생님으로부터 칭찬을 자주 받았으며 장차 우리 학교의 기둥이 될 거라며 집에서 가정교육을 잘 받아 모범 어린이로 쑥쑥 자라고 있다면서 부러움을 보내주기도 하였다.

예지가 이렇게 집에서도 모범 어린이로 잘 자라만 준다면 우리 가정은 남부러울 것이 없을 것 같았다.

상엽씨도 직장에서 신뢰를 받고 중요한 부서에서 주로 근무하며 미래를 대비 하였으며 만점 가장으로의 역할도 잘 해주고 있어 남부러울 것이 없었다.

순영도 사랑하는 사람과 결혼하여 처음부터 두 아이의 엄마가 되는 힘든 주부의 고된 일도 인내하고 잘 이겨내며 가족의 행복을 위한 서포터로 맹활약을 하고 있다.

II

순영의 이종사촌 동생인 민선이가 결혼하였다.

순영과 결혼하기 전에는 오빠로 통했었는데 호칭이 형부로 바뀐 지 얼마 안 되어 서둘러 결혼하게 된 것이다.

이모님의 몸 상태가 좋지 않아 빨리 결혼을 서두른 것이다.

힘이 남아있을 때 딸의 결혼식을 보고 싶다고 하여 그렇게 결정한 것이다.

민선이는 상엽과 순영의 사이가 힘들었던 시기에 중간에서 양쪽의 근황을 전달해주며 두 사람이 알게 모르게 인연의 끈을 놓지 않도록 매개체 역할을 잘 해주었었다.

상엽은 민선의 그런 노력을 잘 알고 있어 결혼 예물로 섭섭지 않은 선물도 하였다.

민선의 결혼식이 있은 지 한 달 뒤 이모님이 돌아가셨는데 딸의 결혼식을 마지막으로 보시고 생명줄을 놓으신 것이다.

암 투병으로 말년을 고생을 많이 하시고 고통을 앉고 돌아가시어 마음이 아팠다.

순영이가 대학생활을 이모님 댁에서 숙식하며 지내왔기 때문에 정이 많이 들었으며 조카 딸의 행방불명이 본인이 잘못하여 그렇게 된 것처럼 마음아파 하시며 다방면으로 수소문도 하면서 마음고생을 많이 하였었다.

상엽과 순영은 3일 내내 상갓집을 지키며 친부모님처럼 문상객을 받기도 하였다.

공무원 봉급으로는 네 식구가 생활하는데 여유가 없다.

예솔이의 바이올린 개인교습 비용과 예지의 학원비용이 만만치 않아 살림살이를 알뜰히 해서 살아 보았지만 남들이 누리는 문화생활하고는 담을 쌓아야했다.

아이들이 한참 클 나이 이기 때문에 영양공급도 충분히 해줘야 했으며 군것질과 옷 입히는 것도 다른 아이들에게 뒤떨어지지 않게끔 챙겨 주어야 한다.

상엽씨 직장생활 하는데 남세스럽지 않게 양복이며 셔츠 넥타이에도 정성을 들여야 했고 점심식사도 직원들과 어울려 함께 할 수 있도록 용돈 챙기는 것도 신경 써야 했다.

그러다 보니 남편의 봉급만으로 저축할 수 있는 길을 찾을 수가 없다.

물론 순영의 개인 취미생활은 허락될 수가 없었으며 외모를 가꿀 처지도 되지 못하였다.

이렇게 해서는 우리 네 식구가 빈민생활을 면치 못할 것으로 생각한 순영은 가사에 보탬이 될 수 있는 방법을 찾아 상엽과 의논 한다.

순영은 학교 영어 선생으로의 복귀도 생각해 보았으나 하루 종일 집안을 비우고 있어야 하는 부담으로 상엽이 반대하였다.

부모님께서 아이들을 돌보는 것도 하나의 방법이려니 했으나 계모와 아이들과의 사이를 염두에 두고 예지 예솔이와 가깝게 지내는 것도 중요하다고 생각하여 자유롭게 근무할 수 있는 프리랜서로 일할 수 있는 방법을 찾아보았다.

전공을 살려서 할 수 있는 직업으로 동시 통역사가 괜찮을 것 같아 그쪽을 공부하기로 결정하고 준비를 하였다.

그리고 88올림픽의 VIP전문 통역 요원으로 선발되어 가계에 약간의 도움이 될 것도 같았다.

순영은 아이들 돌보랴 공부하랴 올림픽 준비요원 교육에도 참석하랴 바빴지만 틈틈이 양가 부모님과 예지 외할아버지 댁에서 시간적 도움을 주어 계획한대로 잘 추진하였다.

순영이의 몸은 하나인데 하는 일은 몇 사람 일을 하니 육체적 고달픔은 이루 말할 수 없었으나 아이들의 미래를 준비하려면 이까짓 것은 고생이 아니라 생각하고 억척같은 또순이 주부가 되어가고 있었다.

상엽은 이런 순영이를 보며 미안하고 안타까워했지만 그가 할 수 있는 포근한 말 한마디의 위안이 전부일 수밖에 없다.

그리고 손을 꼭 잡아주고 다정히 포옹해주는 것이 그의 무기 이었다.

물론 퇴근 후 가정 일을 두 사람이 합심해서 해 그녀의 가사노동에서의 고달픔을 덜어주려 하였다.

이렇게 순영이 1인 3역 4역을 하다 보니 몸에 무리가 갔는지 자꾸 피곤해지고 먹은 것도 없이 매스껍기까지 하였다.

상엽은 순영의 이런 모습을 보며 예지 엄마의 전철을 밟는 것이 아닌지 놀래며 병원에 가볼 것을 이야기 하였으나 시간이 없는 관계로 차일피일 미루자 병원에 진료예약을 한 후 함께 가는 것으로 약속 잡았다.

오후에 병원에서 만난 두 부부는 차례를 기다리며 마음을 조아리고 있다.

순영은 만약에 무슨 병이라도 생겨 또다시 상엽씨에게 큰 고통을 안겨주는 것이 아닌지 그리고 그렇게 된다면 아이들의 돌봄은 어떻게 해야 하는지가 먼저 걱정이 되어 절대로 몸에 이상이 생기면 안 된다고 천주님께 기도하며 자기를 지켜달라고 하였다.

상엽은 순영이 아이가 둘이나 딸린 홀아비에게 시집을 와 신혼의 재미도 보지 못하고 아이들 돌봄 이가 돼 버린 아내가 가정을 지키기 위해 혹사당하여 건강에 이상이 생긴 것이 아닌지 걱정 하였다.

먼저 하늘나라로 간 예지 엄마도 몸이 안 좋은 상태에서 병원 일을 계속하여 병을 키운 일이 있었기에 그의 걱정은 이루 말할 수가 없다.

차례가 되어 함께 들어간 두 사람은 의사선생님에게 순영의 최근 상태를 이야기하자 그 것을 듣더니 고개를 끄덕 끄덕 갸우뚱 해보이고 산부인과 쪽 진료를 다시 받도록 이야기 한다.

자세한 설명 없이 산부인과 진료를 기다리는 두 사람은 은근히 걱정이 되어 말을 잊고 있다.

산부인과에서 진료를 받고 간단한 검사도 받은 뒤 여의사가 두 부부에게 축하 한다며 순영의 임신사실을 말해 주었다.

임신에 대하여 전혀 대비하지도 예상하지도 아니한 상태에서 아기를 잉태하였다는 의사에 말을 듣고 당황하였는데 상엽은 금세 밝은 표정으로 순영을 감싸주며 축하해 준다.

상엽은 순영의 임신을 정말 반가워하며 흥분을 감추지 못하였다.

8년을 연애하며 사랑한 여인이 나의 아이를 갖게 된 것은 예지 예솔이를 가졌을 때와 또 다른 기분을 갖게 하였을 것이다.

2세가 탄생한다는 것은 정말 축복받는 일인 것 같았다.

병원에 간 것을 알고 있던 양가 부모님은 순영의 임신사실을 통보받고 기뻐하였으며 특히 장모님은 더욱 좋아하시는 것 같았다.

집에 돌아온 두 사람은 예지 예솔이에게 동생이 태어날 것임을 알려 주었고 임신 중에 금기시하여야 하는 것들도 확인한다.

두 사람은 침대에 누워 태어날 2세에 대하여 이야기 한다.

'상엽씨가 우리 아이 다섯 갖고 싶다고 말 했었는데 벌써 셋이 되니 당신에 목표가 이정도면 거의 달성되는 거 같은데?'

'내가 그랬었나?'

'군대 있을 때 면회 가서 춘천에서 1박 할 적에 그랬었잖아'

'아~ 생각난다.'

'나는 안 잊고 있는데 그걸 잊고 있었어!'

'맞아. 그때 당신이 딸 셋 아들 둘 갖고 싶다고 했었지'

'아니지. 당신이 아이들 다섯 갖자고 하기에 나 닮은 딸 셋 상엽씨 닮은 아들 둘이라고 내가 말 했었지.'

'그랬었나. 그러면 이미 순영이 닮은 딸 둘이 있으니 이번은 나닮은 아들이면 좋겠군.'

'정말 다섯 채우려고?'

'노력 해 보지 뭐. 하하하'

'욕심도 많으셔라'

'옛날 생각이 나네. 화엄사의 민박집과 춘천에서의 1박 그리고 경포대 해변솔밭 텐트에서 지내던 기억들이 새록새록 나는데?'

'우리 사랑은 열정적이었지만 건전했지'

'여고생이었던 순영을 어떻게 둘이 여행을 가겠다고 부모님에게 허락받았는지 지금 생각하면 나의 용기가 기가 막힐 노릇이었지'

'상엽씨를 믿었고 장래 사윗감으로 우리 부모님이 미리 점찍어 놓은 거지'

'파란만장한 우리의 연애사가 있었건만 이렇게 좋은 결실을 맺고 있으니 좋은 거지'

'순탄했던 우리사이를 그만 나 때문에...... 미안해 상엽씨!'

'안 좋은 기억은 지워버려. 우리 2세를 위해 우리의 좋은 추억만 기억하자고. 나에 여쁜 천사님!'

'나에 천사님 이라는 그 소리 정말 오래간만에 들어 보는데?'

'그래?'

'자기 2세를 임신하여 그런 말도 다시 들을 수 있으니 기어코 다섯을 나야겠어. 히히히'

둘은 옛날 연애했던 기억들을 더듬으며 좋은 추억들을 정리하여 본다.

상엽은 임신하여 무리하면 안 좋을 것 같다는 생각에 올림픽 VIP 통역 일을 그만두고 동시통역사 공부도 미룰 것을 주문하였으나 커리어 관리에 중요하여 하던 일을 계속 할 수밖에 없다는 그녀에 고집을 꺾지 못하고 몸을 조심하도록 할 것을 다짐받는 것으로 타협하였다.

순영은 임신 중인 몸으로 88올림픽 VIP 통역 일을 무사히 마치고 배가 많이 불어 육체적인 힘든 일을 할 수 없게 되자 집에서 외국 책을 번역하여 출간했으며 이것은 가계에 많은 도움이 되었다.

남편의 봉급으로는 아이 셋을 키우는데 여유 있는 지원을 예지 예솔이에게 할 수 없다는 강박관념이 순영을 지배하고 있어 다소 무리해서라도 가계에 도움이 될 수 있는 방법을 꾸준히 찾았다.

상엽의 만류에도 순영은 그가 알게 모르게 일을 챙겨서 하였다.

임신한 며느리를 돕기 위해 방배동 시어머니가 함께 생활하며 예지 예솔이를 챙겨 주셨으며 서초동 어머니가 순산하라며 몸보신 할 수 있는 음식들을 자주 보내 주신다.

상엽은 퇴근 후 집안일을 거의 도맡다시피 가사 일을 하며 순영과 어머니의 일을 덜어 주었고 임신 중 입덧이 있을 즈음엔 맛이 땅기는 음식들을 부지런히 배달해 준다.

예지와 예솔이는 남자 동생을 낳았으면 좋겠다고 하며 가끔씩 엄마 배를 만져보곤 한다.

해가 바뀌고 추위가 절정을 이루는 대한이 가까이 오면서 순영의 뱃속에 아이는 운동을 열심히 하며 엄마 배를 긴장시켰다.

빨리 세상에 나오고 싶다는 신호를 자주 보내고 있다.

III

상엽과 순영의 새 생명이 탄생하였다.

3.5kg의 건강한 남자 아이를 세상에 선물 한 것이다.

예지와 예솔이가 바라던 남자 동생이었다.

상엽씨를 닮은 아들 이었다.

출산일이 거의 다다를 말기에 다소간의 임신 통이 있어 상엽씨를 비롯한 시부모님과 친정 부모님이 걱정을 많이 하였었다.

음식을 제대로 섭취하지 못하고 힘들어하는 모습을 간간히 보여주어 모두들 산모와 아기의 건강을 은근히 걱정하기도 하였었다.

특히 임신부의 체격이나 체질이 건강한 편이 아니고 다소 여린 편이어서 출산하는데 고생을 많이 할 수 있다는 염려를 하였었는데 그런 우려를 불식 시키고 건강한 아들을 낳았으니 모두 안도하며 순영을 격려해 주었다.

겨울에 낳은 아기가 영리하다며 주변에서 응원의 소리를 많이 해 주셨고 그리고 위에 예지 예솔이가 딸이라 아들이기를 은근히 바랐던 시부모님과 친정 부모님께서도 무척 좋아 하신다.

아이들도 고추달린 남동생을 보아서 그런지 남달리 관심을 가지고 있는 것 같았다.

시아버님은 위에 두 손녀가 예자 돌림을 갖고 있으니 손자 이름도 예승이가 어떻겠냐고 하시어 우리 부부는 좋다고 하였다.

시부모님께서는 예승이가 예지 예솔이와 배가 다른 자매임을 고려하여 형제들이 그런 환경에서 서로 거리감을 느끼지 않도록 배려하신 것이다.

며칠간의 병원에서의 산후 조리를 마치고 예승이와 함께 금호동 아파트로 돌아왔다.

시어머님께서 산후조리를 잘 해야 한다며 아파트를 훈훈하게 덥혀 놓으셔서 조금은 답답한 기운도 들었지만 그것이 싫지가 않았다.

시어머님은 며느리가 아기도 잘 순산하고 손자도 얻고 하셔서 기분이 좋으셨는지 연신 순영에게 고생했다며 과분한 호의를 베풀면서 당분간은 집안일 같은 것은 생각하지 말고 푹 쉬라고 말씀 하신다.

겨울방학 기간이라 집에서 쉬고 있던 예지가 예승이에게 유난히 관심이 많아 보였다.

동생인 예솔이가 같은 성별인데 남동생인 예승이로부터 또 다른 느낌을 받고 있는지 연신 볼도 만져보고 손도 잡아보며 그리고 고추달린 모습이 신기 하였는지 무척 사랑스런 행동을 그에게 보여 주었다.

순영은 그런 예지에게 말을 걸어 본다.

'예지는 남동생이 생겨 좋아?'

'응. 좋아'

'왜 좋은 건데'

'예솔이 하고 다르잖아'

'무엇이 예솔이 하고 다르지? 예승이도 예지 동생이고 예솔이도 똑같은 동생인데'

'예승이는 남자니까 힘이 세서 우리를 지켜주잖아'

'남자애들이 우리 예지를 괴롭히나보지?'

'힘센 애가 여자들을 못살게 굴어'

'그렇구나. 예승이가 무럭무럭 자라서 예지 예솔이를 지켜주어야겠네. 그러려면 예지가 예승이 빨리 크도록 도와주어야겠지?'

'응'

순영이는 예지 손을 꼭 잡아주며 남자애들이 괴롭히면 엄마에게 바로 말하라고 말해주었다.

예승이가 집에 와있는 것을 보고 싶어서 상업은 업무를 빨리 마무리하고 퇴근을 서두른다.

집에 돌아오니 예지 예솔이가 남동생 예승이가 왔다며 아빠를 재촉하여 아기 방으로 안내 한다.

그런 두 딸을 꼭 앉아주고 나서 서둘러 순영에게 고생하고 고맙다는 인사에 표시를 에둘러하고 예승이와 정식 만남을 즐겼다.

예승이는 아빠가 왔는지도 모르고 잠을 소록소록 자고 있다.

순영은 상업이 예승이를 앉아보려는 것을 제지하며 빨리 옷 갈아입고 세면하고 아들과 안면을 틀 것을 주문한다.

밖에 찬 기운을 몰고 와 예승이 감기 조심을 해야 한다며 주의를 주었다.

상업은 '알겠습니다. 마님!' 하며 방을 나간 뒤 곧장 옷을 갈아입고 몸을 깨끗이 한 후 급히 예승이에게 돌아왔다.

예승이를 이리보고 저리보고 흐뭇해하며 순영에게 말을 건다.

'우리 마님 건강은 어떠셔?'

'아기를 낳아주니 천사님에서 마님으로 직전 추락하는 겨? 아들 낳아준 보람도 없이 바로

홀대 하는 거여?'

'아이쿠 잘못했습니다. 마님! 앞으로도 우리 천사님 우리 큰 공주님으로 계속 부를까 요?'

'우리 작은 공주님들이 질투합니다. 서방님!'

'그럼 나에 여왕님! 이렇게 불러줄까 보다. 그렇게 할까?'

'좋을 대로 하시지요. 히히히'

'아냐. 옛날 그대로 가 좋아. 나에 천사님! 하하하'

예승이가 건강하게 무럭무럭 잘 자라 주었다.

예지가 특히 예승이를 무척 예뻐하며 학교에서도 일찍 돌아와 동생과 눈 맞추며 장난치기를 좋아한다.

상엽씨도 예승이 방글 웃는 모습을 보려고 퇴근하면 일찍 집에 오기 바빴다.

예승이가 탄생하면서 우리 가족의 새로운 활력소가 되어주며 온 가족이 하나 되는 것 같았다.

산후 조리도 어느 정도 안정적으로 잘 유지시켰다고 생각한 순영은 동시통역사에 다시 도전하여 좋은 결과도 만들어 냈다.

순영의 동시통역 능력의 우수성을 인정받고 국제관련 회의에 프리랜서로 활동하며 꽤 높은 수입도 보장받게 됐다.

시간도 하루 종일 메이는 것이 아니며 가정을 전적으로 시부모님에게 맡기는 것도 아니기에 아이들 가정교육을 소홀이 하지 않으니 상엽씨와 시부모님도 만족해하시며 순영이의 새로운 직업전선 도전에 힘이 되도록 물심양면 전적으로 지원해 주었다.

다소 생활에 여유가 생기면서 예지가 배우고 싶어 했던 태권도와 예솔이의 학원교습시간도 늘려 다닐 수가 있었다.

그간 빠듯한 생활 살림으로 부족한 군것질 먹거리를 제대로 해주지 못하여 마음 아파했는데 충분하게 간식도 아이들에게 제공해 줄 수 있어 좋았다.

생활에 여유가 생기고 이이들이 커가면서 어언 예솔이가 초등학교에 입학하게 되었다.

고운 옷을 입혀 입학식에 참석하고 이왕 학교에 왔으니 예지 담임선생님도 만나 보았다.

예지의 4학년 담임선생님이 미혼의 젊은 여자선생님 이셨는데 예지가 무척 똑똑하여 장래 큰 역할을 할 거라며 칭찬을 해주어 마음이 흡족했다.

예지도 엄마가 오셔서 선생님을 만나시는 것을 알고 교무실로 찾아와 엄마를 반갑게 맞아 준다.

하늘나라에 있는 친엄마가 예지에게 할 수 없는 사랑을 순영이로부터 더 많이 받기를 갈구하고 있는지 그녀는 학교를 찾아온 새엄마에게 더욱 밀착하며 사랑받기를 염원하였다.

2녀 1남의 자녀를 둔 상엽과 순영은 어느새 중년의 인생길을 걷고 있다.

천사의 노래

I

1995년 3월.

예지가 중학교 3학년이 되어 사춘기를 겪는 어엿한 숙녀가 되어가고 있다.

순영이 상엽과 처음 만났을 때가 그 시기 이었으니 예지도 남자친구가 있을 법한 나이였는데 그래서 그런지 남녀공학인 탓에 학교에서 멋도 부리고 하여 집에서 머리 다듬는 시간이 점점 늘어났다.

가끔씩 계모인 새엄마에게 심통을 부리는데 순영은 이런 둘만이 가질 수 있는 시간을 두 사람이 대화를 자주하여 친밀감을 쌓도록 활용하면서 예지의 사춘기시절을 가족의 반항아로 성장되지 않도록 신경 써서 관리하곤 한다.

'우리 예지가 예뻐서 남자친구들이 줄을 서겠는걸.'

'당연하지. 내 미모에.'

'그럼 가까운 남자친구도 있겠는데?'

이렇게 예지의 사춘기 시절을 슬그머니 들여다보고 감시하는 역할도 순영의 몫 이었다.

순영은 상엽씨와 공식적인 대화를 트기 시작한 비오는 날 중학교 3학년 학생이었던 그때를 생각해보며 예지의 옷매무새를 만져주고 머리를 만져 줄때면 아빠 같은 건실한 남자를 만날 수 있기를 마음속으로 기대하곤 한다.

우리의 건전했던 학창시절 같은 남녀관계로 발전될 수만 있다면 예지에게도 아빠를 빼어 닮은 그런 멋진 남자와 아름다운 연애도 할 수 있도록 허락해주고 싶었다.

우리의 학창시절에는 교복을 입고 학교에 다니니 멋을 부릴 수 있는 방법이 고작 치마를 짧게 입는 것 외에는 별 소용이 없었으니 학부모들이 아이들 의복에 신경 쓸 일이 없었다.

그런데 요즈음에는 남녀공학에 복장도 자율이다 보니 예지의 의복에도 신경을 많이 써야 했다.

순영은 학창시절 예쁘게 꾸며보는 것도 추억거리가 될 수 있는 것이니 친구들에게 위축되지 않도록 부지런히 예지의 외모 가꾸기에도 투자를 해 주었다.

다행이도 예지가 멋도 부리고 신체적으로 성숙되는 과정을 거치면서도 학교생활과 학업에 뒤떨어지는 것을 싫어하였고 공부 욕심이 남달라 성적은 항상 상위권을 유지하였다.

성격도 꼼꼼한 편으로 학교 간부로 선발되어 학교행사에도 직접 참여하는 기획력도 보여 주었다.

예지는 하늘나라에 있는 엄마를 기억하고 순영에게 심통을 부릴 때가 있었는데 그것은 친 엄마와 어린시간을 함께 보낸 세월이 꽤 오래되다 보니 그러했을 것이다.

어떤 때는 예지가 하늘에 있는 엄마를 생각하고 억장이 무너지는 것 같은 억지를 부릴 때가 있었지만 그런 것을 일일이 상엽씨에게 이야기 할 수가 없어 혼자만이 지고 가는 숙명이라 생각하며 그 문제를 혼자서 풀어가곤 한다.

왜냐하면 상엽씨가 그 부분을 가장 예민하게 받아들이고 있기에 잘못하면 부녀간 갈등의 골로 빠질 수도 있다고 판단한 순영이 그 문제를 가급적이면 자신의 선에서 보듬어 보려고 하였다.

예솔이는 초등학교 6학년이 되었으며 그녀의 음악에 대한 높은 예술성을 살릴 수 있도록 그 방면으로 중학교 진학문제도 신경을 쓰게 하였다.

예솔이는 예능 쪽 뇌가 특별히 발달하였다.

어릴 때부터 현악기 다루기를 좋아하여 그쪽으로 개인 교습도 시켜 보았는데 시간이 지나면 싫증을 느끼지 않을까도 생각 해 보았지만 전혀 그런 내색을 내지 않았다.

그래서 바이올린과 첼로를 함께 공부하며 연주시켜 보았으나 첼로에 더욱 소질을 보였으며 그쪽으로 진로를 결정하고 열심히 노력하였는데 나이어린 아이가 너무 열중하여 연습하는 것을 보며 장차 훌륭한 첼리스트가 될 거라며 주변에서 찬사를 아끼지 않았다.

어린 나이에도 불구하고 예솔이는 콩쿠르에 나가 우수한 성적으로 입상도하며 가족들을 기쁘게 해주었다.

예솔이는 친 엄마와 일찍 헤어져 엄마의 존재를 기억 하지 못하였는지 순영이를 친 엄마로 생각하였고 두 사람이 가끔씩 아웅다웅하면서 성장 통을 부리며 부모의 사랑을 독차지하려는 욕심을 내곤 한다.

특히 예지가 친 엄마를 기억하며 심통을 부리면 순영은 예민하게 그의 행동에 반응하여 더 가깝게 대해주곤 하였는데 그때가 되면 여지없이 예솔이가 태클을 걸었다.

순영은 딸들의 이러한 사소한 질투심도 세심하게 관찰하여 잘 관리하는 엄마가 되기도 하였다.

예승이가 초등학교에 입학하였다.

상엽씨와 꼭 닮은 아들이라서 그런지 공부하는 머리도 아빠 쪽 영향을 많이 받은 것 같았으며 특히 책 읽는 것을 좋아하였다.

초등학교에 들어가기도 전에 누나들이 읽던 동화책을 모두 섭렵하여 독서광이 되기도 했다.

예승이는 예솔이와 아침마다 함께 다니면서 학교에 빠른 적응을 하고 있었으며 새로 사귄 친구들과도 잘 어울리며 놀기도 좋아하였다.

순영이 직업전선에 나가있는 관계로 예승이가 초등학교에 입학하였지만 예지 예솔이 만큼 신경을 쏠 수가 없었는데 그 몫을 예솔이가 톡톡히 하며 동생을 잘 보살피고 돌보아 준다.

그리고 예승이가 남자 아이라 그런지 엄마가 학교에 와서 간섭하는 것을 달가워하지 않았다.

마마보이 소리를 듣고 싶지 않아 그러는 것이다.

그런 면에서 사내아이가 여자 아이들과 다르다.

순영은 이참에 아들의 독립심을 키워줄 수 있는 방법이라 생각하고 가능하면 예승이 스스로 학교생활을 할 수 있도록 참견을 자제하였다.

II

6월 29일 오후.

156

여름의 한 낮 중심에서 쫓기듯 태양이 밀려나고 있는 시간에 강남 서초동에 있는 삼풍백화점이 무너져 내려 500여명이 사망하고 수많은 사람이 부상당한 사건으로 나라가 들썩거리고 난리가 났다.

작년에도 인근에 있는 성수대교가 붕괴되어 시민들과 학생들이 출근과 등굣길에 버스가 한강으로 추락하여 30여명이 익사하였던 사고가 있었는데 또 다시 부실공사로인한 대형사고로 국민들이 불안해하였다.

그날 아이들을 학교에 보내고 오전 집안일을 서둘러 마무리한 후 동시통역 업무일로 삼풍백화점 5층 일식집에서 약속이 잡혀있어 순영은 점심을 거기서하고 근처에 있는 호텔에서의 국제대회에 참석하기 위해 이동하였다.

저녁시간 백화점이 붕괴되어 많은 사람이 매몰되고 사망했다는 소식이 긴급 뉴스로 나가자 상엽은 오늘 순영이가 그 백화점에서 약속이 있는 사실을 아침 출근시간에 이야기 해주어 알고 있었는데 혹시나 하는 마음에 집에 전화하여 보았지만 어머니로부터 정확한 소식을 들을 수가 없어 안절부절 하며 이곳저곳을 수소문하여 그녀에 행방을 확인할 수 있었다.

다행히 그 시간에 다른 장소에서 있었다는 사실을 확인하고 안도에 한숨을 내 쉰다.

상엽은 순영의 지나친 직업전선에서의 억척같은 사회활동이 오로지 가족들을 위한 헌신적인 일임을 잘 알고 있기에 그녀의 건강문제나 신변에 유독 걱정을 많이 하고 있었다.

상엽은 조금 덜 먹고 덜 사치하면 그런대로 생활에는 지장이 없으니 순영에게 적당히 몸 생각하며 일할 것을 주문하였다.

그러나 순영의 생각은 달랐다.

아이들을 셋이나 키우며 그들의 교육과 입을 것 먹을 것을 남에게 뒤지지 않게 해줘야지 부모로서 의무를 다 하는 것이라며 억척을 부린다.

남들 부모들이 해주는 것은 우리 아이들에게도 다 해주어야 하지 않겠냐며 극성을 떨었다.

특히 예지와 예솔이에게는 신경을 더 써서 딸들이 필요한 것들을 아끼지 않고 쓸 수 있도록 하였다.

여자 아이들이라 남자와 달리 신경이 더 쓰이는 것도 있었지만 주변에서 계모라는 말을 듣고 싶지 않아 친자식 이상으로 그들을 돌보았다.

그래서 그런지 예지도 그런 순영이를 예전과 다르게 친 엄마처럼 생각하고 잘 따라주었다.

그녀와 결혼하여 한동안 예지의 심통으로 가족의 화목에 지장이 있을 수 있다는 우려를 하였으나 그것도 순영이 잘 컨트롤하며 지금까지는 큰 문제없이 아이들과의 관계를 무난하게 잘 이끌고 있다고 믿고 있다.

그리고 어린 예승이를 누나들이 유난히도 예뻐하며 잘 보살피는 것을 보며 어쩌면 예승이의 탄생이 가족들의 화합과 관계개선에도 좋은 역할을 해준 선물이 아닌가도 생각하였다.

순영의 억척스러움과 아이들에 대한 지극정성 보살핌으로 가계에도 여유가 생기고 가정에도 화목할 수 있는 것이 그녀의 덕임을 상엽은 항상 감사하고 있다.

나라의 경제가 어려워지면서 경제부처에 근무하는 상엽씨의 퇴근시간이 점점 늦어지더니 어떤 때는 밤을 꼬박 새우며 일하는 날이 늘어나기 시작 하였다.

순영은 다섯 식구의 가장으로 책임을 다하는 청렴한 공직자인 남편이 격무에 시달리는 것이 안쓰러웠다.

국가 경제를 살리기 위한 남편과 정부 당국자들의 노력에도 불구하고 나라의 경제 살림을 IMF에 의지해야하는 처지가 되자 공직자인 상엽씨는 요즈음 무척 위축되어 출근하는 모습이 역력해 보였다.

나라 경제가 안 좋은 것이 모두 자기의 책임인 것 같이 부끄러워하며 안타까워했다.

대통령도 IMF의 지원을 받고 그들의 간섭을 받으며 나라운영을 하는 처지가 되자 몹시 식상하고 자존심이 상하였는지 의기소침하였으며 온 국민도 덩달아 실의에 빠져버렸다.

일부 회사는 봉급도 제대로 줄 수 없는 처지에 빠져버리니 나라 전체가 정상적으로 돌아 갈 수가 없었다.

이렇게 나라살림이 어려운 것이 자기책임인 냥 어께에 힘이 없는 남편을 위해 상엽씨의 생일 날 순영은 조촐한 가족파티를 준비 했다.

어려울 때일수록 더 활기찬 모습을 보여야 행복도 빨리 찾아온다며 이참에 상엽씨 생일 잔치를 핑계꺼리로 가족들의 화합을 다지는 자리를 만들어보려는 그녀의 기지이기도 하였다.

상엽씨에게 힘내라는 가족들의 응원이 담긴 메시지도 낭독할 수 있도록 준비하였다.

금요일 아침 순영은 출근하는 남편에게 당신 생일이니 일찍 집에 들어오라고 하였으며 상엽이 그러하겠노라 대답하고 퇴근즉시 집에 들어오니 갑자기 폭죽이 터지고 아이들이 아빠 생일 축하합니다! 를 합창해 주었다.

그리고 거실 창문과 천장에 풍선과 색종이로 단장하고 아빠를 응원하는 문구를 써서 부쳐 우리 집 가장의 축 늘어진 어께를 펼 수 있도록 하였다.

'여보. 생신 축하해요'

'아빠. 생일 축하해용'

상엽은 감동하며 말 한다.

'우리 공주님 왕자님 그리고 여보! 나 감동 먹었어.'

'여보. 힘내세요.'

'아빠. 힘내세요.'

'아무렴. 힘내야지. 우리 가족들이 나 때문에 기운이 빠져있으면 안되지. 내가 우리 집에 평화를 지켜내야지'

예지가 우리가족을 대표하여 응원 메시지를 낭독하고 다섯 가족의 가장이신 아빠를 중심으로 어려울 때나 슬플 때나 항상 함께하여 행복을 지키겠노라 다짐하였다.

그리고 아이들이 아빠 힘내세요! 노래를 힘차게 불러주었다.

상엽도 가족들의 응원이 큰 힘이 되니 한 치 흐트러짐 없이 마음을 굳게 먹고 나라의 어려움을 극복하도록 노력하여 우리 가정을 지키겠다고 답하였다.

가족들의 응원이 있어서 그랬는지 대통령이 바뀌고 새로운 정부가 들어서며 상엽은 승진하였으며 정부 경제부처의 중요자리에 보직 임명되었다.

'상엽씨! 승진 축하해'

'모두가 당신과 가족들 덕분이야. 내가 어려울 때 가족들의 응원이 힘이 되어 내가 용기를 낼 수 있었지'

'어려운 시기에 승진도하고. 당신은 대단한 우리 가장인 걸?'

'나에 천사님! 당신의 응원이 가장 큰 힘이 되었어. 네가 집안일에 신경 쓰지 않도록 당신이 그렇게 해 주었고 '

'당신이 마음고생하며 힘들어 했는데 잘 극복한 거지 뭐'

'우리 가족이 어려운 시기인데도 내가 편히 직장 일에 전념할 수 있었던 것은 당신이 고생하며 아이들과 나를 잘 이끌어준 덕분이야. 항상 당신에게 고맙게 생각하고 있는걸.'

'사랑하는 사람들끼리는 미안하고 고맙다는 말 안 하는 것 잊었남.'

'그랬지. 러브 스토리 영화보고 누가 더 불쌍한지 아웅다웅 하던 때가 엊그제 같은데……'

'그랬던 우리가 지금은 중년의 나이에 아이들이 셋'

'둘을 더 나아야 우리 계획대로 되는 건데 아쉬움이 있군. 하하하!'

'그 계획은 우리가 일찍 포기했잖아. 예지 예술이 예승이 잘 키우는 것이 더 중요하다고'

'예지 예술이가 당신을 잘 따라주어 다행이야'

'아이들이 다 착해서 그런걸.'

'당신이 잘 키운 덕분이지'

'3월 쯤 주말에 시간 좀 낼 수 있어?'

'시간은 낼 수 있는데. 무슨 일로'

'내가 당신에게 고통의 시간을 주며 나를 도피시키고 머물렀던 그곳에 함께 갔으면 해서'

'갑자기 거기는 왜?'

'원장 수녀님에게 약속한 것이 있었거든'

'약속?'

'응. 상엽씨하고 잘 사는 모습 꼭 보여주겠다고 그리고 함께 꼭 찾아오겠다고 그렇게 약속했어요.'

'그런 약속이라면 지켜야지. 내가 시간을 낼 테니 함께 가자고'

'고마워요. 상엽씨!'

'우리가 사랑하는 사이인데 고맙다는 말은 안 하는 것이라며 조금 전에 한 걸로 아는데'

'아참. 그랬지. 취소 취소합니다.'

봄이 찾아왔지만 봄기운을 느끼기에는 아직도 이른 시기였다.

IMF에 의지하여 나라 운명을 맡긴 탓인지 3월의 봄 날씨임에도 다른 해와 달리 싸늘함을 더 느끼는 것 같았다.

상엽과 순영은 일요일 이른 아침 경부선 열차에 몸을 싣고 경상북도에 있는 수도원을 향해 가고 있다.

봄이 되었지만 두 사람은 겨울을 벗어나지 못한 복장으로 단단히 무장하고 학창시절 부지런히 다녀본 여행경험을 살려 상엽의 의지대로 순영은 그에게 모든 것을 맡기며 행동한다.

그 시절의 행동들이 본능적으로 되살아나고 있었다.

학창시절 우리의 좋은 추억거리를 간직하고자 상엽씨와 이곳저곳 가리지 않고 유명한 곳과 그렇지 못한 곳이더라도 아름다운 절경을 스스로 찾아내며 부지런히 발품을 팔며 다녔던 그때의 기행이 새록새록 도드라져 나온다.

그 시절 열차여행을 하노라면 홍익회 직원의 이동식 가판대를 앞에 끼고 삶은 계란 있어요! 오징어 땅콩! 하며 연신 소리 내어 호객행위를 하는 것도 멋들어진 추억거리 이었는데 지금은 그 모습을 볼 수 없어 아쉽기만 하였다.

그때가 20년 전 이었던가.

순영이 도망치듯 열차에 몸을 싣고 무작정 내달았던 그때가 꽁꽁 얼어붙는 1월의 엄청 추운 날씨였던 것 같았다.

그 당시에는 상엽씨를 피해 달아나듯 슬픔을 간직한 채 경부선 열차에 의지하였으나 그 사실을 알지 못한 무심한 기차는 나의 마음과 동떨어진 행동을 하며 씩씩하게 내달렸었다.

오늘은 그 당시와 전혀 반대 입장에서 같은 목적지를 향해 여행을 하고 있다.

상엽씨로부터 도망치듯 괴로웠던 도피행위를 이제는 그와 함께 동행하여 행복한 여행을 즐기고 있다.

불행과 행복이 아스라이 교체되는 순간에서 생각에 잠기고 있자 상엽씨가 말을 건다.

'무슨 생각을 그렇게 하셔'

'옛날 바보 같았던 서순영 생각'

'서순영 선생님이 나를 버리고 도망가다 발병 나던 시절?'

'정말 맞네. 노래 가사처럼 십리도 아니 십년도 못가서 발병보다 더 큰 병이 났었지. 히히히'

'나를 고생시키는 방법도 여러 가지 라니까'

'그때 내가 수녀가 되었다고 엄마가 전해주었을 때 당신 모습이 굉장히 비장하였다던데'

'그랬겠지'

'내가 그 말을 엄마에게 듣고 오빠 표정을 짐작할 수 있었지'

'그때는 당신이 나를 배신했다는 배신감밖에 아무 생각이 나지를 않았어.'

'그랬어?'

'내가 나에 천사님을 찾아 헤매던 것은 하나도 기억이 안 나더라고.'

'모든 것이 내 잘못 때문에 그렇게 되었지'

'자존심이 무척 상했었어. 내가 그 정도밖에 되지를 못했나 하는 게 나를 더욱 고통스럽게 만들더라고'

'상엽씨 성격상 그러고도 남았지'

'8년 우리 사랑이 겨우 이것 이었나 라고 생각하니 돌아버릴 것 같더라고'

'!!'

'그때는 순영의 천사 같던 모습에 내가 위선에 덧칠을 마구 하였지'

'내가 어떻게 수녀가 될 생각을 했는지 지금 생각하니 나도 참 바보야'

'나에 천사님이 가끔은 엉뚱한 대가 있어'

'피타고라스가 대장간에서 망치 두들기는 소리에 영감을 받아 음계를 만든 것처럼 나도 엉뚱한 곳에서 방법을 찾았나 봐'

'당신이 천주님과 결혼했다는 어머니 말씀에 내가 상심하여 친구들과 못 먹는 소주를 많이도 마셔댔지'

'기혁씨가 그러더라. 그때 말도 아니었다고'

'하하하! 그때 내가 그랬었어. 나를 잃어버리고 나를 원망하고. 당신을 찾아가 죽이고 싶을 정도로 적개심을 품었었지'

'죄송해용~ 오빠! 다 나 때문에......'

'오빠소리 들으니 옛날로 돌아간 것 같은데? 그 기억 살려서 이제는 우리의 좋은 추억만 생각하자고'

'그럴까요. 오빠! 서방님!'

열차가 대전에서 잠시 멈추자 사람들이 부지런히 오르고 내리면서 번잡해졌고 몇몇 승객은 이른 아침 출발한 탓에 아침을 못 먹었는지 이곳 정거장에서 유명한 간이 우동을 먹겠다고 야단이었다.

옛날 부산 해운대로 여름 배낭여행 하면서 상엽씨와 이곳에서 급히 먹던 우동 맛이 괜찮았던 기억이 스르르 되살아났다.

열차는 대전을 다시 출발하여 열심히 달리더니 우리를 중간 역에서 떨구고 제갈 길로 마구 달렸다.

일요일 오전이라 집에서 늦잠들을 자는지 역 앞 근처에는 사람들이 거의 보이지 않아 썰렁해 보였다.

아직 동면에서 해어나지 못한 것인지 아니면 나라 경제사정이 여의치 않아 그런지 도시가 위축되어 보인다.

순영이 처음 이곳에 발을 내 디딜 때도 그러하였었다.

수도원 방향으로 가는 버스를 타고 10여분 가니 저쪽 언덕에 한동안 몸담았던 여학교가 보였으며 다시 20분정도 지나 우리를 수도원 근처에 내려주었다.

얼추 15년 만에 다시 찾아온 수도원은 그다지 변한 것이 없었다.

변한 것이 있다면 알지 못하는 새로운 젊은 수녀님들이 수도원의 분위기를 편안하게 해주고 있다는 것이다.

순영은 잠시 생각해 본다.

저렇게 아리따운 나이에 젊은 수녀님들이 무슨 사연으로 이곳 수도원에서 인생을 새로 시작하고 있는지를.

그들도 나와 비슷한 이유가 있는 것일까를 생각해 보았다.

그런 생각을 하니 갑자기 그들의 모습이 한없이 가련해 보인다.

물론 대다수는 깊은 신앙심으로 천주님과 결혼하여 일생을 자기 자신을 버리고 남을 위해 기도할 것이다.

그러나 그중에서도 일부는 옛날 나의 처지와 비슷한 연유로 이곳을 도피처로 생각하고 수녀 가된 가엾은 이도 있겠지 하는 생각을 떨구어 낼 수가 없다.

넓은 수도원을 지나치며 안면이 있는 몇몇 수녀님들을 만났는데 그 당시 그리 고왔던 얼굴에 주름살이 많이 늘어 있었다.

세월을 잡을 수가 없음을 실감할 수 있는 것 같았다.

나도 그렇게 그녀들에게 보였겠지.

잠시 후 원장 수녀님을 만나 뵈었는데 지금은 직함에서 물러나 원로 수녀님으로 남아 있었다.

일흔이 넘는 나이이다 보니 거동도 편하지 않아 보인다.

그러나 순영을 보더니 금세 그녀가 아가다 임을 알고 두 손을 꼭 잡아주시며 반가워하였다.

'아가다. 아가다 맞지?'

'네. 맞습니다. 제가 아가다 입니다.'

'잘 살고 있는지 내가 많이 궁금해 했었는데 아주 잘 와 주었구먼. 얼굴 모습은 예전 그대로 곱고 예뻐'

'저도 많이 늙었는걸요? 아참! 이쪽이 제 신랑입니다'

'안녕하세요. 원장 수녀님!'

'그 당시 아가다가 그렇게 못 잊어 하던 그 사람이 맞지요?'

'네. 그때 제가 이야기 하였던 그 사람이 맞아요.'

'이렇게 훌륭한 남편이 되어 주었구먼. 고맙습니다. 감사합니다.'

'저에 훌륭한 남편입니다'

'그 당시 아가다의 절실한 구원의 요청을 천주님께서 잘 들어주시어 이렇게 행복한 가정을 만들게 해 주셨으니 천주님께 감사해야지'

'네. 항상 천주님과 원장 수녀님께 감사에 기도드리고 있습니다. 그 당시 천주님과 원장 수녀님 허락이 없었으면 우리가 이렇게 재회할 수도 없었지요. 감사하고 고맙습니다.'

'아이들은 몇이나 되고'

'1남 2녀로 초등학교 중학교 고등학교 학생입니다'

'당시 아가다가 재원으로 내가 많이 안타까워했었지'

'그때 원장 수녀님께서 저를 여학교 영어선생으로 추천해 주었었지요. 많은 힘이 되었어요.'

'실력을 썩히는 것이 안타까워 보였어'

'그 당시에는 제가 너무 무지해서 아무것도 모르고 무작정 수도원에 들어왔는데 원장 수녀님께서 저를 잘 인도해 주셨어요.'

'너무 청순한 애 땐 아가씨가 수녀가 되겠다고 하여 내가 많이 안타까워했었지'

'그랬었지요.'

'무슨 말 못할 사연이 있겠구나 생각하였어.'

'제 처지가 그때에는 저에게 너무나 큰일이었어요.'

'이제는 이렇게 훌륭한 남편이 되어 옆에서 항상 아가다를 지켜주니 그것이 행복이지. 행

복은 서로 만들어 가는 거야'

'네'

'행복이 우리 멀리 있는 것이 아니야'

두 시간 가량 수도원에 머물면서 원장수녀님의 훌륭한 말씀도 들었으며 그녀는 우리의 사이를 부러워하기도 하였다.

순영은 원장 수녀님에게 미리 준비한 필요한 것들과 수도원 운영에 보탬이 되도록 현금도 봉투에 넣어 봉헌하였다.

서울로 향한 열차에 오르며 마음이 한결 편해져 상엽씨에게 슬그머니 옛날로 돌아가 그때의 느낌을 확인해 본다.

'내가 지금도 수녀원에 있다면 상엽씨는 어떻게 했을까?'

'나를 배반한 서순영 뒤도 돌아보지 않았지'

'그래서 내가 여기 있는지도 알면서 전혀 찾아올 생각을 안 하셨군요. 정말 나 사랑한 거 맞아?'

'그 말은 내가 묻고 싶은데'

'나는 상엽씨를 사랑해서 떠났지만..,,,,'

'나는 사랑이 너무 깊어 마음에 상처가 좀처럼 낫지 않아 찾아갈 엄두를 낼 수가 없었지'

'마음에 상처가 치유되면 찾아왔겠네?'

'아니'

'왜? 사랑하는데'

'복수에 불타는 마음만 가득하네..와우 와우 와~'

'그건 팝송 가사이잖아'

'하하하. 그 가사처럼 그렇게 했을 거야. 내 마음을 갈기갈기 찢어 놓은 복수에 칼을 갈고 있었을 걸?'

'수녀에게 어떻게 복수를 한다고'

'죽을 때까지 참회의 기도만 하도록 마음고생 시키는 거지 뭐. 그게 수녀님에게는 최고에 복수 아닌가?'

'못됐다'

'하하하'

'하기야 그렇게 되도 싸지'

'왜 갑자기 자포자기식이야. 조금 전 까지만 해도 그렇게 당당하던 나에 천사님이'

'내 죄가 크잖아'

'무슨 죄?'

'착한 상엽씨를 마음고생 시킨 죄!'

'그 벌은 이미 다 사면됐어. 이이들 훌륭하게 키운 공로로. 하하하'

이렇게 두 사람이 행복한 수다를 떨다보니 열차가 너무 빨리 서울에 도착하여 아쉽기만 하였다.

상심에 계절

1998년 봄

상엽은 IMF와의 정책협의 관계로 나라를 대표하는 멤버의 일원으로 5일간 해외출장을 가게 되었다.

좋은 일로 출장을 가는 것이 아니기에 마음이 무거웠으며 정책협의를 위한 자료도 많이 챙겨야해 그의 업무는 눈코 뜰 새 없이 바빴다.

순영은 남편의 출장에 필요한 것들을 가방에 챙겨 넣고 어깨가 무거워져 긴장되어있는 상엽의 등을 도닥거려주며 힘낼 것을 주문한다.

'벌써부터 이렇게 어깨에 힘이 들어가 있으면 어떻게 해. 긴장을 풀고 여유롭게 행동을 해'

'중요한 협의라 긴장이 되나봐'

'지금은 마음에 여유를 갖고 그리고 일할 때엔 정신 집중하여 흐트러짐 없도록 하세요. 당신이야말로 완벽한 사람인데 실수할 일이 있을라고. 그러니 여유를 갖고 긴장을 푸세요.'

'그래야겠지?'

'부처에서 실력을 인정받은 낭군인데 힘내서 평소 하던 데로만 하세요.'

'힘내야지'

'아무렴. 우리 서방님이 어련히 잘 알아서 하겠지만'

'이번 정책협의가 우리나라 경제에 중요한 고비가 될 것 같아 긴장이 많이 되긴 하지만 부딪쳐서 돌파구를 찾아야 돼'

'오래간만의 해외 출장인데 푹 쉬고 오라는 말도 할 수가 없네.'

'나라경제가 이 꼴인데 쉴 수가 있나. 책임자에 한 사람으로 벌 받고 스트레스 받으러 가는 거지 뭘'

'우리나라 경제가 상엽씨 손에 달렸으니 오히려 내가 긴장이 되네.'

'나에 천사님은 우리 가정이나 잘 지키세요.'

'당연한 말씀을'

'그렇게만 해주면 나는 오케입니다. 하하하'

아빠가 해외 출장을 간다고 나서자 철없는 예솔이와 예승이는 선물 많이 사오라며 벌써부터 신이 나 있다.

상엽은 아이들에게 그러하마 말하고 예지 예솔이와 예승이의 등을 도닥거려 주었으며 순영에게도 그녀의 손을 잡아보고 오랫동안 못 볼 사람처럼 작별을 아쉬워한다.

상엽씨가 출장을 가고 난 토요일 저녁에 경자가 우리 집을 방문하였다.

어저께 경자와 전화통화중 상엽씨가 출장가고 없음을 알고 오래간만에 만나서 얼굴도 보고 수다도 떨자며 우리 집으로 올 것을 약속 했었다.

결혼 후 두 번째 방문이니 절친 이라 하더라도 직업전선에서 뛰고 있는 우리에게는 기혼자의 가정을 지켜야하는 운명이 더해져 서로 왕래할 수 있는 여유 있는 시간이 거의 없었다.

이게 여자의 숙명인 것이다.

아이들에게 어울릴 만한 경자 이모의 선물을 받은 예지 예솔이 예승이는 '고맙습니다.'라는 인사를 빠뜨리지 않았다.

경자를 위해 준비한 간단한 요리를 아이들과 함께 먹으며 수다도 떨었다.

그러던 중 예지가 약속이 있다며 나간다고 한다.

'저녁 늦은 시간에 무슨 약속을 해 가지고 나가려 하는데?'

'친구 만나기로 했어'

'친구하고 만날 거면 이른 시간에 약속을 하고 만나던지. 이제는 고 3학년이니 시간 관리를 잘 해야지'

'알고 있다고요'

'일찍 들어오고!'

'늦어.'

'공부는 언제하려고 늦는다고 그래. 일찍 들어와!'

'내가 다 알아서 하는데 공부 공부만 이야기하고 정말 짜증나. 내가 공부만하는 귀신인가? 친엄마였다면 그렇게 말 하지도 안았을 거야'

'무슨 말을 그렇게……'

'엄마도 학생 때 아빠와 연애 실컷 했다면서 나는 단속하려고 하잖아'

'!!'

그렇게 퉁명스럽게 대답하고 나가버린다.

순영은 경자에게 못 볼 것을 보여준 것 같아 민망스러워 예지가 고 3이라 민감해져서 그렇다고 변명 한다.

경자는 순영이가 행복한 결혼생활을 하고 있다고 생각하였는데 전 처의 딸인 예지가 심통을 부리며 마음고생을 시키고 있음을 눈치 챌 수 있었다.

'예지가 힘들게 해?'

'아니…… 조금'

'어릴 적에 조금 심통을 부리는 것 같았지만 그 이후로는 괜찮았다면서. 그런데 지금 하는 행동은 영 아닌데?'

'머리가 커지니 예지가 친 엄마보다도 내가 아빠와 오랫동안 연인 이었던 사실을 알고 불쾌하게 생각하는 것 같아'

'상엽 오빠도 알고 있어?'

'알게 되면 마음아파 해서 이야기 안 해. 상엽씨가 계모인 나와 예지 예솔이가 갈등이 있지나 않을까 노심초사 하고 있어. 그렇지 않아도 나랏일로 머리가 아픈데 집안일로 신경 쓰게 할 수는 없지'

'그래도 이야기를 해서 예지문제를 해결 해야지. 그냥 덮어두고 너만 마음고생하며 지낼 일은 아닐 텐데'

'나만 참으면 되는데 뭘. 내가 좀 참으면 되지'

'참는 것이 다는 아니지. 잘못하면 가정에 평화가 깨지는데'

'그렇게 되지 않도록 내가 참으며 예지 비위 맞춰가며 지내야지 어쩌겠어. 내 숙명인 걸……'

'그렇게 혼자 속 썩이다 마음에 병 생긴다고'

'그래도 할 수 없지'

'너는 너무 착한 심성이 문제야'

순영이도 예지가 계모라는 선입견을 떨쳐 버릴 수 있는 특별한 계기를 만들 필요가 있다고 생각하였지만 다 큰 아이의 머릿속을 바꾸기가 쉽지 않았으며 잘못 오해하여 더 큰 간극이 벌어질 것을 우려하기도 하였다.

특히 상엽씨와 부녀 갈등이 생길 수도 있어 예지와의 불협화음을 숨기고 가능하면 순영이 모든 것을 이고가려 하였다.

IMF 사무국과 업무협의를 마치고 돌아온 상엽은 정부정책의 일환으로 어려운 한국경제를 살리고자 금모으기와 아껴 쓰고, 나눠 쓰고, 바꿔 쓰고, 다시 쓰기의 아나바다 운동을 펼쳤다.

이것은 IMF 체제에서 벗어나기 위한 범국민적인 행동을 정부차원에서 주도하며 경제회복을 위한 공직자의 솔선수범을 보여주는 운동인 것이다.

물론 우리 가족도 예지 예솔이 그리고 예승이의 얼마 안 되는 돌 반지도 나라의 금모으기 운동에 동참하여 내놓았다.

이렇게 다방면으로 업무에 올인 하며 거족들을 보살필 여유가 없이 보내던 중 상엽은 방배동 어머니로부터 전화를 받고 퇴근 후에 집에 잠시 들렀다 가라는 말을 듣는다.

상엽은 금호동 집에 전화하여 저녁은 방배동에서 먹고 가겠노라 하였다.

퇴근하여 방배동 집에 들르니 어머니와 아버지가 반갑게 맞아 준다.

일흔 중반에 들어선 부모님이 시간이 가면 갈수록 주름살이 더 많이 생기시어 마음이 아팠다.

어머니는 연세가 있으신 데도 불구하고 아들을 위해 상엽이 좋아하는 음식을 준비해 놓으셨다.

'요즈음 정부가 IMF에서 돈 빌려 쓴 죄로 간섭을 받아 네가 신경 쓸 일이 많겠구나.'

'네. 아버지! 많이 바빠요'

'아들이 바쁜 것을 보면 곧 경제도 좋아지겠구먼.'

'저희가 바빠야지 경제가 좋아지나요? 예전에도 바쁜 거는 마찬가지 이었는걸요'

'요즈음 공무원들이 우리 때만큼 열심히들 일하지 않아. 일하는 양은 똑같은데 공무원들 숫자만 많이 늘려가지고 나랏돈만 축내고 있으니 한심한 일이지. 그러니 나라가 부도나고 그러지'

'열심히 일하고 있습니다.'

'우리는 박봉에 시달려도 할 일은 다 했는데 요즈음 공무원들은 자기 밥그릇만 챙기고 그러잖아'

'반성하겠습니다.'

'지난번에 구청을 들렀더니 근무시간에 민원인이 왔는데도 여직원이 개의치 않고 신문보고 있더라. 그 폼이 아주 당당한 것이 항상 그랬던 거야.'

'그랬어요?'

'말단 여직원이 그러니 위에는 말 할 것도 없이 썩었겠지. 내가 공무원이었던 것이 부끄럽더라.'

'공무원이 다 그런 것은 아니어요.'

'정치인들은 지들 밥그릇 싸움만 하고 그래서 IMF 관리를 받아야 하고. 나라꼴이 말이 아니니 걱정이야. 국민들이 무슨 잘못이 있다고 피해는 다 국민들 몫이고 말이야. 정치하는 자들 고위 관료들 공무원들의 무능 때문인데'

아버지는 공직자들이 자기 책무를 다하지 않는다고 불만하며 아들에게도 정신 똑바로 차리고 나라에 이바지하라고 이르셨다.

어머니는 오래간만에 온 아들에게 무엇이 그렇게 불만이 많으냐며 아버지에게 핀잔하신다.

저녁을 다 먹고 어머니가 과일을 챙겨가지고 나오셨다.

아버지가 과일을 조금 드시더니 방으로 들어가시자 어머니가 상엽에게 말씀 하신다.

'요즈음 아이들은 공부 잘 하고 있지?'

'네. 애들 엄마가 신경을 많이 쓰고 있어요. 제가 바빠서 아이들 돌보는데 소홀하지만 예승이 엄마가 얼마나 억척인데요'

'네 처가 공무원 살림이 어려운걸 알고 억척으로 살며 아이들까지 잘 돌보고 있으니 내가 얼마나 고맙고 대견스러운지 모르겠더구나.'

'아이들 교육에도 철저해요'

'예지는 고 3학년인데 말썽 안 부리고?'

'고 3학년인데 말썽부릴 여유가 있나요? 학교 성적이 좋아 원하는 대학에 갈수 있을 것 같다고 예승이 엄마가 그러더라고요. 예지도 열심히 하고요'

'엄마하고는 사이가 좋아?'

'괜찮아요.'

'네가 잘 알고 그렇게 말 하는 거냐?'

'예승이 엄마가 이이들 때문에 문제 있다는 이야기를 전혀 하지 않으니 괜찮은 것으로 알고 있어요.'

'네가 모르고 있는 것 같구나'

'무슨 문제가 있나요? 나도 모르는 무슨 문제가 요?'

'예지가 문제인 것 같아'

'예지가 요?'

'그래. 예지가'

'예지에게 어떤 문제가 있다는 건지......'

'네가 해외 출장가고 경자가 너희 집에 들렀나봐. 그때 예지가 네 처에게 모질게 하더래. 하는 행동으로 보아 자주 그런가 보더라고 그러더라'

'그래요?'

'어제 경자 엄마가 나에게 이야기 해 주더라. 네 처가 예지 때문에 마음고생이 심할 것 같다고'

'예승이 엄마가 나에게는 전혀 그런 말을 하지 않던데. 전혀 그런 기색을 내지 않았어요.'

'네 처야 부녀간에 다툼이 있을까봐 그런 거지'

'그래도 제가 전혀 그런 눈치를 채지 못하였는데 그런 일이 있었군요.'

'네 처가 심지가 굳어 너에게 말을 안 한 거야. 네 처가 아이들 때문에 네가 직장 일에 소홀할까봐 말을 안 하는 게지'

'그런 것 같아요. 요즈음에 제가 몹시 바빴거든요. 그래서 예승이 엄마가 제가 스트레스 받을 가 봐 나에게 눈치를 안주었어요.'

'모녀간에 더 의 상하지 않도록 네가 중간에서 잘 해야 한다. 그리고 너도 집안일을 네 처에게만 의지하지 말고 신경을 써'

'어머니. 잘 알겠습니다.'

'그 말 해주려고 들르라 한 거야'

'자주 그런 말씀 좀 저에게 해 주세요.'

'그래. 나도 너희 집안일에 신경 써 보마. 네 처가 억척으로 아이들을 돌보니 나도 소홀히 한 것 같아'

'신경 쓰게 해드려 죄송합니다.'

상엽은 집으로 돌아가면서 앞으로 예지 문제를 어떻게 해결할지 곰곰이 생각하여본다.

요즈음 민감한 시기의 고 3학년이니 학업에 지장을 주지 않는 방법을 찾아보려 이 궁리 저 궁리를 해 보았다.

대학 시험이 끝난 후에 이 문제를 해결한다는 것은 그때까지 순영에게 참고 괴롭힘을 당하고 있으라는 무책임한 생각이기에 상엽은 그럴 수는 없다는 당연한 판단을 하였다.

그렇다면 학업에 지장이 없는 이번 주 토요일 오후에 예지와 이야기하여 해결할 수밖에 없다며 그때까지 며칠만 순영이 참아주길 바랄뿐이다.

II

예지는 예쁜 이모로 알고 있던 순영이를 하늘에 있는 엄마가 존재하고 있음에도 갑자기 새 엄마가 되어 엄마로 호칭하는 것이 내심 못마땅하였다.

그러나 가족들의 설득과 새 엄마의 노력으로 가정에 평화를 깨는 일이 없이 무난하게 사춘기를 보내는 것 같아 보였었다.

아니 새 엄마인 순영이 예지의 삐뚤어진 마음을 잘 보듬으며 가정에 평화를 지켰음이 옳은 표현이다.

예지는 남동생이 태어나고 부터는 동성인 예솔이보다 예승이를 더 예뻐하며 아껴주었다.

그러나 상엽과 순영의 결혼생활이 무르익어가며 그들의 사랑이 깊어지고 행복한 날개를 펴자 예지의 반응은 정 반대의 현상을 보이고 있었다.

두 사람의 스킨십이 강해질수록 예지는 보이지 않는 질투의 감정을 마음속에 숨기고 있다가 성장하며 자신의 생각을 판단할 나이가 되자 서서히 저항심이라는 발톱을 드러내기 시작했다.

하늘에는 나를 사랑해주었던 엄마가 엄연히 있는데 아빠는 그 당시 엄마에게 보여주지 않았던 사랑에 표현을 새 엄마에게는 듬뿍 보내주고 있음을 못마땅하게 여기었다.

두 사람의 사랑에 스킨십을 종종 목격하면서 예지는 친엄마의 모정을 가슴에 품어보며 지금의 부모에 대한 삐뚤어진 생각을 갖게 되었다.

두 사람의 짙은 사랑에 대한 불만과 좋지 않은 감정이 남모르게 잠복하고 있다가 중학생이 되면서 그리고 사춘기를 겪으면서 순영에 대한 거부감을 직설적으로 표출하기 시작한다.

물론 아빠가 없는 그런 날을 골라서 그렇게 하였다.

어쩌면 동화 속에 나오는 삐뚤어진 여자아이 주인공이 되어 앞과 뒤가 다른 그런 행동을 보여주었다.

순영은 이런 사실을 상엽에게 말하고 싶지 않았다.

지난번 예지의 일 때문에 많이 속상해 하였으며 딸과 이야기하여 잘 해결된 것으로 알고 있는데 다시 그 문제를 거론하면 부녀간에 간극이 생길수도 있겠다고 판단하여 그 이후로는 더 이상 말하지 않았다.

그리고 최근에는 남편의 일이 막중하여 스트레스를 많이 받고 있는데 가족문제까지 부담으로 만들어주고 싶지 않았기 때문이다.

예지의 순영에 대한 반항은 고등학교에 들어와서 그리고 고학년으로 올라가면서 더 심해졌다.

순영은 어떻게 해서라도 예지가 바라던 대학에 갈 수 있도록 그녀 중심의 환경으로 집안 분위기를 만들어 갔으며 가능하면 그녀의 반항과 불만을 스스로 컨트롤하며 살아갔다.

예지는 순영의 이런 호의를 새 엄마의 약점으로 생각하였는지 자기의 심통과 억지를 스트레스 푸는 도구로 이용하며 자주 호기를 부리곤 한다.

어떤 날에는 듣기 민망할 정도의 심한 말을 퍼 붇고는 새 엄마에 대한 당연한 딸의 권리인양 의기양양 해지곤 한다.

허지만 상엽의 눈에는 예쁜 큰 딸 공부 잘하는 모범학생으로만 보였다.

아빠인 상엽과 함께 있을 때엔 부모에게 특히 순영에게 고분고분하며 동생들에게는 사랑스런 언니 누나가 되어있으니 말이다.

예지의 이런 억지스런 행동을 순영은 이해하면서도 이것이 자칫 성장에 잘못된 성격 발달과정이 되지 않을까 조바심하였다.

그러나 그녀의 근본이 악한 아이가 아님을 알고 있기에 일탈된 부분이 회복되지 못하는 곳으로 가지 않도록 만 관리하였다.

다행이도 나쁜 아이들과 어울리는 것 같지 않았고 공부도 스스로 잘 관리하며 우수한 실력을 유지하고 있기 때문이다.

순영은 예지의 이런 모난 행동이 재혼한 부부들 사이에서 종종 일어나는 과정임을 이해하고 그것을 숙명으로 받아드리고 살아가고 있다.

토요일 오후 상엽은 핑계거리를 만들어 순영을 처가댁에 다녀오도록 하였다.

아래 두 동생이 미국에서 살고 있어 나이 드신 분들이 외로우실 테니 가까이 살고 있는 큰 딸이 자주 찾아뵙도록 하라고 하였으며 오늘 저녁이라도 사드리라고 하였다.

상엽은 순영을 처가댁에 보내고 학교에서 돌아온 예지에게 아빠와 이야기를 나눴으면 좋겠다고 말 하였다.

예지가 의아해하며 말한다.

'엄마는 어디 갔어?'

'서초동 외할머니 댁에 가셨어'

'아빠가 일찍 오는 날인데 집을 비우고 가신거야?'

'아빠가 일부러 핑계대어 다녀오라고 했어. 우리 딸하고 단 둘이서 비밀 이야기 좀 하려고'

'나에게 무슨 비밀 이야기를 하려고 엄마까지 보내셨는데?'

'오늘 아빠하고 예지가 마음속에 있는 솔직한 이야기를 하고 싶거든?'

'무슨?'

'나는 예지가 착하고 공부 잘하고 부모님 말씀 잘 듣고 동생들도 잘 돌보아주는 훌륭한 딸이라고 생각하고 있어. 우리 집에 장녀로 앞으로 우리 집의 기둥이라고 생각하고 있지'

'맞는 말 이지'

'예지가 맞는다고 말하는 그 말을 아빠가 믿어도 되는 거야?'

'아빠 딸 말을 못 믿으면 어떻게 해!'

'다시 생각해봐. 우리 가족들을 위해 혹시 나쁜 마음을 먹은 것이 없었는지. 특히 엄마에게 나쁜 생각을 갖고 행동하지는 않았는지'

'……'

'사람들 중에 가장 표리부동한 사람이 앞과 뒤가 다르게 행동하는 거야. 예지는 그런 행동을 하지 않았는지 아빠가 너에게 묻고 싶구나.'

'그럼 아빠는 내가 그렇다는 거야?'

예지는 아빠의 표리부동이라는 말에 심한 거부감을 보이며 억양을 높여 퉁명스럽게 말한다.

아마 순영에게도 이런 식의 행동으로 대했을 것이라고 상엽은 순간적으로 판단하였다.

'예지는 아빠하고 외할아버지에게 약속한 것이 있을 텐데'

'내가 무엇을 약속했는데'

'하늘나라로 먼저 간 엄마가 원하였던 대로 지금 엄마를 친 엄마처럼 생각하고 잘 따를 거라고 그렇게 약속하지 않았었나?'

'그렇게 약속했었어.'

'그런데 예지가 새엄마에게 친 엄마처럼 잘 행동했어?'

'엄마가 아빠에게 내가 못한다고 고자질 한 거야?'

'엄마한테 고자질 이라니. 지금까지 나도 모르게 그렇게 행동했냐? 내가 알고 있는 딸의 행동이 고작 이거였어?'

'!!'

'내 앞에서는 안 그런 척 하고 뒤에서는 엄마에게 함부로 대하고. 그것이 표리부동이지'

상엽은 목에 힘을 주어 엄하게 이야기 하였다.

예지는 금방 울 것 같은 표정을 지어보였지만 꾹 참고 아무 말 대꾸도 하지 않는 것이 역력해 보인다.

'사람은 공부만 잘 한다고 좋은 것이 아냐. 진실성이 있어야지. 인성이 성숙되어야만 비로소 사람 같은 사람이 되는 거야.'

'그러면 아빠는 친 엄마에게 진실성 있게 사랑해 주었어?'

'그게 무슨 말이야?'

'하늘에 있는 친엄마하고 지금 엄마하고 아빠가 똑같이 사랑해 주었냐고. 내가 알기로는 친엄마에게는 진실 된 사랑이 없이 대해주었고 새엄마에게는 친엄마가 갖지 못한 아빠에 사랑을 듬뿍 받고 있잖아'

상엽은 딸의 어이없는 소리에 헛웃음을 지으며 말 하였다.

'말 같지도 않은 소리를 하고 있구나. 그게 무슨 가당치도 않은 말을 말 이라고 해'

'아니! 아빠는 하늘에 있는 엄마보다 지금 엄마에게 훨씬 다정하고 사랑스럽게 대해주고 있어. 그걸 내가 모를까봐?'

'정말 어이가 없군. 그것은 네가 잘못 알고 있는 거야'

'아냐!'

'친엄마와 새엄마의 관계를 예지 네가 몰라서 그런 거야. 네가 어렸을 때 기억하고 있는 것하고 다른 거야'

'무엇이 다른데'

'새엄마는 아빠가 네 친엄마를 알기 훨씬 전에 알고 있었지만 너에 친엄마하고 결혼하고 소식을 끊었었지. 아빠는 하늘에 있는 친엄마와 결혼하고 일절 새엄마를 생각해본 적이 없었어. 예지가 아빠가 엄마하고 새엄마 때문에 싸운 걸 기억하고 그러는 모양인데 그때 병원에서 우연히 만난거야. 엄마도 다 이해 하였었고. 그것 때문에 예지가 엄마에게 그렇게 심통을 부렸냐?'

'......'

'그렇다면 지금 엄마는 상당히 억울한 대우를 예지로부터 받았겠군.'

'왜 억울한 대우야'

'예지가 잘못 알고 있는 사실을 가지고 그 피해를 엄마에게 지우며 까다롭게 했을 테니 그렇지'

'아빠가 지금 나에게 말한 것이 사실인지를 양심을 걸고 아빠 가슴에 손을 얹고 사실대로,

말 해봐'

'무었을 사실대로 '말 하라고 그러는데?'

'하늘에 있는 엄마하고 지금 엄마하고 차별하지 않았는지. 아빠에 사랑이 다르지 않았는지 양심적으로 말해보라고'

'아빠는 장담하건데 그런 사실 없어. 절대로 사랑이 다르지를 않았어. 하늘에 있는 엄마와 결혼하고 새엄마를 생각한 적이 없었으니까. 그것은 친 엄마도 잘 알고 있었으니까'

'양심을 걸고 이야기 하는 거야?'

'아무렴. 양심을 걸고. 하늘에 있는 엄마가 왜 새엄마를 예지의 친엄마가 될 수 있도록 아빠하고 외할아버지에게 부탁을 했겠어.'

'!!'

'예지 너는 지금 엄마에게 감사해야 돼'

'무엇을 감사해야 하는데'

'엄마가 예지 예솔이를 위해 얼마나 고생 하였는데. 그리고 너희 친 엄마 제사도 꼭 챙기고 외가댁도 어르신들이 쓸쓸하다고 짬짬이 들르고 얼마나 신경을 쓰는지 너도 잘 알고 있잖아.

'……'

'아무튼 예지가 아빠에 대한 오해가 있었다면 그렇지 않았다고 자신 있게 이야기 할 수 있으니 그렇게 알고 너도 엄마에게 잘 대해주었으면 좋겠다.'

두 모녀는 예지가 아빠에 대한 오해로 그런 갈등요소를 제공한 것 같다며 앞으로 엄마에게 잘할 것을 약속받고 딸과의 대화를 마무리 하였다.

1999년은 16세기의 예언론자 인 노스트라다무스가 지구가 종말이 온다고 예측한 해 이었다.

그러나 그가 예언한 지구 종말론에 동조하는 사람은 거의 없었으며 기묘년 새해가 왔음에도 사람들의 일상은 생존경쟁에서 우위에 있으려는 발버둥만이 예년과 다르지 않았다.

상엽과 순영의 가정에도 예년과 다름없이 새해를 맞았고 그리고 집안의 큰 행사도 거침없이 치러냈다.

예지가 모두가 원하던 서울대학교 법대에 합격하여 딸에 대한 걱정을 한시름 덜어 낼 수 있었다.

서울대학교에 합격이 결정된 후 순영은 시부모님과 예지 외가댁 그리고 친정 부모에게 전화하여 예지의 합격사실을 기뻐하며 알렸다.

고3 수험생 집안이 다 그랬듯이 우리 집도 모든 것이 예지 위주로 꾸려져 있었는데 마음 조아리며 기다렸던 시간이 아무것도 아닌 것 같이 너무 홀가분해진 기분이었다.

고 3을 가진 부모들이면 다 겪었을 몇 번씩 치러야하는 시험에 대한 노이로제를 우리 가족들이 잘 이겨내었고 예지는 가족들의 응원에 수능시험도 높은 점수를 받을 수 있었다.

그리고 딸이 목표로 세웠던 학교와 학과에 무난히 합격하였으니 그동안 묵었던 체중이 한꺼번에 내려가는 것 같았다.

예지의 고3 생활은 우리 가족이 기를 피지 못하고 지낸 1년 이었다.

모든 것이 고3인 예지 위주로 다루어졌기 때문이다.

예솔이가 첼로 연습을 하려고 연주하다가도 예지가 들어오면 그것도 중단 하였다.

예승이가 남자라 심술궂게 엄마와 누나에게 장난을 치기도 하였으나 그것도 예지가 집에 있으면 모든 것이 스톱이었다.

가족 모두가 숨죽이며 살았고 예지를 제외한 모두가 희생자가 되어 살아야 했던 고3 한 해였다.

이렇게 가족들의 성원이 있었기에 예지가 우리의 기대를 저버리지 않고 좋은 결과를 만들어 낼 수 있었다.

물론 예지의 공부 머리가 우수했던 것은 다 아는 사실이다.

가족들은 예지의 합격을 축하해주고 그녀를 위한 성대한 축하파티도 해주었다.

상엽과 순영은 예지가 기특하고 고마웠다.

그간 하늘에 있는 친 엄마에 대한 그리움을 숨기고 그리고 보이지 않는 부모와의 갈등과 사춘기를 잘 이겨내고 열심히 공부할 수 있는 내공을 보여주었기 좋은 결과를 만들 수 있었다.

순영에게 못된 심통을 보이기도 하였지만 충분히 인내하고 이해할 수 있는 행동이라고 흘려보냈다.

순영은 예지가 공부하느라고 상엽씨와 함께 만들어낸 학창시절의 사랑스런 추억 만들기 같은 연애도 제대로 해보지 못한 것 같아 대학에 가서는 많은 추억거리를 만들어보길 기대하였다.

III

작년에 예지가 서울대학에 입학하여 우리 가족을 기쁘게 해주었는데 2000년 경진년에 들어서도 우리 집에 경사가 이어졌다.

우리 집 기둥인 상엽씨가 경제부처 차관으로 임명되었으니 대단한 경사이었다.

아직은 빠를 수도 있을 젊은 나이인데 그의 실력을 인정받아 일찍 승진을 한 것이다.

IMF 위기에서 서서히 벗어나려는 대한민국은 그동안 국민들의 자발적인 참여로 세계를 놀라게 하였던 금 모으기 운동과 솔선수범하는 절약운동으로 빠르게 경제위기를 극복하고 있는 모습이 여느 다른 나라의 위기상황과 대비 되었다.

상엽씨도 IMF 경제위기 극복과정에서 그 공을 인정받아 일찍 차관으로 발탁된 것이다.

행정고시를 대학 재학 중에 합격하고 경제기획원에 근무할 초창기에 동료들로부터 미래의 장관으로 불렸었는데 그 과정이 빠르게 진행되는 것 같기도 하였다.

워낙 일처리가 꼼꼼하고 정확하여 나라살림을 관리하는데 적임자 이었으며 거기에다 청렴한 공직자로 소문이 나 있었으니 그의 빠른 승진에도 영향을 미쳤을 수밖에 없었다.

상엽은 차관으로 일찍 발탁되어 승승장구하는 것이 순영의 내조에 힘이 크다고 생각하였다.

아이들 셋을 키우려면 학원비며 옷값이며 특히 예솔이 예능 교습 비에 들어가는 비용이 만만치가 않아 박봉의 공무원 봉급으로는 교육비 충당하기에도 어림이 없었다.

이렇게 어려운 살림을 순영이가 직업전선에 뛰어들어 억척으로 살면서 남편이 한눈을 팔지 않도록 하였기에 청렴한 공직자상도 받을 수 있었다.

그리고 아이들의 교육과 훈육에도 순영이가 도맡아서 돌보았기에 상엽은 직장 일에만 충실히 하면 되었다.

거기에 더하여 시부모 모시는 일이며 예지의 외할아버지 댁에 외로움을 덜 수 있도록 섭섭지 않게 찾아뵙는 일이며 예솔이 친 엄마의 기일까지도 놓치지 않고 챙기는 만점 와이프가 되어주었다.

상엽은 순영의 이런 내조가 가장 큰 힘이 되어 직장 일에 충실하였음을 자신 있게 말할 수 있었다.

아이들이 셋이나 되다보니 해마다 중요한 해가 되고 있다.

올해는 예승이가 초등학교 6학년이 되어 중학생이 되기 위한 준비가 필요한 때 이었다.

예승이는 어학 쪽에 관심이 많아 학원에서 영어교습 시간을 가장 즐겨하곤 하였다.

엄마가 영문과 출신이다 보니 그런 영향을 받았는지 외국에서 살지 않았음에도 그의 영어 실력이 꾀 멋들어져 보여 순영은 틈틈이 시간을 내어 아들의 영어 학습을 지도해 준다.

예솔이는 고2 지만 벌써부터 그녀의 진학문제로 가족들의 의견이 나눠지곤 하였다.

세계적인 첼로리스트로 키우기 위해 대학을 해외 유명 예술학교에 보내자는 의견과 국내 대학을 거쳐 이후를 생각해보자는 의견이 분분하였다.

순영이는 예솔이의 숨은 실력을 체계적으로 교습 받을 수 있도록 일찍 해외로 진출시키자는 의견 이었다.

예솔이도 순영의 의견에 공감하고 있었다.

그러나 상엽의 생각은 달랐다.

여자 아이를 멀리 타국에 혼자 버려둘 수 없다고 하였다.

그리고 국내에서도 충분히 그녀를 뒷받침 해줄 수 있는 대학 환경이 되어있다고 강조한다.

그러나 상엽씨가 예솔이의 해외 유학을 반대하는 진짜 이유를 순영은 잘 알고 있다.

그것은 해외유학에 필요한 비용이 상당하였음을 알고 있기에 그것을 숨기고 말하고 있으나 첫 번째 이유가 유학비용 문제임을 순영은 눈치 채고 있었다.

순영이 동시통역사 일을 마치고 상엽씨와 늦은 저녁을 함께 한다.

그리고 예솔이의 진학문제를 가지고 두 사람이 이야기 한다.

'예솔이 해외유학문제를 다시 한 번 생각해볼 수 없어? 예솔이 재능이 아깝잖아'

'여자 혼자 외국에서 생활하게 둘 수는 없어'

'미국에는 내 동생이 둘이나 살고 있잖아. 진영이가 뉴욕에 살고 있으니 음악학교로 유명한 뉴욕의 줄리아드나 피바디 같은 곳은 가능할 것 같은데'

'처남 처제도 외국생활이 힘들 텐데 신세 지는 것은 서로가 부담이야. 그러니 그 생각은

접자고'

'예솔이의 잠재 능력이 아깝잖아. 얼마나 열심인데'

'국내에도 뛰어난 강사진들이 있잖아'

'내가 알아봤는데 물론 국내 강사진들도 빼어나지만 교육 시스템에 문제가 있더라고'

'개선되겠지'

'그 집단의 바탕이 근본적으로 구조적인 상하관계의 이질성 문제로 아이들이 힘들어 하는가봐'

'배우는 학생들의 마음 자세가 문제겠지. 성공한 사람들도 다 그런 환경을 이겨내고 그 분야에 마스터가 되지 않았겠어?'

'그럴 수도 있겠지만 그 세계가 특히 그런가봐. 우리가 모르는 네가티브한 시스템의 고질적인 문제'

'나의 생각은 확실하니까 더 이상 예솔이 진로 문제는 거론하지 말자고'

'솔직히 상엽씨는 유학비용 때문에 반대하는 거지?'

'!!'

'거봐. 결국은 돈 때문에 그런 거잖아'

'부정하지는 않겠지만 우리 살림을 예솔이에게 올인 할 수는 없잖아. 앞으로 살아갈 날이 얼마인데. 예지도 뒷바라지 해야지 예승이도 학교를 마치려면 아직 멀었잖아. 우리 노후는 어떻게 하고'

'아무리 그렇더라도 부모 된 입장에서 예솔이의 천재성을 포기 시킬 수는 없잖아'

'부모님들도 연로하시어 마냥 나 몰라라 할 수 없을게고 예지도 시집보내려면 그냥 보낼 수는 없잖아'

'알아'

'앞으로 돈 들어갈 데가 더 많은데……'

'그렇다고 예솔이의 재능을 부모 능력이 못되어 가로막는 것은 아니지. 방법을 찾아보면 무슨 수가 있겠지'

'어떻게 하겠어. 우리 살림이……'

'내가 좀 더 열심히 일하면 되잖아'

'지금까지도 당신 희생으로 우리가 이렇게 잘 살고 있잖아. 그것을 내가 잘 알고 있는데 당신이 지금보다 더 일을 하도록 어떻게 말 하겠어. 그것은 내 양심상 그렇게 할 수가 없지'

'그게 무슨 말이야!'

'맞는 말 이지'

'나나 당신이나 모두가 우리 가족을 위한 일인데 그런 게 어디 있어'

'당신 고생 덕에 우리가 이렇게 살고 있잖아'

'아니야! 다 상엽씨 덕으로 우리가 잘 살고 있는 거지'

'내 덕으로?'

두 사람은 아웅다웅 예솔이 진로문제로 대화 해 보았지만 서로의 의견이 팽팽하여 결론을 내지 못하고 다시 한 번 생각해보기로 하였다.

예승이는 아들이라 그런지 별 신경 쓸 일이 없이 혼자 독립심을 기르며 부모마음을 편하게 해주었다.

예지는 대학생활을 잘 하고 있었지만 학생회 쪽으로 관심을 많이 갖는 것 같아 순영은 내심 걱정을 하고 나보다 아빠 말은 잘 듣는 편이어 상엽씨가 관심을 갖고 지켜보도록 그에게 각별히 주문하였다.

IV

21세기가 2000년부터다 아니 2001년부터이다 라고 다툼이 있던 밀레니엄시대의 개막이 시작된 해이다.

4월 대우자동차에서 정리해고에 반대하는 폭력시위가 벌어지며 정부는 강제 진압에 나섰고 100여명이 부상당하였다는 뉴스가 TV에서 나오고 있는데 순영은 예지가 학생회 활동을 하면서 학생운동에 가담하여 그쪽에 관심을 보이는 것이 아닌지 신경이 곤두서 있다.

다행히 노동운동에는 별 관심을 쓰지 않아 다행으로 생각하였다.

요즈음에는 아버지가 공직에 몸을 담고 있는데 예지가 학생운동 한다며 거리로 나와 불상사가 생기지 않을까 노심초사 하는 것이 순영의 고민꺼리가 되다시피 하였다.

예지가 법대 전공을 살려 사법시험 준비에 올인 하여 주었으면 좋을 텐데 학교나 사회의 잘못된 부분을 개혁하는 그런 일에도 관심을 보이고 있어 순영은 내심 불안해하였다.

9월 11일 이슬람 극단주의자들인 알카에다 전사들이 미국 뉴욕 맨허튼의 무역센터와 워싱턴 DC 펜타곤에서 민간 항공기를 납치하여 자살 테러를 일으켜 3000명 이상이 사망하였다.

이 사건으로 세계가 충격에 빠졌으며 우리나라도 연일 톱뉴스로 그곳 상황을 생중계 되었다.

순영도 여동생 가족이 맨허튼에서 가까운 퀸즈에 살고 있어 걱정이 되었는데 확인하여 보았으나 다행히 모두가 무사하였다.

그렇게 극단주의자들의 경악스러운 테러로부터의 충격에서 벗어날 즈음 우리 집에 뜻하지 않는 사건이 발생하였다.

민주화 정부가 들어섰다고 하였는데도 사회가 안정을 찾지 못하고 혼란스러웠으며 학생운동에 관심이 많은 예지의 귀가시간이 늦어져 모두가 잠들지 못하고 있는 밤 1시경 강서경찰서로부터 전화가 왔다.

예지가 국가보안법 철폐를 주장하며 국회의사당을 점거하는 시위에 가담하여 경찰서에 연행되어 있다는 것이다.

그렇지 않아도 저녁 뉴스에서 그런 사실이 보도되었으나 거기에 예지가 연루되어 있다고는 전혀 생각지도 못했었다.

왜냐하면 예지가 똑똑한 아이 이었기에 아빠가 공직생활을 하고 있어 자신의 섣부른 행동에 부모님이 피해가 갈수도 있다는 그런 인식쯤은 충분히 할 수 있는 학생이었기 때문이다.

그런데 뜻하지 않게도 가족들의 생각과는 정 반대로 이런 엉뚱한 사건이 발생했다.

어느 한 순간에 예지의 숨겨진 발톱을 드러내고 말았다.

가족들은 큰 충격을 받았다.

요즈음 예솔이의 진학문제로 아직 결정을 하지 못하고 골치를 썩고 있는 마당에 큰 딸이 가장 우려하였던 일을 저지르고 말았으니 가족들은 패닉 상태가 되었고 순영은 상엽씨의 공직생활에도 지장을 주지 않을까 걱정 하였다.

상엽과 순영은 대충 옷을 갈아입고 강서경찰서로 내달렸다.

담당 형사 말에 의하면 예지가 국회의사당 점거를 주도한 혐의가 있어 검찰의 지휘를 받아봐야 알겠지만 훈방이 어려울 것 같다고 하였다.

경찰서 유치장에 갇혀있는 예지를 철장을 사이에 두고 만나보았으나 그녀는 부모님의 노심초사하고 있는 것과는 다르게 태평하였으며 그런 딸이 몹시 무심하게 생각 들기도 하였다.

집에 돌아온 두 부부는 할 말을 잊고 밤을 꼬박 새우며 아침을 맞았다.

'여보! 출근준비 해야지'

'응. 해야지'

'너무 걱정하지 마. 곧 풀려 나올 거야'

'내가 예지에게 너무 무관심 했어. 예지의 삐뚤어진 마음을 진작 알아차렸어야 했는데'

'설마 이렇게까지 일 줄은 몰랐잖아'

'당신이 내가 예지를 좀 더 관심 있게 보아줄 것을 말했을 때 진작 눈치를 챘어야 했어. 내가 그냥 흘려들었지만 않았어도 이 정도는 아니었겠지'

'우리가 예솔이 진학문제에 매달리다 예지 문제를 놓친 거야.'

'예지가 당신과의 갈등을 마음속에 아직도 품고 있어. 그래서 삐뚤어진 마음을 그쪽으로 풀고 있는 거야'

'자식은 다 애물단지 인가 봐'

'어려서부터 친 엄마를 알고 자랐기 때문에 하늘에 있는 엄마가 그리웠을 거야. 그렇게 이해해야지'

'고3 때 당신과 갈등이 있는 것을 알고 예지와 이야기를 나누었었어.'

'언제?'

'친정에 좀 다녀오라고 하던 날'

'아~ 그때. 이유가 있어서 나를 친정에 보냈군요. 나는 그것도 모르고'

'그때 예지가 하늘에 있는 엄마하고 지금 엄마하고 내가 차별하고 있다고 하더라고'

'무슨 차별을?'

'아빠가 지금 엄마를 더 사랑해주고 있다나.'

'아이고. 아이의 입에서 그런 소리가 다 나오고. 우리가 그렇게 행동하였던 모양이지'

'예지가 그런 생각을 하고 있기에 그런 것이 아니라고 잘 타일러 이해하였다고 생각했는데 그렇지가 않았던 모양이야'

'그렇게 생각하였던 예지 마음은 얼마나 아팠겠어.'

'이해 시켰다고 생각하였는데 그것을 숨기고 학생운동 같은 엉뚱한 방향으로 시선을 돌렸

어.'

'맞아. 그런 거야'

'내 불찰이지'

'불쌍한 예지…… 그럼 예지를 어떻게 하지?'

'검찰에 친구가 있으니 이번 일을 잘 알아봐야겠어. 초유에 국회의사당을 점령당한 사건이니 쉽게 해결될 일은 아닐 거야'

'그렇겠지'

상엽이 출근하고 예솔이 예승이를 학교에 보낸 뒤 순영은 한참을 생각해 보았다.

예지가 어린 시절 엄마를 잃고 얼마나 방황했으며 그리고 그 자리를 희주씨를 대신하여 내가 아빠 옆자리를 독차지하고 있었으니 그녀의 어린 가슴에 대못을 박았을 수도 있었겠구나 생각하니 마음이 아팠다.

예솔이는 너무 어린 시절 친 엄마의 그늘에 있지 못하여 예지와 같은 민감한 사랑에 감정을 희주씨로 부터 받지 못하여 성장과정에서 문제가 되지 않았으나 큰 딸은 달랐던 것이다.

순영은 예지가 돌아오면 숨겨진 그런 감정을 스스럼없이 털어낼 수 있도록 시도할 수 있는 계획을 생각해본다.

예지가 5일간의 구류생활을 마치고 집에 귀가하였다.

딴에는 집에 걱정을 끼치게 되어 미안했던지 풀이 많이 죽어 있었다.

순영은 그런 예지를 위로하며 유치생활로 고생했을 딸에게 몸보신 할 수 있도록 맛있는 음식을 준비하여 먹도록 하였다.

음식을 다 먹고 난 뒤 예지가 먼저 순영에게 말을 건다.

'걱정 끼쳐드려 죄송해요'

'엄마보다 아빠가 걱정을 많이 하셨어.'

'예솔이 문제로 신경을 많이 쓰시는데 나까지 문제를 만들어 신경 쓰게 해 미안해요'

'젊어서 한때의 경험 아니겠어? 대학시절 한번쯤은 학생운동에 참여도 해보고 그것이 추억거리가 되곤 하잖아'

'!!'

'아빠도 대학시절 군사정권 타도 유신반대하며 데모에도 가끔씩 참석하곤 하시었어.'

'그러셨어요?'

'그러나 정도를 지키며 젊음을 표출하였고 그래서 지금은 국가에 큰 일꾼이 되시었잖아'

'아빠 생각하면 내가 생각이 짧았던 것 같아요'

'지금이라도 그렇게 생각하면 된 거야. 아빠 말씀이 과거를 돌아보니 어떤 때는 내가 부정했던 그 과거가 더 옳더라고 말씀하시기도 해'

'정말 죄송해요'

'그리고 예지가 엄마 아빠에게 하늘에 계신 친 엄마를 숨기며 그리워할 필요는 없어. 친 엄마이니 당연히 그립고 보고 싶겠지'

'!!'

'친 엄마가 보고 싶고 그리운 것은 자식의 당연한 의무고 권리 인거야. 그것을 숨길 이유가 없지'

'……'

'나에게 친엄마에 대한 갖고 있는 감정을 솔직히 표현해도 좋으니 마음껏 집에서 이야기해. 친엄마에 대한 사랑표현은 당연한 건데 숨길 필요가 없잖아. 앞으로 그렇게 해!'

'감사해요'

'그리고 예솔이에게도 친엄마의 정을 알게 하는 것도 좋지 않겠어? 예지가 기회가 되면 예솔이에게 이야기해도 되니 그렇게 해!'

'엄마 고마워요'

예지는 순영을 앉아보며 순간 어린 철부지 아이가 되어 버린다.

순영은 퇴근하여 집에 돌아온 상엽씨에게 이야기하여 예지일로 더 이상 큰소리 나지 않도록 단속 하였다.

상엽은 연말에 차관 직에서 사퇴 하였다.

공직 사회에서 자식관리를 제대로 하지 못하는 그런 관리인으로 인식되는 것 같아 본인이 알아서 사표를 제출한 것이다.

물론 가족들에게는 사퇴이유가 그것 때문임을 숨겼나.

그러나 순영과 예지는 그런 사실을 눈치 채고 있다.

능력을 인정받고 잘 나가던 사람이 별 탈도 없는데 차관 직에서 물러난다는 것은 달리 설명할 필요가 없었기 때문이다.

예지가 의기소침하고 있어 순영이 잘 알아듣도록 이야기하여 딸의 충격을 단속 하였다.

그래서 그런지 예지는 요즈음들에 사법고시 준비에 더 열심이다.

상엽씨가 공직에서 물러나고 당분간 집에서 쉬고 있으면서 예솔이의 진학문제를 다시 생각하게 되었다.

순영의 설득과 예솔이의 유학을 가고픈 의지를 집중 공략하여 어렵게 상엽씨가 허락하여 미국 줄리아드 음악학교에 합격하였었다.

그런데 집에서 쉬고 있는 지금 집안 살림살이가 어려울 수 있으니 국내 대학으로 진로를 바꾸도록 상엽씨가 다시 주문하였다.

예솔이는 크게 의기소침 하였고 순영이는 다시 상엽씨를 설득하느라 분주하였다.

상엽씨의 고집을 꺾을 수 없어 일단 국내 음대에도 지원서를 접수시켰다.

한 달 남짓 상엽씨가 집에서 쉬고 있자 정부기관 공사 대표로 임명되어 숨통을 튀어 주었다.

순영은 상엽씨가 공사 대표로 임명되어 우리 가족의 생활에도 여유가 있을 터이니 예솔이의 줄리아드 음악 대학 진학을 다시 생각해 달라며 졸라 허락을 받아내고 유학준비를 서둘러 한다.

파랑새 둥지를 떠나다

I

2002년 6월.

세계인의 축제인 월드컵 축구 경기가 일찍 찾아온 여름의 열기를 불어넣듯 대한민국을 달구며 도시 곳곳에서 열리고 있다.

예솔이가 줄리아드 음악대학 가을학기에 맞춰 입학준비를 하느라 어학실력을 쌓기 위해 순영이 틈틈이 영어 학습을 지도해 주었다.

고등학교 재학 중에도 유학 준비로 어학공부를 꾸준히 하였기에 영어실력이 상당한 수준이 되어 학업에는 지장이 없을 것으로 판단하고 미국으로 떠날 채비를 하였다.

고등학교 시절에도 몇 번 외국으로 콩크루 경연대회에 참석하여 본 경험이 있어 미국으로의 출국 준비는 그리 어렵지가 않았다.

미국에서는 당분간 뉴욕 퀸즈에 살고 있는 이모 집에서 기거하기로 정하였다.

순영이 여동생 진영이도 결혼하여 아들 하나만 있어 적적한데 딸이 하나 더 생겨 좋다며 반겨한다.

학교까지 교통편이 좋았고 집에서 그리 멀지않은 곳이라 마음을 놓을 수가 있었다.

예솔이가 국내에서도 이름 있는 백건우와 정경화 그리고 정명훈이 이곳 줄리아드 출신이며 특히 이곳 대학의 현악 4중주단은 세계적으로 유명하여 첼로를 연주하는 딸이 현악이 강점인 그곳을 지원 그녀에 꿈을 실현해보고 싶어 하여 그렇게 결정한 것이다.

예솔이 출국일이 내일로 다가와 가족들이 환송회를 겸한 저녁을 함께 하였다.

상엽이 홀로 이국땅에서 생활해야하는 딸이 안쓰럽고 걱정이 되는지 먼저 말문을 연다.

'짐이 많을 텐데 빠짐없이 잘 챙겼지?'

'응 아빠! 하나하나 다 확인하여 짐을 쌌어. 엄마가 빠진 것이 없는지 다시 확인했고.'

'누나는 좋겠다. 미국에서 살고'

'예승이도 미국에서 살고 싶어? 예솔이 누나가 심심할 텐데 함께 미국에 보내줄까?'

'미국이 크고 부자니까 거기서 사는 것도 좋아'

'예승이는 큰 나라가 좋은 모양이네'

'볼 것도 많다고 친구가 그랬어. 그런데 지금은 엄마 아빠하고 여기서 살 거야'

'예승이는 어학공부를 잘 하고 다니기를 좋아하니까 커서 외교관이 되면 미국에서 살수도 있지. 예승이가 외교관이 되고 싶다고 하였으니 나중에 얼마든지 큰 나라에서 살 수 있을 거야'

'그럼 외교관이 되어 그때 누나 만나면 되겠다.'

'예솔이는 보고 싶어 하는 동생도 있고 그리고 엄마가 함께 동행 해 주니 좋겠다.'

'언니도 사시 합격하면 엄마하고 놀러오면 되지'

'아빠는 빼는 거냐? 섭섭하다. 하하하'

'아빠는 딸이 보고 싶어 당연히 엄마하고 자주 올 거면서 그러셔'

'그런가?'

가족들과의 아쉬움을 달래는 저녁만찬을 끝내고 순영은 다시 한 번 예솔이의 짐들을 빠진 것이 없는지 확인하여 보았다.

다음날 오전 리무진 버스를 타고 인천 국제공항으로 상엽과 예승이가 예솔이를 배웅하기 위해 함께 갔다.

예지는 시험 준비 때문에 미리 집에서 작별인사를 하였다.

공항에 도착하여 출국절차를 받으면서 작년에 개항한 인천 국제공항의 규모가 어마어마하게 컸는데 월드컵이 있어서 그런지 외국 사람들도 상당히 많이 눈에 뛰어 놀랐다.

예솔이의 살림살이 짐이 꾀 많아 수하물로 붙이고 일부는 순영이와 예솔이가 핸드캐리 하였다.

'예솔아 몸조심해야 돼'

'아빠 걱정하지 마. 나 열심히 할 테니까. 죽기 살기로 하여 세계적인 첼리스트가 되어 아빠를 실망시키지 않을 테니까'

'지금 그 정신 잊지 말고. 이모 집에서 조심성 있게 행동하고'

'걱정하지. 마세요.'

'누나 잘 가. 방학 때 놀러갈게'

'여보. 다녀올게요.'

그동안 밝게만 보였던 예솔이가 가족들과 헤어지는 것이 못내 아쉬웠는지 아빠 가슴에 안기더니 눈물을 보였다.

상엽은 출국장에 들어서는 두 모녀에게 손을 흔들어주며 그제야 딸이 집을 떠나 이국땅에서 독립생활을 하게 되는 것을 실감한다.

예솔이가 우리 집에서 처음 둥지를 떠나는 파랑새가 되었다.

15시간의 긴 여행 끝에 미국 케네디 공항에 도착하였다.

미국정부의 지난 9.11 테러에 대한 공포가 아직 가시지 않아 입국절차는 상당히 까다롭고 엄중해 보였다.

입국수속을 마치고 나오자 동생 진영이가 나와 있다.

예솔이와는 지난해 진영이가 서울에 방문하여 만났었기 때문에 구면이 되어 두 사람 인사는 편해 보인다.

제부는 직장에 출근하여 나올 수가 없어 저녁에 집에서 볼 수 있다고 진영이가 말 하였다.

공항 앞 정류소에서 진영이 차를 기다리고 있는 동안 주변을 둘러보니 사람들이 얼마나 바쁜지 그리고 사람들의 왁자지껄 떠들어대는 큰 대화소리가 우리를 겁나게도 하였으며 혼란스럽게도 보였다.

잠시 기다리고 있자 진영이가 차를 몰고 와 트렁크에 짐을 싣고 자리가 모자라 일부는 차안에 실었다.

애국자라서 그런지 아니면 차량가격이 다른 차에 비해 저렴해서 그런지 현대 소나타를 타고 왔는데 차 트렁크가 컸음에도 짐이 많아 그렇게 하였다.

1시간여 큰길과 복잡한길을 반복하여 타고 가니 정원도 아담하게 꾸미고 하얀 페인트로 잘 칠해진 2층짜리 집 앞에 도착하였다.

집에는 중학생 승호가 학교를 마치고 그들을 기다리고 있다.

기거하게 되는 2층 방은 미리 정리를 해놓아 깨끗하였고 창문 밖으로는 확 트인 공간과 주변에 큰 나무들이 보여 예솔이가 아주 만족 해 한다.

짐 정리를 마치고 저녁시간이 되자 제부가 퇴근하고 서둘러 집에 왔다.

진영이와 동갑내기인 제부는 금융권 계통의 아주 잘 나가는 회사에 다니고 있었다.

UCLA에서 진영이와 함께 공부하고 연애하여 결혼 하였는데 중학생인 아들 승호를 두고 있다.

'처형! 안녕하세요? 제가 공항에 나갔어야 했는데 회사일이 여의치 않아 그렇게 하지를 못해 죄송합니다.'

'무슨 과분한 인사를 그렇게 다 하시고. 우리 딸이 신세 좀 지게 되었어요. 잘 부탁합니다.'

'신세라니 별 말씀을 다 하시네요. 우리는 딸이 생겨 좋고 만 요. 우리 집이 이제야 남녀비가 똑같아 와이프가 힘 좀 내겠는걸요. 하하하!

'맞네! 호호호'

'예솔이가 예쁘게 컸구나.'

'감사해용'

'형님은 공사 대표로 임명되셨다지요?'

'그렇게 됐어요.'

'형님 실력이면 경제부처 장관까지는 하셔야 되는데. 언제인가는 다시 기회가 오겠지요?'

'그게 마음대로 되나요.'

'그렇게 될 겁니다. 형님은 실력이 있으시잖아요'

'맞아. 형부 실력이면 장관은 해야지'

'내일이 토요일이라 LA에 있는 형님 가족들이 이쪽으로 오기로 했어요. 낮에 전화통화 했고요.'

'그랬어! 오빠 부부가 이리로 온데?'

'응. 이리로 온데'

'와~ 내일 우리 집이 들썩이겠네.'

'승호가 더 좋아하는구나.'

'형들하고 오래간만에 힘겨루기하며 놀 수 있겠는데? 서울 누나가 오니까 친척들이 다 모이고 좋아요!'

승호가 LA에 사는 형 둘이 온다는 소리에 기뻐하며 환호 한다.

학교에서 끝나고 집에 오면 엄마도 아르바이트 일을 하여 아무도 없으니 이렇게 시끌벅적 거리는 날이 그리웠을 것이다.

다음날 남동생 지훈이 가족이 총 출동하여 예솔이의 미국 입성을 축하해 주었다.

외국에서 살다보니 피붙이가 그리워서 인지 사촌 누이의 미국 입성에 조카들이 난리법석 환영해 주었다.

남동생이 LA에서 무역업을 하며 그런대로 사업이 번창하여 여유 있는 생활을 하고 있어 순영은 마음이 놓였다.

그리고 여동생인 진영이 부부는 성격이 둘 다 트여서인지 예솔이를 조카가 아닌 딸처럼 대해주었고 매달 생활비로 일정부분 지불하여 생활에 대한 부담도 줄일 수 있다고 하였다.

일주일 동안의 미국방문을 마치고 순영은 집으로 돌아왔다.

예솔이 한명이 빠진 집안 분위기가 예전 같지 않고 많이 쳐져있다.

처음 둥지를 떠나보내고 남아있는 가족이 그 자리를 메꿔보려고 과분한 대화를 만들어가며 분위기를 수습하려 하였는데도 어딘지 모르게 휑한 느낌을 떨 추어내기가 어려웠다.

파랑새 한 마리가 떠난 둥지는 의외로 남아있는 우리 가족을 이별이라는 슬픈 감정에 빠지게 하였다.

II

예지가 대학을 졸업하고 그해 사시에 합격하였다.

대학 생활 중 약간의 일탈행동이 있었으나 마음을 다 잡고 사시준비에 힘을 쏟더니 마침내 합격하여 가족들을 기쁘게 해 주었다.

그동안 집안의 이단자처럼 행동하며 사춘기를 새 엄마에 대한 반항의 힘으로 버티었고 대학생이 되면서 사회를 굴절되게 보고 기성세대에 저항하는 진보적 사고를 발산하며 가족들을 마음고생 시켰었다.

그러나 근본이 네거티브한 아이가 아니고 본마음은 여리고 착한 구석이 숨어있었는데 본인으로 하여금 가족이 피해를 입는 것을 목격하고 다소 늦은 감이 있었지만 예지의 본 모습으로 돌아올 수 있었다.

예지가 순영을 예쁜 이모라 부르다 갑자기 엄마가 된 그때부터 15년 동안의 마음속에 방황을 종지부를 찍고 옛날의 예쁜 딸로 거듭 태어났다.

친 부모 중 한쪽을 잃고 새로운 가정에 적응하지 못하는 우리 환경의 단면을 상엽과 순영의 가정에서도 똑같은 경험을 거치게 해 주었다.

상엽과 순영은 우리 집의 든든한 버팀목이 되어줄 큰 딸의 사법시험 합격을 큰마음으로 축하해주며 앞으로 어려운 사람들을 위해 정의로운 법조인이 되라며 격려 해 준다.

예지가 2년 동안 연수원에서 좋은 성적을 내어 그녀가 바라는 분야에 법조인이 될 수 있도록 성원해주었다.

예지도 그동안 우리 집안의 반항아로 집안 분위기를 흩트려 놓았던 과거의 굴절된 시각에서 벗어나 새엄마가 숱한 마음고생을 하며 가정에 불화를 막으려 혼자 노심초사 하였던 사실과 피가 섞이지 않은 딸들의 뒷바라지를 위해 고생하였던 고마움을 알게 되었다.

그리고 본인의 일탈로 본의 아니게 아빠의 공직생활에 주홍글씨를 달게 해준 사실을 인정하고 그동안의 자괴감에서 벗어나 가족의 중심에 서서 제대로 된 장녀에 역할을 할 것을 다짐하는 것 같아 보였다.

예지가 연수원에 있는 동안 시아버님이 돌아가셨다.
그는 우리 집안에 기둥이시며 어른이신 가장 빛나던 파랑새 이였다.
연세가 83세이었지만 건강하셨는데 심근경색으로 갑자기 쓰러진 후 곧장 돌아가신 것이다.
손녀딸이 사법고시에 합격하여 못내 기뻐하셨는데 임용되는 것도 보지 못하고 운명하셨다.
살아계시는 동안 아들이 장관되는 것을 보고 싶다고 하셨는데 우리 집안에 큰 인물이 되어 나라에 봉사하라는 그 꿈이 실천되는 지를 보지도 못하고 황천길로 먼저 가셨다.
40년 공무원 생활을 하시며 나라를 위해 그토록 헌신하고 국가에 봉사하신 분도 없었다.
아들인 상엽에게도 나의 길을 따르라며 그를 공직자의 길로 인도하였었다.
순영에게도 자상하신 시아버님 이셨다.
순영이 수녀 복을 벗고 방배동을 찾았을 때 아들을 힘들게 한 원죄를 보듬어 주시고 가족들을 이해하도록 설득하였던 분도 시아버님 이셨다.
아이들도 너무 예뻐하며 순영이 직업전선에 뛰어들어 아이들 보살핌이 어려워지자 아이 돌봄이도 마다하지 아니 하였었다.
그랬던 시아버님이 갑자기 돌아가시어 순영은 남들보다도 더 큰 슬픔을 간직하고 애통해 하였다.
장례식을 잘 치르고 집에 돌아온 순영은 방배동에 홀로 계실 시어머님이 걱정되어 상엽에게 제안 한다.
'어머님이 연세도 만만치 않으신데 걱정이 돼'
'외롭지 않게 자주 전화 드려야지'
'여보! 우리가 방배동으로 들어가 어머님을 모시는 게 어떨까? 아무래도 어머니 혼자 사시게 하는 것이 아닌 것 같아'
'늙으신 어머니 모시는 것이 힘들 텐데'
'그래도 모실 수 있으면 모셔야지'
'당신이 힘들어 안 돼. 다른 방법을 찾아보자고'
'우리가 힘들다고 자식 된 도리를 못하고 연로하신 어머니를 홀로 방치하면 안 되잖아. 그리고 아들인 당신 마음도 그걸 원하지는 안을 테고'
'당신이 아이들 키우느라 그렇게 고생을 하였는데 다시 어머니를 모시라고 한다면 나를 욕되게 하는 거지. 내가 무슨 면목으로 당신에게 어머니까지 보살피라고 할 수 있겠어.'
'우리가 힘들 때 어머니도 우리 아이 셋을 돌보아 주셨는데 당연히 우리가 모셔야지'
'내가 당신한테 미안해서 그렇지'
'상엽씨! 사랑하는 사람들끼리는 미안하다는 말 하는 것이 아니잖아. 벌써 그 것을 잊었

어?'

'그래도……'

'어머니 혼자 계시면 외로우셔. 우리가 아직은 건강하니 자식 된 도리를 다 합시다.'

'괜찮겠어?'

'걱정하지 마. 내가 깡순이 이잖아. 히히히'

상엽은 순영의 천사 같은 마음씨에 항상 주눅이 들 정도로 미안한 마음을 갖고 있었는데 이번에 어머니를 모시는 것도 먼저 말해주지 않았으면 아들 입장에서 고민이 많이 되었을 텐데 그것이 해결되어 마음이 홀가분하였다.

두 사람은 어머니를 당분간 금호동 아파트에서 머물게 하고 방배동 집을 수리하여 이사하기로 결정하였다.

연로한 어머니를 걱정하던 시누이들이 이제는 한시름 놨다며 순영에게 고맙다고 인사하였다.

방배동 집을 수리하고 가을에 이사하였다.

순영과 상엽은 어려서부터 살던 그리운 고향마을 고향집으로 한 커플의 연어가 되어 불어난 자식들을 데리고 다시 찾아오게 된 것이다.

방배동을 떠난 지 얼추 25년 만에 컴백 하였다.

다시 그리운 고향집으로 회귀하여 살게 된 것이 감개무량하였다.

2층 집으로 1층에 방 셋 그리고 주방과 거실이 있고 2층에도 방 둘과 조그만 다락방이 있었다.

옛날 이 집에서 상엽씨 가족 다섯이 살았었다.

1층 큰방에서 상엽 부부가 살고 건너에 있는 작은 방에 어머니가 거처하는 것으로 하였다.

어머님께 처음부터 정붙여 살던 큰 방을 계속 쓰시게 하였으나 혼자 살기에는 너무 허전해서 싫다며 우리에게 양보 하신다.

그리고 거실에는 어머니가 화초를 좋아하셔서 난과 화분을 키우며 취미생활로 즐기시도록 준비하였다.

2층에는 주말에 연수원에서 나와 편히 쉴 수 있도록 햇볕이 잘 드는 곳에 예지 방으로 꾸몄으며 예승이가 방이 작다며 불평했지만 작은 방을 쓰도록 하여 방 배치도 마무리 하였다.

아담하게 꾸며진 정원의 푸르른 나무와 자연석이 제법 어우러져 있었고 잔디도 밟을 수 있어 좋았는데 특히 거실과 대부분 모든 방에서 이러한 자연에 모습을 볼 수 있어 좋았다.

금호동 아파트를 팔고 상엽씨의 공사 대표 월급도 꾀 되었으며 순영의 동시통역일도 국제대회가 자주 열려 수입이 괜찮아 예솔이의 학비와 생활비를 지원하고도 오래간만에 큰돈을 저축할 수 있어 마음이 한결 가벼워졌다.

늦가을 토요일 오후 동시통역 일을 마치고 연회장을 나가자 남편이 그녀를 기다리고 있다.

순영이 생일이어 근사한 저녁을 먹자며 오후 늦은 시간인데도 국제대회가 끝날 때까지 호텔 연회장 밖에서 기다리고 있었다.

겨울을 향해 달려가고 있어서 그런지 오후 5시밖에 되지 않았는데도 땅거미가 뉘엿뉘엿 내려오더니 금방 우리를 어둠속에 가둬 놓으려 준비하고 있다.

상엽씨가 그런 것을 고려하였는지 아니면 시간을 절약하려고 그랬는지 같은 호텔 레스토랑에 미리 예약을 하여 놓았으며 이탈리아식 음식을 와인과 곁들여 주문한다.

상엽씨가 생일선물로 토파즈 목걸이도 목에 걸어주었다.

오래간만에 맛보는 감미로운 생일 축하였다.

'이런 곳에서 나에 천사님! 당신 생일축하 해준지가 참 오래된 것 같은데'

'이렇게 비싼 호텔은 처음이지용'

'그렇군. 우리가 갈 수 있었던 곳은 학생 때 분위기만 비슷한 경양식 레스토랑이었어. 우리가 이런 럭셔리한 호텔을 이용할 처지는 안 됐지'

'호텔이라 음식 값이 비쌀 텐데'

'순영씨! 나 능력되거든? 그러니 음식 값 걱정 하지 말고 편히 맛있게 드시라고. 오래간만에 신경써본 생일인데'

'알지만 아직도 들어갈 곳이 많으니 절약해야지. 예솔이도 졸업해야 되고 예승이도 있잖아'

'처음만나 학생 때 본 나에 어여쁜 천사님은 어디 가고 지금의 억척 마님이 다 되었으니. 쯧쯧쯧'

'그것은 당연한 현실이지. 내 나이가 얼마인데'

'천사같이 곱고 예뻤는데……'

'그러면 지금은 안 그렇다는 거야?'

'아니. 당연히 지금도 예쁘지'

'그런데?'

'그때는 예쁜 천사님. 지금은 어여쁜 천사님. 하하하'

'그러면 됐어. 아직도 당신 눈에 천사처럼 보이면 된 거야. 비록 늙은 천사가 되어있을 망정이지만'

'내가 능력이 되지 못해 순영이 고생만 시키고. 다 내 잘못이지'

'무슨 소리야. 나는 지금까지 내가 고생하고 있다고 생각해 본 적이 없어. 모든 것을 내 운명처럼 받아들이고 있었으니까'

'아이들 키우랴 부모님 모시랴 그것이 다 고생길이잖아. 예지의 심통을 다 받아들이느라 마음고생도 많았잖아'

'나는 그것이 고생길이라 생각하지 않아'

'!!'

'그것이 나에 책임이고 또 그렇게 하니 행복을 느낄 수도 있고. 그런 과정을 거쳐 예지도 이제는 우리 집에 장녀로 제 역할을 충실히 하고 있잖아'

'그렇게 이야기 해주니 정말 고마워'

'우리끼리 고맙다는 말은 아니 하는 걸로 알고 있습니다. 서방님!'

'알겠습니다. 나에 천사님! 하하하'

생일을 축하하는 저녁을 맛있게 먹고 상엽이 백화점에 들러 옷을 한 벌 사자며 순영이 손을 잡아끌었지만 나이 드신 어머니를 오랫동안 혼자 있게 할 수 없다며 재촉하여 택시를 잡아타고 집으로 향했다.

상엽이 아쉬웠는지 택시를 마을 입구에서 세워 차에서 내리고 거기서부터 걸어가자고 하였다.

순영도 동의하였으며 함께 다정히 손을 잡고 집을 향해 걸었다.

30년 전에 상엽씨가 고등학생 이었고 순영이 중학생으로 만나 아침 학교 등굣길을 거의 매일같이 다녔던 그 길이다.

마을 입구 부근에는 개발이 되어 제법 큰 건물들이 들어서 있었으나 주택가는 그렇게 크게 변하지 않아 옛날에 만들어냈던 우리에 추억들을 들추어 낼 수 있었다.

조금 더 올라가 주택가 사거리 코너에 우리의 아지트였던 빵집은 세월의 무상함을 이기지 못하고 사라져 버렸고 그 자리에 젊은 연인들의 보금자리인 카페로 바뀌어 있다.

혹시 옛날 빵집 주인이었던 그 언니가 이 카페를 운영할 수 있다는 호기심에 두 사람은 들어가 자리를 잡고 주위를 훑어보았으나 보이지 않았다.

커피 두 잔을 시키고 업종이 바뀌었지만 이 자리에서 만들어냈던 수많았던 추억들을 불러내려 하였는데 대부분의 손님이 예솔이 또래 아이들로 괜히 그들의 사랑 만들기에 방해가 되는 것 같아 눈치를 살피며 커피를 빨리 마시고 그 자리에서 서둘러 탈출한다.

상엽과 순영은 벌써 세월이 이렇게 흘러 젊은 청춘들에게 눈치 보며 사는 세대가 되었다며 서러움을 토로하고 세월의 무상함을 실감하게 되었다.

두 사람은 추억을 들추어보려던 그곳에서의 시도를 포기하고 다시 집과 더 가까웠던 공원 아지트를 찾아가 보기로 하였다.

다시 찾아본 그곳 조그만 공원은 우리가 오기를 한없이 기다렸는지 옛날의 어둠침침했던 얼굴을 밝고 화사하게 새 단장하고 두 사람을 기다리고 있다.

우리의 흔적이 묻어있을 우직스럽던 그 벤치는 어디로 떠나보내 버렸는지 없었고 예쁜 새색시같이 곱게 단장한 주황색 의자가 대신 그들을 반겨준다.

상엽과 순영은 두 사람의 의지에 구애받지 않고 동시에 그 자리에 앉는다.

옛날에는 사람이 거의 없어 우리만의 공간이 되었었는데 지금은 몇몇 커플들이 과거의 우리가 되어 그곳을 점령하고 있다.

'정말 많이 변했네.'

'바뀐 세월이 얼만데'

'옛날에는 좀 어둡고 한적했지만 그때가 정취는 더 있었어.'

'학창시절 데이트 할 곳이 마땅치 않아 이곳이 우리 단골 아지트 이었는데'

'솔직히 말하면 그때는 어둡고 사람들이 이곳을 많이 이용하지 않아 밤에는 좀 무서웠댔어.'

'그러면 그때 이 오빠만 믿고 무서웠던 것을 참은 거야?'

'히히히. 그랬었지'

'사람들이 많지 않아 우리 아지트로는 제격이었었어. 그래도 우리의 사랑이 묻어있는 곳이 존재하고 있으니 얼마나 좋아'

'오빠랑 둘이 여기서 만나는 걸 지훈이가 엄마에게 일러바쳤잖아'

'그 덕에 부모님. 허락도 받은 거지'

'그렇지. 가족들이 우리사이를 알게 되었던 낭만의 장소야'

'아무렴! 우리의 추억이 살아있는 곳이며 우리에 숨결이 살아 숨 쉬는 잊을 수 없는 우리만의 명소야'

'영원히 남아있으면 좋을 텐데......'

'내가 먼저 죽게 되면 나에 천사님이 이곳에 앉아 옛날을 회상하며 나를 그리워하겠지?'

'쭈굴텅 할머니가 되어서...... 에이 끔찍하다'

'하하하. 그렇겠네.'

두 사람은 학창시절의 즐거웠던 날들을 기억 속에서 들추어내며 감정에 사로잡혀 보기도 하고 감회에 젖어보기도 하였다.

그렇게 순영의 생일을 과거와 만나보는 즐거운 시간여행을 하며 보낸 또 다른 추억거리가 되었다.

상엽이 공기업 대표 연임을 고사하고 대학의 석좌교수 자리로 옮겼다.

다수의 국가기관 공기업 중 평가가 상당히 우수하게 나왔고 실적도 개선되어 연임하여줄 것을 정부로부터 요청받았지만 노동조합과 얼굴을 붉히며 싸우는 것이 적성에 맞지 않아 사퇴하고 대학교에서 더 많은 지식을 쌓을 수 있도록 결정한 것이다.

물론 보수도 상당했고 복지지원 부분도 공직자로 있을 때와 비교되지 않을 만큼 좋았지만 상엽이 가지고 있는 근본과 동떨어진 행동을 해야 했고 자존심도 때로는 버려야하는 일도 생겨 그런 부분 때문에 종종 스트레스를 받았다.

그런 상황을 알고 있던 순영도 그가 대학으로 자리를 옮기는 것을 상의하자 두말하지 않고 상엽의 의견에 동의해 주었다.

예솔이의 미국 생활비 지원이 우리 집의 가장 큰 지출이 되고 있지만 상엽씨의 3년간 공기업 대표로 재직하며 저축한 돈과 퇴직금도 상당하였고 금호동 집을 팔아서 목돈으로 모아둔 돈도 꽤 되었다.

그리고 순영의 동시통역사 일로 받은 보수는 대부분 생활비로 충당하였으나 일부는 저축할 정도가 되어 당장 우리 집의 기둥이 기울어지는 것은 아니었다.

예지도 사법연수원에서 솔 찬은 금액의 보수를 받고 있어 스스로의 의식주 문제는 해결이 되었다.

순영은 상엽씨가 우리 가족의 가장으로 그런 부분을 고민하기에 전혀 걱정될 사항이 아님을 말해주고 그의 의지대로 할 수 있도록 힘을 실어주었다.

III

2006년도는 우리 집에 큰 변화가 있는 해였다.

예승이가 대학에 입학하였으며 예지는 대형 로펌에 변호사로 취직하였다.

그리고 예솔이가 대학을 졸업하였다.

우리 집 아이들이 모두 성인이 되어 자리를 잡아가는 그런 시기 이었다.

예지와 예솔이가 친 엄마와 이별하는 아픔도 거쳤고 순영이가 새 엄마가 되면서 큰 딸의 사춘기 반항도 학창시절의 한 부분이었다고 치부하며 그 반항의 시절은 한여름에 한바탕 쏟아져 내리던 소낙비를 피하지 못했던 시간이라고 생각하며 그때를 이해하였다.

예솔이는 예능에 뛰어나 현악기 연주에 심취하여 나름의 인생의 길을 개척하였고 예승이도 순영의 뱃속에서 태어나 그렇게 아웅다웅하며 살아온 시절이 엊그제 같은데 벌써 의젓한 성인이 되어 있다.

예지는 사법연수원의 성적도 우수하여 그가 희망하는 판사가 되길 희망하였으나 대학시절 학생운동으로 집시법 위반혐의가 흠이 되어 공무원임용 결격사유에 해당되었기에 그녀가 그토록 갈망하였던 판사의 길을 포기하고 대형로펌으로 진로를 바꿔야만 했다.

학창시절 내가 만들어낸 문제가 미래에 어떤 걸림돌이 되는지를 예단하지 못하고 저질렀던 그런 행동들이 꼬리표가 되어 일생에 흠이 되는 결과를 만들어내지 말아야 하는 것을 예지는 알고 있는지 모르겠다.

그녀의 일탈행위로 아버지도 가장의 역할을 제대로 하지 못한 책임으로부터 자유로울 수가 없어 공직에서 물러나게 되는 우리의 현실을 예지도 잘 알고 있기에 사회생활을 하면서 어느 한쪽의 편견을 지우고 공정한 눈길로 가능하면 긍정적인 사고를 키우며 법을 다루기를 희망할 뿐이다.

예솔이가 줄리아드 음악학교를 졸업하고 훌륭한 첼리스트로 성장하고 있다.

음악학교 재학 중에도 세계적인 콩크르 대회에 출전하여 상위권에 입상하며 재능을 마음껏 떨쳐보고 있었다.

어려서부터 예능방면의 뇌기능이 발달하였는지 현악기 연주하는 것을 싫증내지 않고 어린 아이가 인내하며 노력하더니 입학하기 힘들다고 하는 세계적으로 유명한 줄리아드 음악학교에 당당하게 입학하더니 계속해서 그녀의 명성을 쌓아가고 있었다.

공직자의 빠듯한 월급으로 그녀의 뒷바라지는 엄두도 낼 수 없어 상엽씨가 예솔이의 천부적인 재능을 인정하지 않으려 하였으나 순영의 계속된 설득으로 우리 가족의 생활형편이 어렵더라도 자식의 꿈을 접게 할 수 없다며 그녀의 길을 터주게 된 것이다.

그 덕분에 순영이도 동시통역사라는 직업을 갖게 되는 계기가 되었었다.

예솔이는 뉴욕 필 하모니 오케스트라의 첼리스트로 당분간 활동할 것으로 계약을 하였으며 내년에는 일시 귀국하여 한국 공연도 계획하는 야심찬 도전을 하나하나 세우고 있다.

예승이는 정치외교학과에 지원하여 그의 원대한 꿈을 실현하기 위해 시동 걸었다.

대학 4년 안에 외무고시를 패스하는 것을 목표로 아빠의 조언을 받아 준비하겠다고 하였다.

어려서부터 어학 쪽에 관심이 많더니 고교시절 장래 희망이 외교관이 되어 세계를 다 다녀보고 싶다는 희망을 가지고 나름의 계획을 세워 준비하더니 대학도 그쪽으로 지원하게 된 것이다.

영어는 원어민 수준의 능력을 인정받을 만큼 실력발휘하고 있으며 지금은 프랑스어에 도전하고 있다.

물론 그의 어학능력 향상을 위하여 방학 때면 LA에 사는 외삼촌에게 신세를 많이 지기도 하였는데 외사촌 형들과 뉴욕에 사는 진영이 아들 승호까지 합세하여 방학 때면 곳곳을 여행하며 시끌벅적 미국이 들썩거린다고 하였다.

예승이의 성격이 외할아버지를 닮았는지 남자답게 호탕하고 또한 아버지의 낭만적인 부분도 있어 여자 친구들에게 인기도 대단한 것 같았다.

어느새 28살이 된 예지가 결혼을 하게 되었다.

광우병 촛불집회가 나라를 어지럽히고 있었지만 두 사람이 만들어낸 사랑에 결실을 방해할 수는 없었다.

예지보다 3살이 많은 31살 대학 선배로 서울지방법원에서 판사로 근무하고 있었다.

예지가 대학에 입학하고 학과 선배로 있으면서 꾸준히 예지에게 관심을 두고 있다가 군대에서 제대하고 사법연수원에서 다시 만나 두 사람이 본격적으로 사귀게 되었다고 말해주었다.

예지는 본인이 하고 싶었던 판사직에 임용되지 못하고 대신 신랑을 판사로 얻어 대리 만족을 꾀하게 되었다.

대형 로펌에 근무하면서 혹시나 편향된 사회관으로 엉뚱한 곳에 신경을 쓰는 것 아닌지 걱정도 해보았으나 그것은 기우에 불과하였다.

로펌의 일이 얼마나 빡세었던지 밤새우는 일도 허다했으며 늦은 시간 퇴근길에 여자혼자 다니는 것이 걱정이 되어 마중 나가는 것도 다반사 이었었다.

이제는 그런 신경 쓸 일을 그의 신랑이 대신 할 수 있을 것으로 생각되어 마음이 한층 홀가분해진다.

신혼살림도 두 사람의 직장 근처 중간 부분인 서초동에 25평짜리 아파트를 전세로 얻어 새 출발을 시작하였다.

예지의 시댁 어른이 강릉에서 살고 있어 서울에 살고 있는 우리가 결혼준비에 필요한 예식장 예약이며 예지의 웨딩드레스를 결정하는 거며 신혼살림 차릴 아파트를 알아보는 것도 우리 몫이 되어 준비하느라 정신이 없다.

두 사람 모두 직장일이 바빠 충분한 시간을 낼 수 없어 그럴 수밖에 없었다.

그렇게 상엽과 순영의 큰 딸을 위한 결혼준비가 완벽히 이루어지고 그동안 아웅다웅하며 함께 살아온 둥지에서 큰 날갯짓을 하며 떠나보낼 결혼식 날이었다.

직장일이 바빠 거의 화장을 해보지 못하고 살아온 딸의 예쁘게 신부화장을 한 모습이 상당히 고왔다.

웨딩드레스도 잘 어울렸고 화장한 얼굴이 빛을 내며 너무 예뻐 보였는데 사진을 분주히 찍던 사진사가 순영이를 보더니 신부가 엄마를 닮아 미인이고 아름답다며 능청떨어 준다.

신랑도 신부의 모습이 궁금했던지 슬그머니 찾아와 예지의 모습을 보고 아름다움에 놀랐는지 입을 다물지 못하고 감탄사를 연발하더니 순영에게 예쁜 딸을 주어 감사하다고 말하였다.

예지가 엄마의 계속된 딸 간수에 울먹이려하자 순영은 예쁜 신부화장 지워지니 밝은 표정으로 기쁜 날을 즐기자며 위로해 주었고 그녀는 그동안 잘 키워주어 감사하다고 화답하였다.

예지의 손을 잡고 들어오는 상엽씨의 표정이 경직되어 보였는데 우리 부부의 그늘에서 독립하여 새로운 가정을 꾸미는 초보 딸에 대한 걱정이 남아있는 것 같았다.

결혼식을 마치고 집에 돌아와 긴장을 풀고 있으니 그제야 딸이 시집을 갔다는 실감을 할 수 있었다.

우리 집 둥지에서 성장한 또 한 마리의 파랑새가 부모의 그늘을 벗어나 커다랗게 날개 짓하며 이곳을 떠난 것이다.

상엽씨가 딸에 대한 아쉬움이 남았는지 한마디 한다.

'외로운 아이였는데 결국은 우리그늘에서 벗어나는군.'

'친 엄마의 죽음을 마음속에 품고 있으면서도 잘 이겨내고 잘 커주었어. 심성이 착한 아이라 두 사람이 행복한 가정 만들며 잘 살 거야'

'당신이 예지 때문에 마음고생 많이 했지 뭘'

'그래도 마음 다 잡고 제 갈 길은 잘 닦아 놓았으니 얼마나 기특해. 늦게라도 마음잡아 사법시험도 합격하고 좋은 신랑도 만나 결혼하였으면 된 거지 무얼 더 바라겠어.'

'예지도 엄마가 되면 당신이 더 고맙게 생각이 들 거야'

'엄마가 고맙다는 소리 듣고자 딸에게 잘 하는 것은 아니잖아'

'그래도 예지는 그렇게 생각할거야. 사춘기 어려운 시기를 당신이 다 받아주고 그랬잖아'

'뭘 그까짓 거 가지고'

'당신에게 못되게 행동한 것을 예지도 잘 알고 있어서 당신에게 더욱 고맙고 미안해하겠지. 그리고 당신이 아이들 뒷바라지를 위해 얼마나 고생했어. 예지가 그 고마움 다 알거야'

'자식들은 부모에게 대부분 못되게들 행동해. 그래서 자식인걸.'

'하하하. 우리도 부모님에게 못되게 굴며 컸지'

두 사람은 자식들을 키우면서 어려웠던 지나간 세월을 회상해보며 어느덧 큰 딸이 결혼하여 우리가 늙어가고 있음을 실감하게 되었다.

예지가 결혼한 다음해에 시어머니가 돌아가시고 순영이 아버지도 돌아가셨다.

세상의 이치가 윤회되듯이 사람이 낳고 죽는 것이 순서대로 이루어지니 막을 수는 없었다.

상엽과 순영은 지금까지 우리를 낳고 돌보아 주신 부모님들이 세월의 흘러감을 이기지 못하고 세상과 이별해야 하는 것에 원통함이 더해졌다.

희주 부모님이신 예지의 외할아버지 외할머니도 먼저 돌아가시어 이제 남은 어르신은 순영 어머님이신 장모님만 남게 되었다.

상엽은 처남과 처제가 미국에 살고 있어 함께 할 수 없으니 어머님이 외로우실 거라며 우리 집에서 모시고 살 수 있도록 하였지만 장모님이 사위에게 짐이 될 것을 생각하셨는지

극구 반대하여 순영이의 근심만 날로 심해지게 되었다.

그렇게 몇 달을 홀로 아파트에서 지내시는 것을 도저히 자식 된 도리로서 늙으신 어머니를 그렇게 홀로 있게 할 수 없어 상엽은 반 강제적으로 방배동 집에 모시고 딸과 함께 지내시도록 하였다.

순영이도 동시통역사일을 많이 줄여 집에 있는 시간을 늘렸으며 집에서 어머니 시중도 들 수 있고 말동무도 되어주곤 하였는데 진작 그렇게 했어야 될 일이라며 불효자의 처사를 반성하였다.

행복한 나날들

I

2009년.
예승이가 외무고시에 합격하였다.

외교관이 되어 세계를 다 돌아보겠다는 포부를 실행에 옮길 수 있을지 모르겠으나 일단은 그의 희망을 실천하기 위한 첫 단추를 잘 꿰맨 것이다.

성격이 외향적인데다 정감이 넘쳐나기도 하여 혼자 여행도 자주 다니며 집에 붙어있는 시간이 많지 않았는데 호탕한 부분을 제외하고는 상엽씨를 많이 닮아 보였다.

상엽씨는 자상한 면과 단정한 모습에 지식을 겸비한 남자로 감정에도 충실하였고 여행 다니는 것을 아주 좋아했다.

그래서 둘이 연애하던 시절에는 전국을 다 훑다시피 하였었다.

돌아가신 시아버님이 상엽씨를 공무원으로 근무하길 원하여 그 길을 택하였는데 손자까지도 공직자로 진로를 결정하였으니 삼부자가 업무분야는 다르지만 나라를 위해 일 하게 되는 케이스가 되었다.

예승이는 오늘도 2박 3일로 남쪽 섬으로 여행을 떠난다며 분주하다.

여자 친구하고 함께 가는 거냐고 슬그머니 묻자 아니라며 딱 잡아뗀다.

성격이 좋아 여자들이 좋아하는 스타일인데도 지금까지 연애를 하고 있는지 아닌지 전혀 내색을 하지 않고 있어 궁금하기도 하였다.

아들 녀석의 넉살스럽고 능구렁이 같은 속마음을 알 수 없어 그의 연애관이 신비주의자라는 생각이 들기도 하였다.

예지가 임신하여 방배동 집에 기거하게 되었다.

최 서방도 최근에 강릉으로 발령을 받아 주말에만 서초동 집에 머물게 되자 임산부의 안전을 고려하여 방배동 집에서 출퇴근하며 산모의 건강을 챙기기로 한 것이다.

아직은 임신 초기이기 때문에 직장에도 출근하며 산전관리를 하겠지만 시간이 지나면 초

192

산인 임신부의 불안함과 정서적 안정감을 위해 부모님 곁에서 있으면 좋겠다는 사위의 권유로 예지도 동감하고 친정으로 거처를 옮겼다.

초산인 예지의 나이가 출산일을 비교할 때 서른한 살이 되어 그렇게 젊은 나이가 아니기에 의사가 특별히 건강을 챙길 것을 주문하여 친정어머니인 순영은 딸의 산모관리에 신경을 써서 돌보아 준다.

예지도 초산에 대한 걱정으로 달리 기댈 곳이 없어서인지 순영에게 모든 것을 의지하며 출산을 준비하였다.

임신 7개월째가 되자 임산부의 배가 남산만큼 불러오며 직장에서 정상적인 일을 할 수가 없었다.

예지는 로펌에서 휴직하고 집에 머물며 방배동 집에 함께 기거하는 순영의 어머니인 외할머니의 출산 전후 과정에 대한 선배의 고언을 하나하나 빠트림 없이 귀담아듣곤 한다.

어머니와는 병원에도 함께 가 산모의 출산을 준비하였고 백화점에도 다니며 태어날 아기의 옷이며 기저귀며 필요한 물건들을 빠짐없이 준비하며 출산을 대비하였다.

함께 다니면서 맛있는 것도 사먹으며 모녀간의 우의를 돈독히 하였는데 예지의 사춘기 그리고 학창시절 새엄마인 순영을 거부하며 지내던 그때가 있었는지 의심할 정도로 두 사람의 관계는 예사롭지 않을 정도로 친밀했다.

누가 보아도 그들을 계모와 의붓딸이라 생각할 수 없을 정도로 친 모녀 사이가 되어있었다.

그렇게 모녀의 관계를 돈독히 다지며 산모의 건강을 챙기던 2월 추운 겨울 오후 늦은 시간에 예지가 진통을 느끼며 엄마를 급히 찾는다.

'엄마. 진통이……'

'그래. 언제부터 진통이 시작된 거야'

'조금 전부터'

'알았어. 겁먹지 말고. 이제 시작인 것 같으니까. 산모는 아무 걱정하지 말고 마음을 편히 가지면 돼. 알아서 아기는 나올 거야.'

'알았어요.'

순영은 출산을 대비하여 준비한 물품들을 챙기고 졸업을 앞두고 집에 있는 예승이에게 차를 조심스럽게 운전하여 병원에 가도록 하였다.

병원에서 진통을 몇 차례 더하며 딸의 출산을 어렵게 하더니 새벽에 예지를 닮은 예쁜 공주를 낳았다.

'예지야 축하한다. 건강한 딸 이야'

'감사해용'

'너를 닮아서 아기가 참 예쁘더라.'

'손가락 발가락 열 개씩 이상 없는 거지요? 눈 코 입은 정상으로 다 달려있고요?'

'암. 다 정상이야.'

'엄마한테 내가 못되게 굴어서 아기에게 벌 줄까봐 걱정했거든? 아기가 정상이라니 한시름 놨네.'

'별 걱정도 다 하는구나'

'아빠하고 상훈씨에게 연락했어?'

'그럼. 아빠가 초산이라 걱정했는데 순산 했다고 하니 한시름 더시고 지금 손녀딸 보고 싶어 이리로 오고 계셔. 최 서방은 오후 재판이 끝나는 대로 바로 출발하겠데.'

'엄마가 밤새도록 고생만 하고'

'딸 첫 출산인데 무슨 고생. 이보다 더한 것도 해야지. 새 생명의 탄생을 외할머니가 챙기고 지켜보는 것은 당연한 일인걸'

'엄마. 고마워용'

'산후 조리도 중요하니 신경 써서 몸 관리 해야지. 당분간은 음식 먹는 것도 신경써야하며 감기도 조심해야 돼. 아기건강에 직결되니까'

'예. 잘 알았어요.'

두 모녀는 새 생명의 탄생을 신기해하며 건강하게 세상을 헤쳐 나가기를 기원하였다.

예지와 손녀딸이 건강하게 병원에서 퇴원하여 방배동에서 산후조리를 한다.

강릉에 사시는 시부모님은 은근히 손자이기를 기대하셨는데 손녀를 낳아 서운하였는지 손녀딸의 이름을 최 슬기라 지어 보내고 병원에는 오지 않으셨는데 빠른 시일 내에 아기를 보러 오시겠다고만 하시었단다.

슬기가 태어나고 방배동 집에 머무는 동안 행복한 나날들이 펼쳐지며 다양한 변화가 있다.

먼저 예승이가 대학을 졸업하고 군대에 입대하였다.

이미 외무고시에 합격되어 마음 편히 훈련소에 갈 수 있었는데 연무대 훈련소까지 어머니가 함께 가겠다고 하였으나 슬기를 돌보아야한다는 핑계를 대며 굳이 못 오게 하여 여자 친구가 함께 가는 것으로 의심하였다.

상엽씨도 훈련소 입소할 때 나와 함께 가기위해 부모님에게 핑계대어 못 오시게 하였었는데 그런 부분이 부자가 서로 닮았다.

예승이는 성격이 호탕하여서 그런지 본인이 남자답게 전방에 근무하겠다고 자원하여 휴전선 철책에서 근무하게 되었다.

상엽씨도 강원도 산골인 전방부대 양구에서 근무하였는데 부자가 국가에 애국하는 방법도 닮았는지 군대에서도 우연인지 모르겠으나 전방근무를 하며 서로 죽이 잘 맞는다.

두 사람이 군대 이야기를 하게 되면 밤을 지새우며 남자대 남자로 서로 잘 통할 것 같았다.

상엽씨 군 생활 3년 동안 대학생이었던 여자 혼자의 몸으로 강원도 산골 부대를 연인을 만나기 위해 겁도 없이 면회 갔던 생각을 하니 스스로도 대단하였구나 생각이 든다.

예승이도 그런 여자 친구가 있을지 추궁도 해 보았지만 크레물린 같은 그의 마음속을 들추어내지 못하였다.

그리고 예승이가 입대하고 얼마 안 있어 상엽씨가 경제부처 장관에 취임하였다.

그동안 애착을 가지고 대학에서 학생들에게 열정과 정성으로 강의하던 교수자리. 이었는데 나라에 다시 봉사한다는 일념으로 할 수 없이 그 자리를 포기하여야만 했다.

행정고시에 합격하여 경제부처 사무관에 임명된 뒤 미래 장관이라는 소리를 초임부터 들어왔었는데 30년이 지나서 장관에 임명되었다.

돌아가신 시아버님이 가족 3대 아니 할아버님도 공직에 근무하셨으니 4대가 공무원으로 근무하게된 것을 자랑스럽다 하실 것이며 특히 아들인 상엽씨가 장관에 임명된 것을 하늘에서도 가족의 영광으로 생각하실 것이다.

II

집안의 분위기가 슬기 위주로 변하고 있다.

슬기의 크는 모습을 보며 모두가 즐거워하였고 식구 하나 더 늘었는데 그녀로부터 받는 행복감은 상당히 커 우리 집의 보배 같은 존재가 되어주었다.

최 서방이 지방에서 근무하여 주말 부부가 되었으며 예지가 방배동에서 출퇴근하며 다녀서인지 오래간만에 사람 사는 집같이 붐볐다.

순영은 두 부녀의 출근에다 슬기의 시중까지 갑자기 집안일이 많아져 그동안 가족들의 생활에 큰 기여를 했던 동시통역사일을 잠시 놓게 되었다.

그동안 동시통역사 일과 가정주부의 일을 함께하며 없는 시간을 쪼개 크는 아이들 뒷바라지에 힘을 써왔는데 예지 예솔이 예승이가 이제 성인이 되어 각자의 독립된 역할을 하게 되었고 재정적인 압박도 덜게 되어 가정주부로서의 할 일만 열심히 하면 될 것 같아 그렇게 하였다.

슬기 키우는 일이 만만찮게 많았다.

집이 오래된 일반 주택이라 아파트처럼 온도를 일정하게 유지 시킬 수가 없어 신경을 써가며 집안의 기온을 일정하게 맞추는 일부터 시작해서 예지가 로펌에 출근하여 늦게 집에 오니 그동안 슬기를 돌보는 것이 순영의 차지가 되었다.

몸은 고되지만 하루가 어떻게 지나가는지 모를 정도로 바빴다.

예승이를 키울 때보다 더 힘들고 신경이 쓰였다.

내 뱃속으로 낳아서 키우던 예승이는 감기가 걸렸다든지 몸을 부딪쳐 멍이 들어도 내 자식이니 내가 책임을 지고 내가 안타까워하면 되었으니 그것으로 그만인 것이다.

그러나 슬기는 손녀딸이라는 관계가 말해주듯이 한 단계 너머의 자식이어 돌보는데 잘못이라도 된다면 딸로부터 원망을 듣는 것은 당연지사이니 신경이 안 쓰일 수가 없다.

보물을 다루듯 슬기를 돌보며 힘든 하루를 보내지만 방긋방긋 웃으며 하루가 다르게 커가는 모습을 보면 고달팠던 순간이 있었는지 모르겠금 아기가 정으로 다가오는 것 같아 그렇게 행복할 수가 없다.

나이 드신 선배님들이 손주들 돌보느라 자기의 인생을 포기하였다는 이야기를 많이 들어왔다.

요즈음 대부분 젊은 부부들이 각자 직업을 갖고 맞벌이를 하다 보니 아이의 돌봄이 역할은 할아버지 할머니 몫이 되고 있었다.

일부는 아이 돌보는 도우미로 조선족이나 필리핀 아줌마를 고용하기도 하였는데 아기돌 보는 것이 힘들었는지 아니면 자기 자식이 아니라서 그런지 아이에게 수면제를 먹인다던지 술을 먹여 억지로 잠을 재우고 자기 개인 일을 본다는 인터넷보도를 종종 접할 수 있어서 설마 그렇게까지 하겠냐는 부정을 해보지만 그것이 사실일수도 있겠다는 의심도 해본다.

그래서 어떤 가정은 집에 감시 카메라도 설치해보고 하였으나 그것도 온전한 방법은 되지못하다고 젊은 엄마들은 걱정들 이었다.

그런 이유 때문에 부모님들의 아이돌보미가 최선이라며 나이 드신 할아버지 할머니가 엄마 아빠를 대신하여 보모가 되고 있었다.

순영은 나이 쉰 중반에 손녀딸을 돌보는 젊은 할머니가 되어 있었지만 그것을 싫어하거나 힘들어하지 않았다.

오히려 슬기로부터 새로운 기운을 받는 것 같아 아이 돌보는 것을 일상의 즐거움으로 알고 나날을 보낸다.

때로는 경자와 혜영이 지영이가 전화하여 중년을 알차게 보내자며 나들이를 가자거나 카페에서 수다 떨기를 주문해왔지만 손녀딸에 얽매어서 자유 시간을 만들지 못해 못 만나는 아쉬움보다 슬기를 돌보는 재미로 그들과의 약속을 그대로 흘려버리는 것이 다반사이었다.

이렇게 슬기는 우리 집의 진주이며 보석이 되었다.

어느새 슬기가 태어난 지 일 년이 되어 생일을 맞았다.

겨울의 끝자락이지만 슬기의 돌잔치를 축하해주려는지 봄기운을 일찍 느낄 수 있을 정도로 날씨가 화창하고 따스한 햇볕이 가득했다.

토요일 점심시간에 집에서 그리 멀지않은 서초동 한식집에서 가까운 친척들만 초청하여 슬기의 돌 잔칫상을 꾸몄다.

예지의 친정 부모님도 강릉에서 먼 걸음 하여 손녀딸의 생일을 축하해 주러 오셨다.

그리고 친 손녀를 돌보지 못하고 친정어머니가 돌보며 고생하고 있음을 알아서인지 순영에게 미안한 마음을 표시한다.

예지의 시어머니는 강릉 최씨 가문에 대를 이을 아들도 빨리 볼 수 있으면 좋겠다며 며느리인 예지를 슬그머니 압박하기도 하였다.

슬기의 돌잔치에서 최고의 하이라이트가 될 돌잡이 퍼퍼먼스에 상엽씨가 올려놓은 누런 지폐를 흔들며 재롱을 떠는 모습을 보며 모두에게 한바탕 웃음을 선사하는 어린 아이의 재치도 선보여 주었다.

예지와 최 서방 그리고 시댁 어른들은 슬기가 의사나 판사 학자가 될 청진기나 방망이 아니면 노트를 집어주기를 은근히 기대하고 있었는데 그들의 생각과는 전혀 다르게 아이는 행동하였다.

왁자지껄했던 돌잔치를 끝내고 방배동 집으로 돌아왔다.

최 서방은 부모님을 배웅하기 위해 고속버스터미널까지 갔다가 집으로 돌아왔다.

한바탕 치러진 꼬맹이의 잔치였지만 신경 쓸 일이 많아 잘 마무리하고 끝낸 슬기의 생일에 안도한다.

'예지가 돌잔치 준비하느라 고생이 많았다'

'엄마가 다 신경을 써서 준비하여 나는 별로 할 것이 없었어요.'

'내가 한 게 뭐가 있다고'

'엄마가 고생을 많이 했지요'

'네가 식당예약하고 손님 받고 다 한 거지'

'그래. 예지가 로펌일도 바쁜데 슬기 돌잔치 준비로 고생을 많이 했어. 수고했다'

상엽씨가 딸의 엄마 되는 과정을 칭찬하며 말해주었다.

'장모님이 슬기 보느라 고생을 많이 하시는데 정말 감사합니다. 어머니 덕분에 저희들이 슬기걱정 하지 않고 마음 편히 직장 일을 할 수 있는 걸 요'

'고생은 무슨 고생'

'친구들이 내가 부럽데. 슬기 때문에 신경 쓸 일이 없다고. 결혼하여 아이를 갖는 것이 스트레스가 될 정도로 아기돌보는 일이 가장 큰 고민거리거든. 그런데 우리는 엄마 때문에 그런 고민을 덜었으니 복 받은 거지. 엄마 고마워 용'

하며 예지는 순영에게 기대며 애교를 부렸다.

'나도 슬기하고 친구하며 보내니 하루가 즐겁기는 마찬가지야. 오히려 슬기를 보내주어 내가 너희들에게 고맙더구나.'

'그러다보니 당신이 나에게는 소홀해진 것 같더라. 하하하'

'아빠에 대한 엄마에 사랑을 슬기에게 빼앗겼네.'

'당신도 마찬가지지. 퇴근하고 들어오면 제일 먼저 슬기 잘 놀고 있느냐고 묻는 게 일이잖아'

'그랬었나?'

'맨 먼저 묻는 말이 슬기더라고. 섭섭하게 시리'

'하하하'

'슬기가 우리 집에 보배예요 보배'

'아무튼 슬기가 아무 탈 없이 잘 커주니 고맙지. 우리 집에 행복 덩어리 야'

'다 어머니 덕분입니다. 감사합니다.'

'저 두요. 감사합니다. 엄마!'

그렇게 둘이 감사에 인사를 하며 용돈을 넣은 봉투를 순영에게 건네준다.

III

상엽이 대통령의 외국 순방에 함께 수행원으로 가게 됐다.

대통령의 순방일정은 짧았지만 상엽은 거기에 남아서 정상 간의 합의내용에 대한 후속조치 협의와 기업체 방문일정으로 더 머물기로 되어있어 10일 정도의 긴 출장이 되었다.

순영과 결혼하여 짧은 출장일정은 여러 번 있었지만 10일 이상의 장기간 출장은 처음이라 준비물도 많았다.

장기간의 출장에 필요한 속옷이며 와이셔츠 넥타이 여벌옷을 꼼꼼히 챙기고 있는데 상엽이 순영에게 다가와 말을 건다.

'갖고 싶은 거 없어?'

'나에게 선물 하려고?'

'슬기 키우느라 고생하는데 당신이 갖고 싶은 것이 있으면 말해. 내가 사 줄 게'

'고생하는 대가로 하려는 선물이야?'

'그런 건 아니고.'

'그러면 그냥 사랑하는 당신에게 선물하고 싶어! 이렇게 말하면 되잖아? 괜히 슬기 핑계는 대고 그러셔'

'쑥스럽잖아'

'연애시절에는 그런 말 달고 살았으면서 지금은 무엇이 그렇게 쑥스러운데. 당신 행동이 많이 변했어. 젊어서는 그렇게 낭만적이고 여유도 있었는데 나이 들어서는 그런 게 전혀 보이지가 않아'

'나이 들어 남세스럽잖아'

'나이 들수록 사랑한다는 말을 자주 표현하랍니다. 그래야 부부관계에도 좋아진데요.'

'우리 부부관계에 문제가 있는 거야?'

'그것은 아니지만 지금보다 더 좋을 수도 있지요. 내가 아는 상엽씨는 지금의 당신이 아니었는데'

'내가 무슨 다른 사람이 됐다고 그러시나. 옛날에 그 김상엽 그대로 인걸'

'지금은 내가 아는 김상엽씨가 아닙니다.'

'옛날에 그런 사랑표현은 아이들 보기에도 민망하고 쑥스럽기도 하잖아. 내 눈을 보면 옛날이나 다름없음을 잘 알고 있으면서 그런 말을 해'

'당신은 일에 찌들려 감정이 메말라 가고 있어'

'어이쿠. 내 감정까지 감시하고'

'젊었을 때의 낭만적이고 쿨 했던 그 성격은 다 어디로 가버렸는지……'

'나에 천사님이 불만이 많으시네.'

'이제는 여유 좀 같고 살라는 말이지요.'

'여유? 그거 좋지'

'아이들도 다 크고 독립도 하였으니 이제는 당신에 멋진 인생도 꾸려보라고요. 일에만 쪼들려 살지 말고.'

'그래볼까?'

'앞으로 우리 살날도 그리 많지 않았잖아'

'그래도 내 가슴속에는 항상 당신을 사랑하는 마음만 가득하다는 것은 알아주었으면 좋겠어.'

'그렇기는 하겠지 우리가 어떻게 만들어 낸 사랑인데'

'출장 다녀와 우리의 남아있는 인생 멋지게 살도록 당신과 내가 함께 설계해봅시다. 하하하'

순영은 먼 길 출장을 앞둔 남편에게 너무 푸념을 늘어놓은 게 아닌가 싶어 마음에 무거운 짐을 벗고 업무에 충실할 수 있도록 금세 아름다운 천사로 변신해 주었다.

출장을 다녀온 상엽은 출국하기 전에 순영으로부터 잔소리 같은 핀잔을 들은 터라 신경을 많이 써가며 행동하였다.

그동안 깐깐하게만 보이던 일상의 공직의 그늘에서 벗어나지 못했던 그런 상엽이 세상이 개벽이라도 했는지 출장 선물로 명품 가방을 사가지고와 순영에게 건네준다.

여자 마음이야 남들이 다 들고 다니는 명품 가방을 하나 쯤 가지고 있을 법도 하여 고맙다고 했어야 했지만 순영은 괜한 무리를 했다며 공직자인 당신이 처신을 잘못하고 있다고 오히려 상엽을 나무란다.

상엽은 감정도 살려보고 여유로움도 가져보겠다는 생각으로 큰마음 먹고 고심하여 선택한 선물인데 다시 핀잔을 들으니 어느 장단에 맞춰야하는지 혼란스럽고 한편으로는 순영이 갱년기를 맞아 그녀에 성격이 오락가락 갈피를 잡지 못하는가보다 생각하기도 하였다.

퇴근하고 늦게 집에 돌아오니 순영이 슬기와 힘겨운 씨름을 하고 있다.

슬기가 돌이 지나 걷기시작하면서부터 주변의 물건들에 관심이 많아 살림살이를 다 뒤집고 난리였다.

간신히 안정을 시키고 간식과 우유를 주어 잠을 재운다.

슬기가 이곳저곳 어지럽혀 놓은 것들을 정리정돈하고 그제야 저녁을 챙기려 준비하였다.

연로하여 거의 방에만 계시는 장모님에게 다녀왔다는 인사를 하고 상엽은 식탁에 앉자 순영에게 말을 건다.

'아직도 저녁을 못 먹었어? 장모님 건강은 어떠셔?'

'엄마는 항상 그렇지. 슬기가 얼마나 나대는지 엄마 챙기는 일에 소홀하기는 해도 그냥 잘 보내시고 계서. 가끔씩 슬기하고 친구도 하고'

'슬기 때문에 장모님께 소홀할까봐 걱정이 돼'

'내가 엄마도 잘 보살피고 있으니 걱정 마세요. 당신은 저녁 먹고·온다고 하여 준비를 안했는데 간단하게라도 차려줄까?'

'아니. 먹었어.'

'그럼 과일이라도 드셔'

순영은 저녁으로 간단하게 샌드위치를 챙겨먹고 상엽에게도 따뜻한 녹차와 과일을 내놓았다.

'모래 예지보고 일찍 좀 집에 오라고 전화 해'

'왜. 무슨 일 있어?'

'오래간만에 당신과 여유 좀 부려 보자고'

'갑자기 무슨 말이야'

'우리 청춘을 되찾아보려고'

'우리 청춘을? 우리 청춘을 어떻게 찾으려고 그러는데'

'내가 멋대가리도 없는 사람이라며. 내가 당신에게 그 말을 듣고 반성을 많이 했지. 그래서 얼마 남지 않은 우리 인생을 멋지게 살아보려고 하는데 협조 좀 해 주세요. 나에 천사님!'

'그러셨어요? 어딜 가려고?'

'이글스의 첫 내한공연 티켓 두 장 예약했어.'

'그거 비싸다고 하던데'

'좀 비싸긴 하지만 옛날 음악 감상실 기분도 살리며 호텔 켈리포니아로 여행도 해 보지 뭐'

'어쩐 일이래. 상엽씨가 그런 생각까지 다 하시고. 이제야 인생살이 멋지게 살아보고픈 기분이 들었나?'

'삶이 그대를 속일지라도 슬퍼하거나 노하지 말라'

'웬 푸시킨 시까지 다 읊어가며 무슨 일 있어?'

'우리 연애시절이 그립다며?'

'!!'

'지금부터 내가 그 시절로 되돌려 줄 태니 기대해 보라고. 우리가 연애했던 학창시절 그 이상으로 내가 돌려 노을 테니까'

'웬일이야. 천지개벽하려나 봐.'

'지난번 시집 잘못 왔다고 나에게 타박하여 내가 반성 많이 했지'

'내가 무슨 타박을 했다고 그러셔'

'나는 그렇게 들리던 걸.'

'당신이 너무 여유 없이 인생을 사는 것 같아 내가 충고해준 거지 타박한 게 아닙니다.'

'아무튼 그 덕으로 내 삶을 되돌아보는 계기가 되었으니 우리에 아름다웠던 옛날로 다시 돌아가 보자고. 하하하!'

오래간만에 유명 그룹의 라이브 공연을 들으며 환호하니 옛날 젊은 청춘으로 돌아가는 것 같다.

처음 내한한 이글스의 라이브 공연을 보기위해 비싼 가격임에도 올림픽공원 체조경기장을 팝 마니아들이 가득 메웠으며 그들은 우리의 기대를 저버리지 않고 훌륭한 음악과 연주를 선사하여 주었다.

관중들의 반응이 너무 뜨거웠는지 그들은 늦은 시간임에도 엥콜을 수차례 받으며 다 응해주었고 자정이 다 될 무렵에야 무대를 마무리하였다.

결혼하기 전 두 사람이 연인이었던 시절에는 상엽씨와 이런 라이브 이벤트며 뮤지컬이며 연극 같은 공연을 자주 다녔었는데 결혼하여 아이들을 키우며 살아가기가 바빠서였던지 여유 있는 삶하고는 담을 쌓고 살아온 우리 이었다.

그런데 지난번 푸념과 잔소리에 충격을 받았던지 상엽이 옛날의 청춘을 되찾겠다며 이런 시간을 만든 것이다.

여자에 잔소리가 때로는 남자들에게 새로운 삶에 도전하게 하는 활력소가 되어주기도 하는가보다.

상엽과 순영은 차를 타고 오면서 내내 그들의 열정과 감흥을 이야기하며 오래간만에 젊은 청춘으로 돌아가 있다.

'너무 열정적인 공연이었어.'

'비싼 공연이지만 우리에게 흥분의 감정을 그대로 살아있도록 해주었어.'

'그들의 연주 실력은 대단해. 어쿠스틱 기타 연주는 항상 들어도 질리지가 않고 신선하잖아'

'우리가 학생이던 시절에 호텔 켈리포니아의 가사 내용이 악마의 무엇인가를 표현 했느니 하며 말도 많았었지'

'그래서 한동안 그 가사 내용을 문제 삼고 그 노래를 경멸했었잖아'

'경멸까지야'

'세상을 선하게 보고 있는 당신에게 그런 표현이 와 닿지 않은 거지. 항상 천사 같은 상엽씨 마음 이었잖아'

'혹자들의 쓰잘데없는 시빗거리 이었었지'

'그런 헛소문에 우리 젊음은 쉽게 동조하고 더 크게 와전시키는 매개체 역할에도 우리가 충실하였지'

'지금도 마찬가지 아니겠어?'

'그것이야 당신이 나보다 더 잘 알겠지. 직장에서 젊은 청춘들과 많이 대화 하잖여'

'그들과는 업무관련 대화만 주로 합니다.'

'업무 보면서도 간간히 직원들과 오늘 라이브공연 보았던 이야기도 해주고 해요. 그래야 밑에 직원들도 숨도 쉬고 사무실 분위기도 여유 있어 보이지. 오늘 공연에 젊은 청춘들도 많던데'

'알아 모시겠습니다. 마님!'

'음악이 좋으니 남녀노소 구분 없이 이글스의 노래를 사랑하는데 아마 호텔 캘리포니아 이 음악은 들을수록 새로워지는 것이 명곡의 반열에 기록될 수 있을 거야'

두 사람은 젊은이들의 인기 프로그램이었던 MBC 별이 빛나는 밤에를 듣고 팝을 평론하고 이야기하던 그 시절로 쉽게 돌아갔다.

순영은 학창시절 겨울에 상엽씨가 대학에 합격하고 두 젊은 연인이 되어 피카디리 극장에서 영화 러브스토리를 보고나와 영화 속의 주인공처럼 눈싸움도 해보며 웨렌비티의 올리버가 불쌍하다느니 알리 맥그루의 제니가 더 불쌍하다더니 하며 다투던 그 시절이 생각 났다.

감미로웠고 애틋해 보였던 앤디 윌리암스에 러브스토리가 그리고 경쾌한 눈싸움 음악이 계속해서 머릿속에 흐른다.

방배동 집으로 오는 길에 옛날 아지트였던 지금은 젊은이들의 카페로 변했지만 우리의 만남의 장소였던 그 빵집에 들러 젊은 연인들의 눈치를 무시하고 차를 한잔하는 여유도 부려보았다.

에승이가 휴가를 받아 집에 왔다.

군에 입대한지 1년이 다되어 두 번째 휴가를 받아 나온 것이다.

대한민국의 애국자임을 자처하며 최전방 철책근무를 지원하여 지금은 강원도 철원에서 근무하고 있었다.

우리 집 두 부자가 전방에서 군 복무를 하였으니 애국자 집안이 맞는 것 같기도 하였다.

아들이 섭섭해 할 것 같아 전방에 배치되어있는 예승이를 만나기 위해 부부가 면회를 간 적이 있었는데 그 당시에는 신병 티가 가시지 않아 군기가 한참 들어있었는데 지금은 선임자가 되었는지 몸가짐에서도 여유가 있어 보였다.

예승이는 부모님에게 거수경례로 인사하고 짐 꾸러미에서 무언가를 꺼내더니 선물이라며 내놓는다.

'이것이 무언데'

'엄마 아빠에게 어울리는 부부 원앙새요.'

포장을 풀어보니 나무로 조각된 두 마리의 예쁜 원앙새가 색깔 옷도 예쁘게 입고 다정하게 포즈를 취하고 있다.

'예쁘구나. 우리 줄려고 이걸 산거야?'

'아니요. 이 원앙새 목각을 제가 직접 만든 겁니다.'

'그래? 우리 아들이 특출한 재주가 있었네.'

'철책 근무를 하다 보니 보초근무시간 외에는 할 일이 없어 시도를 해봤는데 재미있더라고요'

'훌륭한 솜씨야'

'엄마 아빠가 원앙처럼 다정하시어 첫 작품으로 완성한 것이니 이 원앙 부부처럼 행복하게 오래오래 사세요.'

'고맙다. 아들아!'

그리고 예승이는 군에서 받은 봉급으로 아버지 넥타이와 엄마 스카프를 선물하였다.

전방에서는 돈을 쓸 시간이 없다며 얼마 안 되는 사병의 봉급을 모아 부모님께 선물을 준비하였다고 하였다.

아들의 전혀 생각지 못했던 행동에 놀라며 이제야 세상사는 맛이 난다고 말 하면서 상엽은 함박웃음을 지어 보인다.

대학 졸업하고 군에 입대한 철이 없는 아이인줄 알았는데 부모를 생각하는 마음이 이렇게 큰 줄 이제야 알았으니 그런 아들이 너무 대견스러웠다.

남자들은 군대에 갔다 와야 철이 들고 의젓해진다고 했는데 그 말이 사실이었다.

천사의 눈물

I

웬만하면 전화를 잘 하지 않는 뉴욕에 사는 여동생 진영이로부터 아침 일찍 전화가 왔다.

여기보다 그쪽 시간이 13시간이 느리니 아침에 잠들어 있을 것을 고려하여 다 깨어있을 시각을 예상하고 전화한 것이다.

오래간만에 이국땅 멀리 떨어져있는 여동생하고의 통화라 반갑기도 하였지만 큰 애경사가 있지도 않고 전화할 일이 없는 진영이 이었는데 아침 일찍 통화를 하게 되어 혹시나 예솔이에게 무슨 일이 있는지 먼저 걱정이 되었다.

아니나 다를까 진영이가 예솔이 이야기를 주저주저하며 한다.

'언니. 예솔이 때문인데......'

'그래 진영아! 다들 잘 있지? 그런데 예솔이가 무슨 문제가 있어? 아침 일찍 전화를 다 하고'

깜짝 놀라 높은 톤으로 예솔이가 문제가 생겼냐는 전화 통화 소리에 출근준비를 하던 상엽이 순영이 옆으로 다가온다.

'예솔이가 독립해서 나가 살겠다고 하여 지난번에 따로 집 얻어 나갔잖아'

'그랬지'

'내가 그 집엘 찾아가 보았는데......'

동생이 말을 주저하는 것 같아 순영이 바로 말한다.

'지난번 집 얻어 나간다고해서 그러라고 했는데 무슨 문제가 있어?'

'예솔이가 남자하고 동거하는 가 봐'

'뭐라고. 남자하고 동거?'

'그런 것 같아'

'확실해?'

'맞아. 확인해 보았는데 남자하고 동거생활 하는 게 확실해'

'그래...... 자세히 살펴본 거지? 어떤 남자야?'

'그게.....'

'숨기지 말고 알고 있는 그대로 솔직하게 이야기 해봐'

'유부남하고 야'

'뭐라고? 유부남 하고?'

순영은 유부남하고 동거하고 있다는 진영이의 말을 잘못 알아들었는지 재차 다시 물어본다.

'유부남과 동거를 한다고?'

'응. 유부남 하고'

'말도 안 돼. 무엇 무얼 하는 남자인데......'

'같은 일을 하는 미국 사람이야'

'미국사람?'

순영은 어안이 벙벙하여 잠시 말을 잊지 못하다가 시간을 내 미국에 들어가겠노라 하고 남편의 출근준비를 위해 전화를 끊었다.

순영의 통화 내용을 다 듣고 있던 상엽은 어이없어하며 할 말을 잊고 있다.

'여보! 빨리 출근준비 해야지'

'예솔이가 유부남과 동거를 한다고? 그게 사실이야?'

'네가 이번 주에 미국에 들어가서 자세한 내용을 확인한 뒤 그때 이야기해. 지금은 사실을 확실히 모르니 아무렇게나 말할 수는 없어'

'도저히 생각지도 못한 일인데 처제 말이 사실 이라면 정말 창피스럽고 한심한 노릇이지. 당신 혼자 가도 되겠어?'

'당신은 나라 일 때문에 함부로 움직일 수도 없으니 나라도 빨리 미국에 들어가서 확인을 해 봐야지'

'딸 문제인데 내가 함께 가 봐야 되지 않을까?'

'일단 내가 먼저 가서 상황을 파악하고 시간을 만들어 그때 다시 같이 가면 되지 않겠어?'

'그렇게 해도 될까?'

'일단 사실파악이 우선이니 그렇게 해. 그리고 아직은 자세히 모르는 사항이니 당신은 너무 신경곤두세우지 말고.'

'혼자서 힘들지 않을까?'

'딸 문제이니 힘들어도 할 수 없지. 걱정하지 마. 내가 언어도 되니 어려울 건 없겠지'

'예솔이가 어떻게 그럴 수가......'

'너무 조급한 마음 갖지 말아요. 당신 어서 출근하고'

'예솔이가 어떻게......'

상당히 충격을 받고 상심하여 말을 있지 못하고 있는 상엽을 빈말로라도 안정시킨 뒤 출근 시켰다.

상엽씨를 출근 시킨 뒤 다시 동생에게 전화하여 자세하게 예솔이에대하여 확인하고 미국에 바로 들어가겠노라 하였다.

순영은 예지와 통화하여 예솔이 문제를 대충 이야기하였고 그 일 때문에 미국에 급히 다녀올 수 있도록 삼일정도 휴가 내어 슬기를 케어 할 방법을 찾아보도록 하였다.

케네디 공항에 도착한 순영은 동생 진영이가 공항에 미리 나와 기다리고 있어 쉽게 만날 수 있었다.

동생 차를 타고 가면서 진영이가 심각해있는 순영에게 예솔이의 이야기를 자세히 들려준다.

예솔이가 몇 달 전부터 공연을 핑계로 집에 들어오지 않는 날이 늘어나면서 걱정하였는데 갑자기 독립하여 살겠다고 하였으며 브룩크린에 있는 살 집을 얻어 이사하였었다.

그것을 서울 집에서도 그렇게 하도록 허락했었다.

혼자 사는 것이 힘들겠다고 생각하여 음식과 생활용품을 준비해서 브룩크린에 세 들어 살고 있는 집에 들렀는데 남자가 기거하고 있는 느낌을 받았고 걱정이 되어 조심스럽게 확인하여보니 유부남인 미국인이 그 집에 함께 살고 있었으며 예솔이는 이모 식구들이 아직 그 사실을 모르고 있는 것으로 알고 있다고 말한다.

일단 퀸즈에 있는 여동생 집에서 며칠을 신세지도록 하였으며 미리 예솔이와 통화하여 브룩크린에 있는 집에서 만날 것을 약속 잡았다.

굳이 퀸즈 이모 집으로 오겠다는 것을 제부 식구들에게 민망한 꼴 보일 수가 없어 독립하여 살고 있는 집이 어떤지를 보고 싶어 뉴욕에 온 것이니 엄마가 그쪽으로 가겠노라 하였다.

동생 진영이가 예솔이 집까지 차로 대려다주겠노라 하였으나 어떻게 딸과의 대화를 시작할지를 정리하는 시간이 필요한 것 같아 자세한 주소를 받아들고 지하철을 이용하여 브룩클린에 갔다.

예솔이 집 찾는데 그리 오랜 시간이 걸리지 않았다.

4층으로 된 다가구 주택의 2층에 예솔이 살고 있었다.

예솔이가 미리 기다리고 있는 집은 청소를 깔끔하게 하여서인지 아담하고 아늑해 보였다.

18평 정도의 방 하나와 거실 겸 주방이 딸린 집인데 뉴욕의 살림살이 치고는 혼자 살기에 좀 커 보이는 느낌이 든다.

집 안에는 침대와 작은 소파 냉장고 주방가구가 비치되어 있다.

그리고 남자가 함께 기거하고 있는 흔적을 전부 지웠는지 동거하고 있다는 낌새를 찾기가 쉽지 않을 정도로 완벽하게 증거인멸 시켜놓았다.

어머니의 갑작스러운 미국 방문에 의아해 하면서도 말이야 혼자 사는 딸의 집을 구경하러 왔다고 하였으나 퀸즈에 사는 이모와 LA에 사는 외삼촌을 만나러 방문하였겠구나 생각하며 예솔이는 긴장을 풀고 있었다.

예솔이는 집을 대충 둘러본 어머니에게 거실 소파에 앉으라고 권하고 커피포트에 물을 끓이며 말한다.

'엄마가 연락도 없이 갑자기 미국에는 다 오시고. 이모하고 외삼촌 만나러 오신 거예요? 아니면 국제행사 때문에 동시통역일로 오신건가?'

'예솔이 네가 이모 집에서 독립하여 혼자 산다고 다고 하니 어떻게 사는지 보고 싶어 왔지'

'이모 눈치보고 살기도 그렇고 해서 독립한 거야'

'이모가 해주는 따뜻한 밥 먹는 게 좋지. 이렇게 썰렁하게 혼자 살아?'

'몇 년을 이모 집에서 살았는데 이제는 눈치가 보여. 학교도 졸업하고 내가 직장도 갖고 혼자 자립해서 살 수 있으니 이모에게 신세지는 거를 면해야지. 그래서 독립한 거야'

'여자 혼자 사는 것이 만만치 않을 텐데'

'살만 해'

'미국 집값이 비싸고 관리비도 꽤 나올 텐데 어떻게 감당 하려고?'

'그 정도 능력은 돼'

'부지런히 모아 시집갈 준비 해야지. 아무렇게나 살수는 없잖아'

'무슨 시집은...... 언니 딸 슬기가 예쁘게 생겼다며?'

예솔이는 엄마의 결혼이야기가 나오자 민망했는지 급히 조카인 슬기 쪽으로 화제를 돌린다.

'슬기가 예쁘게 크고 있는데 서울에 한번 나와 조카 하고도 안면을 트던지 해야. 나중에 이모가 누군지도 모르고 크겠다.'

'공연 스케줄이 훌 로 꽉 차 있어서 당분간은 시간내기가 힘들어'

'서울 떠난 지가 꾀 되었는데 아예 들어올 생각도 못하는구나. 그래도 한번쯤은 시간을 내 가족들도 만나고 해야지. 언니 신랑도 만나보고 슬기 재롱떠는 모습도 보고'

'내년에 서울 공연이 계획된 걸로 알고 있는데 그때 보면 되겠지'

'예지 결혼식 때도 서울에 오지 못했으니 5년도 넘게 가족들을 만나보지도 못했구나.'

'딸이 바빠서 불효자가 다 되고'

'아빠가 딸을 홀로 이국땅에 보내놓고 걱정을 많이 하셔'

'아빠 소식은 인터넷으로 종종 확인하고 있어'

순영은 급한 마음에 본론을 이야기할 타임을 언제쯤 할까를 망설이었지만 지금은 궁금해 하고 있는 집안일들을 주고받으며 천천히 분위기를 잡아가는 것이 좋을 것 같아 마음을 다시 잡았다.

'예승이는 군대생활 잘 하고 있어?'

'전방에서 고생하고 있는데 그것이 좋다는 구나. 지난번에 휴가 나와서 엄마 아빠에게 군대 봉급모아 선물을 사왔었어.'

'군대 봉급이 얼마나 된다고 선물까지. 예승이가 제대하고 외교부에 들어가 미국 대사관으로 발령받으면 좋을 텐데. 그러면 미국에 함께 있고 좋잖아'

'글쎄! 그렇게 될 수만 있다면 좋겠지'

'가족이 가까이 살면 서로 의지하고 좋잖아'

'그것이 마음대로 되나. 나라에서 알아서 할 일인데. 그리고 초임 외교관은 미국 같은 좋은 곳으로 발령받기가 쉽지 않을 거야'

'그렇겠지?'

예솔이는 저녁은 근처에 유명한 스테이크 집이 있다며 거기서 먹고 오늘 집에서 함께 자고 내일 이모 집으로 가라고하여 그렇게 하겠다고 말 하였다.

미리 예약해둔 뉴욕의 유명한 스테이크 집으로 자리를 이동하였는데 생각보다 붐비지 않고 조용하였으며 저녁 식사 후에 조심스럽게 본격적인 이야기를 꺼내기가 좋을 것 같다고 판단하여 순영은 그렇게 마음속으로 정하였다.

잠시 후 커다란 접시위에 투박하게 구워진 스테이크가 몇 조각의 감자와 조화를 이루며 나왔는데 너무 양이 많아 다 먹을 수 없을 것 같다는 생각을 미리하게 되었다.

예솔이의 음식에 대한 극찬대로 조금은 투박해 보였지만 맛은 있었는데 순영은 본론을 이야기 할 기회를 찾는데 만 열중하여 제대로 된 스테이크 맛을 즐기지 못하였다.

메인 음식을 대충 마치고 커피로 후식을 대신하는 동안 예솔이가 누구와 휴대폰 통화를 하는지 잠시 자리를 비운다.

그 틈을 이용하여 순영은 마음을 다져먹고 딸에게 어디서부터 이야기할지를 정리해보며 호흡을 가다듬고 있는데 통화를 끝내고 자리로 다시 돌아온 예솔이에게 여유를 주지 않고 말 하였다.

'엄마가 여기에 오게 된 이유가 사실은 너 때문이거든?'

예솔이는 엄마의 갑작스런 말에 당황하며 긴장하였다.

'나 때문에? 그것이 무언데?'

'우리 딸이 솔직히 이야기 해 주었으면 좋겠어.'

'무었을……'

'돌려 말하지 않으마. 이모 집에서 독립하여 살겠다고 한 이유가 있었지?'

'! !'

'남자 있니?'

'갑자기 무슨 남자는…… 내 나이에 남자가 있으면 좋은 거지. 그것이 무슨 문제가 되나요?'

'사귀는 남자가 있구나.'

'있어요.'

'어떤 남자지?'

'아직은 말 못해'

'왜 말을 못해! 말 못할 이유라도 있는 거야? 부모에게 말하지 못할 남자라면 떳떳하지 못한 사람인 게야?'

'……'

예솔이는 말을 이어가지 못하고 있었다.

'그 남자가 유부남 맞아? 미국사람 맞고?'

'……'

'왜 대답을 못하고 있지?'

'맞아요.'

'지금 두 사람이 동거하는 것도 맞는 거야? 그래서 이모 집에서 독립하겠다고 핑계를 데고 나온 거야? 맞아?'

'다 알고 오셨으면서 무었을 더 알고 싶은데……'

'사실이구나. 아이고, 이 못난 것!'

순영은 어깨에 힘이 쭉 빠지는 것이 현기증으로 까지 이어지고 있다.

진영이로부터 전해 들었던 이야기가 잘못 알게 된 오해이었기를 바랐는데 사실이었다.

예솔이는 어머니가 알고 있는 사실을 말하자 처음에는 당황하였는지 아니면 정당화논리를 끌어내려 했는지 말을 하지 못하더니 금세 자포자기 심정으로 당당하게 대응하고 나선다.

순영은 잘못 알고 있다는 예솔이의 부정의 말을 듣고 싶었는데 알고 있는 사실을 있는 그대로 딸의 입에서 정확히 듣게 되니 어이가 없고 당황스러웠다.

그런 딸이 상당히 미워 보였다.

예솔이가 처음 미국으로 음악학교에 유학하려 했을 때 상엽씨가 집안 형편이 유학비를 지원할 정도가 아님을 직접 말하지 못하고 둘러서 말했던 여자 아이를 혼자 어떻게 보내느냐는 말이 새삼 다시 떠오른다.

부모들의 마음은 예솔이 같은 일이 생길 것을 우려하여 그러했었는데 순영이는 그런 부분을 헤아리지 못했구나하는 자괴감이 들었다.

내 뱃속에서 키우지 않았던 이유로 그것까지 생각해내지 못했다는 자아비판의 죄스러움이 순간적으로 순영의 머릿속을 스치고 지나가며 그녀에 가슴을 때리고 있다.

그러나 순영은 곧바로 정신을 차리고 예솔이의 당당함에 저항하며 그녀를 나무란다.

'그걸 말이라고 이야기하는 거니?'

'!!'

'네가 정상적인 생각을 가지고 그렇게 당당하게 말 하는 거야?'

'내가 그 사람을 사랑하고 있어. 그러면 됐잖아'

'사랑할 사람을 사랑해야지. 사랑을 아무렇게나 해도 되는 거야? 사랑해서는 안 될 사람인 거를 네가 모르고 있는 거야?'

'그 사람이 어떤데'

'가정을 갖고 있는 사람이잖아. 하필이면 왜 그런 사람을 알아가지고 그러는 거야'

'그 사람 이혼하기로 했어'

'그럼 너 때문에 그 남자가 이혼하겠다는 거야?'

'예전부터 별거하고 있었어.'

'그래도 아이가 딸린 기혼자이잖아. 어떻든 간에 너 때문에 그 사람이 이혼을 하겠다는 건데 그것은 사람으로서 ·도리가 아니지'

'그러면 안 돼? 우리가 서로 사랑하는데 왜 안 된다는 거야'

'네가 그 가정을 파괴하겠다는 거니? 그 남자가 아이도 있을법한데 그렇지 않아?'

'우리 집도 마찬가지 이었잖아. 엄마하고 아빠하고 사이가'

'뭐라고?'

'엄마도 기혼자인 아빠와 결혼했잖아. 아이가 둘 딸린 아빠와 재혼한 건데 그것과 뭐가 달라서 엄마는 그렇게 말해!'

'!!'

순영은 예솔이의 자기방어 수단으로 새엄마의 약점을 파고들며 그 순간을 모면하려는 그런 치졸한 처사에 한동안 말을 잊고 말았다.

'그런데 왜 나는 안 된다고 그러는지 이해할 수가 없어. 엄마 아빠도 지금 행복하게 잘 살고 있잖아'

'그것을 나와 비교할 수 있는 것은 아닐 텐데……'

'엄마 아빠하고 내가 다른 게 무언데?'

'사별하여 홀몸인 아빠와 엄연히 부인이 있는 그 남자를 어떻게 나와 비교할 수 있는 거지?'

'!!'

'그리고 내가 가정을 꾸리고 있는 너희 아빠를 이혼하게 만들어 우리가 결혼한 거야? 그것은 아니잖아. 예솔이 네가 비교를 해도 너무 비약적으로 하는구나.'

'어떻든……'

'내가 아빠와 결혼해서 행복한 가정을 깨뜨렸니?'

'……'

'너희들 학교생활이며 개인적인 일에 내가 문제가 되었어? 그래서 너희들 살아오는 동안

내가 걸림돌이 되었어?'

'그런 것은 아니지만......'

'예솔이 너의 처지를 나와 빗대어 이야기하니 내가 할 말이 없구나. 지금까지 내가 낳은 자식 이상으로 너를 대했는데 결국은 그게 아닌 모양이군. 내가 그것도 모르고 있었으니'

'엄마. 그게 아니고......'

'더 이상 너하고 할 말이 없구나. 나를 계모로 생각하고 있는 너와 더 이상 무슨 이야기를 하겠냐.'

'엄마. 네가 말을 잘못 했어요'

'더 이상 이야기하고 싶지 않다. 내가 너에게 할 수 있는 말은 미국생활을 청산하고 서울로 돌아가자는 말밖에 할 수가 없구나.'

'그렇게는 할 수 없어'

'왜 할 수 없다는 거지?'

'그 사람과 떨어져 살수가 없어'

'그러면 그 남자와 결혼해서 살겠다는 거야?'

'그렇게 할 거야'

'네 아빠가 공직생활하며 어렵게 너를 유학 보냈는데 결과가 이런 모습으로 비쳐지니 나도 네 아빠에게 할 말이 없게 됐구나.'

'엄마가 아빠에게 잘 말씀드려 주세요.'

더 이상 제대로 된 이야기가 될 것 같지 않아 두 사람은 자리에서 일어나 브룩크린에 있는 집까지 아무 말 하지 않고 왔다.

그리고 잠자리에 들려고 하자 예솔이가 말을 건다.

'엄마. 아까 내가 말을 잘못한 것 같아. 미안해요'

'무었을 잘못한거 같은데?'

'엄마 아빠와 결혼한 것을 내가 아무렇게나 말을 해서 엄마를 속상하게 했잖아. 그것은 내가 실수한 거야'

'예솔이 네가 잘못한 말이라고 그러니 나는 괜찮다. 나는 아무렇지 않으니 마음 쓰지 마라'

'엄마! 용서해줘요. 잘못 했어요'

'나는 괜찮대도! 혹시 오늘 저녁에 이야기한 네 주변문제에 대하여 네 생각에 변화가 있으면 내일은 이모 집에 머물러 있을 테니 전화 하던지 그리로 찾아오던지 하렴'

순영은 그렇게 말하고 잠자리에 누웠으나 예솔이의 유부남과의 동거 문제보다도 지금까지 친딸로 여기며 애지중지 키운 아이로부터 가슴이 벼리도록 아픈 새엄마의 음지 같은 이야기를 들었던 것이 더욱 마음에 상처가 되었다.

내 뱃속의 아이가 아닌 것이 드러나 보였다.

거의 밤잠을 이루지 못하고 뜬눈으로 지새우며 아침을 맞았으며 간단히 토스트로 아침식사를 해결하고 예솔이가 리허설 연습을 위해 함께 집을 나와 전철역에서 헤어졌다.

예솔이의 마음에 정리가 잘 되어 이모 집으로 전화할 수 있도록 다시 부탁도 하였다.

진영이 집에서 씁쓸한 마음을 달래며 예솔이의 전화를 기다려 보았지만 그날따라 엉뚱한 전화만 몇 차례 오면서 마음을 심난하게 하였으며 밤늦은 시간이라 딸의 전화 기다리는 것을 포기하고 내일 아침 떠날 준비를 한다.

진영이와 함께 공항에 도착하여 비행기 티켓 팅을 하려 줄을 서서 기다리고 있는데 뒤에서 예솔이가 엄마! 하며 부르기에 돌아보니 동거중인 남자와 함께 있었으며 그리고 순영에게 인사시킨다.

예상치 못한 갑작스런 만남이라 무슨 말을 해야 할지 당황했으며 출국시간이 많지 않은 관계로 깊은 이야기는 나누지 못하였다.

방배동 집으로 돌아온 아내가 어깨가 축 늘어져 들어오는 것을 보고 상엽은 안 좋은 생각을 하였던 딸의 문제가 사실임을 알고 깊은 이야기를 자재하고 상심에 빠져 버린다.

그동안 집안분위기가 예승이 외무고시 합격과 예지의 임신 상엽의 장관취임 그리고 슬기의 재롱으로 행복한 나날로 이어지고 있었는데 뜻하지 않은 예솔이 문제로 집안이 온통 아수라장이 되어버렸다.

특히 상엽의 가족에 대한 보수적 생각이 예솔이를 이해해줄 수 있는 그런 심사가 되지못하여 서울로 들어오도록 전화하였으나 딸은 그것을 거부하고 이후에는 전화도 받지 않는다.

상엽과 순영은 마지막이라는 심정으로 예솔이를 만나 다시 설득하려고 뉴욕에 찾아갔지만 미리 예상을 하였는지 집을 옮겨 만나지 못하고 돌아왔다.

그리고 예솔이는 가끔씩 하던 안부인사 전화도 끊어버리고 완전히 남이 되기로 작정한 것 같았다.

상엽씨의 마음이 얼마나 아플지를 생각하니 순영은 처음부터 예솔이의 유학을 반대해온 그를 볼 면목이 없었다.

시간이 흐르며 상엽씨도 딸을 포기하는 쪽으로 마음을 바꾸는 것 같다.

상엽의 찢어지는 아픔마음으로 딸을 버린다는 각오를 하는 것 이다.

II

예솔이의 일탈로 상엽은 예전의 당당하고 자신감 있는 그런 삶에서 점점 자신을 잃어버리곤 하였는데 그래서 그런지 식욕부진에 소화불량까지 그를 고통스럽게 만드는 일이 잦아졌다.

공직생활에 충실 하느라 젊은 시절의 멋스러움을 잃어버려 여유를 갖고 살 수 있도록 순영이 충고를 해주어 다시 새로운 인생을 찾아가려던 참이었는데 예솔이의 문제가 그에게 큰 충격으로 다가온 것이다.

예지의 사춘기 시절 심통과 생각하지 못했던 곳에서의 일탈행위로 마음고생을 하며 공직생활에서 물러났었는데 다시 예솔이의 엉뚱한 불장난으로 자식들에 치여 살아서인지 삶에 자신감을 포기하는 행동을 종종 보이곤 한다.

식욕이 없어 먹는 것을 제대로 먹지도 못하였고 먹은 것은 소화도 시키지 못하니 체중은 자꾸 빠지고 있다.

내과 의사인 누님에게 처방받는 일도 자주 생겨나게 되었다.

가능하면 스트레스 받는 일을 피하라고 하였지만 나랏일을 하는 중압감에 압박을 해소하기란 쉽지가 않았다.

나라 경제를 살피고 관리하는 일이 편히 보고만 받고 하는 일이 아니기 때문이다.

특히 국회에 출석하여 의원들과 입씨름을 하는 날이면 곤죽이 되어 집에 들어오곤 한다.

그리고 예솔이와 부녀에 인연을 끊었다고 하나 마음속으로는 딸 걱정으로 시름시름 앓고 있을게다.

순영은 항상 피곤하고 스트레스에 절어 사는 남편이 안쓰러워 장관직에서 물러나 쉴 것을 말하였지만 나랏일을 내가 좋다고 하고 내가 싫다고 그만둘 수는 없다며 아내의 말을 귀담아 듣지 않는다.

게다가 예솔이 문제로 속을 썩이니 아버지의 속마음은 숯 검둥이처럼 타들어갔을 것이다.

예솔이 문제를 격고 잘 마시지 않던 소주도 가끔씩 마시고 들어와 푸념을 늘어놓기도 하였다.

순영은 그런 날이 자꾸 늘어나자 상엽에게 몸 생각을 하라고 말하였지만 잔소리같이 들렸는지 대꾸도 하지 않는다.

그러니 먹는 것이 제대로 소화될 수 없었으며 술을 마시고 들어오는 날에는 식사도 거의 하지 못할 정도가 되어 최근에는 위장약을 달고 살았다.

III

예솔이 일로 집안의 공기가 한동안 편치 않았는데 그러한 어수선한 분위기를 수습하던 중에 어머니가 돌아가셨다.

우리 가족의 마지막 어른이신 어머니를 하늘나라로 보내는 딸의 심정은 이루 말할 수 없이 마음 아픈 일이었다.

순영의 어리석었던 행동으로 행방불명된 딸을 기다리며 부모에 심정으로 가장 마음이 아팠을 것이다.

똑똑한 순영의 모든 것을 믿고 이국땅 멀리 떨어져 살면서도 딸 걱정으로 마음 편할 날이 없었는데 결국에는 수녀원에 가있는 그녀에 모습을 보며 얼마나 마음고생을 많이 하시었는지 말이 필요도 없었다.

미국에서의 삶을 포기하고 순영의 뒷바라지를 위해 두 동생과도 생이별하며 살아온 여생이었는데 그 삶마저 뒤로하고 세상과 마지막 이별하였다.

미국에서 귀국한 동생들과 우리 가족 모두가 어머니의 마지막 가시는 길을 지키기 위해 장례식장을 떠나지 않았는데 큰 사위의 역할을 톡톡히 하고 있는 상엽이 몹시 피곤해보여 집에서 쉴 수 있도록 말을 건네 보았지만 그렇게는 할 수 없다며 3일 동안 장례식장의 엄연한 상주의 존재임을 그는 보여주었다.

고등학생 시절에 장모님과 연을 맺어온 그 인연도 대단하였으니 사위가 가지고 있는 정도 무시하지 못할 관계인 것은 확실하였다.

어머니를 먼저가신 아버지 곁에 모시고 상엽은 사무실에 들르기 위해 청사에 갔고 남동생 부부와 진영이 부부가 방배동 집에 둘러앉자 그간의 부모님에 대한 회포를 풀었다.

'엄마의 흔적을 이 집에서도 찾을 수 있을 것 같아.'

'그렇지? 옛날 살던 곳이 여기서 그리 멀지 않지만 이 집이 고향집 같기도 해 보이네'

'엄마가 이 집에서 슬기와 말고무하며 잘 지내셨는데'

'매형하고 누나가 연로하신 엄마를 모시며 사느라 고생했지. 내가 모시고 살았어야 했는데 그것을 누나에게 짐이 되게 한 네가 못났지'

'고생은 무슨. 당연한 것을 가지고. 미국에서 사는 사람에게 어떻게 하겠어. 형편 되는 사람이 모시고 살면 된 거지'

'그래도 아들인 내가 모셨어야 했는데'

'엄마가 한국에서 살기를 원하시는데 어떻게 하겠어. 방법이 없는 거지'

'그래도 내가 불효자 이지 뭘'

'불효한 것 없어'

'매형한테 아들인 내가 볼 면목이 없지 뭐'

'매형은 엄마를 고등학생 때부터 알고지내 친어머니 이상으로 모셨어. 효자 중에 효자였지. 장모님에게 정성이었으니까'

'형부의 정성이 대단했지'

'나에게는 고마운 사람이야'

그러면서 자연스럽게 예솔이에 대한 걱정과 그녀의 소문이야기로 화제를 돌리지 않을 수 없었다.

'언니! 예솔이와는 연락은 하고 있는 거야?'

'어디에서 살고 있는지 통 연락을 할 수가 없어. 지난번 형부와 만나러 갔다가 못 만나고 돌아온 뒤 소식이 끊겼어'

'형부가 예솔이를 버렸다고 한다며?'

'말이야 그렇게 하지만 실지로 그러겠어? 마음속으로 얼마나 가슴 아파 하는데……'

'예솔이 있는 곳을 확인해보려고 마이클이 다방면으로 수소문 해 보았는데 확인이 안 되나 봐'

'제부가 괜한 고생을 다 하고. 우리 집에 명예롭지 못한 부분을 보여주어 민망하기만 한데 고생시켜 미안해요'

'고생이라고 할 것도 없습니다. 조카 행방 찾는 게 급선무이죠.'

'그런데 형부 얼굴이 많이 상했던데'

'나라일도 그렇지만 예솔이 문제로 마음고생이 심하니 그럴 수밖에'

'자식들이란 애물단지라더니. 쯧쯧쯧'

'요즈음에는 잘 하지도 않는 술도 종종 마신다니까'

'학교에 계실 적에는 좋아보였는데'

'학생 가르치는 일과 나랏일을 하는 것과는 큰 차이가 있지. 당연히 매형이 스트레스를 많이 받을 거야'

'장관직에서 그만두라고 해도 요지부동이야. 나랏일을 내가 싫다고 마음대로 그만두는 게 아니라며'

'책임감이 크셔서 그런 거지'

'병원에 가서 종합검진 좀 받아보도록 하지'

'이야기해도 시간을 낼 수 없다며 형님에게 소화불량 약만 처방받아 복용하고 있어'

'슬기는 누가 돌보고 있는데?'

'친정어머니가 강릉에서 오셔서 돌보고 있는데 삼우제 끝나면 데려와야지'

'언니가 고생이 많다'

'고생은 무슨 고생. 요즈음에는 슬기 보는 재미로 사는걸.'

'말도 제법 하겠는데'

'쫑알쫑알 거리며 나를 잘 따라'

'우리 집 공주님이고 젊고 예쁘기만 한 언니이었는데 벌써 할머니 소리를 듣는 것이 별로야'

'뭐 어때서'

'한참 여행도 다니며 인생을 즐길 나이잖아'

'슬기 돌보며 지내는 것이 즐겁기만 한걸.'

'그래도 손녀딸에 얽매어 언니 개인생활을 포기하니 안 된 거지. 방법을 찾아서 남은 인생 즐기고 사셔'

'이것이 내 운명이려니 생각하고 살면 되지 뭘'

'언니는 아직도 천사 야'

동생들은 부모님으로부터 우리 공주님 우리 공주님으로 불렸던 누나이며 언니이었는데 삶에 찌들어 사는 것 같아 마음아파 했다.

특히 자기 뱃속에 품었던 자식들도 아닌데 내 자식 이상으로 보살피고 보듬고 가슴아파 하며 가정을 꾸려가는 그녀가 공주가 아니고 천사이었다.

삼우제를 끝내고 동생들이 미국으로 돌아갔다.

어머니의 죽음으로 슬픔을 간직할 수밖에 없는 처지를 동생들이 메꾸어 주었는데 미국으로 돌아가고 빈자리가 너무 허전해 보이는 것 같아 슬기를 서초동 예지 집에서 방배동으로 데리고 와 그 자리를 메꾸게 했다.

한동안을 슬기와 씨름하며 보내는 동안 아들이 군에서 제대하고 돌아와 돌아가신 어머니의 빈자리를 채워 준다.

예승이는 제대 후 쉴 시간도 없이 외교통상부에 출근하며 외교안보연구원에서 외교관이 되기 위한 교육을 받기 시작하였다.

외교통상부에 들어가 그의 포부를 세계무대에 펼치기 위함이니 자랑스럽게 긴 연수과정도 잘 마칠 수 있을 것이다.

IV

상엽의 식사내용이 좀처럼 개선되지 못하였고 얼굴 모습도 점점 더 꺼칠해지고 있다.

순영은 그런 모습이 안타까워 더 이상 지체할 것도 없이 반 강제적으로 종합검진을 받도록 하였다.

혼자서는 병원에 가려하지 않아 순영이 함께 부부 종합검진을 받는 것으로 예지가 사전에 예약하였으며 휴가를 하루내서 상엽씨를 종합병원에 이끌고 갈 수 있었다.

나이가 들면 대부분 사람들은 종합검진으로 건강에 안 좋은 것이 발견되어 마음고생과 육체적인 고통을 두려워하여 병이 있는 것도 모르고 지내려는 경향이 있다.

상엽도 마찬가지로 수인사대천명이라는 말을 자주 사용하며 사람이 죽고 사는 것은 하늘에 뜻이니 내 마음먹은 대로 할 수 없다며 본인의 목숨을 하늘에 의지하려는 경향이 있었다.

그래서인지 죽음에 대하여 자연에 섭리에 따르며 순응해야 한다며 죽음을 두려워하지 않았다.

그럴 때면 그가 무슨 운명론자가 다된 사람처럼 보였다.

요즈음에는 검진 시스템이 좋아 오전에 종합검진이 끝나고 오후에 결과를 알 수 있어 검진을 끝낸 뒤 병원 근처에서 아침 겸 점심식사를 하였다.

'아침도 굶고 힘들지 않아?'

'힘들게 뭐가 있다고'

'하긴 평상시에도 식사를 잘 하지 않으니 별로 배고픈 것도 느끼지 못하겠군요. 서방님!'

순영이 비아냥거림 투로 쏘아댄다.

'하루 두 끼만 먹으면 충분하지 세끼씩을 꼬박 챙겨먹어 우리 마나님 고생시킬 일 있나?'

'두 끼는 제대로 드시나요?'

'밖에서는 밥 잘 챙겨먹고 다니니 걱정하지 말아요. 나에 마나님!'

'그렇게 잘 챙겨 드시는데 이렇게 삐쩍 말라깽이가 되 버렸어?'

'체질이 그런 걸 어떠하겠어.'

'옛날에는 안 그랬었거든'

'조금 마른 것 가지고 시비는. 나랏일을 열심히 하다보면 그럴 수도 있는 걸 가지고 괜한 시비야'

'삐쩍 마른 사람을 내가 뭘 좋다고 쫓아 다녔는지'

순영은 남편에게 그녀의 비난석인 말을 듣고 자극을 받아 식사도 제대로 하고 건강도 챙길 수 있도록 하려고 잔소리 같이 들릴 수도 있겠지만 개의치 않고 쏘아붙인다.

'말은 바르게 하자고 나에 마나님!'

'무얼?'

'쫓아 다니기는 내가 쫓아 다녔지 당신이 쫓아 다녔나?'

'마나님! 소리 하는 것을 보니 나한테 불만이 많은 모양인데? 그리고 쫓아다닌 건 둘이 그랬다고 칩시다. 그러나 내 사랑이 더 컸지요.'

'무슨 소리! 그 사랑은 내가 더 컸지. 그러니 소고삐 끌려 병원에도 오고 그러지'

'이렇게 쉽게 올 수 있는 것을 억지로 모셔야 하니'

'정기적으로 정기검진 받고 있는데 종합검진까지 할 필요가 있나.'

'나라에서 해주는 그런 정기검진은 형식적인 검사만 받으니 정확한 건강상태를 파악하는데 어렵지'

'덕분에 종합검진 받았으니 고맙습니다. 잔소리 쟁이 나에 천사님!'

'검진결과 보고 저녁에 시간이 되니 예술에 전당에서 공연 관람하고 머리를 식힐 수 있도록 해요.'

'알겠습니다. 나에 천사님!'

'아이들 앞에서는 천사님이라고 부르지 말도록 하세요. 다 어른이 되었는데 부끄럽게 무슨 천사 야'

'아이들도 다 알고 있는걸.'

'그래도 민망 혀'

'나에 천사는 영원한 천사이지. 아이들 눈치 안볼 거야'

'그럼 그렇게 혀. 히히히'

두 사람은 오래간만에 점심을 전복죽으로 맛있게 먹고 시간이 조금 남아 밖에는 겨울 끝무렵의 공기가 차가와 병원 휴게실에서 대기하며 결과를 기다리고 있다.

잠시 뒤 30대 후반 정도의 젊은 여 의사가 두 사람의 문진표를 잘 설명해주었는데 상엽이 위궤양이 심한 것 같아 정밀조직검사가 필요해 다음 주나 정확한 결과가 나온다고 하였다.

그때 다시 오도록 하였는데 상엽씨가 시간을 낼 수 없어 순영이 결과를 보러오도록 조치하였다.

정밀조직검사를 한다는 말에 걱정이 되었으나 의사가 너무 심한 정도는 아닌 것 같다며 안심시켜주어 마음에 위로를 삼고 병원을 나왔다.

시간이 얼추 저녁시간이 되어 예술에 전당 근처 한정식 집에서 저녁을 먹고 찬 공기가 몸을 시리게 하였지만 공연장 근처를 좀 걸어보자는 상엽의 의견에 그렇게 하는 걸로 하고 큰 대로 건널목을 급히 가로질러 우면산 길을 산책하였다.

사람들이 추워서인지 예전 같으면 붐비었을 산책도로였는데 띄엄띄엄 나이 드신 분들이 운동 삼아 분주히 걷고 있다.

오래간만에 바쁜 상엽씨와 종합검진을 핑계로 맛있는 저녁도 먹고 산책도하며 공연관람도 즐겁게 할 수 있었다.

순영은 마음이 괜히 불안하였다.

상엽씨 조직검사 결과가 어떻게 나올지 몰라 의사가 그렇게 걱정할 정도는 아니라는 이야기를 지난번 들었었지만 평소에도 자주 위 경련성 고통을 호소한 적이 있었기에 혹시나 모를 최악의 상황을 미리 염두에 두고 생각을 아니할 수 없어 그러한가보다.

괜한 생각을 하고 있다며 자신을 꾸중하고 그리고 마음을 고쳐먹고 지난번 만났던 젊은 여 의사와 대면을 하였는데 우려했던 바대로 조직검사 결과 위암 초기라고 하였다.

갑자기 눈앞이 캄캄한 것이 아무것도 보이지 않는다.

위암이라는 것이 동물성 음식을 주로 섭취하는 사람과 스트레스를 많이 받는 사람들이 걸릴 확률이 높다고 들어왔었다.

상엽씨의 경우 육류를 별로 좋아하지 않으니 후자 쪽에 영향을 받을 수 있있을 터인데 그렇다면 예지 예솔이 문제를 격고 마음이 편하지 못하여 스트레스를 받고 그럴 수도 있었을 것이다.

그러나 순영은 그보다 더한 생각을 하였다.

그렇게 만든 장본인이 바로 자기 때문 이라고.

순영이 악마로부터 겁탈을 당한 후 상엽에게는 아무 이유도 아무 말도 없이 사라져 버렸으니 그가 받은 고통은 이루 말할 수 없었다.

그리고 내가 천주님과 결혼하였다 하니 그는 억장이 무너지고 자존심이 심하게 손상되며 큰 상처를 입게 되었다.

좋아하지 않는 소주로 폭음하며 며칠을 알아 누웠었다.

상엽은 나에게 배신의 쓴 맛을 보았었다.

그 당시 그는 세상사는 것이 싫었을 것이다.

그는 그렇게 젊은 시절을 나로 인해 망가트리고 가슴을 쓰러 내리며 살았을 것이다.

상엽씨의 병은 다 나 때문에 생긴 것이었다.

순영은 그렇게 자신을 원망하며 눈물을 흘리지 않을 수가 없다.

의사 선생님은 위암 초기이니·빨리 수술을 하면 아무 문제가 없을 거라며 순영을 위로해 준다.

슬픈 연가
(사랑아 내 사랑아!)

I

2012년 2월.

임기 4년의 새로운 국회의원을 뽑기 위한 국민투표 일이 정해져 나라가 시끌벅적 이다.

다가오는 4월 총선 선거일을 앞둔 시점이라 공직자들은 어떤 정파에 휩쓸리지 않고 자기 본분을 지켜 선거가 잘 치러질 수 있도록 신경써야했으며 상엽도 담당 부처 직원들이 엉뚱한 곳에 휩쓸리지 않도록 입단속과 행동거지를 조심시키느라 정신을 곤두세우고 있다.

상엽은 오늘 자신의 종합검진 조직검사가 어떻게 나올지 에는 정신이 없고 나랏일에만 혼을 빼고 있다.

순영은 상엽씨가 위암 초기라는 의사의 말을 듣고 아무 생각도 없이 집에 어떻게 왔는지도 모르게 넋이 빠져있다.

그리고 한참을 망설이다 내과의사인 시누이에게 전화 하였다.

시누이는 동생이 위암 초기라는 올케의 울음석인 이야기를 듣고 깜짝 놀라더니 바로 의사의 본분으로 돌아가 수술하면 대부분 정상적으로 활동할 수 있다며 순영을 위로한다.

그리고 환자의 마음이 중요하니 옆에 있는 올케가 동생의 마음에 안정이 되도록 행동할 것도 주의를 주었다.

전화를 끊고 시누이의 긍정적인 말을 위안삼아 남편이 집에 들어오면 어떻게 이야기할지를 순영은 정리해 본다.

순영도 요즈음에는 의술이 발전되어 위암 초기는 아무 걱정 없이 수술들을 잘하여 정상적으로 사회생활하고 있는 모습을 보아왔기에 그렇게 될 거라는 긍정에 힘으로 위안을 삼고 의사의 설명을 들은 대로 남편이 불필요한 긴장을 하지 않도록 대비하였다.

상엽씨는 업무가 바쁜지 본인에 조직검사 결과에 대한 궁금증도 잃어버린 채 전화도 하지 않고 밤늦게 퇴근하여 집에 들어왔다.

순영은 좋지 않은 검사결과를 아무 생각이 없는 남편에게 미리 말해줄 필요가 없다고 생각하고 잠자리에서 충격을 주지 않는 방향으로 조용히 이야기하도록 대비하였다.

상엽이 샤워를 하고 잠자리에 들 준비를 하면서 항상 똑같은 패턴으로 순영에게 먼저 말을 건다.

'별일 없었어?'

'무슨 별일'

'슬기에게 별일은 없었냐고'

'슬기에게 무슨 별일이 있을 거라고 매일 그렇게 물어봐? 다른 질문도 있을 텐데 궁금한 게 겨우 슬기가 별일 없냐는 거야?'

'오늘따라 왜 저기압이 되 가지고 시비조의 대답이야. 어린 아이들은 갑자기 별일들도 생기고 그러니 당연한 질문을 하는 건데'

'슬기보다 당신 몸 걱정이나 하세요.'

'내가 어때서'

'오늘이 무슨 날인지 몰라요? 생각도 안 해봤어?'

'오늘이 무슨 특별한 날인가?'

'아이고! 이렇게 무심한 사람하고는'

'!!'

'지난번 받았던 건강검진 결과에서 위계양이 심해 그쪽을 면밀히 살펴보겠다며 했잖아. 오늘 당신 조직검사 결과 나오는 날인데 어떤지 궁금하지도 않아?'

'아~ 그랬지'

'자기 건강에는 관심이 없고 남 걱정은 많이 하셔'

'뭐 별일 있겠어? 당신이 나에게 이렇게 정색을 하며 말 하는 것을 보면 별일은 없겠구먼.'

'별일 있으면 어떻게 할 건데?'

'죽기밖에 더 하겠어?'

'죽는 것이 그렇게 쉽나'

'그렇지. 죽는 것도 내 마음대로 되는 것은 아니지. 다 하늘에 뜻대로 죽고 사는 거지. 결과가 어떻데? 나 죽기라도 한데?'

'조금 안 좋아요'

'어떤데?'

'위암 초기래.'

'……'

'수술하면 아무 문제없대요.'

순영은 일부러 별로 큰 수술이 아닌 것처럼 건성으로 대답하며 상엽씨가 위축되지 않도록 조심하였다.

'간단한 수술이래?'

'그렇긴 한데 그래도 수술이니 조심해야지'

'시간이 날지 모르겠네. 요즈음 신경 쓸 일이 많아서'

'위암 초기는 얼마나 빨리 수술 받느냐가 중요한가봐. 그러니 시간을 끌면 더 어렵게 되니 일주일정도 예상하고 휴가를 내'

'일주일씩이나?'

'당신 목숨이 달렸는데 일주일쯤이야 못 내겠어.'

'그렇게 많은 시간을……'

'일단 내일 오후 담당 의사와 의논하여 수술 날짜를 잡도록 해요. 병은 알았을 때 바로 고쳐야지 그냥두면 심해지니까'

그렇게 남편을 안심시킨 후 내일 점심시간을 이용하여 담당의사와 면담하도록 시간을 잡아 놓았으니 그렇게 하자고 하였다.

그리고 순영은 예지와 예승에게 내일 저녁에 중요한 할 이야기가 있으니 집에 들르라고도 연락하였다.

상엽은 담당의사의 권유로 조기수술을 받기로 하고 정식 지휘계통을 밟아 휴가원을 제출하였다.

초기 위암이라 하였으니 더 심해질 것을 우려하려 빠른 수술을 결정한 것이다.

순영은 집안 살림과 슬기 보살피는 일로 천주님께 기도 하는 것을 소홀히 하였는데 이번 상엽씨의 위암 수술이 혹시나 안 좋은 결과를 가져올까 걱정하며 최근에 하지 않던 기도를 열심히 하였다.

위암이라는 것이 스트레스성 위염이 심해지며 암으로 발전될 수도 있는 것이어서 순영의 과거 어쩔 수 없었던 행동으로 행방불명이 되고 수녀가 되었다는 소식을 전해들은 상엽씨가 얼마나 고통스러워하며 마음고생을 하였는지 잘 알고 있기 때문에 그 원인으로 그렇게 될 수도 있다는 죄책감으로 그녀에 기도는 절실할 수밖에 없었다.

인간의 간사함을 알 수 있듯이 마음이 편할 때는 찾지 않던 신에 도움을 어려움이 닥치니 찾는가 보다.

순영이도 그러하였다.

순영의 기도가 절실하였는지 수술은 오래 걸리지 않았으며 결과도 좋다고 담당의사가 이야기해주었다.

그리고 환자가 스트레스를 받지 않도록 가족들이 잘 보살펴야한다는 당부를 듣고 나랏일이 과중하여 업무에 절어 사는 남편에게 그 일을 놓도록 할 심사였다.

그것은 좋은 핑계거리가 되었다.

'여보 고생했어.'

'다 끝난 거여?'

'그래요. 수술 다 끝났어. 수술이 잘 되었다고 의사선생님이 말씀하시니 걱정하지 마요'

'걱정은 무슨 걱정'

'안정을 취해야 한다니까 이참에 푹 쉬어. 일 하고는 담 쌓고 푹 쉬시라고'

'거동할 수 있으면 퇴원해야지'

'안 돼! 수술하고도 안정을 취하는 것이 중요하다고 그러는데 모든 생각 잃어버리고 의사 말 들어요'

'간단한 수술인데 엄살 피우며 누워있기가 편치 않을 것 같아. 지금 시기가 중요한 때이기도 하고'

'그래도 암 수술인데 몸조리를 잘 해야 한다고요. 서방님!'

'해야 할 일들이 많아'

'그놈에 일! 일! 일!...... 그렇게 할 거면 그놈에 일 그만 둬 버려'

'나라에 중요한 일인데 그렇게 쉽게 말하고 그만두고 할 사항이 아닙니다.'

'일을 하면서 스트레스를 받는 말이야지'

'누구든 자기 일에 스트레스를 받지. 나라고 별수 있나?'

'내가 알기로는 나랏일을 하는 당신에 업무가 당신의 건강을 생각할 때 너무 과중한 것이 사실이니 좀 쉬는 것도 고려 해봐요'

'모든 일이 다 마찬가지 인데 고려는 무슨 고려'

'저렇게 앞뒤가 꽉 막혀서는. 쯧쯧쯧'

'나라에서 그만두라고 하면 모를까. 내가 마음대로 결정할 사항이 아닙니다. 사모님!'

'아무튼 스트레스가 건강에 제일 좋지 않으니 장관직에서 사퇴하는 것을 생각해봐요. 그냥 헛듣지 말고'

'......'

순영의 만류에도 불구하고 상엽은 며칠을 병원에서 누워있다 의사의 퇴원 지시 일을 하루 앞당겨 퇴원하였다.

상엽은 누워있는 것이 답답하다며 기어코 하루를 앞당겨 조기 퇴원하였는데 사실은 진행 중인 업무에 대한 걱정과 국회의원 선거 시즌에 부하 직원들의 언동과 나태해질 수 있는 분위기를 챙겨보려고 답답하다는 핑계로 그렇게 하였다.

그리고 퇴원 하자마자 다음날 서둘러 출근하였다.

순영도 얼마 남지 않은 장관의 임기를 잘 관리하여 유종에 미를 거둘 수 있도록 상엽씨의 고집을 더 이상 꺾지는 않았다.

II

예지가 둘째 아이를 가졌다.

최 서방이 수원지방법원으로 발령을 받아 두 사람은 서초동 집에서 함께 생활을 하게 되었는데 예지도 로펌일이 많아 거의 한 밤중까지 일에 지쳐 살아가고 있었다.

그래서 슬기는 방배동 집에서 순영이가 도맡아 키우고 있으며 금요일 밤에 두 부부가 데리고 갔다 월요일 아침에 두 부부가 교대로 출근하면서 다시 데리고 왔다.

그렇게 힘든 직장생활을 하면서도 두 부부는 요즘은 젊은 부부들이 아이 하나 키우는 것도 경제적으로나 정신적으로나 육체적으로 고달프고 벅차 그들의 2세 갖는 것을 포기하는 경우도 허다했는데 예지와 최 서방은 기특하게도 슬기 동생을 다시 가졌다.

어차피 아이가 하나가 됐든 둘이 됐든 아니면 더 많던 간에 친정어머니나 시부모가 도맡아서 키울 수밖에 없는 현실이지만 아이 키우는 재미도 쏠쏠하여 친정어머니가 대부분 다 그렇게 하였듯이 순영은 예지의 충실한 친정어미가 되어 딸에 임신을 축하해 주었다.

예지는 슬기 돌보는 것도 힘든데 동생까지 임신을 했으니 순영의 눈치가 보이는지 엄살을 떤다.

'슬기동생 안 가지려고 했는데 이렇게 됐어요.'

'무슨 못된 소리를 엄마가 되어 아무렇게나 해. 뱃속에 아기가 듣겠다.'

'엄마가 힘들까봐 그러지'

'옛날에는 아이들 다섯 여섯씩도 키웠는데 무엇이 힘들다고 그래. 흥부 부부는 없는 살림에 아이들 스물아홉이나 나서 키웠잖아'

'그래도 힘든 건 힘든 거지'

'아무소리 하지 말고 임산부 몸 관리에 만 신경 써'

'내가 로펌을 그만둘까도 생각중이야'

'아이 둘 키우려면 얼마나 많은 돈이 필요한데. 그러려면 젊었을 때 부지런히 벌어야지. 아이들은 내가 잘 보살필 테니 엉뚱한 생각 하지 말고'

'엄마도 우리 때문에 열심히 일 하셨는데. 아빠 공무원 봉급으로는 우리 교육도 제대로 시키지 못한다며 억척이셨잖아'

'아니 다행이구나.'

'그걸 누가 모를까봐. 여자 아이들은 옷도 잘 입어야 한다며 엄마가 신경을 많이 쓰셨잖아'

'다 너희들이 잘나서 이렇게 잘 큰 줄만 아는 줄 알았더니 살다보니 이런 기특한 이야기도 다 듣는구나.'

'히히히'

'너희들 셋 키우면서 요물단지가 따로 없다고 생각 했었지'

'시어머니를 올라오시게 하면 안 될까?'

'시골에서 농사를 짓던 분이 도시에서 살 수 있겠어?'

'그렇겠지?'

'아무걱정 하지 말고 튼튼한 아이만 낳아. 내가 너희들 아이 키우는 걱정 하지 않도록 잘 보살필 테니'

'엄마한테 미안해서'

'엄마인데 미안하긴 무엇이 미안 하다고'

'그래도……'

예지는 마음속으로 친 엄마가 아님에도 그 이상으로 의붓딸에게 잘 해주는 것이 고마웠고 과거 사춘기 시절 새 엄마에 대한 반항으로 못되게 굴었던 그런 행동들이 어딘지 모르게 걸렸던 게다.

예지도 엄마가 되면서 엄마들의 고통을 알게 되었는데 특히 자기뱃속에서 키우지 않았던 우리 자매를 끔찍이도 잘 돌보아주었던 새엄마의 고마움을 이제야 느끼고 알아가고 있었다.

지난번 어머니가 돌아가시고 동생들이 귀국하면서 순영은 동생 진영에게 소식을 끊어버린 예솔이와 어떻게든 소식이 닿을 수 있도록 가까이 있는 동생이 찾아봐 달라고 부탁 하였었다.

상엽씨가 겉으로는 딸의 잘못된 행태를 집안의 명예를 실추했다며 버린 자식으로 생각하고 더 이상 찾지 않고 있었으나 마음속으로는 상당히 걱정하고 있음을 알고 있기에 동생에게 부탁하였었다.

언니의 간절한 부탁을 예솔이와 같은 하늘밑 같은 도시에 살고 있는 진영은 그냥 모르는 척 할 수가 없어 남편 마이클과 아들 그리고 다양한 채널을 가동하여 조카를 찾을 수 있었다.

동생 진영은 조카 예솔이를 시내 카페에서 어렵게 만나 서울의 사정을 이야기 해주었다.

'예솔아! 네가 끝까지 부모님과 등지고 살거니?

'!!'

'네 부모 입장을 생각한다면 네가 이렇게 행동해서는 안 되지'

'부모님이 우리의 결혼을 반대하니 어쩔 수 없잖아요. 우리를 이해하려고 하지도 않고요'

'어떤 부모든 가정이 있는 유부남과 결혼하겠다는 것을 누가 동의하겠어.'

'사랑에 힘을 누구든 막을 수는 없어요.'

'사랑도 사랑 나름이지'

'우리가. 서로 사랑하는데 어쩌려고요. 우리가 어린 아이도 아닌데 다 큰 성인인 우리 사랑도 부모 허락을 받아야 하나요?'

'그렇다면 네가 부모님을 만나 더 설득하던지'

'……'

'그런 노력도 없이 마냥 숨어 지낼 수는 없잖아'

'아빠는 너무 고지식해서 이해를 못해요. 이모도 잘 알고 계시겠지만 아빠의 생각이 꽉 막혀 요즈음 젊은이들의 생활을 이해 못하는데 그런 아빠를 어떻게 설득을 해요'

'그러면 예솔이 너는 아빠가 반대하면 평생 부모님과 등지고 살거니?'

'!!'

'그 사람 이혼은 했어?'

'아직은 요'

'그 사람 앞날도 장담할 수 있는 것이 아니네. 지금 함께 사는 게 행복 해?'

'그런 것 같아요'

'그 사람 믿을 수 있는 거야?'

'믿어야지요.'

'너에 말을 들으니 이모는 너의 동거생활이 행복할거라는 확신을 가질 수가 없구나.'

'어떤 확신이요?'

'동거생활에 대한 행복 한 것도 그에 대한 믿음도 너에 소극적 답변이니 내 느낌이 그렇다는 거지'

'……'

'아빠가 지난 달 위암 수술. 받은 거 알고 있니?'

'아빠가 위암 수술을요?'

'그래. 예솔이 너와 연락이 안 되니 알 수도 없었겠네.'

'결과는 요'

'위암 초기라 수술은 잘 됐다고 하더라.'

'다행이내요'

'다행이기는 한데 네가 집과 소식을 끊고 지내다 무슨 일이 있으면 어떻게 하려고 그래'

'!!'

'지금 네 상황이 어떧는지는 앞으로 풀어가야 할 문제인줄 아니까 다 좋으니 너에 거처는 확실히 알려주고 그렇게 해. 집안에 당장 무슨 일이 있는 것은 아니지만 세상사를 모르니 네가 후회되는 일이 없도록 그렇게 하도록 해!'

'알겠어요.'

진영은 예솔이를 설득하려 했지만 마음에 변화가 전혀 없음을 알고 연락처나 계속 유지할 수 있도록 하자고 하며 헤어졌다.

그리고 그 사실을 서울 언니에게 전화하여 알려주었고 순영은 빠른 날짜에 시간을 내어 예솔이를 만나겠다고 하였다.

순영은 상엽이 퇴근하여 늦은 저녁을 먹고 있을 때 그의 눈치를 살피다 식사를 끝낸 틈을 이용하여 예솔이 이야기를 슬그머니 꺼낸다.

'여보! 예솔이 이야긴데……'

'난데없이 무슨 예솔이야. 그 아이 이야기는 하지도 말어!'

'그래도 딸자식인데 어떻게 아무 일도 아닌 양 모른 척 해요. 어저께 진영이가 예솔이를 만났데.'

'!!'

'예솔이 있는 곳을 알았으니 내가 미국에 들어가서 다시 한 번 만나 보려고 그러는데 괜찮지?'

'그놈하고 헤어졌데?'

'그건 아니고'

'그러면 갈 것 없어. 괜히 헛고생 하는 거니 그럴 필요 없다고'

'그래도 딸자식인데 모른 척 내버려 둘 수 없잖아'

'딸자식이면 부모 마음도 생각해야지. 지 생각만 해 가지고 집안 망신은 다 시키고 있는데 계가 무슨 딸이라고 챙기는 거야. 그냥 가만 둬! 지일 지가 알아서 하라고 해. 나는 딸로 생각하지도 않을 테니까'

'그래도 내가 만나서 다시 타이르도록 해볼게 요'

'지발로 잘못했다고 들어와 빌기 전에는 만날 생각 하지 마!'

'여보......'

'더 이상 예솔이 이야기는 꺼내지도 마!'

예솔이에 대한 남편의 노여움이 아직 풀리지 않아 그 문제로 다시 스트레스를 받으면 수술 후유증이 생길 것을 우려하여 순영은 그 이상 이야기를 더 하지 못하고 당분간 기다려 보기로 하였다.

일주일 정도 지나 순영은 남편을 설득하여 예솔이를 만날 수 있도록 허락을 받고 진영이에게 연락하였다.

상엽도 마음속으로는 딸의 거처가 확인되었다는 소식을 반기고 있었지만 내색을 하지 않았으며 순영이 딸을 만나러 뉴욕에 가겠다고 하자 내심 반가웠지만 가장의 위엄을 포기할 수 없어 처음에는 허락을 하지 않았었다.

그것이 다 부모에 마음이다.

이틀 뒤 순영은 미국으로 가서 예솔이와 만나 이야기 하였다.

예솔이는 오래간만에 가족을 만나니 무척 반가웠으나 자기를 설득하려온 어머니임을 알고 있기에 경계하며 순영을 맞았다.

'객지에서 누가 신경써주는 사람도 없는데 식사는 거르지 않고 제대로 챙겨먹고 있는 거야?'

'잘 먹고 있어.'

'직장을 옮긴 것 같던데'

'후리로 현악 4중주단에서 활동하는데 네가 더 자유롭게 일 할 수 있고 수입도 더 좋아'

'다행이구나. 그 사람하고는'

'잘 살고 있어.'

'지금의 처지가 너에게 행복한 거야?'

'행복해'

'아직 이혼도 하지 않았다면서'

'부인이 이혼을 호락호락 허락하시지 않는 것 같아. 여기서는 이혼하는데 까다로운 조건들이 많아 시간이 걸려'

'이혼을 안 하고 계속 이 상태가 지속되면 어떻게 하려고'

'기다려야지'

'네가 기다리겠다고 그러는데 엄마가 가장 우려되는 부분이 그 사람이 의도적으로 이혼을 피하는 것 아닌지 그것이 의심스러워. 세상 남자를 다 믿을 수는 없잖아. 물론 그 사람을 예솔이 네가 더 잘 알고 있겠지마는'

'그런 것은 아니야'

'어떤 면에서 그렇다는 거야?'

'그 사람이 그런 표리부동한 사람은 아니거든'

'동거한지가 1년이 넘었는데 아직도 그 사람 부인과 해결된 것이 없잖아. 그것을 어떻게 해석하면 되는 건데'

'그 사람도 노력하고 있어'

'이것도 저것도 아니면 결국에는 여자만 손해 보는 거야'

'사랑하는 사람끼리 무슨 손해될게 있다고 그래'

'네가 여자이니 그렇지'

'우리는 그런 거 아니니 엄마가 이해 좀 해 주세요.'

'다시 생각해볼 수는 없는 거니?'

'나를 설득하려고 하지는 말아줘. 내 생각은 확고하니까'

'너를 설득하려는 게 아냐. 네가 그 사람과 일 년을 넘게 같이 있어 봤으니 지금은 처음 생각하고 다를 수도 있잖아?'

'내 마음은 변함이 없어요.'

'그래? 대단한 사랑이군. 그렇다면 어쩔 수가 없겠군.'

'......'

'아빠 수술 받은 것은 알고 있지?'

'이모에게 들어서 알고 있어. 괜찮은 거지?'

'스트레스를 받지 않아야 한다고 의사가 그러는데 쉽지가 않구나.'

'나 때문에도 영향을 받았을 수도 있었겠네.'

'......! 네가 어떠한 말 못할 상황이 되더라도 집하고 소식은 끊지 마라. 가족하고 등지고 살 수는 없으니 네 연락처는 항상 남기도록 해'

'알았어요.'

아직은 예솔이의 마음을 움직일 때가 아님을 알고 너무 거칠게 몰아붙이면 다시 연락을 끊을 것을 우려하여 그 정도 선에서 이야기를 끝내고 서울로 돌아왔다.

그러고 어느 정도 시간이 흐르고 예솔이와 다시 연락이 되지 않는다며 동생으로부터 연락을 받았다.

예승이가 여자 친구를 데리고 왔다.

조카 결혼식에 여자 친구를 데리고 온 것이다.

큰 시누이 아들 결혼식에 참석하였는데 예승이가 결혼식장에 여자 친구를 데리고 와 가족들에게 공식적으로 인사를 시켰다.

예승이와 동갑으로 중학교에서 국어를 가르치고 있는 선생님이라고 하였다.

참하고 예의바른 아가씨 같아 상엽도 흡족해한다.

조카의 결혼식이라 친척들도 많이 참석하였고 식장에서 많은 말을 할 수 없어 다음 주 토요일 집에 와서 정식으로 인사하는 것으로 하였다.

여자에 대하여는 신비주의자이며 크레물린의 속마음을 가졌던 아들이라 그의 여자 친구가 있는지도 알아차릴 수 없었다.

여행하는 것을 좋아하여 혼자 이곳저곳을 돌아다니며 방황하는 줄만 알았는데 숨겨 놓은 그의 비밀을 오늘 들추어 보았으니 가족들은 그리 반가울 수가 없었다.

결혼식이 끝나고 집에 돌아온 가족들은 온통 예승이와 그의 여자 친구 이야기로 시간을 보낸다.

토요일 오후에 예승이 여자 친구인 지현이가 온다고 하여 순영은 음식준비로 바빴다.

슬기는 예지가 어제 저녁에 서초동 집으로 데리고 가 편안한 마음으로 음식준비를 할 수 있었다.

예승이가 지현이를 데리고 집에 왔다.

봄철에 어울리는 예쁜 꽃을 한 아름 가득 앉고 왔는데 지현이가 그 꽃만큼 아름다웠다.

상엽씨는 새로운 국회의 개원을 앞두고 업무보고 준비 마무리를 위해 토요일 휴무일인데도 출근하였으며 오후 늦게 직원의 결혼식에도 참석하여야해 자리를 함께할 수 없었다.

'이렇게 예쁜 꽃을 나에게 선물을 다 하고'

'어머니께서 꽃을 좋아하신다고 하여 준비했어요.'

'내가 꽃을 좋아하는 것을 예승이가 말해 주었구나.'

'예승씨가 평소에 자주 이야기 해 주었어요. 어머니께서 꽃처럼 고우시다고요'

'그렇게 말해주니 고맙기도 하여라.'

'엄마! 아버지는 오늘도 출근하셔서 아직 퇴근도 못 하셨는지 안보이시는데 언제 오시는 거야?'

'국회 업무보고 준비로 출근하셨어. 일이 많으신 모양이야. 오후에 직원 결혼식도 참석하신다고 그러셨는데 끝나면 바로 오신다고 그러셨어.'

'건강을 챙기셔야 하는데'

'이번에 장관직에서 물러나도록 하고 쉬게 해야지'

'나라에 너무 충성을 하신다니까'

'예승이 할아버지도 공직생활 하시면서 나랏일에 얼마나 열심이셨는데. 부전자전이지'

'아무튼 존경스러워'

'지현이 아버님은 교육자이시라고 했지?'

'부모님 모두 교육자이세요.'

'그래?'

'지현이 아버님은 고등학교 교장선생님 이시고 어머니는 교직에서 일찍 퇴직하셨어.'

'교육자 집안이네. 지현이도 그렇고'

'네……'

'가족은 어떻게 되고?'

'제가 장녀이고 남동생이 둘 있습니다.'

'우리 집하고 반대인데?'

'아 맞네. 우리 집은 위로 누나 둘 그리고 막내인 나 남자 하나'

'잘 어울리는 두 가족인데?'

'어머님! 맞는 것 같아요. 저희 집과 가족구성이 반대가 되어 잘 어울리는 두 가족이어요'

'정말 그러네.'

세 사람은 저녁을 함께 먹으며 지현이를 장차 며느리로 생각하고 순영은 세밀한 부분과 됨됨이도 꼼꼼히 챙겨 보았다.

순영이가 선생님을 하여 그녀에 직업은 달리 물어볼 것이 없었으나 언제 부모님께서 지현 이를 결혼시키려 하는지와 예승이를 알고 있는지도 물어보았다.

결혼하면 예승이가 장차 외교관이 되어 외국에서 살림도 해야 할 텐데 문제가 없는지도 확인해 본다.

여러모로 지현이를 뜯어보니 참한 여자임에는 확실해보여 순영도 기뻐하였다.

오후 늦게 상엽도 자리를 함께하여 장차 며느리감에대한 면접을 세밀하게 주도 하며 묻는다.

III

상엽은 새로운 국회가 들어서며 그동안 힘들게 꾸려왔던 장관직에서 물러났다.

위암 수술 후 제대로 된 안정을 취하지 못하고 업무에 찌들어 살다보니 지칠 대로 지친 상엽의 거칠어진 얼굴이 말이 아니었다.

이참에 위암 수술 후 안정을 핑계로 순영이 남편에게 장관직에서 사퇴하도록 종용하였으며 상엽도 암 수술 뒤 안정을 취하여야 한다는 주변의 충고에 동의하고 사표를 낸 뒤 수리 된 것이다.

순영은 쉬고 싶어도 마음대로 쉴 수 없었던 그런 남편의 모습을 안타까워하며 늦었지만 사표가 수리되었으니 지금부터 아무것도 하지 말고 당신이 좋아하는 취미생활만 할 것을 조언해 주었다.

두 사람이 앞으로 살아가는데 필요한 생활자금은 다른 직업을 갖지 않고도 여유 있다고 말해주어 남편이 노후 생활에 염려하지 않도록 대비하였다.

남편의 연금과 금호동 아파트를 처분한 돈도 있었으며 순영이 부모님이 사시던 아파트도 매각하였고 동시통역사 일을 하며 저축한 돈도 있었기에 예승이 결혼자금에 충당한다 하더라도 그런대로 남아있는 여생을 살아가는 데는 충분하였다.

지금까지 앞만 보며 나랏일과 학교일에 열중하였던 남편이 여생을 즐기며 아무 걱정 없이 살 수 있도록 모든 것을 내려놓고 인생의 마지막 부분을 행복하게 살아가도록 이끌어야만 되었다.

예지가 아빠의 퇴직을 위로하며 부부동반 유럽여행을 갈 수 있도록 선물하여주었다.

연인이던 시절 두 사람은 상엽이 여행을 좋아하여 국내 곳곳을 거의 안 가본 곳이 없을 정도로 함께 다녔었는데 해외여행은 아이들 키우랴 일에 얽매이랴 시간문제로 거의 다녀보지 못했었다.

　딸 덕분에 남편의 퇴직을 핑계로 유럽의 낭만적인 도시를 두루 구경할 수 있을 것 같아 벌써 마음이 어린아이처럼 흥분되었다.

　상엽씨도 나와 똑같은 마음이었으면 좋을 텐데 나이 들어 체면을 차리는지 그렇게 큰 반응을 보이지 않는다.

　아마 속으로는 은근히 반기고 있을 거라 생각했다.

　왜냐하면 상엽씨는 옛날부터 나와 함께 떠나는 여행을 좋아했었으니까.

　내일 2주일의 유럽여행을 떠나는데 필요한 옷가지와 상비약품 여권등 짐을 챙기느라 순영은 정신없이 바쁘다.

　상엽도 별도의 캐리어에　2주 동안 입을 옷가지며 전기면도기 여행에 필요한 물건들을 주섬주섬 주워 담는다.

　순영은 남편이 앞으로 몇 년 동안 먹어야 될 항암제 약도 꼼꼼히 챙겨 넣었다.

　여행하기에 딱 좋은 5월 말의 봄 날씨는 유럽도 마찬가지여서 인터넷을 통해 미리 확인해 두었다.

　어느 정도 준비가 마무리되어 두 사람은 차 한 잔 마실 여유를 가진다.

　'해외여행이 처음인 냥 당신 너무 좋아하고 있어. 꼭 어린아이처럼 마음이 설레어 있는데?'

　'여행 좋아하는 당신은 안 좋고?'

　'좋지'

　'한동안 일이 바빠 당신이 좋아하는 여행도 하지 못했는데 딸 덕분에 횡재하여 유럽여행도 다 하고. 우리는 행복한 거예요'

　'당신이 이렇게 좋아하는데 미안하게도 남들 다하는 유럽여행을 이제야 가게 됐으니 당신에게 면목이 서지를 안구만'

　'시간이 없었으니 갈수가 없었지요.'

　'가려는 생각만 있었어도 그깟 여행 못 갔겠어? 내가 생각을 못한 거지'

　'그깟 해외여행 안가면 어때서'

　'그렇게 말하는 당신 표정을 보면 그게 아닌데?'

　'그렇긴 하지'

　'세상이 좁아졌는데 시류에 뒤처지면 손녀딸 교육에도 영향을 줄 수 있으니 해외도 여행해보며 시야를 넓혔어야 했는데 좀 늦었지?'

　'그러면 지금부터 다녀 보자고요'

　'이제야 시작이니 그것도 딸에게 떠밀려서 말이야'

　'시간이 되질 않아 그런 것을 어찌하겠어.'

　'시간 없다는 말은 핑계였지 뭘'

'앞으로 당신 아무것도 하지 말고 좋아하는 여행만 다니면 되겠네.'

'우리 연애시절에는 결혼하여 세계 어느 곳이라도 다 다닐 것처럼 내가 허풍만 떨었으니'

'지금부터 실천에 옮기면 되지. 아직 늦지 않았으니 세계 일주 계획도 한번 세워봅시다'

'내 건강이 그것을 허락할 수 있을까?'

'나에게 허풍만 떨었다는 소리 듣지 않으려면 열심히 건강도 회복시키고 그래서 세계 여행도 시켜줘야지'

'그렇게 하자고. 세계 일주여행이든 국내 여행이든 이제 다녀보자고'

'이제야 내 낭군 상엽씨 같은 말을 하네.'

'내가 어쨌는데?'

'항상 일에 쪼들려 여유가 없었잖아'

'내가 그랬어?'

'우리 연애할 때는 안 가본 곳이 없을 정도로 당신이 계획을 잘 세워 국내 유명한곳을 다 휘젓고 다녔는데 결혼 후엔 그런 여유 있는 모습을 찾아볼 수 없었지'

'반성 많이 하고 있습니다. 하하하!'

'그때는 상엽씨가 멋있었는데'

'지금은 멋있지가 않다는 거야? 나에 대한 원망에 소리같이 들리는걸.'

'맞아 원망에 소리'

'시집 잘못 왔다고 딴죽 거는 것 같아'

'지금은 학창시절 그때처럼 멋있는 상엽씨가 아니니 그럴 수도 있지 용'

'지금 내가 어떤데?'

'연애시절에는 나를 맡겨도 다 책임질 수 있는 낭만적이고 용기도 있던 멋진 청년이었었는데 지금은 일에 찌들어 살며 여유도 없고 융통성도 없는 공무원 샌님이야'

'공직자가 다 그렇지 뭐'

'고등학생인 나를 경포대에 무전여행 하겠다며 부모님에게 허락받아내던 그런 용기는 다 어디로 가버렸는지. 지금의 상엽씨는 답답한 인생만을 살고 있는 것 같아 애처롭게만 보여'

'이제부터 젊었을 때의 나를 다시 찾으면 나에 천사님이 노여움을 푸시려나.'

'그래요. 이제 남은인생 우리 연애시절로 다시 돌아갑시다. 우리가 아이들과 일에 치여 여유로운 삶을 살지 못했으니 그렇게 해 봅시다'

'좋지! 그렇게 하자고'

두 사람은 내일 유럽여행을 앞두고 남아있는 인생 많지 않으니 앞으로의 여유 있는 삶을 살아보자며 약속해본다.

예지가 유럽 7개국 여행을 떠나는 부모님을 인천공항까지 배웅하여 주었다.

여행지에서 쓰라며 유로화 지폐를 넉넉히 봉투에 넣어주고 아낌없이 쓰라는 분부도 내렸다.

유럽 여행을 하면서 다양한 문화와 다양한 사람들 이색적인 분위기를 직접 몸으로 느끼며 딸의 요구대로 사치도 해보고 사람들에게 인심도 써 본다.

그렇게 다녀본 부부의 유럽여행은 젊은 시절 둘만의 오붓한 감정을 느낄 수 있었던 그것과 달리 알지 못했던 사람들과 새로 안면을 트며 쓸데없는 이야기도 해 가면서 남다른 정감을 가질 수 있는 그런 여행이 되었다.

유럽의 서정적인 마을과 유적지를 돌아보고 돌아온 뒤 상엽은 그동안 일에 찌들어 살면서 자신을 잃어버리고 있었음을 깨닫고 앞으로 여생을 자연과 벗 삼으며 사랑하는 아내에게 젊은 시절의 감동을 다시 느끼도록 하겠다고 다짐하고 여행계획을 잡는다.

일단 예지의 둘째아이 출산이 10월 예정으로 잡혀있으니 그때까지 1차 계획을 세워 슬기로부터 독립하는 토요일 일요일은 무조건 국내 어느 곳이든 갈 수 있도록 하였다.

젊은 시절 대한민국 안 가본 곳이 없을 정도로 다녔다고 생각하였는데 여행계획을 잡으려니 갈 곳이 너무 많아 일단 가보지 않았던 코스를 정하여 순영과 둘만의 낭만여행을 하는 것으로 하고 여행 자료를 모아 책을 써보기로 목표를 추가하여 정한다.

이렇게 목표를 정하여 하루하루를 살아보니 퇴직 후 실업자 신세로 전락하여 아무것도 할 수 없는 안방 주인 행세나 하는 그런 백수처지인 줄 알았는데 새로운 인생을 찾은 삶이 즐거웠다.

친구들 말이 백수가 더 바빠 과로사 한다고 하였는데 그럴 수도 있겠다싶다.

새로운 인생을 경험하며 하루하루가 즐거우니 상엽의 수술 후유증으로 꺼칠했던 모습도 생기를 다시 찾는 것 같았다.

물론 정기적인 항암제 복용은 순영이 놓치지 않고 챙겨준다.

순영은 스트레스가 큰 병이 될 수 있다는 사실을 다시 한 번 느끼게 되었다.

예지가 튼튼한 아들을 출산하였다.

3살 터울로 큰 아이가 누나이고 작은아이가 남동생이니 안성맞춤의 가족구성이 된 것이다.

요즈음 모든 집안이 다 그렇겠지만 특히 최 서방 집안이 손이 귀한 집안이라 시부모님이 손자보기를 고대하였는데 예지가 달덩이 같은 고추가 달린 아들을 낳아 주었으니 며느리 칭찬을 입에 달고 사신다.

시부모님이 강릉의 시골에 사셔서 그런지 가족의 혈통에 대하여 상당히 중요하게 여기시었는데 판사인 아들이 우리 강릉 최 씨 집안을 빛내어 조상들에게 면목이 선다며 이제는 혈통을 이을 아들만 있으면 된다고 며느리에 압력 아닌 압력을 넣었었는데 떡 하니 튼튼한 손자를 낳아 주었으니 사돈어른의 입이 양쪽 귀까지 걸려 다물지를 못했다.

아기 이름도 최지형이라며 미리 작명하여둔 것을 알려주었다.

그리고 병원에서 퇴원하면 손자를 시댁에서 보살피겠노라 하였다.

예지는 아무래도 시댁이 불편하여 친정에서 슬기를 돌본 경험도 있고 그리고 두 사람이 살고 있는 서초동 집에서 가까운 친정 부모님이 돌보는 것이 좋다고 하였으나 최가 성을 가진 아이들을 다 친정에서 돌보게 할 수는 없다며 고집을 피우신다.

일단은 산후조리가 중요하니 몇 개월은 친정에서 보낼 수 있도록 타협하여 예지는 지형이를 대리고 방배동 집에서 당분간 기거하게 되었다.

그로인해 상엽과 순영은 매주 토요일 일요일이면 함께 다니던 낭만 여행을 당분간 갈 수가 없었다.

예지의 산후 조리가 중요하기에 그쪽에 신경을 쓸 수밖에 없었으며 더욱이 슬기가 동생이 생긴 것이 자기의 사랑을 빼앗기는 것으로 생각하는지 예전보다 더 순영이 곁을 떠나지 않으려 하였다.

그러다보니 순영의 일은 배로 늘어나 숨을 쉴 시간이 없을 정도로 바쁘고 분주했다.

상엽은 지난번 몇 개월 다녀본 여행지를 정리하며 낭만기행이라는 이름으로 원고를 쓰기 시작한다.

남편이 친구 아들의 결혼식에 참석하느라 자리를 비운사이 순영은 낭만기행의 미완성 초고 원고를 슬그머니 훔쳐보았다.

그 속에는 학창시절 우리 둘의 비밀 여행이며 행복하고 애틋했던 순간들이 적나라하게 드러나고 있었는데 그것을 잠시 훔쳐보고 있는 순간임에도 그 옛날 우리의 살아있던 청춘을 향해 항해하는 느낌이 돋아난다.

언제가 될지 모르겠으나 낭만기행의 출판이 기대되고 어떻게 마무리될지가 궁금하고 흥분되었다.

해가 바뀌고 산후조리기간이 끝나자 시부모님의 고집을 꺾지 못하고 슬기와 함께 예지가 서초동 집에서 시부모님을 모시며 살게 되었다.

26평짜리 집에서 여섯 사람이 살려하니 복잡하고 혼란스럽기 그지없다.

게다가 예지가 살림을 살아보지 못해 걱정이 태산 이었으며 로펌에 빨리 복직하여 살림살이를 모면하려고도 하였다.

어차피 두 부부가 맞벌이를 하니 살림은 시어머님이 하겠지만 휴일이면 시부모님도 아이들로부터 해방이 되어 예지의 차지가 되다보니 그녀의 벅찬 하루는 그녀를 그로기로 몰아가곤 하였다.

로펌 일이 많아 퇴근도 한밤중에 하였으나 피곤한 몸을 이끌고 집에 돌아오면 시부모님은 슬기와 지형이를 예지에게 넘겨주고 방으로 들어가 버려 그때부터 집안일도 꾸려가야 했다.

예지의 하루하루 생활은 이루 말할 수 없는 고통의 시간이 되었다.

아마 슬기와 지형이가 없었다면 결혼생활을 포기하고 독립선언을 하였을 법도 하였을 것이다.

예지는 재판의 변론이 끝나고 법원에서 그다지 멀지않은 방배동 집에 잠시 들렀다.

친정 부모님은 내일 여행 준비하느라 바쁘시다.

갑자기 근무시간임에도 찾아온 딸에게 걱정이 되어 무슨 일이 있냐며 순영이 예지에게 물어본다.

'이 시간에 어쩐 일로 여기는 왔어? 무슨 일 있어?'

'무슨 일은. 재판 변론이 끝나 잠시 들른 건데'

세면실의 청소를 돕던 상엽도 팔소매를 내리면서 다가와 갑자기 집에 온 딸에게 한마디 거든다.

'최 서방하고 무슨 일 있었냐? 이 시간에 네가 다 오고'

'아니라니까 요'

'그런데 이 시간에 어떻게 왔어'

'엄마하고 할 말이 있어서 잠시 들른 거예요. 무슨 문제가 있어서 온 거 아니니 걱정하지 마세요.'

'그렇다면 다행이고. 내가 옆에 있으면 안 되는 이야기냐?'

'여자끼리 하는 이야기니 아빠는 자리에서 빠져주세요'

'괜히 여자들끼리 라고 말하며 아빠를 등한시하려 하는데 섭섭하다. 백수라고 차별대우 하지마라. 내가 자리를 피해 줄 테니 두 모녀가 비밀이야기 실컷 해 보시지'

하고 헛웃음을 지으며 자리를 피해준다.

'예지 네 모습이 많이 꺼칠해지고 야위었는데 어디 몸이 안 좋은 곳이라도 있는 것 아니니?'

'아니...... 엄마! 힘들어 죽겠어'

'시댁 어른들이 까다롭게 대하셔? 그럴 분들은 아닌 데. 아이 둘 키우는 예지 네가 힘든 모양이구나.'

'엄마는 우리 셋을 어떻게 키웠어? 부모님들 도움도 그렇게 많지 않았는데'

'엄마에 마음으로 너희들을 키웠지'

'나는 그런 엄마에 마음이 부족한 건가 아이들 키우는 게 너무 힘들어 죽을 지경이야'

'엄마 마음이야 다 똑같아. 네가 로펌일이 너무 많아 시간적 여유가 없어 그런 거야'

'엄마도 동시통역사 일을 하며 우리를 키웠는데 뭘'

'엄마 일하고 네 일하고는 틀리지'

'다를 게 뭐가 있다고. 내가 부족해서 그런 거지'

'시 부모님이 아이들 돌보며 살림살이도 도와주고 있잖아. 조금만 참아 봐'

'안 계신 것만도 못해'

'왜?'

'아들만 챙기고 나는 찬밥이야. 오로지 우리 집 대들보 판사님! 판사님! 해. 퇴근하고 돌아오면 아이들 돌보는 게 다 내 차지야. 시 부모님 신경 쓰여서 집에 있는 것이 불안하기만 해'

'그래도 어쩔 거야. 이겨내야지'

'엄마의 그늘이 그리워'

예지는 힘든 시집살이를 친정집에 찾아와 친정어머니인 순영에게 한없이 푸념을 토해내며 스트레스를 풀고 돌아간다.

상엽은 예지와 무슨 이야기를 그렇게 오래 했냐며 궁금해 하기에 딸의 엄마 되는 과정이 힘들어 잠시 푸념을 들어준 것이라고 말해주었다.

봄 시즌동안 두루두루 국내 여행을 함께 한 상엽은 여름철이 돌아오자 갑자기 순영이 고등학교 2학년이던 그 시절 경포대에 가서 밤을 지새웠던 기억이 새록새록 떠올라 과거로 돌아가 그 옛날 추억을 쌓아두었던 그런 곳들을 다시 찾아보고 회상의 나래를 펴기로 계획을 잡는다.

그 첫 번째로 남이섬과 강촌을 들러 춘천과 강릉 경포대 낙산사를 방문하는 추억의 여행 코스를 잡고 순영과 준비물을 챙긴다.

여행도 옛날 방식대로 청량리 발 열차를 이용하는 것으로 하였다.

옛날의 불편했던 교통편이었지만 지루함이 무엇인지도 모른 채 목적지에서 펼쳐질 유토피아의 자유를 찾아 맹목적으로 돌진하였던 무모한 시절의 철없던 행동들 이었었는데 지금 두 사람의 추억여행은 그때의 우리를 끄집어내는 낭만여행이 되고 있었다.

옛날 춘천 발 완행열차에 몸을 싣다보면 대다수가 젊은 청춘들인 그들의 왁자지껄한 소음으로 열차 안이 정돈되지 못하였지만 그래도 운치가 있었는데 지금은 깔끔한 실내 분위기가 차분하게 우리를 맞이하니 오히려 예전의 감칠맛을 느낄 수가 없다.

차창 밖을 내다보며 그 옛날 그렇게 아름답던 산천과 시골 전원이 어디로 사라졌는지 볼 수가 없고 큰 빌딩과 성냥갑 같은 아파트와 무질서하게 늘어선 허물어져가는 비닐하우스가 신경을 거스르며 우리가 그 세월에서 한참 비켜난 인생임을 새삼스럽게 알게 해주고 있어 마음이 찡 하고 아팠다.

상엽이 켄 커피를 건네며 말한다.

'예전에는 홍익회에서 구루마를 끌고 다니며 오징어 땅콩! 오징어 땅콩! 하며 파는 것이 운치도 있었고 정감 있어 보였는데 지금은 그런 맛깔스런 모습을 볼 수가 없어 아쉽네.'

옛날의 향수를 그리워하는 말이다.

'그 당시에는 순수함이 묻어있어 정겨웠지'

'이곳저곳에서 통기타를 치며 조개껍질 묻고 노래를 합창해댔었는데 지금은 그런 낭만스러운 풍경이 사라져 버렸어'

'요즈음 젊은이들은 각자의 개성들이 강하여 그러지를 못하고 혼자만의 세상을 사는 것 같아. 우리 때는 아날로그 식 생각으로 행동하고 하였는데 지금은 디지털화되어 모두가 기계에 맡겨버리는 그런 인간으로 변해버렸지'

'우리 젊은 시절의 정겨움을 다시 찾아 볼 수는 없을 것 같군. 그런 시절과 만나보고 싶었는데'

'아쉬워도 할 수 없지'

그렇게 옛날 잊혀져버린 과거를 들추어내며 감동도 해보고 아쉬움도 토로하다보니 열차가 가평역에 도착하였으며 두 사람은 그곳에서 하차하여 남이섬에서 하루를 머물렀다.

그리고 다음날 강촌에 들러 강변 모래밭을 걸어보며 우리가 텐트치고 놀던 곳이 이곳이니 저곳이니 하며 말 겨루기도 하였으며 샹송 가수 실비 바르탱의 '강가에 추억'이라는 분위기가 어울렸던 음악을 들으며 발 담그고 물장구치던 그런 모습도 재현해 보았다.

오후 늦은 시간에 다시 춘천행 열차에 몸을 맡긴지 금세였는데 얼마가지 못하고 종착역인 춘천역에 도착하여 그곳에 우리를 밀어냈다.

춘천에 도착하자 상엽은 강원도 양구에서 군 생활을 하며 연인이었던 순영이 서울에서 전방 산골까지 면회 와 이곳에서 하루를 함께 보냈던 30년이 훨씬 지난 그곳을 생각해내며 주변을 탐색하고 있다.

저녁 시간이 되어 그 유명했던 막국수 집을 찾으니 다행이도 그 집은 더 크고 번창해진 모습으로 그들을 반긴다.

인심이 후해보이던 주인아주머니는 볼 수가 없었고 오십대 중반의 아저씨가 사장님이라고 하였다.

옛날 주인아주머니의 아들이 가업을 이어받아 메뉴도 다양하게 하여 식당을 더 번창하게 운영하는 것 같았으며 옛날의 주인이었던 그분은 세상의 무상함을 이기지 못하고 고인이 되었다고 한다.

그때 먹어보던 투박했지만 식욕을 돋우던 막국수의 맛이 감칠맛 나게 변해있는 것도 요즈음 사람들의 입맛에 맞겠음 변신을 준 것 같았다.

저녁을 먹고 밤늦은 시간에 들렸던 그때 그 찻집을 찾아보았는데 지금은 옷가게로 바뀌어버려 근처의 카페에서 그 당시의 추억을 찾아보는 노력을 대신하기로 하고 커피를 마시며 막국수를 먹은 뒤끝을 달래본다.

찻집에서 나오면 시야에 보였던 곳에 30년 전 순영과 하룻밤을 보냈던 아담한 모텔이 있었는데 다행이도 그곳은 무사히 자리를 보존하여 더 크고 멋있는 자태로 우리를 반기고 있었다.

그때 우리가 머물던 방이 2층 이었는데 지금은 그곳은 다른 용도로 사용되고 있어 아쉽지만 7층 맨 꼭대기 층에서 하루를 맡기기로 하였다.

하루 종일 강행군으로 땀이 배어 있는 몸을 시설이 잘 되어진 욕실에서 깨끗하게 씻어내고 두 사람은 침대에 누웠다.

'옛날 생각이 나는데'

'무슨 생각?'

'상엽씨가 나를 지켜주던 생각. 젊은 청춘을 억누르며 나를 지키겠노라고 다짐하였던 그때가 생각이 나네.'

'흐흐. 그때는 내가 바보였지 뭐'

'무슨 바보야. 의지가 대단한 멋진 남자였지'

'그때는 내가 그런 마음을 어떻게 지켜냈는지 나도 모르겠어. 지금 생각하니 내가 너무 고지식한 청년이었나 봐'

'그러게 말이야. 한참 혈기왕성한 때인데'

'순영이가 천사 같아 함부로 대하는 것을 내 스스로 억제시키고 하였지. 그래도 그 시절을 후회하지 않아'

'그래요?'

'그리고 내 신념은 결혼이 우리가 성인으로 바뀌는 시발점이 된다고 생각하였고 그래서 그때까지 순영의 순결을 지켜주려고 하였던 거야. 나는 지금도 그 생각은 변함이 없어'

'그 당시 나를 가졌더라면 우리가 지금 다르게 살고 있겠지?'

'예지 예솔이가 태어나지 않았겠지'

'끔찍한 이야기는……'

'그런 것들이 다 운명처럼 엮이며 살아가게 되는 가 봐. 우리가 고통의 시간을 갖는 순간에도 다른 운명과 맞닥뜨리며 예지 예솔이를 이 세상에 주인공이 되도록 만들어 냈으니까'

'내가 처녀를 잃어버리고 상엽씨와 이렇게 살 수 있다는 것이 도저히 나에게는 용납이 되지 않았었는데......'

'지금 와서 그런 소리는 왜 해!'

'상엽씨가 옛날에 나를 가졌더라면 하고 원망할 때도 있었거든'

'......'

'나에 첫사랑이고 나에 모든 것이었던 당신에게 나의 처녀를 맡기지 못한 것이 나의 생애 가장 큰 오점이고 불행이야. 그 순간을 다시는 떠올리고 싶지 않았는데 상엽씨가 원망스러운지 이야기를 하게 되네.'

'다 운명이야

'그래서 예지와 예솔이 그리고 슬기 지형이도 만날 수 있는 거겠지 뭐. 당신 말대로 그게 내 운명인걸.'

순영은 젊은 시절 상엽이 자기를 범했더라면 인생살이가 지금보다는 더 행복했을 거라는 푸념으로 남편이 된 그를 원망하면서 그의 팔베개를 죗값으로 받고 그의 품에서 잠을 청했다.

다음날 아침 일찍 일어나 해장을 하고 소양호에서 배를 타고 청평사에도 가보았다.

그 당시에는 10월 말 단풍이 절정을 이루는 시기여서 산천이 울긋불긋 대단히 아름다웠는데 여름철인 지금은 푸르른 나무가 우거져있어 또 다른 운치를 느끼게 하였다.

두 사람은 내친김에 양구에도 들러 순영이 상엽을 면회하기 위해 다녀보았던 그 길도 걸어보았다.

춘천으로 다시 돌아와 시외버스를 타고 강릉에 도착하여 여고생이었던 순영과 텐트 치며 야영하였던 곳과 해변을 거닐며 추억을 논해본다.

그들의 젊은 시절 추억은 감미롭고 순수하고 행복한 젊은 청춘이었음이 분명했던 것을 다시 확인할 수 있었다.

머라이어 케리 내한공연이 88올림픽공원 잔디마당에서 열려 상엽과 순영은 되도록 가까이서 볼 수 있도록 티켓을 구입하여 젊은 열정을 불살랐던 그때를 기억해보며 큰 기대를 가지고 공연장에 갔다.

지난번 이글스의 내한공연에 매료되어 다시 청춘을 불사르기 위한 목적으로 그때의 그런 감동을 다시 얻고자 시도한 것이다.

10월 초의 가을 날씨임에도 찬 공기가 서려 옷을 두툼히 입고 무릎에 덮을 담요도 준비하였다.

조금 늦게 시작한 라이브공연에서 젊은 시절 섹시하던 머라이어 케리의 그런 모습은 어디로 갔는지 볼품없는 몸매로 때로는 립싱크를 하며 성의 없는 공연으로 일관하여 기대를 저버리고 말았다.

10년전의 내한공연을 기억에 떠올리며 기대를 많이 했었는데 너무 성의 없는 무대 매너로 청중들의 실망에 소리가 자자했다.

그녀의 대표음악이라 할 수 있는 WITHOUT YOU도 들을 수 없어 실망만하고 돌라오는 차 안에서 우리 둘은 이번 라이브공연을 혹평하며 그녀를 그들의 머릿속에서 지우기로 작정한다.

IV

상엽씨가 위암수술을 받았던 병원에서 수술한곳의 재발유무를 확인하기 위한 정기검진을 받았다.

정기적으로 항암제 약을 복용하였는데 그 상태를 확인하여 치료여부를 결정키 위한 조치였다.

암이라는 병이 요상한 놈이라 모르고 지나칠 적에는 저도 세월이 가는구나 하는 식으로 급할 게 없는데 한번 공격을 시도할 때 완벽하게 제압하지 않으면 스멀스멀 다시 살아나 이전보다 더 강력한 힘으로 사람을 못살게 구는 특성을 가지고 있는 고약한 놈이었다.

상엽도 위암 초기의 수술과 항암제 투여가 제대로 먹혀들어갔는지 확인하는 정밀검사를 받았던 것이다.

정밀검사를 받고 어느 정도 시간이 경과한 후 담당의사의 소견을 들었는데 약간의 부위에서 암 세포가 다시 발견되었다며 항암제 투여 강도를 높일 것을 고려하고 있음을 암시한다.

2년 전 최초 암 발견이 초기이어서 수술도 잘 되었다며 항암제 치료만 잘 받으면 별일이 없을 것으로 이야기 하였었는데 지금 수술부위 주변에서 다시 암세포가 살아 활동하고 있다고 하니 어떠한 설명을 듣더라도 담당 의사의 말을 이해해 줄 수가 없었다.

대부분 위암 초기는 현대 의술이 발달되어 큰 무리 없이 수술하여 완치가 되는 것으로 이해하였는데 2년이 지난 지금 암 세포가 몸속에서 다시 살아있다고 하니 이것이 무슨 변고인지 순영은 종잡을 수가 없었다.

오히려 상엽씨는 그런 상황을 설명 듣고 담담히 받아들이며 치료방법과 일정 등을 담당의사와 협의하였다.

상엽은 수인사 대천명이라며 사람이 죽고 사는 것은 내 의지대로 되는 것이 아니라 하늘의 뜻에 따라 정해진다며 자기 운명을 하늘에 마끼려는 그런 생각을 하고 있어서인지 담당의사의 말에 잘 순응하고 있었다.

11월 늦은 가을날 두 사람은 충청도와 전라도 쪽으로 여행계획을 세워 출발하였다.

상엽이 항암치료 일정을 잡은 후 병원에 입원하기 전에 여행하였던 곳을 두루 살펴보고 싶다고 하여 그렇게 정하였다.

치료가 다 끝나고 가자고 하였으나 그의 고집을 꺾지 못했다.

특히 화엄사는 상엽이 군대가기전인 이때쯤 그곳에 순영과 함께 1박 2일 일정으로 머물렀던 곳으로 그 시절 그때쯤의 추억을 되살리려 계획을 무리하게 잡은 것이다.

그 당시 사람들이라고는 구경조차 할 수 없는 캄캄한 밤에 화엄사 스님들의 저녁 예불과 승무를 추며 적막한 산사에 잔잔한 감동을 선사해주었던 법고소리는 잊을 수 없는 순간이었다.

예전에는 대중교통을 이용하였기에 많은 시간을 투자하여야만 갈 수 있었던 곳이었는데 이번에는 충청도에 마곡사와 전라도 내소사를 거쳐 화엄사에 여행하는 것을 계획하여 두 사람이 번갈아 차를 운전하며 그곳 목적지를 향해 질주해갔다.

먼저 공주에 있는 마곡사를 들러 그곳의 아늑한 입구 산길을 추억을 되씹어보며 걸어 보았는데 그때는 여름철이라 그랬던지 매미 여치 그리고 이름 모를 산 벌레들의 합창소리가 오케스트라 연주라도 하는 것 같이 화음을 잘 맞추어 우리를 반겨주었는데 지금은 그들이 어디에 있는지 외로운 방랑자들이 온 것을 모른 체 하고 있었다.

내소사에서는 하늘을 찌르듯 뻗어 용맹을 과시하기라도 하는 전나무들의 위용에 우리 자신을 낮추어 보았다.

내소사 주변을 휘감고 있는 육중해 보이는 검은 산맥들이 우리를 임금님으로 떠받들고 있었는데 그들은 언제나 한결같은 충성심을 보이며 신뢰할 수 있는 호위무사처럼 행동한다.

내소사에서의 아쉬운 작별을 하고 구례에 도착하여 옛날 머물던 민박집을 찾아보았지만 30년이 훨씬 넘은 탓인지 동네가 개량되고 발전되어 그 집은 흔적도 찾을 수가 없이 변해있었다.

할 수 없이 옛날의 발자취를 더듬어 하루를 맡겨보려던 계획을 바꿔 화엄사와 가까운 콘도에 머무는 것으로 정하였다.

그곳 콘도가 지리산 자락과 화엄사에 근접해있어 그곳의 정취를 마음껏 느끼고 싶어 그렇게 정하였다.

서둘러 저녁을 먹고 화엄사에서 들려주는 늦은 가을밤에 감동을 다시 한 몸에 받으며 두 사람은 옛날에 느껴보았던 추억 속으로 빠져들어 가 본다.

그 감동은 옛날이나 지금이나 똑 같았다.

은은히 울려 퍼지는 법고 소리는 나의 심장소리도 멈추게 하는 평화에 선물을 우리 두 사람에게 건네준다.

화엄사에서의 가을 밤 정겨움을 뒤로하고 콘도에 돌아와 두 사람은 피로한 하루를 달래보며 옛날을 이야기 한다.

'이곳의 지금 정취는 예전과 전혀 다를 바가 없어'

'스님들의 승무는 아름다운데 은은히 퍼지는 법고소리는 나에 슬픔을 끄집어내는 마법에 소리 같아'

'나에 천사님이 무슨 슬픔이 있다고 그러실까?'

'우리가 삼십년 전 머물렀던 그 민박집에서 머물지 못하는 아픔. 당신과의 추억을 들추어 내지 못하는 아쉬움에 슬픔'

'이곳 콘도가 민박집에서 머물 때처럼 정겹지는 않지만 그런대로 산속에 있어 아늑함도 전해주는 걸?'

'그 민박집은 시골 할머니 집 같은 느낌이 들었는데 이곳은 그냥 숙박업소 같아 그냥 그

래'

'그 민박집을 우리가 머문 3년 후에 내가 다시 찾아 갔었는데 주인이 나를 알아보더라고. 그리고 왜 혼자 왔냐며 아쉬워했었지'

'나 찾으러 전국 방방곡곡 다녔을 때 다시 갔었구나.'

'그때는 내정신이 아니었어.'

'그러했겠지'

'오로지 나에 천사 순영이를 찾아야 한다는 일념으로 아무 생각 없이 이곳저곳을 헤맸지'

'가여워라. 내 낭군!'

'그때는 내가 미친 사람처럼 보였을 거야'

'내가 상엽 씨에게 몹쓸 짓을 하였던 거지 뭐'

'군 재대 말년에 당신 편지가 없었으면 탈영도 했을지 몰라'

'나도 그때에는 내가 자취를 감추더라도 상엽 씨가 무사히 군 생활을 마칠 수 있도록 하는 것이 가장 고민되었어. 그래서 편지라도 남기면 상엽 씨가 그것을 보고 안심하여 군에서 무사히 제대할 수 있을 거라 판단하였댔어.'

'수녀가 되려는 생각은 어떻게 하였지?'

'그 당시에는 죽고 싶었는데 나중에라도 사랑하는 사람 먼발치에서라도 보아야 한다는 생각으로 그렇게 하였지'

'가여운 나에 천사......'

'내 순결을 지키지 못하여 상엽 씨를 만날 엄두도 내지 못했었는데. 이렇게 만나게 해준 천주님 그리고 나에 낭군. 감사합니다.'

'이렇게 다시 만날 수 있었던 것도 다 하늘에 뜻이려니 생각해야지. 그것이 우리에 운명이었으니 말이야.'

'아무튼 고마워 상엽씨! 나를 이렇게 옆에 있게 해주어'

'사랑하는 사람에게는 미안하고 고마운 게 없는 거라고 우리가 말했었지만 그 말을 내가 오히려 순영에게 고맙고 미안하다고 이야기하고 싶어. 나를 이렇게 지켜주고 있으니'

'여보! 우리 오래 오래 살자'

'그래야지. 우리가 서로 외면하였던 그 시간까지 더 살아서 우리가 갖지 못했던 사랑을 마저 채워야지'

'좋지요'

'열심히 치료받고 완치되어 당신을 열심히 더 사랑하겠습니다. 나에 어여쁜 천사님! 하하하'

항암제 치료를 위해 병원에 입원한 상엽은 장기간 치료에 대비하여 그동안 준비하였던 낭만기행의 책을 출간하기 위한 자료를 입원하기 전에 정리하였다.

담당의사의 조언으로 항암제 치료 전에 몸을 추스르기 위한 대비를 미리 하였지만 먹는 것에 그다지 큰 관심을 갖지 않는 성격이라 순영이 정성스럽게 준비한 음식들을 거의 남기는 일이 다반사 이었다.

항암제 치료가 환자에게 힘들다는 말을 들어온 순영은 노심초사 상엽씨가 잘 이겨내어 완치될 수 있도록 천주님께 기도하였다.

'천주님! 저에 기도를 들어주소서.'

'제 남편 상엽 씨가 항암치료를 잘 이겨낼 수 있도록 도와주세요.'

'그에게 고통을 주지 말아 주세요.'

'상엽 씨가 병에서 완치되도록 해주세요.'

'천주님! 상엽 씨에게 자비를 베푸소서.'

병원의 치료일정에 따라 입원 며칠 후 첫 항암제 투여가 시작되었다.

항암제 투여시간 내내 가슴을 조아리며 안절부절못하는 순영을 보고 예지와 예승이가 안타까워하며 어머니에 마음을 진정시켜 준다.

장시간의 치료를 무사히 마친 후 초췌한 모습이 되어버린 상엽 씨가 가여워 눈물을 주르륵 흘리는 순영을 보고 힘든 몸을 추스르며 그녀의 손을 꼭 잡아주며 오히려 그가 위로를 해 준다.

그의 성격이 남에게 힘든 자기의 모습을 보이기 싫어하여 순영이를 비롯한 가족들에게 의연함을 보이려 무척 애쓰는 모습이 역력해 보였다.

그리고 항암치료가 대단한 것이 아니라는 제스처를 보여주기도 하였다.

그런 아무것도 아닌 냥 모습을 보이는 남편이 더 안쓰러워서인지 순영의 눈에서 흐르는 눈물이 마르지 않고 연신 흘러내리자 가족들은 오히려 그녀를 달래기에 바빴다.

가족들을 다 보내고 순영은 입원실에서 상엽씨가 항암제 치료 후유증을 다스리기 위해 안정을 취하고 있는 병실을 지키고 있다.

눈을 감고 있는 남편의 모습이 많이 늙어 보인다.

아마 치료의 부담으로 고통이 그의 얼굴에 자극을 주어 더 그렇게 보이는 것 같았다.

아니 상엽씨 지금 나이가 환갑을 넘은 나이이니 당연히 그럴 수밖에 없는 것인데도 아직도 과거 우리의 청춘과 비교하니 그런가 보다.

상엽씨가 고등학교 2학년 때 나를 처음 만났으니 40년이 넘는 세월을 살면서 강산이 몇 번을 변해도 변했을 터인데 사람인들 온전히 제 모습을 보존할 수가 없었을 것이다.

처음 우리가 만나 연인으로 보내던 시절 그의 당당하고 예의바르고 성실함의 대명사인 장래가 촉망되는 젊은 이였는데 세월의 무상함을 견디지 못하고 병마와 싸워야하는 다른 환자와 별반 다를 바 없는 평범한 인간이 되어가고 있었다.

그런 상엽의 얼굴을 바라보며 순영도 자기 자신을 마음속에 투영시키며 세월을 이기며 살 것이 아님을 깨달았다.

그냥 물 흐르듯 가는 세월을 받아드리며 살자고 마음먹는다.

상엽이 눈을 뜨자 체력보존을 위해 준비한 보양식 죽을 건네 보았지만 부담이 느껴지는지 먹지 못하고 거부하였다.

그리고 힘들었는지 말없이 순영의 손을 잡는 것으로 대신한다.

'힘들지. 그냥 조용히 있어. 아무 말 하지 않아도 되니까'

'견딜 만 해'

힘들었는지 들릴락 말락 하는 소리로 순영을 안심시키려 하였다.

'조금만 참으면 완치될 수 있어'

'참아야지'

'그럼. 당신의 강인한 이런 면이 있어 좋은 걸. 무었을 하겠다고 마음먹으면 어떻게든 실천에 옮기니까'

'당신을 생각해서라도 그렇게 해야지'

'그래 나를 생각해서라도 먹을 것도 잘 먹고 견디어야 돼. 요즈음 체력보강만 잘 하면 위암은 암도 아니라는데 뭘'

'꿈속에서 부모님을 만났는데 잘 계시다고 하네.'

'부모님이 힘내라고 응원하시는 거야'

'그럼. 힘내야지. 당신을 청상과부로 남겨둘 수는 없지. 이렇게 어여쁜 당신을'

'그럴 리 없을 거야'

'아무렴......'

'나 혼자 청상과부로 살지 않게 하려면 억지로라도 잘 먹고 건강을 회복시켜야 하니 죽이라도 좀 먹고 힘내요'

상엽은 순영의 그 말에 동의하는 듯 억지로 정성껏 만든 보양식 죽을 몇 수저 먹었다.

'옳지. 잘 먹네'

'당신을 내가 지켜야지......'

'나도 상엽 씨를 꼭 지킬 거야. 그러니 마음 편히 먹는 것만 신경 써서 체력을 보존해야 돼'

'나에 천사를 슬프게 만들 수는 없어'

'그럼. 그래야지. 내가 죽을 때까지 내 옆에서 나를 지켜줘야지'

'당신 눈물 보이게 할 수 없어'

그러면서 살아보겠다는 굳은 의지를 순영의 손을 힘주어 잡아보는 것으로 그녀에게 그의 의지를 대신해서 전해준다.

몇 차례 더 힘든 항암치료를 받으며 상엽씨가 예솔이의 행방을 걱정하는 말을 자주 하였다.

말로는 버린 딸 이라며 입 밖에 내지도 않았지만 가슴속에는 그녀를 품고 있었으며 딸에 대한 걱정으로 마음 편할 날이 없었을 것이다.

자식은 품고 있을 때나 피붙이 자식이지 떠나 있으면 애물단지요 남이 되기도 한다.

그런대도 부모는 그런 자식을 마음속에서 떨구어 내지 못한다.

그것이 부모의 자식 사랑 아이들 걱정인 것이다.

지난번 행방을 알지 못하다 모녀가 상봉하여 만난 후 다시 자취를 감춰버린 예솔이가 원망스러웠지만 성인이 되어 본인의 의자를 스스로 결정짓겠다는 의사표시로 그런 행동을 하고 있다고 생각하였었다.

순영은 뉴욕에 사는 동생에게 전화하여 형부의 상태를 알려주고 예솔이의 걱정으로 마음 편히 보내지 못하니 행방을 다시 확인하여 보도록 부탁하였다.

만나게 되면 아버지의 위중한 상태를 알려주고 한국에 들어올 수 있도록 하라고도 하였다.

몇 주 뒤 동생으로부터 예솔이의 행방에 대한 연락을 받았는데 뉴욕을 떠나 프랑스로 갔는데 어디에 있는지 아는 사람이 없다고 한다.

항암 치료를 계속 받으며 좋아졌다는 담당의사의 말을 들을 수가 없다.

오히려 몸만 더 성치 않았으며 시간이 가면 갈수록 가족들을 더욱 불안하게 만들었다.

상업씨도 계속 된 항암치료에도 별 차도가 보이지 않고 더 이상의 고통을 감내하지 못하겠는지 치료를 그만두고 집으로 돌아갈 것을 간곡히 청하였다.

순영은 그래도 한 가닥 희망을 잃지 않으려고 상업을 달래보았지만 그의 요구가 너무 강하여 담당의사와 상의한 뒤 당분간 집에서 몸을 추스른 뒤 치료방법을 강구하기로 하였다.

집에 돌아온 상업은 치료 후유증으로 몰골이 말이 아니었으며 기력도 상실하여 정상적인 거동이 불편할 정도 이었다.

그러나 그의 그런 모습을 순영에게 보이고 싶지 않았는지 힘없는 몸을 억지로 움직여 보이며 여유를 보이려는 행동을 한다.

순영의 도움도 과감히 거부하며 스스로를 의지해보려 하였다.

아마 사랑하는 사람 앞에서 그런 못난 모습을 보여주는 것이 슬프고 자존심이 상하였던 모양이다.

순영은 그런 상업의 행동을 눈치 채고 가능하면 그의 의지대로 허락되는 범위 내에서 그렇게 하도록 내버려 두었으며 남편의 자존심을 상하지 않게 해 주었다.

집에 며칠을 머물면서 마음이 편했는지 기력을 회복하는 듯 한 모습을 보이며 서재에서 자료들을 정리하는 여유를 보이기에 순영이 다가가서 슬그머니 말을 꺼낸다.

'무엇해?'

'우리 여행 다녔던 자료정리'

'책으로 출간하려고 준비하였던 자료구나. 언제 이렇게 많은 자료를 수집했데?'

'많기는 무슨……'

'내가 보기에는 상당한데? 당신이 준비를 많이 했었던가 봐.'

'당신도 다 아는 내용들이야'

'기대가 되는데? 책 제목은 무엇으로 정했어?'

'낭만 기행…… 낭만 여행. 아직 어떤 것이 좋을지 모르겠어. 당신이 좋은 제목 좀 생각해 보지'

'천천히 생각해. 조급해 하지 말고'

'내가 살아서 이 책을 출간할 수 있을지 모르겠군.'

'무슨 소리야. 당신이 어떤데. 당신이 할 수 있다는 신념으로 수필집을 완성하여 세상에 공개해야지'

'내가 나를 모르겠어?'

'나약한 소리 하지 말고. 당신은 이 고비만 넘기면 오래 살 수 있어. 그러니 엉뚱한 생각 하지 말아요.'

'하늘에서 자꾸 나를 부르는 소리가 들려'

'나를 지켜준다던 그 약속 잃어버렸어? 당신은 내가 죽기 전에는 먼저 저 세상에 갈수가 없다고. 그 약속 지켜야지!'

'그 약속 때문에 지금까지 내가 버티고 있는지도 모르지'

'삶에 대하여 포기하면 안 돼. 긍정적인 생각만 해'

'혹시 내가 일찍 가더라도 당신에게 못 지킨 약속은 하늘에서 꼭 지킬게'

'나를 슬프게 만들지 않았으면 좋겠어.'

'미안해'

'그런 이야기 하지 말고 빨리 건강 찾아서 책도 만들고 다시 여행도 떠납시다.'

'그럴 수만 있다면……'

'할 수 있어. 꼭 그렇게 할 수 있다고'

'당신에게 부탁이 하나 있는데'

'무슨 부탁?'

'예솔이가 자꾸 눈에 걸려'

'예솔이는 프랑스에서 공연활동으로 바쁜데'

'연락이 돼?'

'아는 사람에게 연락을 트고 있는 중이야'

'혹시 내가 못 보더라도 예솔이를 당신이 잘 이끌어 줘'

'그것은 내가 알아서 잘 할 테니까 못 본다느니 하는 부정적인 생각은 하지 말어. 또 그런 나약한 소리하면 예솔이를 당신이 책임지라고 하고 나는 거들떠보지도 않을 테야'

'아무튼 당신에게 미안해'

'그런 말 하지 않기'

'……'

그렇게 며칠을 편안한 사람으로 보내는 것 같더니 한 밤중에 심한 통증을 느끼며 괴로워하여 긴급히 구급차에 몸을 싣고 병원으로 향했다.

급한 대로 응급실에서 진통제를 맞고 고비를 넘겼는데 오전에 또 다시 그런 고통이 반복되며 상엽을 힘들게 한다.

담당의사는 항암제를 좀 높게 투여하여 고비를 넘겨보자고 하였으며 달리 방법이 없어 그렇게 하도록 병원을 믿고 기다리는 수밖에 없었다.

고통스런 치료를 받고 있음에도 상엽씨의 병세는 차도를 보이기는커녕 더 혼수상태에 빠지는 최악으로 치닫고 있다.

순영은 천주님에 의지하며 구원의 손길을 뻗어보았으나 하늘은 그녀에 간절한 기도를 못 듣고 계신지 응답을 하지 않으셨다.

며칠을 그렇게 보낸 뒤 담당의사가 순영을 찾았다.

최선을 다 해보았는데 상엽씨의 암 전이속도가 빠르게 진행되어 항암제 효과가 제로라며 치료는 더 이상 어렵고 주변을 정리할 수 있는 시간을 주었으면 좋겠다고 하였다.

청천벽력 같은 이야기를 들은 순영이 정신을 차릴 수 없는 상황으로 빠지자 예승이 예지가 나서서 수습한다.

환자를 호스피스 병동에서 마음을 추스를 수 있도록 하는 것이 어떻겠느냐는 담당의사의 권유에 가족들과 상의해보겠다고 하였다.

예지 예승이 그리고 의사인 고모와 협의하여 항암제 치료가 더 이상 고통만 줄뿐이니 호스피스 병동에서 운명을 맞길 수밖에 없다고 결론짓고 담당의사의 뜻을 따르기로 하였다.

시간이 흐르면서 상엽의 고통을 수반한 혼수상태는 더 자주 왔으며 그럴수록 순영의 애간장은 타들어가기만 하였다.

호스피스 병동의 의사들과 간호사들 그리고 자원봉사자들이 더 이상 지칠 기력도 없어 보이는 환자들을 이리 뛰고 저리 뛰며 마지막 남은 인생을 품위 있게 보내게 하려는지 정성으로 돌보고 있다.

그런 환자의 한사람인 상엽과 가족인 순영에게 그들의 최선을 다해보는 지극한 노력들이 아름답게 보일 수 있겠으나 지금은 그런 고마움을 느끼는 것이 사치인 것 같았다.

순영의 호스피스 병동에서의 하루가 피를 말리는 하루가 되고 있다.

처음에는 상엽씨가 이곳 병동으로 옮겨오면서 한 가닥 삶에 희망을 놓치지 않도록 구원의 손길을 얻기 위함 이었는데 주변의 분위기는 행복한 삶의 마감으로 정리되고 있었다.

순영은 호스피스 병동에서 사라져가는 인생들을 보며 결국 상엽씨의 삶도 여기에서 마지막이 되는 것인지를 생각하게 되니 자신이 남편의 남은 인생을 이곳으로 몰아놓아 재촉하는 결과를 만든 것 같아 후회하고 자신을 원망하였다.

그러나 그런 자아비판적인 생각은 시간이 흐르면서 그에게 아름다운 삶에 마무리를 할 수 잇도록 도와야한다는 긍정에 힘으로 바뀌고 있다.

하루 24시간 대부분을 이승과 저승을 번갈아 오가는지 힘들어하는 상엽씨를 바라보며 가끔씩 제 정신이 돌아올 때는 혹시라도 천주님께서 구원에 손길을 보내신 것이 아닌지 기대해보지만 그것도 잠시뿐이다.

그렇게 보낸 지 한 달 가까이 되어 상엽씨가 온전한 정신으로 돌아와 옆을 떠나지 않고 지키고 있던 순영의 손을 힘주어 잡아준다.

그리고 또렷한 목소리로 말하였다.

'내 인생 대부분을 당신에게 언 쳐서만 살아온 행복한 남자였어.'

'내 인생은 어쨌는데. 당신이 내 옆에 있어 제일로 행복한 여자 이었던 걸 어떻게 말로 다 하겠어.'

'나에 천사만이 나에 행복을 지켜주었어'

'앞으로도 내가 그렇게 할 거야'

'나에 천사님은 나를 지켜주었는데 나는 당신을 지키겠다는 약속을 지키지 못할 것 같아'

'지금부터 힘내서 나를 지키면 되지. 우리에 아름다운 여정은 앞으로도 수없이 많이 남았는걸. 그러니 당신과 함께 그 길을 계속해서 가야지'

242

'내가 나를 알고 있으니 그것을 장담하지 못하고...... 미안해'

'사랑하는 사람끼리는 미안한 것 없는 거잖아'

'그래도 당신에게 고맙고 미안해'

'어디에 당신이 있더라도 나에게 고맙고 미안하고 하는 그런 생각은 하지 마. 우리는 서로 최선을 다 하였으니까'

'고마운 건 고마운 거야'

'우리는 이 세상 최고에 사랑을 하였는데 그런 말은 어울리지 않아. 앞으로도 그렇게 할거고'

'최고에 사랑과 가장 아름다운 이별도 당신에게 할 수 있으면 좋겠지'

'아직 우리는 남아있는 못 다한 사랑이 더 많아'

'그 못 다한 사랑은 백년 뒤 하늘에서 당신을 위한 선물로 남겨놓을 거야'

'옆에 있어주는 것이 나를 위한 선물인걸.'

'나에 천사를 위한 선물......'

'그깟 선물. 너무 신경 쓰지 말어'

'하하하. 신경 쓸 여유가 없겠지? 나에 천사님! 내가 먼저 하늘나라로 가더라도 나를 위해 슬퍼하지 마'

'그런 소리 하지 마'

'지금까지 아이들 키우는 것은 당신 몫 이었지만 앞으로도 잘 부탁해'

'아이들 걱정은...... 다 잘 컸는데'

'특히 예솔이......'

'걱정하지 마'

'나에 천사 당신이 내 곁에 있어주어 행복했어.'

'!!'

'당신은 나에 천사야......'

'!!'

'당신은 나에 천사......'

'상엽씨! 당신은 진정 나에 사랑 나에 구세주야'

그렇게 두 사람은 서로를 의지하며 두 손을 꼭 잡았다.

상엽은 오랜 시간을 이야기 한 것이 힘들었는지 조용히 눈을 감고 평화스런 꿈속에 빠져들었다.

그런 모습이 어쩌면 예승이가 태어나 잠들어있는 것처럼 유아시절로 돌아가 버린 아름답고 평온한 그 자체이었다.

그의 숨소리는 잔잔했고 고귀해보였다.

그의 입가에는 안도에 미소가 스며있었다.

그의 닫혀있는 눈에는 평화스러운 기운이 퍼져있다.

그의 자태에서 풍기는 온유함과 넉넉함은 살아서 숨 쉬고 있는 나의 구세주가 되어주었다.

긴 시간을 평온한 잠에서 소리 없는 호흡을 유지하며 지내오더니 상엽이 그의 천사에 손을 마지막으로 꼭 잡아보고 세상에서 가장 행복하고 세상에서 가장 슬픈 그리고 세상에서 가장 아름다운 이별을 그의 평생 연인인 그의 천사 순영에게 고하였다.

사람 죽고 사는 것은 하늘에 뜻이라며 그의 목숨을 하늘에 맡기고 죽음을 담담하게 받아들이던 상엽씨가 한참을 더 살아도 될 나이인 62세를 끝으로 그의 인생을 마감한 것이다.

오래 오래 살아서 순영을 지켜주겠다던 그 약속을 지키지못하고 하늘나라에 먼저 가 버렸다.

나에 천사 순영이 이승에 남아 한없이 슬퍼할 줄 뻔히 알면서도 그는 뒤도 돌아보지 않고 냉정하게 돌아서 버렸다.

아이들의 어른이며 우리 집의 가장인 상엽씨는 순영에게 그 임무를 대신하도록 그녀에게 책임만 넘겨주고 무정하게 떠나버렸다.

사랑은 눈물에 씨앗이라는 대중가요 가삿말대로 그는 정말로 눈물에 씨앗을 남기고 가버린 무정한 사람이다.

상엽은 그렇게 순영에게 정만 주고 떠나버린 임이 되었다.

그대의 천사의 눈물은 마르지를 않는다.

순영은 상엽과의 영원한 작별을 고하는 것이 얼마나 고통스러웠는지 오히려 슬픔이 사치인 것처럼 보였다.

순영은 이정하 시인의 시를 마음속으로 수없이 낭송해보며 스스로를 제어한다.

"험난함이 내 삶의 거름이 되어라"

　　기쁨이라는 것은 언제나 잠시뿐
　　돌아서고 나면
　　험난한 구비가 다시 펼쳐져있는 이 인생의 길.
　　삶이 막막함으로 다가와 주체할 수 없이 울적할 때
　　세상의 중심에서 밀려나 구석에 서 있는 것 같은
　　느낌이 들 때
　　자신의 존재가 한낱 가랑잎처럼 힘없이 팔랑거릴 때
　　그러나 그럴 때일수록 나는 더욱 소망한다.
　　그것들이 내 삶의 거름이 되어
　　화사한 꽃밭을 일구어 낼 수 있기를
　　나중에 알찬 열매만 맺을 수만 있다면
　　지금당장 꽃이 아니라고 슬퍼할 이유가 없지 않은가.

V

상엽을 하늘나라에 먼저 보내고 순영은 그의 빈 공간을 채우지 못하고 방황하였다.

지금까지 살아온 날의 대부분을 서로를 아끼면서 그에 의지하고 그를 사랑하며 한 이불을 덮고 살아왔던 우리였는데 그가 내 곁을 떠나버려 나는 내가 아닌 것 같고 삶에 희망이 사라져 버렸다.

비록 아무것도 할 수 없는 호스피스 병동에서 꺼져가는 목숨을 부지하며 살아있는 듯 죽어 있는 듯 알 수 없는 육신이었지만 그래도 그가 곁에 있어주어 고마웠는데 그것마저 싫다 하며 나에게 고독한 방랑자로 혼자 살아가라며 나에 손을 뿌리치고 가버렸으니 그가 애잔스러웠다.

이승과 저승의 갈림길에서 고민하던 상엽씨를 우리의 아름다웠던 과거가 존재했으며 앞으로 펼쳐질 행복한 미래가 기다리고 있는 현세에 남아주길 고대 해 보았지만 그는 나에 손을 놓아 버렸다.

상엽씨는 현재의 육체적 고통을 버리고 저승의 평온한 안식처를 선택하였다.

저승의 유혹을 그는 받아들인 것 이다.

상엽씨가 대학교에 합격하던 날 러브 스토리 영화를 보고 제니가 하늘나라로 떠나버려 가엾다고 내가 말 하였을 때 그는 올리버가 혼자 남아 더 외로울 것 같다며 그렇게 이야기 하였던 당신이었다.

그런데 지금은 혼자 남아 더 외로운 내가 되도록 그대 없는 나는 어떻게 살라고 먼저 하늘나라로 가셨는지 당신이 원망스러웠다.

순영은 하늘나라에 먼저 가있는 상엽을 원망하며 그를 향한 애절한 독백이 그녀의 전부가 되었다.

'나를 두고 혼자 가버리면 나는 어떻게 살라고'

'40년을 넘게 알아온 우리였는데 이제는 누구를 의지하며 살아가라고 혼자 떠나버렸나요'

'나를 지켜준다던 당신에 그 당당함은 어디에 있나요'

'나에 오빠였고 나에 연인으로 그리고 나에 낭군이며 남편이던 당신은 지금 어디에 있나요'

'나에 순수함을 지켜주던 젊은 날의 상엽씨는 어디로 가 버렸나요.'

'당신에 천사를 홀로 남겨두고......'

'당신에 천사는 지금 슬픔에 빠져있답니다'

이렇게 순영은 상엽을 향한 애잔한 슬픈 연가를 부르며 사는 것이 일상이 되어버렸다.

꺼질 줄 몰랐던 그들의 열렬했던 사랑도 거기까지.

천사는 사랑하는 사람 때문에 세 번을 울어야 했다.

첫 번째 눈물은 악마의 장난으로 비통에 눈물을 흘렸고.

두 번째 눈물은 시련을 이겨내는 고통에 눈물을 흘렸다.

그리고 세 번째 눈물은 사랑하는 사람을 떠나보내며 애통함에 눈물을 흘렸다.

순영이 중학교 3학년 그리고 상엽씨가 고등학교 2학년 학생인 비 오던 날에 정식으로 상견례 하듯 만나서 오빠 동생이 되었고 다시 순영이 고등학생이 되자 연인 같은 오빠가 되었다.

대학생 때에는 사랑하는 연인으로 발전하였고 그리고 상엽이 군 입대하고 순영이 선생님으로 사회에 정착하며 우리는 미래를 약속한 정인이 되었다.

상엽의 성실함과 근본 있는 처신으로 젊은 날의 추억을 만들기 위해 숱한 밤을 함께 지냈으면서도 둘의 혼인식이 있는 그날까지 순영의 처녀를 지켜주겠다던 약속을 지켜준 그 사람이었다.

악마의 손아귀에 순영의 고귀한 처녀가 훼손되며 수도원에서 아가다 수녀로 평생을 상엽씨에 대한 죄인으로 살 것을 다짐하며 몇 해를 보냈지만 하늘은 우리의 사이를 갈라놓지 못하고 다시 재회시켜 주었다.

그렇게 서로 알고 살기를 45년.

상엽씨가 나의 배신으로 뜻밖의 결혼을 하여 예지 예솔이를 낳았으나 첫 부인 희주를 잃어버리는 아픔을 겪었다.

아가다 수녀였던 순영은 천주님의 허락으로 사랑하는 사람과 재회하여 28년을 굳은 일 힘든 일 다 이기면서 서로를 위로하고 격려하며 한 쌍의 원앙이 되어가고 있었다.

이제는 아이들도 다 커서 결혼도하고 독립하여 백년해로의 행복한 부부생활만 누리면 되는 거다.

물론 모든 인생사가 새옹지마라고 다 좋을 수만 있는 것이 아닌 것처럼 예솔이의 문제는 우리 부부를 힘들게도 하였지만 이겨낼 수 있는 문제이었다.

그런데 우리의 행복한 삶을 하늘은 시샘이라도 하였는지 부부인연을 천지간에 갈라놓기를 서슴지 않더니 하늘만 쳐다보며 임을 그리게 하는 벌을 나에게 내려 준다.

순영은 상엽씨를 먼저 하늘나라로 보낸 원죄의 장본인이 자신이라며 스스로 애통해 하였다.

착하고 착하였던 상엽 씨에게 몇 년의 마음고생을 시킨 장본인이 자신이며 그로인한 마음고생으로 병을 얻은 것이라고 자조하였다.

그러나 이런 나의 원죄가 있다 하더라도 그래도 당신은 나를 버리지 말았어야 했다.

당신은 험한 세상의 다리가 되어준다고 나에게 굳은 맹세를 하였으니 그것을 지켜야 했다.

평생을 함께한다던 그 약속을 지켜야 했다.

그러나 지금 당신은 윌리엄 워즈워스에 초원에 빛이 되어 영광도 명예도 지워버린 그대가 되었다.

"한때 그렇게도 빛나던 그대 상엽씨가......
　이제는 영원히 사라진다 해도
　그 시절이 다시 돌이킬 수 없다 해도
　우리 슬퍼하지 않으리.
　이제는 남은 것에서 힘을 찾으리....."
이것은 먼저 떠나버린 남편에 대한 애증의 노래가 되었다.

귀 로

I

몇 달을 자신을 학대하며 두문불출하고 지내시는 어머니를 보며 예지는 안타까웠는지 방배동 집을 자주 방문하였다.

혹시나 어머니가 다른 극단적인 생각을 하고 있는 것이 아닌지 걱정이 되었기 때문이다.

예승이는 외교부 일이 다 그렇듯이 해외 출장이 잦아 어머니를 외로움에서 떨쳐보려는 시도를 적극적으로 할 수 없었고 또한 남자라는 한계로 여자의 마음을 이해하지 못하는 그런 부분도 있어 두 아이를 키우며 정신이 없었음에도 예지가 순영의 주위에서 말동무가 되어주었다.

순영도 6살 3살인 아이들과 함께 있을 때면 상엽을 잠시 잊고 손자 손녀와 씨름하며 홀로 된 외로움에서 해방되어 옛날과 다를 바 없는 일상으로 돌아갈 수 있었다.

예지가 그날도 어머니의 말동무가 되어주기 위해 토요일 오후 늦게 방배동 집에 찾아왔다.

어머니가 아버지 서재에서 무엇인가를 정리하고 계셨던지 책상위에 자료들이 수북이 쌓여있다.

예지는 그것이 무엇인지 궁금하기도 하였지만 어머니와 쉽게 말을 틀 수 있는 기회인지라 다정스레 옆에 다가와 책상위의 자료에 대해서 묻는다.

'아버지 물건들 정리하고 계셨어요?'

'아니. 자료 정리 좀 했어'

'무슨 자료를 요?'

'아버지가 수필집을 출간하려 했었는데 완성을 못하고 돌아가셨으니 그 자료들 좀 찾아서 내가 대충 훑어보고 있는 중이야'

'아버지가 어떤 종류에 수필집을 출간하려 하셨는데요?'

'기행문이라고나 할까? 여행 다니시며 느꼈던 것들을 꼼꼼하게 정리해 놓으셨어.'

'안타깝게 출간도 못하시고……'

'미완성으로 남았지'

'책상 앞에 앉아서 열심히 정리하시던 모습이 새록새록 아른거려요. 저는 아버지가 전문서적 출간을 준비하시는 줄 알았는데'

'무엇이든 항상 열심히 사신 분 이었지. 자료들을 얼마나 꼼꼼히 정리 해 놓았는지 내가 보기 쉽도록 준비해 놓으셨어.'

순영은 상엽과의 아름다웠던 기억을 다시 끌어내고 있는지 그녀의 눈에서는 벌써 눈물이 고여 있다.

예지는 그런 어머니의 모습을 보며 잘못 아빠의 기억을 되살리게 만든 자기의 불찰을 확인하고 재빨리 다른 곳으로 화제를 돌린다.

'어제 경자이모가 나에게 전화 했어요'

'왜?'

'엄마 안부 묻는 전화 요'

'계집에는 나에 안부를 나에게 물어야지 왜 너에게 나에 안부를 다 묻고 그런다니'

'엄마가 너무 두문분출 하고 있으니 걱정을 많이 하시어 나에게 전화를 하신 건데. 이제 이모도 만나보고 친구들하고 여행도 다니세요.'

'남편을 일찍 저세상으로 보낸 여자가 무슨 면목으로 할 일이 있다고 돌아다녀'

'아버지가 돌아가신 거는 돌아가신 거고요. 지금부터 엄마 인생을 사셔야지요. 엄마도 이제 아버지를 보내주세요'

'내가 없는 니들 아버지를 붙들기라도 했니?'

'엄마가 너무 실의에만 빠져 사시니 하늘에 계신 아버지가 얼마나 속상하시겠어요.'

'남편과 사별한 여자가 무엇이 좋다고 친구들 만나 시시덕거리며 돌아다녀'

'그렇더라도 엄마 남은 인생을 잘 살아가야지요.'

'지금 이대로 사는 것이 어떤데? 나는 지금 살고 있는 삶도 그럭저럭 괜찮다고 생각하고 살고 있어. 돌아가신 네 아버지와 벗하며 사는 것 이것도 내 인생이구나 생각하며 살면 그만이지'

'미국에 외삼촌과 이모에게 바람이라도 쏘일 겸 다녀오세요.'

'나도 할 일이 있어'

'무슨 할 일이요?'

'있어. 그건 그렇고 슬기와 지형 이는 왜 안 왔어?'

'최 서방이 장모님 힘들다고 자기가 아이들 돌보고 있어요.'

'힘들기는 가끔씩 보는 건데……'

'애들 보는 것이 쉬운 일인가요?'

'아이 둘을 돌보려면 시 부모님이 고생하시겠다.'

'시 부모님께서 직접 아이들을 돌보겠다고 서울에 오셔놓고는 내가 퇴근만하면 다 내차지 여요'

'그렇겠지. 네가 고생이지'

'엄마 핑계로 최 서방에게 다 떠넘기고 쉬로 왔어요.'

'그럼 푹 쉬려무나.'

예지는 그런 식으로라도 어머니와 대화를 하며 순영을 슬픔에서 해방시키려고 하였다.

경자가 친구들과 점심 약속을 했으니 나오라고 전화했다.

경자도 병원 일을 그만두고 일찍 시집간 딸이 손자를 출산하여. 거기에 메어 있었는데 오래간만에 친구들을 만나 점심을 하자며 순영을 불러냈다.

말은 친구들과 점심을 먹자는 것이나 사실은 순영을 불러내기 위한 그런 자리였다.

순영도 너무 완곡한 경자의 부름이라 거부하지 못하고 친구들과의 점심약속에 나가기로 약속하였다.

순영은 상업씨가 세상을 떠난 지 6개월이 지나 처음 바깥세상과 접하며 빠르게 변하고 있는 계절을 실감하고 있다.

12월 초순의 날씨가 왜 이리도 스산하고 차가운지 가슴을 여미는 것이 죄인의 폐부를 다 휘젓고 있었다.

추운 날씨라서 그런지 사람들의 움직임은 빨랐고 모든 사물들은 힘차게 요동친다.

상업씨 없는 세상은 아무도 살 수 없는 황량한 허허벌판에 적막감만 깃들어 누구도 찾지 않는 싸늘한 공간만 펼쳐져 있는 줄 알았는데 그가 없는 빈자리에도 누군가가 대신하며 왁자지껄 세상은 시끌벅적거린다.

상업씨가 없는 지구는 돌지도 못하고 서 버리는 줄 알았는데 그녀의 생각을 무시하고 힘차게 자전과 공전을 되풀이하며 그가 없는 빈 공간을 아랑곳하지 않고 돌고 있었다.

이런 요지경속의 세상을 들추어보며 순영은 남의 슬픔에 대꾸도 하지 않고 제 살길에만 열중인 것들이 원망스럽게 보였다.

그러나 그것도 잠시뿐 원망할 시간이 사치스럽다고나 할까 한순간 순영을 지하 공간에 밀어 넣으며 무심한 전동차는 그녀에 슬픔에 아무 상관도 하지 않고 빠르게 달려가고 있다.

친구들과 약속한 경복궁 근처 한정식 집에 도착하니 경자 지영 혜자 영숙 하정 진혜 미정 진숙 경숙 선호 상희 혜숙이가 기다리고 있다.

모두 고등학교 동창들이며 대부분이 가정주부로 자식들과 남편 시부모님 그리고 부모님과의 힘든 경주에서 살아남은 대한민국의 용감무쌍한 엄마들이다.

대한민국의 용감무쌍한 엄마들은 순영을 위해 식당에 먼저 나와 그녀를 기다리고 있었다.

순영이 미닫이문을 밀고 들어서자 와 하며 박수로 맞아준다.

'갑자기 웬 박수는?'

'코빼기도 안 비치던 너를 만나니 반가워서 그렇지. 얼마 만에 이렇게 네 얼굴을 보는 거냐?'

'그렇게 오래 됐었나? 이렇게 열렬한 환영을 받으니 민망한데'

'친구들을 배신하고 외면하면 이런 환영을 받을 수도 없는 거야. 오늘만 특별히 순영이 너에게 우리가 온 전을 베푸는 거다.'

'환영해주어 고맙다. 친구들아!'

'ㅎㅎㅎ'

미리 예약해두었던 음식이 차려지고 먹기를 시작하면서도 환갑을 바라보는 주부들의 거친 입담으로 순식간에 좁은 공간은 정신을 차릴 수 없는 수다 경연장이 되어버렸다.

점심 식사가 마무리되고 후식으로 수정과를 마시면서 친구들 모임의 총무인 경자가 사회를 보며 자리를 이끈다.

'오늘 처음으로 열세 명 모두 참석하여 자리를 빛내주었는데 앞으로도 백 프로 참석이 되도록 협조해 주세요.'

'오늘 특별히 순영이 보러 다 참석한 거야'

'순영이 열렬한 팬들이 많으니 다음 모임에도 꼭 참석하여 자리를 빛내주도록 환영에 박

수를 보냅시다.'

'와~ 짝짝짝'

'고맙다. 이제는 꼭 참석할게'

순영은 친구들의 호의에 감사했다.

친구들 모임에서 내년 봄에는 2박 3일 일정으로 제주도에 가기로 그리고 가을에는 일본이나 동남아에 여행하기로 결정하고 모임을 마친다.

오래간만에 만난 친구들은 표를 내지 않았지만 순영을 위로하며 그녀를 세상 밖으로 끌어내 정상적인 사회활동을 할 수 있도록 인도하였다.

친구들이 고마웠다.

모두 헤어지고 경자와 둘이서 스타벅스 커피숍에 앉자 아메리카노를 마시며 마음을 달래본다.

'예쁜 너에 얼굴이 많이 상했어. 순영아!'

'멜랑 꼬리 우먼이 되어서 그런 거겠지. 그리고 내 나이가 얼만데'

'이제는 상엽오빠가 너에게 불러주던 애칭 인 나에 천사님! 으로 다시 돌아 와야지'

'이제는 어느 정도 마음정리가 되었어.'

'그러면 마음을 다 잡은 거야?'

'한동안 상엽씨 그늘에서 헤어나질 못했는데 정신을 차려야지. 나만 있는 것이 아니잖아. 아이들도 있고 친구들도 있는데'

'잘 생각했어. 죽은 사람은 죽은 사람이고 산 사람은 살아야지'

'그게 쉽지가 않더라고'

'그렇겠지'

'45년을 얼굴을 보아왔는데 그를 쉽게 내 마음속에서 떼어 버릴 수가 없었어.'

'두 사람 사랑이 대단했잖아'

'함께 있을 때는 느끼지 못한 그 빈 공간이 너무 커서 내가 어떻게 세상을 헤쳐 나갈지가 막막했지.'

'항상 함께 있었으니 그랬을 거야

'맞아'

'앞으로 무슨 계획이라도 있어?'

'상엽 씨가 책을 쓰려고 했는데 내가 그것을 마무리 해보려고'

'어떤 책?'

'수필집이야'

'어떤 내용인데?'

'둘이 전국을 돌아다니며 즐기던 여행이야기'

'멋있겠다.'

'상엽씨가 깔끔하게 자료수집이며 정리를 잘 해 놓았더라고. 전반부는 어느 정도 완결시켜 놓았는데 미완성으로 남은 것을 내가 완성 시켜야지'

'불후에 명작으로 만들어봐'

'글쎄 가능할까?'

'네가 영문과 전공한 문학도 이고 글도 잘 썼으니 가능할거야'

'도전해봐야지'

'친한 친구가 작가라니. 기대된다. 얘'

'ㅎㅎㅎ'

Ⅱ

예승이가 외교부에서 외교관으로서의 오랜 트레이닝과 국내근무를 마감하고 그가 바라던 해외 근무 발령을 받았다.

첫 해외 부임지인 영국으로 떠나기 전에 총각이 되어 홀로 외롭게 이국땅에서 보내게 할 수 없어 예승이와 그의 오랜 여자 친구이며 연인인 지현이 와의 혼담을 추진해나갔다.

지현이가 학교에서 학기를 마치는 2월말에 사직을 하고 3월에 결혼하여 신혼여행 겸 살림을 예승이가 4월초에 부임을 하는 영국에서 시작하기로 하고 혼사를 서둘렀다.

상엽씨가 살아있었으면 아들의 결혼을 기뻐하고 사돈집안 간에 남자들끼리의 대화도 쉽게 할 수 있었을 터인데 그러지 못하고 안사돈끼리 만나 잡다한 것들만 이야기 나누기 일쑤였다.

서울에서 살림을 차리면 전셋집이라도 얻어주어야 했을 텐데 영국에서 살림을 시작하여 사택에서 생활하게 돼 결혼비용이 절감될 수 있었으나 순영은 부모로서 할 수 있는 자식에 대한 지원을 남들에게 뒤지게 하고 싶지 않아 귀국하면 한국에서 살 것을 대비해 따로 주택적금을 들어주었다.

결혼이 하루 앞으로 다가오자 집을 떠나 살게 되면 어머니가 혼자 외롭게 되는 것이 안타깝게 생각이 들었는지 예승이 걱정하며 말한다.

'엄마도 런던에서 함께 살아요. 어차피 여기에서 혼자 사실 텐데. 그렇게 하세요.'

'내 집 놔두고 나보고 영국에서 살라고?'

'어때요. 몇 년이면 될 텐데'

'내 집 떠나서는 몇 달이 아니라 며칠도 나가 살지 못할 거야. 나는 우리 집이 좋다'

'며느리 시중도 받아보고 그래야지요'

'시어머니 노릇하라고 나를 가르치는 구나'

'하하하. 그것은 아닌데……'

예승은 머리를 극적이며 자기 신부에게 시집살이 시키는 시어머니의 관계를 연관시켜보았는지 그 순간을 재빠르게 부정한다.

자기 색시를 위해주는 모습이 상엽씨와 똑 같아 보였다.

'영국에서 프랑스가 그리 멀지않지?'

'해저 터널이 있어 유로열차가 국내 기차처럼 다니지요'

'그렇구나.'

'왜 그걸 물으세요?'

'나랏일 하는 너에게 사적인 일을 부탁 하는 게 그렇겠지만.....'

'무언데요?'

'그게......'

'말씀해 보세요.'

잠시 망설이다가 말한다.

'네 작은누나가 프랑스에 있다는데 그쪽에 아는 사람이 있으면 행방을 수소문 해 보았으면 해서'

'예솔이 누나 행방이요?'

'그래'

'내가 누나 일을 그동안 깜박 했네요. 동생인 내가 직장 일 때문에 작은 누나 문제를 너무 안일하게 생각하고 있었어요.'

'그동안 네가 연수받느라 바빴으니 그럴 수밖에. 가족 일인데 나랏일 하는 네가 신경 쓰이면 개의치 말거라'

'가족 일 인데 어떻게 신경을 안 쓸 수가 있어요.'

'그렇지? 네 누이인데'

'고시 동기가 이번에 프랑스로 부임하니 적당한때에 제가 부탁해 볼게요.'

'괜찮겠어?'

'우리 일이 교민들 보호하는 업무인걸요.'

'고맙다'

순영은 마음속 한구석에 남아 떨구어내지 못하고 있는 예술이의 흐릿한 흔적을 온전하게 그녀에 가슴속에 품어 부모의 도리로서 그리고 어머니의 의무로 자식을 내 안의 품속에서 보호하려는 본능을 보여준다.

그리고 먼저 세상을 떠난 상엽 씨가 그녀에게 한 마지막 부탁이기도 하였다.

처음 외국에 부임하는 그리고 신혼살림으로 시간이 없을 아들에게 국내의 일도 아니며 부임지인 영국의 일도 아닌 이웃나라의 가족 일을 부탁하려니 모자간일지라도 말을 꺼내기가 어려웠는데 예승이가 자기 가족 자기 누이의 일이라며 전혀 거북한 모습을 보이지 않아 고마웠다.

그래서 가족이 좋은 것이다.

예승이와 지현이의 결혼식이 따뜻한 봄 햇살이 따사롭게 내려 찌는 오후에 있었다.

상엽 씨가 없는 빈자리를 예지 부부가 대신하며 손님을 맞는다.

상엽 씨가 직장생활하며 동료들로부터 신망을 받고 인심을 잃지 않아서인지 죽은 정승의 잔치 집에는 손님이 없다는 우리의 옛말이 사실이 아님을 입증하듯이 인산인해로 찾아주어 고인의 아들 결혼을 축하해주었다.

경자를 비롯한 많은 친구들도 참석하여 순영을 축하해 준다.

특히 예승이의 고모 두 분은 아버지 없이 치르는 조카의 결혼식을 매우 안타까워하며 김 씨 가문을 있는 오로지 하나뿐인 피붙이라고 생각하였는지 남들보다 더 큰 관심과 사랑을 표시했다.

신부 화장을 예쁘게 한 지현이의 모습이 3월의 봄 냄새가 물씬 풍기는 듯 신선한 자태를 보이며 아름답게 만개하여 예쁘기 그지없다.

연일 싱글벙글하며 입이 귀까지 찢어져 붙어있는 예승의 모습에서는 당당함과 능청스러움이 배어 있었지만 상엽 씨를 빼어 닮은 것 같은 인상은 부자간임을 숨길수가 없다.

모든 것이 만족되도록 결혼식이 잘 끝났다.

아쉽다면 아들의 결혼식에 참석하여 순영의 옆에서 부모의 도리를 다하지 못한 상엽 씨의 빈 자리였다.

결혼식을 마친 신랑 신부는 오늘 저녁을 호텔에서 보내고 내일은 친정집에서 그리고 모래는 방배동 집에서 하루를 보낸 뒤 다음날 부임지인 런던으로 떠나기로 계획을 잡았다.

홍은동 장모님 댁에서 하루를 보낸 신혼부부가 방배동에 일찍 왔다.

내일 영국으로 출국하려면 준비할 것이 많아 그러한 것이다.

친정집에서 음식을 많이 챙겨 주셨는데 두 사람이 내일 떠나면 그 많은 음식을 어떻게 처리할지 고민하였는데 마침 예지가 두 사람을 맞이하러 슬기와 함께 와 있어서 손녀딸이 그 음식들을 좋아해 딸집에 보내는 걸로 작정하였다.

예승이와 지현이로부터 큰 절을 받고 순영은 두 사람의 결혼생활이 행복할 수 있도록 덕담도 해준다.

'두 사람 다 건강이 제일이니 건강을 잘 챙겨 백년해로해라'

상엽 씨의 짧은 인생으로 말년을 쓸쓸히 보내야하는 자신의 안위를 빗대어 그렇게 말해주었다.

'엄마! 우리는 건강하니 손자 손녀 다섯 낳아 잘 키우겠습니다.'

상엽씨도 아이들 다섯 낳자고 똑같이 이야기 하였는데 부자간에 자식욕심은 똑같이 있는가 싶다.

'그래. 다섯을 꼭 낳거라!'

'어머니! 그건 힘들어요. 예승 씨가 괜히 하는 말이에요'

하며 지현이가 수줍어하였다.

'김 씨 가문 이으려면 아들 다섯은 낳아야지. 먼저 돌아가신 시아버님이 그렇게 바라던 거였거든? 그러니 두 사람이 해결해야한다!'

예지가 옆에서 신부를 놀리려 그렇게 말한다.

'언니! 여동생 낳아 줘. 남동생 싫어……'

슬기가 남동생인 지형이에게 시달리는지 간섭하며 말 하였다.

'슬기야! 이제는 언니가 아니고 외숙모님! 이라고 부르렴.'

'외숙모가 뭔데?'

'외삼촌 아내를 외숙모라고 부르는 거야'

'ㅎㅎㅎ'

'내일 출발하려면 짐을 꾸려야지'

'필요한 가재도구는 배편으로 보내 의류와 생활필수품만 챙기면 되어 많지는 않아요.'

'그쪽 생활이 이쪽하고 달라 불편함이 많을 텐데'

'지현이가 미리 예습 했대요'

'그래? 잘 했구나.'

'아니어요. 조금 요'

'영국이 물가가 비싸다고 들었는데 살아가면서 필요한 것이 있으면 나중에라도 연락해'

'엄마하고 누나가 영국에 한 번씩 들르세요.'

'꼭 이웃동네 사는 사람처럼 이야기 하는구나'

'엄마! 우리 함께 가요. 남동생이 영국에 있을 때 신세한번 확실하게 져 보는 거지요. 올케가 대충이야 우리를 대접하지는 않을 테니까요'

'할머니 나도……'

'슬기 공주님! 외삼촌하고 영국에서 함께 살까?'

'엄마! 할머니도 같이 살아?'

'그렇게 할까? 슬기는 영국이 이웃집이라도 되는 줄 아는 모양이야. 좋아가지고는. 그러니 아이들이지.'

'이제 세상 모든 곳이 거의 일일 생활권인 이웃인데 조금 지나면 영국 같은 곳은 당일치기 여행도 가능할겁니다.'

'그래. 외교관 아들 덕 좀 보러 언제 함께 런던에 가자꾸나. 예지야'

'그래요. 엄마!'

예승이가 영국으로 떠나고 큰 집을 혼자 독차지 하고 있으려니 하늘에 있는 상엽 씨가 그리워져 서재에 들어가 예지가 아버지 생각으로 마음고생을 할까봐 치워놓은 사진을 꺼내 들여다보며 예숭이가 결혼하였음을 말해준다.

아마 상엽씨도 아들의 결혼소식을 듣고 하늘에서 기뻐하고 축하해 주었을 거라고 생각하였다.

우리만큼 연애 기간이 길지는 않았지만 지난번 함께 만나본 며느리도 대학생 시절부터 예승이와 사귀며 오랜 기간을 함께 사랑을 나눈 것 같다고 이야기 해 주었다.

그리고 아들인 예승이는 당신을 닮았는지 자식 욕심이 있어 춘천에서 밤을 지새울 때 우리가 결혼하면 아이 다섯을 갖자고 상엽 씨가 말 하였는데 그 녀석도 넉살스럽게 그렇게 하겠다고 하는 것이 똑같다고도 말해 주었다.

이런 저런 푸념과 넋두리를 석어가며 아무도 없는 허공을 향해 이야기하는 품새가 꼭 상엽이 옆에 있어 함께 대화를 하는 것 같았다.

넋두리를 마치고 순영은 상엽 씨가 쓰고 있던 미완성 작품인 여행일기를 잃어보며 마치지 못한 부분을 어떤 식으로 쓰려고 하였을까를 생각해보며 자료들을 정리해 본다.

III

순영은 요즈음 상엽씨의 미완성 작품인 수필집 여행일기를 정리하느라 혼을 빼고 있다.

순영이 영문학을 전공하며 그 시절 문학소녀가 되겠다던 포부를 가졌었는데 뜻하지 않았던 일로 수도원에서 신앙생활을 하게 되어 꿈을 포기하였으나 그것을 상엽씨가 대신하여 수필집을 집필하고 있었고 지금은 그녀가 어쩔 수 없는 문학인으로의 길로 들어서게 해 주는 계기가 돼 버렸다.

예지가 혼자 있는 어머니가 걱정이 되어 들러보곤 하였는데 아버지의 미완성 작품을 정리하느라 정신이 없는 어머니를 방해하지 않으려고 가급적이면 당분간 방배동에 출입을 자제하는 것으로 하였다.

물론 어머니가 갑자기 집을 찾아오지 않는 것을 오해할 수 있으니 미리 그런 부분을 모녀가 타협하였다.

예승이의 혼사도 잘 치렀고 작년에 결정하였던 친구들과의 국내여행도 다녀오고 하였으니 마음을 다 잡아 상엽 씨의 미완성 작품인 수필집을 마무리 하겠노라 순영은 작정한다.

순영은 완성된 수필집을 다음 상엽씨 기일 날에 봉헌한다는 목표를 세우고 정리에 몰입하였다.

상엽씨가 정리한 여행 일기를 들여다보니 대부분 순영과 연관 지어져 있었는데 내용을 읽어 내려 가다보니 우리의 젊은 시절 황홀했던 사랑 나누기가 눈에 선히 다시 살아나고 있다.

여고생이던 나를 부모님에게 허락을 받아 무전여행을 갔던 이야기 속에는 내가 알지 못했던 비밀스러웠던 그의 전략이 들어있기도 하였는데 지금 다시 생각해보니 어머니도 그런 점을 짐짓 알아차리고 내 딸을 믿고 맡기신 것이다.

상엽씨는 이집트 문화전시관에서 보았던 아름다웠던 여신의 자태며 애틋한 모습들이 나의 모습과 너무 흡사해 그때부터 나를 나에 천사님으로 부르게 되었는데 비운의 운명을 맞았던 그녀를 순영과 비교하는 것이 너무 소름이 돋아 나에게 전혀 눈치를 주지 않았는데 반대로 지금은 내가 비운의 주인공이 되고 있다고 적혀 있었다.

최근에 썼던 내용 중에는 눈 내리던 날 영화 러브스토리를 보고 누가 더 슬픈 주인공인가를 서로 이야기 하였었는데 지금 내가 러브 스토리의 제니가 되어 비극의 주인공이 되고 있다고 쓰여 있었으며 혼자 남아있는 나에 천사 순영이 얼마나 마음아파 할까 생각하며 그녀에게 슬픔을 남겨주지 않도록 병마를 이겨보겠다는 다부진 의지도 담겨있었다.

학창시절 그의 준비되어있는 추억 만들기는 행정고시 일정을 다 잡아놓고 틈새를 이용한 여유 시간에 강행군 하듯 여행 스케줄을 잡아 때로는 내가 힘이 들 정도로 녹초가 될 때도 있었다.

화엄사의 민박집 투어에서는 자연과 더불어 산사의 정감 있는 여운을 그리며 우리가 감정에 충실하여 새로운 다른 세상을 발견한 것 같은 착각에 휩싸이도록 몰입시켜 놓았다.

상엽 씨가 군 입대하여 전방에 배치를 받고 여자 혼자 몸으로 강원도 산골 양구까지 면회 오는 나를 얼마나 애틋하게 걱정을 많이 하였던지 구구절절이 면회 오는 날이면 제대로 찾아오는지 면회를 마치고 갈 때에는 차는 놓치지 않았는지 걱정으로 그날을 보내고 있었다.

춘천에서 하룻밤을 함께 모텔에서 지새우며 나에 천사 순영의 순결을 결혼 때까지 지키지 못할 것처럼 마음에 큰 요동을 일으켰는데 백조같이 깨끗하고 선한 천사를 해할 수 없다는 집념으로 밤새도록 머릿속에 도사리고 있는 악마와 싸워 이겼다며 순영은 그 당시 나도 남자이었다는 그런 사실을 아직도 눈치 채지 못하였다고 하였다.

열렬한 사랑으로 만들어졌던 낭만과 정감이 넘쳐나던 여행지들이 순영이 행방불명되고 그녀의 행적을 찾기 위해 다시 찾아보았지만 똑같은 장소이며 똑같은 계절을 만났음에도 느껴지는 감정이 옛날과 전혀 다른 을씨년스럽게만 느껴지게 되어 있었다고 하였다.

이러한 상엽 씨의 여행일기를 보며 그가 나를 얼마나 사랑했으며 나로 인해 말로 표현할 수 없는 마음고생을 이루 말 할 수없이 하였음을 다시 한 번 확인하였다.

그는 내가 당신을 사랑했던 것보다도 더 고귀한 사랑으로 나를 품고 있었다.

나의 당신에 대한 사랑은 사랑이라 말할 수 없을 정도로 비교가 되지 않는 그의 사랑이었다.

그의 여행일기 속에는 우리의 건전했던 사랑이야기가 가득 넘쳐 나고 있다.

순영은 가칭 낭만기행이라는 제목을 정하여 놓고 상하권으로 나누어 상권은 상엽씨가 정리한 원고를 거의 수정 없이 편집하기로 하였다.

미완성 부분인 하권은 순영이 상엽씨를 그리워하며 추억에 여행을 회상하는 방향으로 틀을 잡아갔다.

그렇게 내용을 정리하며 글을 쓰다 보니 학창시절 즐겨듣던 음악편지 방송에서 사연들을 주고받으며 우리에 감정을 숨기지 않았던 그때가 새록새록 머릿속을 맴돈다.

그리고 상엽씨가 즐겨듣던 팝 노래들이 떠올라 순영은 디스크에 구워놓은 그의 사랑하는 명곡들을 틀어보았다.

군에 입대하면서 즐겨듣던 Elton john에 Sorry seems to be the hardest word가 제일 먼저 흘러나오며 우리가 서로 미안한 감정을 표현하려 할 때면 이 가사내용을 들추어내며 러브 스토리의 주인공처럼 사랑하는 사람에게는 미안하고 고맙다는 이야기를 하지 못하도록 하였었다.

Scorpions에 Holiday도 나오고 Engelbert Humperdinck에 추억에 명곡들도 흘러나온다.

The Brothers Four에 Green Field와 Try to remember가 녹음되어 있었는데 몇 년 전 잠실종합운동장에서 비를 홀딱 맞고 그의 라이브 공연을 들으며 네 명의 칠십대 멤버가 현악기를 연주하며 들려주는 노랫소리가 은방울 소리처럼 선율이 아름답다고 칭찬하였던 그때가 엊그제 같았다.

그가 좋아하는 음악이어서인지 나도 사랑하는 음악이 되었다.

고등학생이던 시절 공부를 하면서 별이 빛나는 밤에 시간이 되면 어김없이 라디오를 가까이하고 여자 아나운서의 주옥같은 목소리로 음악편지를 읽어주며 사연과 함께 팝 음악을 들려주던 방송을 들었던 것처럼 상엽씨가 즐겨듣던 음악을 들으며 순영은 미완성의 작품을 정리하는 것이 습관이 되었다.

그렇게 상엽씨가 먼저 하늘나라에 가 옆에 없었지만 순영은 그의 영혼과 항상 함께하며 영감을 찾는다.

여중생의 순영이 고등학생이던 상엽 오빠를 만나 수줍음을 가장한 나의 순진한 모습을 보며 그는 그때부터 나를 천사로 착각하고 있었다.

아침 일찍 서둘러 학교에 가는 것이 나에게는 가장 즐거운 시간이 되었었다.

매일 아침이면 어김없이 나를 기다리며 같은 방향이던 학교에 함께 다녔는데 학교 선생님들은 우리가 남매인줄 착각하였었다.

그 당시 선생님들은 우리가 연애도 할 줄 모르고 연애 할 시간도 없는 우등생인 모범생으로만 알고 있었기 때문이다.

상엽씨 옆집에 살고 있던 나와 가장 친했던 단짝인 경자가 매일 그의 뉴스를 전달해 줄 때면 귀를 최대한 크게 벌리고 하나도 빠짐없이 나의 머릿속에 가둬 두었으며 항상 칭찬의 소리가 대부분이었는데 듣고 있는 것만으로도 기쁘고 행복했던 나 이었었다.

여고생 여름 방학 때 경포대에서 나의 속살을 다 들여다볼 수 있었음에도 전혀 보지 못했던 것처럼 예쁜 발만 칭찬하던 그 사람이었었다.

몇 밤을 함께 보내면서 나에 천사를 지켜주겠다며 청춘을 억누르던 의지가 강한 상엽씨이었다.

춘천에서 상엽 씨가 나를 옆에 두고 밤을 지새우며 젊은 청춘과 거칠게 싸우며 고뇌하고 있음을 알아차리고 나를 주어버릴까 고민하고 있었는데 그의 신념을 시험에 빠지지 않도록 내가 참았으며 그는 그의 욕망을 내가 눈치 채지 못한 것으로 알고 있었다.

그런 것을 보면 우리가 서로의 모든 것을 알고 있는 것 같았는데 그러하지 못하였던 부분들이 있었음이 여실히 밝혀지고 있다.

우리가 저승과 이승에서 떨어져 있지 않았다면 모르고 있었던 그리고 알지 못했던 그러한 부분도 속속들이 알게 되어 더 큰 사랑으로 만개되었을 것이다.

화엄사의 고즈넉한 밤하늘 속에 스님들의 승무와 법고소리에 취해있는 나를 보더니 너무 감정에 충실하면 비극에 주인공이 된다며 나를 고독한 천사님에서 깨어나 해맑은 모습으로 돌아오라며 재촉하였었다.

그리고 공주 마곡사의 호젓한 산길을 걸으며 나의 감정을 점검하기도 하였다.

'나에 천사님이 무엇에 심취되어 아무 말도 하지를 못할까?'

'지금 나는 자연과 씨름하는 중 이야'

'나에 천사님이 자연과 노는 바람에 그래서 마곡사 입구 산길이 너무 적막해 보였군.'

'여름철 마구 울어대는 찌르라기 소리가 나를 취하게 만들며 침묵에 여인으로 빠지게 하고 있어'

'나에게는 정신없이 울어만 대는 소리 같은데?'

'그들과 어울려 자연 속에 들어가 봐. 그들하고 사귀어보라고. 그러면 그 소리들이 정겹게 느껴지니까'

'나에 천사님은 시끄럽게 울어대는 여치소리와 매미소리에도 감정이 빠져들어 가는군.'

'정겹잖아'

'나는 시끄럽기만 한데......'

'오빠는 감정이 메말라 있는가봐. 자연과도 친해야지 마음도 여유로워 지거든? 그러니 친

해보려는 마음으로 그들과 사귀어 보세요.'

'내 감정이 어떤데?'

'자연과 동화될 줄도 알아야지'

'남자에 마음이 너무 쉽게 자연에 심취되면 문제해결능력을 상실할 수도 있으니 때로는 자연에 냉정할 줄도 알아야 해'

'그러면 사람이 감성이 없어 보이잖아'

'적당히 자연을 감상하는 거지'

'적당히 어떻게?'

'나무는 나무이고 하늘은 하늘 흐르는 물은 그냥 흐르는 물로 감상하는 거야. 그게 전부 인거 지'

'시인들이 들으면 무어라 말할꼬......'

'표현은 하더라도 행동은 그렇게 하지 말라는 뜻이지'

'내 행동이 너무 자연에 심취되어있어?'

'조금은'

'그렇게 보였어?'

'소크라테스가 말했잖아. 너무 감정에 충실하면 비극에 주인공이 된다고. 그러니 참조 하세요. 나에 천사님!'

그렇게 말하였던 상엽씨가 비극에 주인공이 되어 먼저 세상을 하직하였으니 감정에 충실한 나보다도 그는 더 자연 속에 빠져들며 곳곳을 찾아다니기를 좋아하였던 감정에 더욱 충실했던 주인공이다.

방배동 집 서재에서 창밖을 내다보니 흰 눈이 펑펑 내리고 있다.

낭만 기행의 마무리 작업에 박차를 기하느라 겨울이 찾아왔는지도 모르게 지나쳤는데 벌써 12월이 훌쩍 지나 크리스마스가 다가온 것을 창밖 멀리 교회 십자가에 걸쳐있는 네온 추리에서 확인할 수 있었다.

이맘때가 되면 어린 아이들이나 나이들은 사람이나 마음을 설레게 만드는 서로 다른 것이 있었다.

어린 시절 가보지도 않던 교회에서 크리스마스 선물을 받고 좋아하던 꼬마들의 기개가 눈에 선히 나타났으며 한해를 마무리하려 울려 퍼지는 올드랭 사인 노래에 나이 먹는 것을 아쉬워하는 어른들의 모습도 새롭게 다가온다.

그러나 순영은 이맘때 흰 눈이 펑펑 내리는 날이면 마음을 설레게 하는 우리의 언약이 있었던 그날을 기억하지 않을 수 없었으며 지금 그날로 다시 돌아가려하니 아쉬움이 남는 그때가 생각나곤 하였다.

순영이 고등학교 2학년 학생이며 상엽씨가 대학 1학년 학생으로 우리가 자유를 최대한 만끽할 수 있는 그런 해 이었다.

불우한 이웃을 돕자며 12월 초부터 친구들과 크리스마스카드를 만들어 빵집에서 판매하였는데 그때 상엽 씨가 많이 도와주었으며 자선행사에도 참석하여 나에 체면을 세워주기도 하였었다.

크리스마스이브의 자선행사가 끝나고 내가 천주교 신자라 성당에서 밤샘 예배가 있었는데 신자가 아니었지만 상엽 씨가 함께 있어 주기로 하여 그렇게 하였다.

그리고 성모님 앞에서 두 사람은 사랑하는 연인으로 평생을 함께 하겠노라는 언약식도 가졌었다.

그 당시 그의 진지한 기도모습에 감동받아 질문하여보았었다.

'오빠 기도하는 모습이 진지하던데'

'그렇게 보였어?'

'응. 무슨 기도를 그렇게 열심히 했어?'

'나에 천사 순영이를 내가 지킬 수 있도록 나에 악한 마음을 물리쳐 달라고 기도하였지'

'무슨 악한 마음?'

'대부분 남자들이 가지고 있는 그런 순수하지 못한 마음. 그것으로부터 우리가 결혼할 때까지 나에 천사를 지키겠다고. 그 순수함에 순영이를 내가 보살피겠노라고'

그때 상엽씨는 하얀 눈이 펑펑 내리는 성당에서 천주님과 만나 그의 성스러움에 감동받고 이전에도 나를 천사라고 불러주었는데 크리스마스 밤을 성모님과 함께 보내며 나를 정식 천사로 인정하게 된 것 같았다.

IV

낭만기행 수필집을 거의 마무리하고 정리단계에 들어가 봄이 오기 전에 탈고하였으며 출판사와 표지 디자인과 부수적인 문제들을 협의하고 3월에 책을 출간하는 것으로 가닥을 잡았다.

그렇게 작품을 마무리하고 한시름 놓으려니 런던에 있는 예승이로부터 전화가 왔다.

예솔이에 대한 전화였다.

프랑스 파리에서 현악 사중주 앙상블 팀에서 활동하고 있는데 주거지도 확인되었다며 목청을 높여 가족을 찾아 기뻐하는 감정을 숨기지 않았다.

작은 누나의 개인생활까지는 확인할 수 없었다는 예승이의 전화를 받고 예지에게 대충 소식을 전해주고 파리로 딸을 만나러 가기 위해 서둘러 준비했다.

지난번 상엽씨와 유럽여행을 하면서 파리에 들렀었는데 이번에는 행방불명된 딸을 찾아 예솔이를 만나려고 프랑스를 다시 방문하게 되었다.

예승이가 파리로 오겠다는 것을 가족일로 나랏일을 소홀히 해서는 안 된다고 손사래 하였다.

그러나 그것은 핑계꺼리를 만들려다보니 아들에게 그렇게 둘러대었는데 사실은 숨기고 싶은 누나의 비정상적인 사생활을 남동생에게 들키게 하지 않으려는 모정이 숨어있었다.

그리고 남자가 끼어들 수 없는 여자들끼리의 이야기가 있음도 고려하였다.

파리에 오후 늦게 도착하여 예승이가 알려준 주소를 찾아가 집에 초인종을 눌러 보았으나 아무 기척이 없어 집 앞에서 1시간가량을 서성거리고 있는데 예솔이가 공연을 마치고 오는지 큰 악기를 짊어지고 걸어오고 있다.

집 문 앞에서 들어가려고 하는 예솔이를 뒤따라 와 불러 세웠다.

'예솔아?'

깜짝 놀라 돌아선 예솔이는 어머니를 보더니 말문이 막혔는지 말을 하지 못하고 엉거주춤 문 앞에 서 있더니 정신이 돌아왔는지 금세 어머니에 손을 이끌고 집안으로 들어간다.

잘 정돈된 집이었지만 두 사람이 호흡을 하며 살기에는 너무 작아 보이는 공간이다.

잠시 안정을 찾으려 주변을 둘러보고 있자 예솔이가 냉수 두 잔을 탁자위에 올려놓으며 두 사람이 간신히 앉을 수 있는 간이 소파를 가리키며 앉으라고 하고 먼저 말문을 연다.

'내가 여기 있는 것을 어떻게 알고 왔어?'

'세상이 좁은데 예솔이 네가 어디를 가든 못 찾겠냐.'

'혼자 오셨어?'

'그래'

'아빠 수술 받은 것은 괜찮으셔?'

'……'

아버지 안부를 묻는 딸의 말에 순영은 어떻게 대답을 해 주어야할지 곤란해 하며 망설이자 무슨 일이 있다는 것을 금세 눈치 채고 예솔이는 눈을 크게 뜨며 재차 물어본다.

'아빠가 무슨 일 있는 거야? 그런 거야?'

'……'

'엄마! 아빠에게 무슨 일 있어요?'

'아버지 돌아가셨다'

아버지가 돌아가셨다는 어머니의 상상하지도 못한 말에 깜짝 놀란 예솔이는 그 대답을 다시 확인한다.

'아빠가 돌아가셨다고?'

'그래 작년에 돌아가셨어. 너를 상당히 보고 싶어 하셨는데……'

아버지가 돌아가셨다는 것을 확인한 예솔이는 울고불고 난리를 치며 눈물을 거두지를 못한다.

전혀 상상하지도 못했던 아버지의 죽음에 대한 소식은 예솔이에게 큰 충격으로 다가왔다.

돌아가신 아버지와 대면을 하였던 뉴욕에서의 마지막 만남이 딸에 대한 분노로 가득 찬 불효녀의 모습만 보여주었으니 너무 가슴 아프지 않을 수가 없었을 것이다.

시간이 지나 아버지의 죽음을 현실로 받아들였는지 정신을 차리고 무덤덤하게 예솔이를 바라만 보고 있는 어머니에게 물었다.

'어떻게 돌아가셨어?'

'위암 수술 받고 다시 재발이 되어 치료 받으시다 돌아가셨어'

'고통스러웠겠네.'

'수술 받고 항암제 치료를 계속 받았는데 그렇게 되셨지. 가실 때에는 편히 돌아가셨어'

'내가 불효녀 야…… 흑흑'

'예솔이 네 걱정 많이 하셨다. 너를 얼마나 보고 싶어 하셨는지 잠이 들 적에도 너를 찾는 꿈을 꾸곤 하셨어.'

'아빠가 아프고 그리고 돌아가신 것도 모르는 내가 무슨 딸 이라고 딸 행세를 하고 있는지. 내가 나쁜 아이 야. 도저히 아빠의 영전에도 설 수 없는 불효자식 이야'

'그래도 피는 속일 수 없어. 네가 아무리 부정을 해도 딸은 딸 인거야'

'흑흑흑'

'돌아가시면서 나에게 네 부탁 간절히 하셨어. 그러니 너도 마음 고쳐먹고 집에 왕래를 하도록 해'

아버지의 사망소식으로 예솔이가 아직 제 정신으로 돌아오지 않은 것 같아 보였으며 순영은 딸에게 하고 싶은 이야기를 마음껏 꺼내지도 못하고 그렇게 시간만 보낸다.

한참을 지나고 시간이 자정 가까이 되고서야 예솔이가 어머니의 안위를 걱정하며 잠자리를 준비한다.

십여 평 정도 되는 작은 아파트인데 살림도구도 거의 없었으며 누구랑 함께 살기에는 너무 적은 집이라 뉴욕에서 동거하던 유부남하고 헤어졌을 것 같다는 짐작을 해본다.

그리고 사는 것이 너무 구차해 보였다.

'엄마! 집이 너무 누추하지? 오늘 지내시는데 불편할 텐데. 이렇게 모셔 죄송해요'

'혼자 사는 거니?'

'응'

'그 사람은.....'

'.....! 헤어졌어.'

'헤어져?'

'.....'

'언제부터 헤어진 거야'

'그 사람하고 헤어지고 프랑스로 바로 건너왔어. 같은 미국에서 활동하기가 그렇고 해서'

'그렇게 됐었구나'

'엄마. 미안해요'

'왜 미안한데'

'엄마 아빠가 그렇게 말렸거늘 내 고집만 피우고 결국에는 내 꼴이 요 모양으로 되고. 엄마에게 이런 모습 보여드려서 죄송해요'

'그 사람하고는 완전히 헤어진 거니?'

'응. 완전히.....'

순영은 한참을 아무 말 하지 않고 천정만 쳐다보았다.

뉴욕에서 유부남과 동거생활하고 있는 것을 그렇게 타이르고 말리고 하였지만 사랑하는 사람이라며 부모에 말을 귀담아 듣지 않고 가족과 담을 쌓을 듯이 피해 도망 다녔던 딸에게 헤어졌으니 잘 했니 아니면 잘못 했니 라고 말할 엄두가 나지 않았다.

예솔이는 지은 죄가 있어서인지 어머니의 침묵이 자기를 향한 단죄라고 판단하고 싸늘한 시선이 누그러지기를 마냥 기다리고 있다.

그렇게 시간이 흐르더니 한순간 순영은 정신을 가다듬고 단호한 어조로 딸에게 말한다.

'내일 짐 싸서 서울로 가자!'

'......'

'왜! 여기서 아직 할 일이 남아있냐? 아무 말도 하지 못하게'

'같이 일하는 팀들은 어떻게 하고'

'여기에서 이렇게 구차하게 살면서 일이 무엇이 그리 중요 해. 그냥 정리하면 될 것을'

'내가 갑자기 떠나면 동료들이 문제가 많게 되잖아'

서울로 가자는 엄마의 말을 딱 잘라서 거절할 수 없으니 동료들을 핑계대고 있다.

'동료 문제가 해결되면 서울로 들어올 수 있는 거니?'

'올해 공연 스케줄이 잡혀 있어서......'

'올해는 힘들겠구나.'

'......'

순영은 예솔이가 가족들 볼 면목이 서지 않아 서울로 돌아가기를 망설이고 있다고 생각하고 시간을 주어 스스로 들어올 수 있는 분위기를 만드는 것이 우선임을 알고 더 이상 독촉하지 않았다.

그리고 그동안 가족들의 변해있는 모습들을 밤을 세워가며 이야기 해 주었고 아버지 기일이 6월 이라는 것도 알려주었다.

다음날 순영은 고속열차인 테제베를 타고 파리를 출발하여 아들이 살고 있는 런던에 들러 사는 모습을 보고 서울로 갈 참이다.

예솔이도 공연이 없어 두 사람은 새벽까지 이야기하고 잠을 청하여 점심때 가까이가 돼서야 일어났다.

순영은 딸에게 대충 정리하고 나가서 맛있는 것을 먹자고 하였다.

프랑스는 음식문화가 발달되어 세계적으로도 유명하니 파리에 온 김에 맛있는 음식 좀 먹어보자며 예솔이에게 안내하라고 하였다.

말은 그렇게 하였으나 실상은 좁아터진 집에서 점심을 준비하기도 그러했을 것이며 그리고 딸의 구차한 살림으로 먹는 것도 제대로 먹지 못하였겠구나 생각하여 순영은 예솔이에게 제대로·된 음식을 먹이고 싶어서였다.

딸의 안내로 그럴싸한 레스토랑에 들어가 맛있는 음식들을 주문한다.

프로방스 지역의 대표 채소 요리라며 예솔이가 라타투이를 주문하였고 순영이 더 주문하라고 하여 해물요리인 부야베스도 시켰다.

순영은 딸이 요리를 맛있게 먹는 모습을 보며 예솔이가 힘들게 살고 있는 것을 짐작할 수 있었다.

왜냐하면 예솔이는 미모관리에 신경을 많이 써 왔었기 때문에 먹는 음식이 많지 않았었는데 오늘 점심을 너무 게걸스럽게 먹고 있으니 그렇게 생각이 들 수밖에 없었다.

음식을 다 먹고 지하철을 이용하여 파리 역에서 테제베 열차표를 구입하였다.

예솔이에게 함께 예승이 에게 가자고 하였으나 뻔 한 답을 들을 줄 알면서도 의례적인 인사말처럼 해 본 말이었다.

순영은 환전해온 얼마간에 유로화 돈을 예솔이에게 건네며 아버지 기일 날을 잃어버리지 말라고 다시 한 번 강조하고 딸과 아쉬운 작별을 한다.

해저터널을 무시무시한 속도로 달리고 있는 고속열차 안에서 순영은 예솔이의 삶이 순탄하지 못하고 찌들어져 어렵게 사는 모습을 목격하고 마음이 아스라해졌다.

우리 집에서 가장 많은 투자를 하여 유학을 보냈는데 지금의 삶은 아이 셋 중에서 가장 처지는 인생을 살아가고 있으니 마음이 안타까울 수밖에 없었다.

상엽씨가 여자 아이를 부모 곁을 떠나 먼 곳 이국땅에 어떻게 홀로 살게 하느냐며 반대하였었는데 요즈음 세상을 그렇게 고로하게 사느냐며 여자는 부모 곁을 떠나서 살면 안 되느냐고 옥박지르던 기억도 새삼스러워지며 당신의 그 말이 맞는 말이었음을 후회도 해본다.

무거운 심정으로 고속열차에 몸을 싣고 달리다 보니 벌써 목적지인 런던에 도착하였다.

세상이 좁긴 좁았다.

오기 전에 전화 통화하여 며느리가 잘 일러준 주소와 약도를 가지고 집을 찾아 나선다.

도착시간을 알려주면 며느리가 나와 기다리겠다고 하였으나 예솔이의 일이 어떻게 될 줄 몰라 사양하였으며 순영이 언어소통에는 문제가 없으니 집을 찾는데 문제될 것은 없었다.

저녁 늦은 시간이 되어 집에 도착하니 예승이와 며느리가 기다리며 반갑게 맞아 준다.

결혼하여 일 년이 되었지만 가족 중 처음으로 방문하는 어른이라 그런지 아니면 이국땅에서 살면서 피붙이가 그리웠는지 두 사람의 환영이 대단하여 놀랍기도 하였다.

젊은 부부들 대부분이 시부모나 처가댁 어른을 어려워하여 조심성 있는 행동들을 하였는데 예승과 지현이는 전혀 그런 내색이 없었으며 특히 며느리는 딸처럼 행동하며 순영의 마음을 편하게 해주었다.

저녁을 한국 음식으로 준비하여 맛있게 먹고 차와 후식으로 과일을 먹으며 오래간만에 오붓한 신혼부부의 생활 속을 노련한 경험을 살려내어 순영은 그들의 내부를 들추어 본다.

'영국 생활은 적응을 잘 하고 있는 거지?'

'당연하지요'

'외교관인 아들이야 당연히 적응을 잘 할 테고. 지현이가 잘 적응이 되고 있는지 어떤지를 묻는 거지'

'어머니 저도 외교관 아내라 잘 적응하고 있어요.'

'아무렴. 그래야지. 신혼살림에 어려움은 없고? 옆에 친정 부모님이 계시면 모르는 것도 배울 수가 있을 텐데 그러지도 못하고. 걱정이 되는구나.'

'지현이가 아무 문제없이 억척으로 잘 하고 있어요. 걱정 안하셔도 되요. 누나 만나본 일은 어떻게 되었어요?'

'파리에서 공연활동을 하며 바쁘더구나.'

'아버지 일은 알고 있었데요?'

'그 일을 알 리가 있겠니. 아버지 돌아가신걸 알고 울고불고 난리였지. 불쌍하고 애처로운 걸.'

'파리에서 계속 살겠대요?'

'서울로 돌아오라고 하였는데 결정할 시간이 필요한 것 같아서 재촉하지는 않았어.'

아들은 지현이를 의식하였는지 누나의 뉴욕에서 있었던 유부남과의 만남에 대하여는 묻지 않았다.

순영도 예솔이가 파리에서 어렵고 구차하게 살고 있다는 말을 하지 않았다.

예승이가 마음 아파할 것 같아서였다.

'너희들은 아기 소식 없는 거냐?'

'아직은 요. 어머니!'

'결혼한 지 일 년이 되었는데 신경을 써야지. 너희들 아이 다섯 갖기로 하였는데 그러려면 서둘러야 돼'

'엄마. 그것이 우리 마음대로 되나요?'

'젊었을 때 아기도 가져야 건강한 아기를 낳을 수 있어'

'신경 쓰겠습니다. 어머니!'

'엄마. 영국에 오신 김에 스코틀랜드에는 볼 곳도 많으니 지현이와 여행 좀 하시고 한참 있다 가세요.'

'오랫동안은 못 있어. 이삼일 정도는 괜찮아'

'왜 그렇게 서두르세요.'

'출판사에 맡긴 원고도 확인해야 해'

'수필집은 다 완성 하신 거예요?'

'그래. 출간만 하면 돼'

'와! 어머니 대단하세요. 그러면 어머님이 정식 작가로 데뷔하는 거네요. 작가이신 어머니. 축하드립니다.'

'와! 엄마 정말 해냈네요. 대단하세요.'

'아버지 기일 날에 맞춰 그 책을 봉헌하려고'

'저희들도 아버지 기일 날에 맞춰 휴가를 내 서울에 가려고요. 그 전이라도 엄마 수필집은 보내주세요'

'그렇게 하겠다마는 휴가를 오래 낼 수 있는 거야?'

'그렇게 하려고 아직까지 휴가를 쓰지 않았어요.'

'잘 생각했다. 우리 아들 그리고 지현아!'

'뭘 요'

'외국에 살면서도 아버지 기일을 챙기고. 정말 고맙구나.'

순영은 삼 일간 영국에 머물며 며느리와 스코트 랜드를 여행하였다.

예승이는 대사관 일을 보느라 며느리와 오붓하게 아름답고 이국에 풍취가 물씬 풍기는 스코트 랜드를 여행하였는데 지현이가 싹싹하며 예절도 바른 것이 가정교육을 잘 받은 아이구나 생각하였다.

V

낭만기행의 수필집이 예정보다 두주나 늦어져 출간되었다.

미스 된 부분이 있어 일부 수정을 하느라 늦어졌다.

저자 이름으로 김상엽 서순영 공저로 하여 출판된 완성 본을 받아보니 가슴이 뭉클해지며 책임감을 다했다는 뿌듯함이 있었는지 감개무량해진다.

빨간 책 표지에서도 볼 수 있듯이 320페이지 두 권으로 엮어 내려간 두 사람의 작품세계에는 서로 다르면서도 같아 보이는 그리고 같은 내용인데도 다른 감동을 느낄 수 있는 열정적으로 품어낸 내용들이 섞여있다.

대장간 망치소리를 들으며 음계 5선을 만들었던 피타고라스의 엉뚱한 발상처럼 상엽과 순영은 같은 것을 보았는데도 다른 감정을 표현해내는 기발한 작품세계를 수필집에 품어냈다.

책 내용 대부분이 45년을 상엽과 순영 두 사람이 만나 얼굴을 마주하며 살아온 애틋하였던 순간들과 감동적이며 낭만적이었던 여행의 아름다웠던 순간들을 포착하여 기록한 순수했던 사랑이야기로 가득 채워져 있다.

순영은 먼저 세상을 하직하고 떠나버린 사십 오년지기인 상엽이 옆에 없었지만 낭만기행 수필집속에 들어있는 추억의 장면들을 하나하나 끄집어내어 잃어 가노라면 그 당시의 아름다웠던 우리에 사랑 이야기를 다시 전해들을 수 있는 서사시가 되고 있다.

혼자 방배동 집을 지키며 낭만기행 수필집을 처음부터 다시 훑어 내려가며 외로움을 달래가고 있던 중 예지가 책이 간행되었다는 소식을 전해 듣고 아이들을 대리고 왔다.

슬기는 초등학생이 되어 혼자서도 자기 앞가림을 다 할 수 있었으며 지형이는 개구쟁이 여섯 살이 되어 누나를 못살게 굴 정도로 남자다움을 과시하였다.

토요일 저녁때가 되어 아이들이 좋아하는 피자를 배달시켜 주었더니 외할머니가 짱이라며 엄지손가락을 치켜세웠다.

집에서는 친 할아버지 친 할머니가 오랫동안 시골에서 살아서인지 서양식 음식을 좋아하지 않았으며 아이들에게도 몸에 좋지 않다며 피자 같은 음식을 잘 사주지 않고 우리 음식인 된장찌개나 산나물 무침 같은 토속음식을 슬기 지형에게 요리하여 먹게 하니 아이들이 질색을 한다고 하였다.

피자 두 판을 아이들과 맛있게 먹으면서 예지가 이야기 하였다.

'수필집이 출간되었다고요?'

'출간 되었어. 서재에 너희 주려고 몇 권 챙겨 놓았어.'

'슬기야. 손 닦고 2층 할머니 서재에 가서 빨간 책 좀 가져다줘'

'응'

'출판 기념회는 언제 할 거에요?'

'무슨 출판 기념회는'

'그래도 처음 작가로 문단에 데뷔하신 작품인데 하셔야지요.'

'그냥 아버지 기일 날 수필집을 봉헌하는 것으로 대신 하려고'

'그것도 괜찮겠는데요'

'아버지하고 공동으로 쓴 작품이니 의당 그렇게 해야지'

'멋있어요. 엄마'

'쑥스럽게 칭찬은......'

'우리가 하지도 못 하는걸 엄마가 하였으니 자랑스럽지요'

'딸한테 그런 소리도 듣고 고맙구나.'

'수필집도 끝내셨는데 이제부터 무었을 하실 계획이세요?'

'아직 없어'

'그러면 시간이 많이 나시겠네요.'

'당분간은 그렇겠지'

'그럼 엄마. 내가 여기서 살면 안 될까?'

'그건 무슨 소리야'

'시부모님이 시골분이라 적응을 못하시고 고향으로 내려가시겠데요.'

'그래?'

'그러면 아이들 키우는 문제도 있고 해서 방배동으로 우리가 들어오면 어떨까 고민하고 있어요. 엄마만 괜찮다면 요'

'그렇겠지'

'슬기 지형이 교육문제도 신경을 써야 하는데 시부모님에게 그것까지 기대하기가 어렵더라고요'

'아이들은 초기 교육이 중요하지'

'엄마는 선생님도 하셨으니 걱정이 없는데......'

'최 서방하고 의논한 거야?'

'그이는 대 찬성 이에요'

'그렇다면 그렇게 하도록 하지'

'정말? 엄마 고맙습니다.'

'나도 적적한데 잘 됐지'

6월 초순 예지식구가 방배동으로 이사하여 집이 오래간만에 시끌벅적하며 사람 사는 곳 같다.

예지는 시부모님과 함께 살 때에는 일에 시달리며 아이들과 싸우느라 정신 줄을 항상 놓고 살았는데 친정집에 들어오니 슬기 지형이를 엄마가 다 커버를 해주니 마음이 하늘을 나는 것 같이 편했다.

친구들도 아이들을 돌봐주는 친정어머니가 계신 것을 부러워한다며 예지는 연신 싱글 벙글 이다.

최 서방도 서울지방법원으로 발령받아 저녁때면 식탁이 왁자지껄 하였다.

슬기도 인근 초등학교로 전학하였고 지형이도 유치원에 다니며 친구들 사귀기에 바빴다

순영은 지형이를 집에서 그리 멀지않은 유치원에 데려다주고 데려오는 일이 일상이 되었다.

가끔씩 지형이를 데리러 갈 때에는 조금 일찍 집을 나와 옛날 우리의 야외 아지트가 되었던 공원이 유치원 가는 방향에 있어 그곳에 들러 상엽씨 생각도 해보곤 하였다.

상엽씨 기일이 가까워 오면서 예승이 부부가 일주일 휴가를 내고 집에 왔다.

엄마 혼자서 외롭게 혼자 사는 줄 알았는데 누나 식구들이 방배동에 들어와 사는 것을 보고 아들이 하지 못하는 일을 미안해하며 안심하기도 하였다.

조카 두 녀석이 얼추 다 커서 엄마가 아이들을 돌보는데 그리 고생하지는 않을 것 같다는 생각으로 안도하기도 하였다.

처남이 영국에서 휴가를 받고 나왔다는 연락을 받고 최 서방이 장모님에게 전화하여 음식장만 하지 말고 집에서 그리 멀지않은 음식점에 예약하여 놓았으니 식구 모두 처남 귀국 파티를 하자고 하였다.

장모님이 음식 장만하느라 고생하는 것을 피하기 위해 예지와 최 서방이 미리 대비한 것이다.

한정식 집에서 예솔이를 제외한 식구들이 다 모여 술도 한잔씩 곁들이며 떠들썩하게 이야기하며 음식을 먹었다.

'올케는 언제 좋은 소식이 있는 거야?'

'형님. 아직은 요'

'시 어머니 힘남아 있을 때 아이 가져. 그래야 돌보아 줄 힘도 있는 거지'

'참조하겠습니다.'

'아이들 다섯 가진다며 언제 그걸 실천 할 거야. 처남은?'

'그게 내 마음대로 되질 안내요. 매형'

'장모님께서 친 손자도 보고 싶을 텐데 신경을 써 봐'

'그래. 엄마가 친손자 돌볼 수 있는 기회를 빨리 만들어야지. 슬기와 지형이는 이제 다 커서 어여쁜 아기모습을 볼 수가 없잖아'

'엄마 남아있는 인생 편하게 보내시도록 우리 아이는 우리가 알아서 합니다.'

'엄마가 서운해 할 텐데'

'엄마. 그렇게 하면 서운해 하실 거예요?'

'서운하지. 내가 돌볼 힘이 있을 때까지는 우리 손자 손녀 돌보아 줄 거야.'

'손주들 돌보느라 엄마 인생은 어떻게 하고'

'손주들 돌보는 것도 내 인생에 포함되어 있어'

'어머니도 쉴 시간이 있어야지요.'

'많이 쉬었어.'

'엄마 회갑 잔치도 아버지가 안 계신데 무슨 염치로 하냐며 극구 사양하시었잖아요.'

'나이 먹는 것을 무슨 자랑이라고 잔치까지'

'여행이라도 가시면 될 텐데'

'혼자 다니는 여행 이 빠진 것 같아 싫다'

'여행도 싫고 잔치도 싫고 그러면 무슨 낙으로 사신데요?'

'너희 아버지와 공동으로 집필한 수필집이라도 남겼으니 그게 낙이지'

'앞으로 책은 계속해서 쓰실 거예요?'

'시간이 허락하면 써 보려고'

'그러면 어머님은 완전히 작가님이 되신 거네요.'

국문과 출신인 며느리가 부러워하며 말하였다.

그러자 모두가 맞다 며 우리 집안에 작가님이 계시다며 응원해 주었다.

VI

상엽씨 기일이 되어 음식준비 하느라 예지와 며느리가 정신없이 바쁘다.

예지도 휴가를 내고 아버지 제사상에 올릴 음식들을 정성스럽게 만들며 살아계실 때 효도하지 못한 맏딸의 역할을 돌아가신 뒤에라도 열심히 해보겠다는 심정으로 정성을 쏟았다.

며느리도 김 씨 집안에서 갖는 돌아가신 아버님을 위한 처음 있는 행사를 정성을 다하여 맞이하고 있다.

순영은 음식을 준비하면서 누가 올 사람이 더 있는지 연신 밖에 문을 자주 쳐다보곤 하였는데 시간이 자꾸 흘러도 아무 기척이 없자 안타까운 표정을 지으며 혹시나 하는 심정으로 예솔이가 오지 않을까를 계속해서 주시하여본다.

음식 준비를 얼추 마무리하고 일찍 퇴근하여 들어온 사위가 손을 걷어붙이고 열심히 제사상 위에 준비한 음식을 순서에 맞겠음 올려놓는다.

예승이는 제문을 준비하며 김 씨 가문을 있는 아들임을 보여주려 하였다.

그렇게 준비를 마치고 의복들을 갈아입고 제사시간을 맞추기 위해 기다리고 있는데 초인종이 울리며 며느리가 문을 열어주더니 알지 못하는 아가씨가 커다란 가방을 끌고 문 앞에 서 있다.

며느리는 그 사람이 어머님이 오매불망 현관문을 바라보며 기다리던 파리에 사는 예솔 형님임을 금방 알아차리고 거실을 향하여 큰소리로 외친다.

'어머니! 파리에서 형님이 오셨어요.'

'뭐라고?'

'예솔 형님이 오셨어요.'

'예솔이가?'

모두가 놀라며 현관 쪽을 바라보자 예솔이가 큰 가방을 끌고 들어서며 어머니를 불렀다.

'엄마……'

'아이고. 우리 예솔이 왔구나.'

'네. 예솔이가 왔어요.'

'그래. 잘 왔다. 예솔이가 네가 올지 알았어. 나는 예솔이 네가 언제쯤 도착하나 한참을 기다리고 있었어.'

'늦어서 죄송해요. 언니 형부 예승아 그리고 올케. 늦어서 미안해요'

'아버지가 예솔이를 보고 얼마나 기뻐하실까? 이렇게 늦게라도 아버지 기일에 맞춰 와주니 고맙다. 예솔아!'

'언니! 미안해'

'할 이야기가 많을 텐데…… 일단 아버지 제사를 올리고 난 후에 이야기를 나누도록 하지'

'그렇게 하지요. 장모님!'

상엽씨 기일이 되자 오래간만에 가족 모두가 참석하여 지난 세월을 회상해보며 정성스런 예를 올렸는데 이번에는 작년 기일에 오지 못했던 예솔이도 왔고 또 새 식구가 된 며느리도 상엽씨를 맞았다.

벌써 초등학교 2학년이 된 슬기도 할아버지를 그리워하였고 지형이는 사진 속에 상엽씨가 누구인지 기억을 하지 못하는 것 같았다.

아버지 영정사진 앞에 어머니와 함께 지은 낭만기행 수필집을 올려놓고 예승이가 고한다.

'아버지! 기쁜 일이 있어 고합니다. 아버지가 미완성으로 남겨놓으신 수필집을 엄마가 완성 본으로 만들어 오늘 이렇게 두 분의 이름으로 세상에 발표하였습니다. 축하해 주세요.'

그리고 예승은 수필집에 들어있는 아버지와 어머니가 쓰신 내용 중 일부를 낭독한다.

'우리가 서로 미안한 감정을 만들어 낼 때면 Elton John의 Sorry seems to be the hardest word의 가사내용을 들추어내며 러브 스토리의 주인공처럼 사랑하는 사람에게는 미안하고 고맙다는 이야기를 하는 것이 아니야 라고 말 하였다'

'당신은 행복지수를 말하며 행복은 여러 본능이 충족될 때 느낄 수 있는 감정이라고 말하였는데 우리에 사랑이 바로 그 감정 속에 빠져 있다고 하였다. 우리가 서로의 모든 것을 알고 있는 것 같았는데 당신이 떠나며 그렇지 못한 부분도 많았음을 알게 되었다. 우리가 저승과 이승에 떨어져 살지 않았다면 모르고 있었던 것과 알지 못했던 것도 속속들이 알게 되어 더 큰 사랑으로 키울 수 있었을 것이다'

예승이가 수필집의 일부 내용을 고할 때 순영과 예지 예솔이의 눈에는 눈물이 고여 흐르고 있다.

특히 예솔이의 눈물 속에는 불효를 꾸짖어 달라는 애절함이 있었다.

이번 상엽씨의 기일은 가족 모두가 화합하고 사랑하는 자리가 되었다.

낭만기행에서 두 사람의 순수했던 사랑을 꽃피우며 45년을 행복이라는 수식어가 필요 없듯이 절절이 서로를 위해주었던 사실을 수필집에서 예지 예솔이 예승이가 확인하였기에 아버지의 기일이 더욱 빛나게 된 것이다.

상엽씨 기일 날 제사를 마치고 가족들은 준비된 음식을 먹으며 함박웃음꽃을 피웠다.

옛날에는 제삿날 엄숙한 분위기를 지켜주는 것이 고인에 대한 예의라며 그렇게 격식을 차렸는데 오늘 같은 날이라면 상엽씨가 흩어진 가족들을 다 불러 모아 화합하고 사랑하는 자리로 만들었으니 얼마나 기뻐할까를 생각하며 모두가 지금을 만족하고 서로를 위해주었다.

그리고 예솔이의 귀국을 모두가 축하해 주었다.

자식들도 성인이 되어 뿔뿔이 헤어져 살 수밖에 없는 현실인데 모두가 연어가 되어 고향으로 회귀하듯 방배동 집으로 되 돌아왔다.

예지는 두 아이의 엄마가 되어 슬기 지형이의 교육을 할머니인 순영에게 전적으로 맡기는 처지가 되었다.

예지가 학창시절에 새엄마인 순영에게 못되게 행동하며 삐뚤어진 행동으로 부모 마음을 아프게 하였었는데 이제는 우리 집에 기둥이 되었다.

예솔이는 7년의 방랑생활을 청산하고 어머니와 평생을 함께 살겠다며 방배동의 귀신이 될 것임을 자처한다.

7년 전 잘못된 사랑으로 가족과 등져 살았던 예솔이가 아버지가 돌아가신 줄도 모른 채 홀로 외롭게 살았는데 이제야 외국생활을 청산하고 방배동으로 귀로한 것이다.

상엽씨가 순영에게 마지막으로 예솔이를 잘 부탁한다는 그 유언을 해결하여 마음이 홀가분했다.

예승이는 결혼하여 직업이 외교관이다 보니 집을 떠나 살 수밖에 없는 처지이나 국내에서 근무하게 되면 어머니를 모시며 살 거라며 당당한 아들 행세를 확실하게 확인하여 준다.

상엽씨가 비록 영정사진 속에 남아 우리 가족 모두의 자리에 함께하였지만 형제들이 하나가되도록 만들었고 그리고 행복한 가족들에 모습을 지켜보며 하늘에서도 흐뭇해하고 있겠지……

순영은 다음 작품으로 자식들에 관련된 책을 써 보고 싶다는 생각을 하였다.

가능하면 예지 예솔이 예승이의 행복한 삶을 소제로 하여 글을 써보고 싶었으며 특히 상엽씨와의 진솔한 사랑 이야기도 다시 펼쳐보려 한다.

그대와의 너무 아름다웠던 우리에 사랑 이야기를

출판사 도서목록

달나무의 고양이방 : 운명의 빨간실로 묶여진 미소녀와 고양이 두 마리 미유! 초코봉! 밤거리를 떠돌던 길고양이 두 녀석은 이젠 누구도 떼어놓을 수 없는 그녀의 소중한 친구이자 가족이 되었다. 이 책에는 그들의 만남과 서로에게 길들여져 가는 일상의 이야기들이, 흐뭇한 웃음을 자아내는 재미와 감동을 담고서 그려지고 있다. 8000원

개에 대해 알고 싶은 모든 것 : 수의학 박사이며 동물센터 병원장인 현직 수의사가 쓴 책으로 코믹하면서도 의학적인 신뢰도가 대단히 높다. 동물을 싫어하던 사람조차도 이 책을 읽고 인생의 새로운 즐거움과 처음 접하게 된다. 당신의 건강과 행복을 위해 가장 필요한 것은 강아지 한 마리!

엄마~ 이게 뭐야? : 경향신문에 연재된 남문희의 글과 그림으로, 아이를 기른다는 것이 얼마나 큰 기쁨과 사랑을 느끼게 해주는지를 감동적으로 묘사하고 있다. 자신의 가족과 인생을 사랑할 수 있게 해주는 책으로, 결혼생활과 육아에 자신감을 갖게 한다. 귀여운 하늘색 표지

릴리에게 좋아하는 사람이 생겼어요 : 이 책은 누군가에게 관심을 갖게 되는 과정을 섬세하고 농밀하게 그리면서, 좋아하는 감정, 달콤한 설레임 부터 벅찬 사랑의 열정까지, 이성에 대한 호감이, 결실을 맺는 과정을 알려준다. 연애이론서라기 보다는 '소나기' 같은 아름다운 소설에 가깝다

막스는 친구가 필요해요 : 이성친구, 연상친구, 외국인친구, 오해로 소원해진 친구, 이별 후에도 그리운 사람 등 누구라도 당신의 '친구로서' 당신 곁에 영원히 남게 해주는 책

제정신으로는 못하는 결혼과 이혼이야기 : 이 책은 결혼에서 별거, 이혼, 더 나아가 재혼이나, '기타 독특하고 새로운 방식의 인생'을 찾기까지의 여정을, 드라마틱하면서도 실무적으로 해설 해주고 있다. 초혼이든, 재혼이든, 만혼이든 언젠가는 결혼할 사람들을 위한 필독서

뤼시앵은 왕따 : 지금 현재 당신에게 진정한 친구가 많지 않아도 걱정할 필요 없다. 이 책에 외로움을 극복하고 좋은 친구들과 어울리는 다양한 방법들이 자세히 소개되어 있다. 쓸쓸하게 무작정 기다리기만 하지 말고, 이 책 속에서 길을 찾자. 먼저 다가서는 방법을 알려준다

릴리는 자기 외모에 불만이에요 : 외모지상주의에 상처받는 이들의 모습을 통해, 남성과 여성이 행복하게 공존할 수 있는 방안에 대해 성찰하며, 외모에 핸디캡을 가진 사람들을 위한 필승 솔루션도 포함되어 있다. 성형외과를 찾기 전 이 책을 먼저 읽어보아야 후회하지 않는다

무자녀 혁명 : 최근 무자녀 여성이 급증하고 있다. 저자는 무자녀 여성을 다음 세 부류로 나눈다. 1아이를 가지려 했지만 가질 수 없었던 여성. 2결혼의 실패 등의 이유로 아이 없이 살게 된 여성. 3아이를 원하지 않았던 여성. 이들의 삶을 따스하게 어루만지며 길을 제시하고 있다.

으랏차차 차돌이네 : 영화 [마이키 이야기]를 기억하는가? 한국판 [마이키 이야기]가 에세이툰으로 나왔다. 아기자기하게 알콩달콩 살아가는 젊은 커플과 그들 사이에서 태어난 아이 차돌이에 관한 따뜻하고 유머러스한 책. 칼라로 채색된 그림과 감각적인 대사가 돋보인다

사랑아
내 사랑아!